国家社会科学基金项目研究成果
中南民族大学汉语言文学一级学科博士点建设基金资助项目

近代桐城文派研究

萧晓阳◎著

中国社会科学出版社

图书在版编目(CIP)数据

近代桐城文派研究/萧晓阳著. —北京:中国社会科学出版社,
2016.3
ISBN 978 - 7 - 5161 - 8871 - 2

Ⅰ.①近…　Ⅱ.①萧…　Ⅲ.①桐城派—文学思想史—研究
Ⅳ.①I207.62

中国版本图书馆 CIP 数据核字(2016)第 213341 号

出 版 人　赵剑英
责任编辑　郭晓鸿
特约编辑　席建海
责任校对　张依婧
责任印制　戴　宽

出　　版　中国社会科学出版社
社　　址　北京鼓楼西大街甲 158 号
邮　　编　100720
网　　址　http://www.csspw.cn
发 行 部　010 - 84083685
门 市 部　010 - 84029450
经　　销　新华书店及其他书店

印　　刷　北京君升印刷有限公司
装　　订　廊坊市广阳区广增装订厂
版　　次　2016 年 3 月第 1 版
印　　次　2016 年 3 月第 1 次印刷

开　　本　710 × 1000　1/16
印　　张　18.5
插　　页　2
字　　数　276 千字
定　　价　69.00 元

目　　录

序

记得 1985 年 11 月首次全国桐城派学术讨论会在桐城举行，钱仲联师出席了那次会议，并在会议上提出："'五四'对桐城派是否定，我们现在也可以大胆地来个否定之否定。"这段话在当时分量是很重的，会后见诸公开报道了。钱先生非常推崇桐城派，1962 年就在《文学评论》上发表过《桐城派古文与时文的关系问题》专文，对人们往往将桐城古文与时文混为一谈，斥之为"高等八股"的说法进行了深入的辨析，认为桐城派主要是以古文改造时文，而不是把古文降为时文。这就翻了一个大案，这个观点钱先生始终坚持。

作为学生，我本应该在钱先生的指导下多关注一些桐城派问题，但除了对桐城方盩山做过一点探究，并与一位在读博士生一起研讨过方东树的《书林扬觯》外，很少涉足这一学域，颇有些遗憾。前不久，我参加在安庆师范大学文学院举办的《桐城派·文章学·方法论——五四新文化运动百年以来中国古代文学研究》学术会议，就方东树的《书林扬觯》以及"汉宋之争"发表了一些观点，当然也会谈到晚清、民初桐城派，也只是强调近代桐城派研究有较大的发掘空间，应有更多学者投入这一领域，尤其寄望于中青年学者。现在萧晓阳博士完成了《近代桐城文派研究》，真是一件非常令人高兴的事。

回到"五四"新文化运动"否定"桐城派的话题，自然要回望那个风云激荡的时代以及一代人指点江山、挥斥方遒的文化现场，而隔着近一个世纪的距离，远观那个年代的人和事，我们可以更冷静、理性，也更切近、深入地体察思考了。赵翼《论诗》说："满眼生机转化钧，天工人巧日争新。预支五百年新意，到了千年又觉陈。""五百年""千年"是就历史长河变化兴替的必然性来说的，而事物剥复相循的周期或长或短，有些也许就是几十年、一百年的事。只要看眼下儒学、国学的命运之昌兴，便能够深刻感知了。

桐城派，是一爿老店，时至新文化运动兴起，这爿老店已经延续了两百多年了。说实话，一个文学流派能够有几个世纪的命祚，而且堂庑竟然那样大，真是一个奇迹。其中一定有其自身的合理性、必然性，有值得辩护、需要辩护的道理。这里的核心问题是，对众所周知的桐城"义法"应该如何看待和评价。

平心论之，桐城"家学"的核心知识"义理、考据、辞章"应该说是比较周致的义法了，其内涵丰富，包容性也相当大，韩柳、欧苏以来的古文之道，至此达到一个新的境域。我想，如就事论事来衡量此"家学"的话，被指摘的空间是很有限的，硬要说有所不足的话，也许是在一定程度上淡化了"经世"的指向。其实这个要素在桐城派义法形成过程中曾被提出过，刘大櫆较早在《论文偶记》中谈古文要端即为义理、书卷、经济三者。也许"义理"与"经济"之间有交叉性，后来姚鼐提炼出义理、考证、文章相济论，影响极大。其后，姚氏门人处于历史变局中，深感经世务实的重要，再次重倡"经济"，姚莹在《复杨君论诗文书》中提出的义理、经济、文章、多闻四点，无论义项和排序都具有改造的意味。近代洋务思潮渐成主流后，崛起的桐城派巨子曾国藩敏锐地意识到经世致用与务实救世的洋务思想最为接近，亦复强调"经济"，以更张桐城旗帜。将桐城派义法形成演变的过程稍作打量，是不难感受到他们对家国关怀的人文情感的。

那么，如何说桐城派"保守"呢？保守与革新是一个相对的概念，如何度量、确认某一事物的性质，要放到一定的历史背景中去。存在，总是时间河流中的存在，是社会发展背景下的存在，只有在具体的时间之流和时代演变中才能保持对存在的解释能力。回到历史现场可以看到，桐城派入清后兴起，本身有着易代之变的背景，是以晚明为鉴的文化反拨。这种反拨的着力点有两个，一是针对明代空疏不学的文风。魏禧在清初说，天下所谓好古者"株守古人之法，而中一无所有，其弊为优孟衣冠"（《宗子发文集序》）。桐城派之祖戴名世直接将"优孟衣冠"的假架子文风放到晚明环境中加以批判："迨于天启、崇祯之间，文风坏乱，虽有一二巨公竭力搘柱，而文妖叠出，波荡后生，卒不能禁止。"（《庆历文读本序》）戴氏是万万想不到数百年之后，作为一种"治妖"的力量也会让后世人将其与"妖孽"并称的。其反拨着力点之二是针对科举取士的时文之弊。对场屋误人，时文之法之陋，戴名世与方苞都有抱千秋之恨的痛彻慨叹，疾呼"以古文救之"。他们所走的就是以古文斡运时文，提高时文品格的路子。正因其以文见道，新树坛蘦，方能号召士林，使天下文章，莫大于桐城。

置于传统文化、科举制度的背景下，桐城派并不保守，至少可以称得上"积极的改良者"。然而，"五四"新文化运动是对封建道统的革命，桐城派，包括近代桐城营垒的各个部分在传统文化中的一切革新或改良的努力，仍然都基于阐道翼教的立场。而当"道"与"教"遭到讨伐，连同其载体、工具的古文字都欲被完全推倒之时，最能阐道翼教的义法自然首当其冲被抨击。可以说，新文化运动对桐城派是一种绝对的预设性批判、前提性否定，是要彻底割断其理论形态及其写作实践与知识阶层的亲缘关系及大变革时代的社会关联。其实，这是新文化的一种肇建策略。从这个意义上说，当时的激进改革者以桐城派作为保守的甚至腐朽的文化典型，眼光倒是很准的，且不能不说具有历史背景中的正当性。

时间过去了近百年，今距国内首届全国桐城派学术讨论会的举办，也已经整整三十年了。那次会议尽管在一些学术问题上还有争论、交锋，但学界的论争恰恰使桐城派问题重新回到学术领域中来了。它成为一个界碑，开启出新的桐城派学术史的历程。这三十年桐城派研究的成果颇为丰富，几代学者都做出了努力和贡献，尤其在新的阐述语境中形成了不少超越以往的论著，令人耳目一新。相对来说，近代桐城派有待探讨的问题较多一些。客观来看，近代桐城各系与社会大变局共生，原来传统封闭社会中的一个文学流派要面对国门打开后的时局与问题，欲在固守中求突破，其文心也艰难，文事也复杂。

这方面的研究萧晓阳愿意去做。他的博士论文是以"湖湘派研究"为题的,当时在文献上下了很大功夫,撰写得也极为认真,出版后极受好评,我也很为他高兴。我想,正是在湖湘派研究中,他熟悉了曾国藩和湘乡派,进而产生兴趣进入近代桐城派研究领域。在成功申请到《桐城派研究》的国家社科基金项目后,这几年他可谓朝乾夕惕、焚膏继晷地探索、前进。晓阳给我的印象一直是做人很诚,做学问也很诚。正是认真于心、忠恳内发使他"再下一城",顺利完成了项目,写成了与《近代桐城诗派研究》并峙的《近代桐城文派研究》。

全书以近代桐城文派的嬗变为主线,在古代、近代、现代文学变迁的纵深背景下展开,将近代桐城文派与"桐城三祖"之文及现代白话语体文作为一个整体来论述,脉络很清晰。他以桐城"义法"的演进为线索,来探讨近代桐城派古文"以诗为文"的总体特征,颇富新意。书中根据近代桐城文派之兴衰,将其发展分为新变期、中兴期、延续期、衰微期,并概括出各期的特征,都切中肯綮。

这些年晓阳在地域文学、文化研究方面颇为用心,这一学养显然有用于本专题。他注意将桐城文派研究置于桐城地域文化发展的历史过程之中,从桐城入手考察桐城派古文渊源,以江南作为论述其文体特征的基石,继而从江南文化视域探讨桐城派的发展历程,并依次论述了京师、岭西、闽赣、湖湘、河北等地桐城派古文的文风,这样桐城中心位置与各地桐城支系的关系呈现出来了,形成了一幅精致的文学地图。

要让这幅文学地图有现场化的动感,需要突出近代桐城作家的主体地位,在这方面晓阳借鉴了近年来家族文学研究的方法,注意从家族与师友传承入手。他以中坚作家为重点,考察桐城文派的传承与桐城望族的文学,其中近代姚濬昌家族、吴汝纶父子、马其昶等家族文人堪称典型,而梅曾亮与岭西文人及江西陈溥、吴嘉宾,曾国藩与张裕钊、吴汝纶,莲池二先生与河北弟子,李刚己、赵衡等的师承关系,则成为近代桐城派古文发展的又一种脉息,在近代桐城文学地图上构成了一个个腾跃的节点,闪耀生辉。

萧晓阳的《近代桐城文派研究》有相当大的知识容量和颇为丰富的学

术含量，文献基础扎实，思维落点新颖，在鲜明的问题意识驱动下，论证畅达有力。这是经过辛苦的学术旅程写成的一本有根、有用、有意味的学术论著。虽然全文尚留有一定的深化、拓展、完善的空间，但作为近代桐城派研究的新创获，相信在桐城派学术史上，在近代文学研究中，这本专著自会引起学者的关注和重视。

晓阳博士毕业快十年了，每见他有研究成果发表，作为导师都深感欣慰。对《近代桐城文派研究》即将出版，是应该写些文字表达祝贺并寄予更大希望的。适晓阳将书稿发来，请我写一篇序文，自无可辞之。这也促使我重温一下仲联师当年的学术指导，同时将"桐城派"相关内容黾勉思考一过。思致戋戋，写来文字拉杂，姑充作引喤之语，祈知者谅我。

罗时进

2015 年 12 月初写于吴门

前　言

在清代近三百年历史上，桐城派诗文一度独步天下，而桐城派古文几与有清一代相始终。近代桐城之文甚或有超越康雍、乾嘉之势，然深入探究者不多，故作桐城文派研究以溯其源流。

乾嘉以来，尽管阮元倡导《文选》之文，李兆洛编订《骈体文选》，骈文风行一时，仍然未能与方、刘、姚之古文分庭抗礼；阳湖之文，出自桐城派古文不宗韩、欧一脉；章学诚以史为文，更毋庸置辩。自道咸至于同光，文章之格局未变，虽有王闿运、章炳麟先后作魏晋之文，不过为古调独弹；王先谦虽作《骈文类纂》，已为桐城之附庸。自儒生至于庙堂，天下熙熙，皆言桐城载道之文。

近代桐城古文之兴，肇自上元梅曾亮倡导的文章"因时"之论：以骈入散，以诗为文。梅曾亮作为姚门高足，于姚鼐所论义理、考证、文章之说，阐扬文章一端，所作古文，丽藻彬彬。岭西朱琦、龙启瑞、王拯、彭昱尧与龙继栋等山水之文得其诗境之美，一时有天下文章萃于岭西之说。梅曾亮与邵位西、孙衣言等人酬答，文辞不废绮丽，许宗衡以情韵之文主盟京师文坛，与朱琦、叶润臣、冯鲁川、杨汀鹭、潘祖荫、孙衣言等人文酒宴会，切磋艺文，为上元文章嫡传。同时曾国藩为庙堂重臣，与梅曾亮、龙启瑞等往还，得桐城文章之精髓，于咸同之际开湘乡一派。虽自谓私淑姚鼐文章，然得窥桐城"义法"于梅曾亮，其时务之文，与梅曾亮之文相近。故梅曾亮为近代桐城古文之宗匠。近代古文新范式实始于梅曾亮化雅从俗之文。

自曾国藩罗致当时文人于幕府，切劘文章，于是桐城派遂再振。号称桐城文章之中兴。湘乡文派得之于曾氏雄奇瑰玮之辞与究心时务之文。幕府文士尤著者为"三圣七贤",吴廷栋、涂宗瀛、郭曾炘深于理学,号为"三圣",就古文而言,并无所建树,七贤则未必尽为派内文人。湘乡派作家多为曾氏幕客、门人,以郭嵩焘、刘蓉及曾门"四弟子"为代表。黎庶昌之文在晚清文坛与薛福成并称"北薛南黎",其传记之文,颇有简约清峻之风,写景之作命笔井然有序,有入神之妙。所辑《续古文辞类纂》,上承姚鼐之文法、曾国藩《经史百家杂钞》之精神,续编近代文辞,体现了桐城选文重义法的遗风。薛福成之文,辞笔醇雅有法度,而气势纵横,视域开阔,颇有曾国藩为文气象。吴汝纶讥其有策论气。在曾国藩的倡导下,桐城派古文蔚然兴起。道光、咸丰以来,特别是同治初年,作家众多。武陵杨彝珍、善化孙鼎臣、湘阴郭嵩焘、溆浦舒焘等皆为湘乡文派之佼佼者,舒焘与向师棣、严咸并称"溆浦三杰"。杨彝珍之文深微清远,古淡而味长;孙鼎臣之文系于时事,以经世自任;郭嵩焘与弟昆焘、仑焘,并以文名,为"湘阴三郭",文辞皆质实简淡。此外,巴陵吴敏树与曾国藩并称,为湘楚古文大家,山水之作文辞清新雅致,美赡可玩,在岭西五家之上。同光间,王先谦之文兼有经世之志、桐城气象与骈偶之体,堪称湘乡派古文之后劲,而不专师"唐宋八大家"及归有光之文,与湘乡派稍异,也导源于桐城之文。湖北则有王柏心、刘传莹以经世为首务,与曾国藩往还,可目为湘乡一派。

江西则有近代新城派之文,上承新城先哲鲁九皋,姚鼐弟子陈用光、梅曾亮弟子陈溥、吴嘉宾在道咸间论道之作具有承先启后的意义。新城之文自曾国藩驻跸江西而渐兴,陈三立为文远祧西晋范晔、近宗桐城,饶拱辰、毛庆蕃、刘镐仲等也研习桐城古文。吴嘉宾之文,虽简淡奥涩,然高处兼有气骨;饶拱辰之作以经籍为根底,峻洁雄健之风骨与桐城派方苞主张清真雅洁稍有不同;陈三立为文则恪守桐城派之戒律。自宋欧阳修、曾巩及王安石以来,数百年间江西之古文家寥落,至此复炽。

自张裕钊、吴汝纶主莲池书院,而后河北新学兴起,古文繁盛。河朔之文,以莲池为中心,故可称之为莲池派。莲池古文之兴盛,张裕钊振起于前,吴汝纶张帜于后,上承湘乡派经世之文,下启马其昶通俗之篇。河北古文已兼取中西之长。张裕钊载道之文穷理追新，在崇尚理趣的同时讲究气韵，被称为"有清文章之冠冕"；吴汝纶则以为中西合璧，然后有天下之至文，故莲池之文有燕赵雄健之气，且融入了洋务与逻辑的元素。河北桐城古文的兴起，在文学精神上，是诗性精神的勃兴。在晚清民初，治古文者多为张、吴两先生之弟子与后学，贺涛、贺培新堪称嫡传。贺涛称"北方大师"，为继吴汝纶后之第一人，为文有纵横之气势，兼具西学之特质，门人张宗瑛、赵衡、李刚己皆能承师学，其孙贺培新也以古文名家。光绪间，王树楠为北方文人之首，其文兼擅古文与骈体之长。李刚己之文，已与方苞所倡导的清真雅正风格有鲜明的差异，体现了浓郁的情感、排比铺陈的笔法、雄健豪放的气势。当时居于河北的古文家尚多，贾恩绂为"燕南三杰"之一，河北赵衡、刘春霖及日人宫岛大八皆传张、吴之文。

后期桐城之古文家可称为后桐城派。作者以马其昶与姚永朴、姚永概兄弟为代表。桐城派发展到张裕钊、吴汝纶，逐渐由儒家之文向涵融中西之文递嬗。吴汝纶之后，桐城萧穆、马其昶并擅俗文。马其昶古文将古雅的古文与生活中的琐屑之事结合起来，文辞通俗清新，以古文写时事，以平易之辞描摹人情。姚永朴之文虽守"义法"之规矩，而能融合众说，为文虽主清雅，而实近于通俗之篇。范当世为姚濬昌之婿，其古文已体现出桐城之文向新文学过渡的痕迹。吴闿生之文涵融中西，又别开一境界。此外，方宗诚弟子陈澹然断然否定了"义法"之说。桐城古文之衰朽由此可知。至于严复、林纾之文，化西学为雅言、以雅辞润色小说，归于世俗之用，已接近通俗之文，然而疏离了桐城古文标榜的雅洁精神与载道之论，故不属于桐城派。

桐城文学在现代犹有余波流韵。现代散文史上，桐城派后学中名家众多，尤多女性作家，往往娴于章法，以诗为文。舒芜、叶丁易、方令孺、张漱涵、章诒和，乃至以小说知名的张爱玲，诗文创作中都有桐城文学的传统。

引　言

在中华文明史上，文学是璀璨夺目的明珠，诗文自古以来被视为文学之冠冕。《尚书》《诗经》以来的文学传统两千年来经历了百转千回，到了晚清，诗歌中唐宋之风此消彼长，文章中桐城之文则独步天下。这是一个封建王朝走向倾颓的时代，又是一个思想纷纭、新知萌生的时代。文学精神在此时大放异彩还是万马齐暗？近现代以来，有许多文人提出了自己的看法。宗白华《中国艺术意境之诞生》曾对中国艺术精神进行过深刻的思考：

> 近代文人诗笔画境缺乏照人的光彩，动人的情致，丰富的想象，这是民族心灵一时枯萎的征象吗？①

与盛唐诗文雄浑阔大的浩然之气相比，时际末流的晚清社会中，文人的诗笔中自然更多流露出的是末日的哀伤与痛苦的呻吟。然而纵使是痛苦的悲情与迷惘，也有其可以欣赏与借鉴的一面。王德威以为，晚清甚至有先于"五四"的现代性②。在诗歌领域，钱仲联先生很早就提出了清诗甚至有超明越元的品格，在散文研究中似乎更多的是非议与惶惑。然而，清代散文及其代表桐城文派仍然有着不可替代的意义。"康雍之文醇而肆，

---

① 宗白华：《宗白华全集》(2)，安徽教育出版社2008年版，第372页。
② 王德威：《没有晚清，何来五四？——被压抑的现代性》，王德威《如何现代，怎样文学？十九、二十世纪中文小说新论》，(台北)麦田盛邦文化出版社2007年版，第23页。

乾嘉之文博而精。"① 道咸文章"激昂峭厉，纵横排奡"②；光宣之文"光怪瑰轶，汪洋恣肆"③，文章体式也因时而变，构成了中国散文史上奇特的文化景观。更深入细致地剖析近代文人诗笔，追踪蹑迹，或能展示其不朽的艺术魅力。桐城派古文是清代散文的主流，晚清论诗亦尚桐城派，深入考察近代桐城派古文的嬗变轨迹因而显得尤为重要。

说到桐城派古文，人们多称之为"桐城谬种"。此论发自李慈铭，《越缦堂读书记》戴东原条即记述了此说④。然而有清一代文章，差不多大半是桐城派影响下的论著之文。明清之际，方以智《文章薪火》倡导《左传》《国语》《庄子》、司马迁之文，钱澄之屏俗学八股文，"治经书古文"⑤，戴名世提出了"道""法""辞"兼备说⑥，朱书之文，"雄健雅饬，序次朴洁，得马、班遗法"⑦，为桐城派之先驱。至于康雍之际，方苞倡导的桐城文章以程朱之学为宗，以醇厚与雅洁的风貌出现，吟唱着时代的声音，开始引领清季文坛；乾嘉以来，尽管文选派散文与纯正的骈文风行一时，仍然未能与方、刘、姚之古文分庭抗礼。直至晚清时西学炽盛，加上通俗文与白话小说的冲击，才使得桐城之文渐渐暗淡了往日的光辉。随着清王朝的崩颓，桐城古文被白话的国语所取代，结束了两百年辉煌的历程。桐城古文长期被目为"一代正宗"⑧，在鼎革之际，被时代洪

① 黄人：《国朝文汇序》，黄人著，江庆柏、曹培根整理《黄人集》，上海文化出版社2001年版，第290页。

② 同上。

③ 同上。

④ 李慈铭：《越缦堂读书记》，上海书店出版社2000年版，第1030页："时至今日，桐城谬种尚以邵二云、周书沧及戴氏三君之入馆为害风气、变学术、人无人心，亦可畏哉！"

⑤ 方苞：《田间先生墓表》谓黄冈二杜公杜浚、杜岕"杜公流寓金陵，朝夕至吾家，自为儿童捧盘盂以侍漱涤，即教以屏俗学，专治经书古文，与先生所勖不约而同"（《方苞集》卷十二，上海古籍出版社2008年版，第337页）。

⑥ 参见《戴名世集》卷四，第109页《己卯行书小题序》："道也，法也，辞也，三者有一之不备焉，而不可谓之文也。"梁启超《中国近三百年学术史》以为："桐城派古文，实应推他为开山之祖。"商务印书馆2011年版，第213页。

⑦ 刘声木：《桐城文学渊源撰述考》，黄山书社1989年版，第7页。

⑧ 袁枚《仿元遗山论诗（其一）》："不相菲薄不相师，公道论诗我最知。一代正宗才力薄，望溪文集阮亭诗（王新城）。"（袁枚《小仓山房诗集》卷二十七，《四部备要》本）又，《随园诗话》卷二，清乾隆十四年刻本："本朝古文之有方望溪，犹诗之有阮亭。俱为一代正宗，而才力自薄。"

流所吞噬的远不只是桐城之文，远离口语的书面文字与传统的旧文化都被淹没在新文化的汪洋之中。随着新文化运动的到来，数千年来神圣的文化殿堂在风雨飘摇中土崩瓦解。

为什么桐城古文会随着岁月的流逝而黯然失色？在古文无力承载时代赋予的使命时，清新鲜活的口语与白话成为必然的选择。白话文不只是文章的形式，民族心灵只有在新的形式中才得以重新展现出来。然而文学从旧到新，不是偶然的，在这一过程中，近代诗文消逝的过程也是向新文学渐进的过程。近代桐城派的嬗变就是一个典型的范例。

什么是近代桐城派？学者论桐城派，必称方苞、刘大櫆与姚鼐。然而文化史上的桐城派有着更广的境域。桐城之学源远流长，方以智以"中边"论诗、钱澄之好为古文；至于方苞，与戴名世论艺文之法，与朱书论理学之要，熔铸为"义法"，推崇醇雅之文，鼎足而立，以古文标榜，在康乾之世遂蔚为风气。后来派内之雄即为一代宗师：刘大櫆以诗文名家，姚鼐兼及文史，梅曾亮不废骈体与韵文，曾国藩以汉学济宋学之空疏，长于履践；吴汝纶引入西学精神，至于马其昶，将桐城之文与世俗及现实相结合。则桐城派之时地并非限于康乾盛世之桐城。故其内涵至少有三点值得重新审视。

一　桐城派之时地

桐城派之时地是一个亟待厘清的问题。多数学者以为康乾时期是桐城派的活动期，但桐城派的实际影响要大得多。自道光至于宣统，近代桐城之文先后相继，贯穿于整个近代。至于桐城派之地域则更为复杂，流播于南北，远非桐城一县所能限定。

前人早有天下文章在桐城之说①，姚莹所作《惜抱先生行状》中亦有此意。曾国藩《〈欧阳生文集〉序》谓：

---

① 姚鼐《刘海峰先生八十寿序》："曩者，鼐在京师，歙程吏部，历城周编修语曰：为文章者有所法而后能，有所变而后大。维盛清治迈逾前古千百，独士能为古文者未广。昔有方侍郎，今有刘先生，天下文章，其出于桐城乎？"参见姚鼐《惜抱轩诗文集》，上海古籍出版社1992年版，第114页。

　　乾隆之末，桐城姚姬传先生鼐，善为古文辞，慕效其乡先辈方望溪侍郎之所为，而受法于刘君大櫆及其世父编修君范。三子既通硕望，姚先生治其术益精，历城周永年书昌为之语曰："天下之文章，其在桐城乎？"由是学者多归向桐城，号"桐城派"，犹前世所称"江西诗派"者也。①

　　曾国藩论桐城派时，京师已有梅曾亮讲论桐城之文，此派已风行大江南北。巴陵吴敏树《与小岑论文派书》论"桐城文派"时谓："所称桐城文派者，始自姚郎中姬传称私淑其乡先辈望溪先生之门人刘海峰。又以望溪接续明人归震川。"②并提出了桐城之文不可为派的反对意见。晚清侯疑始之诗，其《绝句答友人》中也有"桐城文派"一词："王（石谷）画苏书温李诗，桐城文派梦窗词。咸同以后成风尚，吾意难同肯诡随。"③稍后《清史稿·姚鼐传》载：

　　　　康熙间，侍郎方苞名重一时，同邑刘大櫆继之。鼐世父范与大櫆善，鼐本所闻于家庭师友间者，益以自得，所为文高简深古，尤近欧阳修、曾巩。其论文根极于道德，而探原于经训。至其浅深之际，有古人所未尝言。鼐独抉其微，发其蕴，论者以为辞迈于方，理深于刘。三人皆籍桐城，世传以为桐城派。④

　　桐城派的活动时间，前人已有论述：关于桐城派的开创，魏际昌《桐城古文学派小史》将戴名世列为"桐城四祖"之一。至于桐城派退出文坛的时间，章太炎《马通伯先生像赞》"文章之寄，是唯枞阳，公殿其行"之论已经明言马其昶为殿军。由此可以确立桐城派大致的活动时间。

---

　　① 曾国藩：《〈欧阳生文集〉序》，上海古籍出版社 2007 年版，第 285 页。
　　② 吴敏树：《与小岑论文派书》，《桦湖文集》卷六，《续修四库全书》（1534），上海古籍出版社 2013 年版，第 196 页。
　　③ 陈衍：《石遗室诗话》卷一五，张寅彭《民国诗话丛编》，上海书店出版社 2002 年版，第 219 页。
　　④ 赵尔巽等：《清史稿·姚鼐传》卷四八五，中华书局 1998 年版，第 3430 页。

然桐城称派之前，桐城方以智博学能文而雅好程朱理学，钱澄之古文质朴宏肆、不事雕琢，直接影响到方苞的古文创作，自为桐城派之先导。尤为重要的是，方苞被目为桐城派的开创者，然而纵然加入戴名世，仍然不足以立派。与之同游者尚有朱书以善古文著称。方、朱、戴皆以善古文名重一时，故可称派。至于后期，林纾等与马其昶同时并相往还，持论相近，尽管为桐城文人所轻，也应属桐城派之流别。故桐城派的始末，大抵与清王朝兴亡时间一致。

关于桐城派的活动地域，自应以桐城文人活动之地域为核心，康乾时期，桐城县为桐城古文之渊薮。然而不得囿于桐城一县。清初江南苏皖一体，桐城文风郁盛；江南省分治后，安庆府作为安徽省府驻地，为清代江南文化一大重镇。"昔人称其山深秀而颖厚、水迤逦而荡潏，钟美蕴灵，巍然为上游都会，良有以也。"① 桐城之文得以沾溉兴盛，颇具水木江南之精神。同时桐城与周边地域之畛域并不分明："桐城县，本汉枞阳县，属庐江郡。"② 周边歙县、潜江、舒城、庐江等地皆与桐城有着密切的文化交往，以安庆为中心的皖南文人交往自应为桐城派活动的一部分。从更广的地域看，尽管桐城派以桐城为中心，徽州文人活动与桐城派水乳交融，难以截然分开，其思想倾向相近者，也应属桐城派。至于流寓文人，"在桐言桐，则亦桐之文也"③。江淮、淮扬之间文士言桐城之文者亦不乏其人，同样当属于此派。姚鼐自祖辈以来，已三世居金陵，主讲之扬州梅花书院、徽州紫阳书院、安庆敬敷书院与江宁钟山书院皆不在桐城。因而受桐城派之熏染，取舍一致者，均为桐城派。桐城归属之安庆府处"九江之北，三楚之南，南滨大江，北界清淮"④。流风播扬，岭西、湘乡、新城、莲池之文皆属桐城古文，乃至日本也有桐城派弟子。故桐城文派为一代古文之正宗。起自清初，迄于清末，桐城派从安徽一隅蔓延，以桐城为中心，包括江浙

① 赵弘恩等监修，黄之隽等编纂：《江南通志》卷二，台湾商务印书馆影印文渊阁四库全书（507），第 168 页。

② 欧阳忞：《舆地广记》卷二十一，四川大学出版社 2003 年版，第 614 页。

③ 《康熙桐城县志》卷七，《中国地方志集成》，江苏古籍出版社 1998 年版，第 209 页。

④ 李贤等撰：《大明一统志》卷十四，三秦出版社 1990 年版，第 229 页。

湘赣，北逾河朔，南达粤西，东至闽中，都有桐城派的影响。

二　桐城文派之作家

桐城派成员的构成是桐城派研究中的一个核心问题。淮扬地域"厥土
下下上错"①，在土地贫瘠、境内多山的桐城，儒者都有其职事。学继程朱
的理念与好为古文的志趣使桐城文人在交往中形成了影响深远的桐城派。

关于桐城儒者之去处，据康熙《桐城县志》所述："大抵学者砥躬励
行，出则为卿为相，处则为师为儒。非厥材殊，抑其遇异。"② 则其中得
志者为卿相，不遇者为师儒，卿相自为文臣，而师儒或辗转于私塾，或主
讲于书院。然而桐城派学者以古文相标榜，未必着意于时文，或致科场不
遇，故其中文人多为师儒，桐城之文因而凭借私塾与书院得到了传播。有
学者以为："它不是'庙堂文学''山林文学''清客文学'，自然也不是
'市井文学'。"③ 然程朱之学意在维护庙堂之神圣，桐城文士幽居山中，
得山川灵秀之气，与达官相合则居于幕府，为营生计则往来市井，居于社
会中流，奉行儒术，好为古文。至于渔者徐骞、理发之吴鳌地位卑微，无
意于程朱之学，当不属于桐城派文人。

学者论桐城派，涉及其学术畛域，多各持己见。桐城派文人所涉艺事
甚广，从诗文至于书画，有所成者颇多。然"论者谓望溪之文质，恒以理
胜。海峰以才胜，学或不及。惜抱则理与文兼至。三人皆籍桐城，故世称
为桐城派"④。则桐城派首先为散文流派。桐城派也是诗派，"自海峰先生
卜居枞阳，以风雅导启后学，而枞阳诗派遂盛于桐城"⑤。故枞阳诗派为
桐城诗派之流别；而吴闿生的《晚清四十家诗钞》被学者阐释为"以相
当大的篇幅建构了一个以吴汝纶为核心的北传桐城诗派的力量组合"⑥。

---

① 《尚书·禹贡》，阮元校刊《十三经注疏》，中华书局1980年版，第148页。
② 《儒林序》，《康熙桐城县志》卷五，《中国地方志集成》，江苏古籍出版社1998年版，第
164页。
③ 吴孟复：《桐城文派述论·前言》，安徽教育出版社2001年版，第1页。
④ 易宗夔：《新世说》，山西古籍出版社1997年版，第97页。
⑤ 刘开：《张勋园明府诗集序》，《刘孟涂集》卷七，道光六年，檗山草堂刻本。
⑥ 闵定庆：《晚清四十家诗钞与桐城诗派的最后历程》，《中国韵文学刊》2008年第1期。

同时，桐城派与宋学有着难解之缘，桐城派以程朱理学为归，方东树《汉学商兑》开篇即称："近世有为汉学考证者，著书以辟宋儒、攻朱子为本。"① 其捍卫宋学的立场表明了桐城派的旨趣并不限于诗文创作，则桐城派为以古文面目出现之学派无疑。此外，作为文章之余事，桐城之书画声名远播，似与程朱之学相远，纵可称派，与文派不同。故新安画派与桐城派不同，并非因为其源出桐城之外，而在于绘画不以程朱之学为旨归。因此，桐城派文人，依其才略与个性，可兼为古文家、诗人与道学家。故桐城派文人多为传道授业之师，论其志趣则为文章家兼道学家。桐城"义法"中不乏理学与"经济"合一的淑世情怀、"有法"与"无法"相济的圆融之思；兴盛于康乾时之桐城，而与清王朝相始终，流播于海内外；桐城派文人多为师儒，以文章擅英声，以道学为职志。

三　桐城"义法"之含义

何谓桐城"义法"？就行文方法来讲，是要做到言"有物"，文"有序"，而以"义"为核心。不过这里的"有物""有序"有特定的含义，方苞弟子王兆符述方氏之论："学行继程朱之后，文章在韩欧之间。"② 以为桐城之文亦文亦道，可谓得桐城"义法"之精髓。

然而，所谓"桐城义法"，含义并非一成不变。在绵延于有清一代的桐城派发展过程中，言"有物"之"义"所包含的内容在各个时期代表人物思想中有着显著差异。从遵循程朱之学到融合汉宋，吸取西学之精华，乃至记述世俗之事，表明了桐城之"义"在各个历史阶段的新变。早期方苞之论，以为文章之义，当以程朱理学为旨归。追求纯粹不杂之文，用以表达道统的精神；至于刘大櫆，工于文辞，包含着对人生意趣的追寻；姚鼐引入"考据"之学，体现了求实之风；曾国藩强调经世之学，以"经济"为首务；而吴汝纶主张"中学为体，西学为用"，倡导启蒙，汲取了西方文化精神；马其昶以为学术与为文要"取之于古，蹈之

---

① 方东树：《汉学商兑》，商务印书馆 1937 年版，第 1 页。
② 王兆符：《方望溪先生文集序》，《方望溪文集》，《续修四库全书》（1420），上海古籍出版社 2013 年版，第 280 页。

于躬"①，诸人皆在不违背"道统"的同时，主张适应现实的需要。其主张体现了桐城之义从道德论到世俗化的发展过程，都是对方苞"言有物"理论的深化与补充。

同样，桐城派文人对于"法"的认识也在逐步深化。方苞所推崇的"文章在韩欧之间"，韩愈主张"惟陈言之务去"，欧阳修则以为"道胜者文不难而自至"，尊道而崇文；至于刘大櫆论文，则开始将神气、音节、字句作为关注的中心，《论文偶记》重在品藻；姚鼐强调"道与艺合"②的境界，深契"无定之法"③，标志着桐城之"法"已不囿于"定法"；至于方东树《昭昧詹言》以"法"论文，以"境"说诗，于精密中见深邃之思；梅曾亮论文，则立"有我""有物"之境④；曾国藩倡言扫荡旧习，"赤地立新"⑤，始别有文境；林纾论文，马其昶以为其或不必言，然《春觉斋论文》称："意境者，文之母也。"⑥ 与王国维境界说并峙。对"无法"之法的理解与"意境"的感悟，表明桐城派之"法"的深邃与灵活性。

桐城"义法"之"有物"说由崇道到济世的深化与"有序"说由有法到无法的圆融之思，昭示着桐城派文法理论与世推移、日臻完备。

可以说，桐城派是清代乃至中国文化史上最大的诗文与学术流派。流风余韵至今尚存。因而研究近代桐城派对于厘清中国古典诗文在清代的发展，乃至从古典向现代的嬗变有着极为重要的意义。

对桐城派的研究由来已久。方东树《汉学商兑》力诋汉学，即可看作对桐城派研究的开始。李详《论桐城派》（《国粹学报》1909 年第 49 期）第一次简略地论述了桐城派的源流。1924 年刘声木编印《桐城文学渊源

---

① 马其昶：《奉吴至父先生书》，《抱润轩文集》卷四，《续修四库全书》（1575），上海古籍出版社 2013 年版，第 698 页。

② 姚鼐：《敦拙堂诗集序》，《惜抱轩诗文集》，上海古籍出版社 2008 年版，第 49 页。

③ 姚鼐：《与张阮林》，《惜抱先生尺牍》卷三，道光三年刻本。

④ 梅曾亮：《李芝龄先生诗集后跋》，《柏枧山房诗文集》，上海古籍出版社 2005 年版，第 123 页。

⑤ 曾国藩：《与刘霞仙》，《曾文正公文集·书札》，吉林人民出版社 1995 年版，第 2011 页。

⑥ 参见林纾《春觉斋论文》，《论文偶记·初月楼古文绪论·春觉斋论文》，人民文学出版社 1959 年版，第 75 页。林纾是否属于桐城嫡派，学者尚有争议，然其意境论与桐城文论一脉相承。

考、撰述考》考索师承，明辨学术，实为研究桐城派奠基之作；1928 年姜书阁作《桐城文派述评》（商务印书馆 1930 年版）详述史实、追溯渊源；稍后有姚子素《桐城文派史》①、梁堃《桐城文派论》（商务印书馆 1940 年版）。当代桐城派研究兴起较晚，钱仲联《桐城派古文与时文的关系问题》（《文学评论》1962 年第 2 期）一文明确表达了重新确立桐城派在文学史上地位的意图。新时期以来，自马茂元作《桐城派方刘姚三家文论述评》（《中国古代文学理论研究》1979 年第 1 辑），论述桐城派新作渐多，魏际昌《桐城古文学派小史》（河北教育出版社 1988 年版）、尤信雄《桐城文派学述》（台湾文津出版社 1989 年版）阐述其学理。吴孟复《桐城文派述论》（安徽教育出版社 2001 年版）传承师学，叙述其史事，亦时有阐发。周中明《桐城派研究》（辽宁大学出版社 1999 年版）剖析其流别，《姚鼐研究》（安徽大学出版社 2013 年版）为其典型的个案研究。王达敏《姚鼐与乾嘉学派》（学苑出版社 2007 年版）又以姚鼐为例剖析了桐城之文的学术渊源。

　　然而，近代桐城派作为桐城派的一个重要阶段在学术界长期以来未得到应有的重视，研究者多将目光放在乾嘉时期。近代桐城派研究长期以来并没有引起学术界的广泛关注。然民国时刘声木《桐城文学渊源撰述考》考镜学术源流，已达近代桐城派；姜书阁《桐城文派述评》也以为新文学之产生，"先有此派通顺文章为之过渡"②；钱基博《现代中国文学史》则勾勒了桐城文学发展之脉络，并试图阐述其与现代白话文学之关系。20 世纪 80 年代，近代桐城派的研究才再次进入学术视野，关爱和《后期桐城派与五四新文化运动》（《江淮论坛》1986 年第 3 期）较早地注意了桐城派与新文学之关系，论著《古典主义的终结：桐城派与"五四"新文学》（上海文艺出版社 1998 年版）论述新旧文学之关系，更多强调的是旧文学的终结；陈平原《桐城文章流变》（《文史知识》1996 年第 6 期）已开始关注桐城派在近代的成就。日本鱼住和晃《张廉卿——悲愤与忧伤的

① 刘声木：《桐城文学渊源撰述考》，黄山书社 1989 年版，第 12 页。
② 姜书阁：《桐城文派述评》，商务印书馆 1933 年版，第 96 页。

文人》、佐藤一郎《江户与明治时代的桐城派》 等论著则仅就其中个别现象立论，且至今未见中译本。

桐城文化博大精深，桐城派古文几乎与有清一代相始终。从目前学术的成果看，研究尚待深入。目前研究桐城派的困境在于：一是近百年来学者所涉及的作家中，多关注文学大家的研究，对于与之有密切关联的作家尚未深入研究；二是多专注于桐城派内在发展过程，较少将桐城派研究置于清代文学与文化的视域中来加以考察，也较少从桐城派对于现代文学的启示意义的高度来阐释桐城派的价值；三是对于桐城派的认识尽管已经不囿于清代前期，但是学术界很少深入关注桐城派在近代的发展过程；四是从地域文化的角度看，仍未打破桐城的地域限定，没有从江南文化与中国文化发展过程方面来加以把握。从研究模式上也就很少深入结合家族、地域文化等多角度来研究。

尽管研究桐城派的著作时有出版，但近代桐城派古文研究仍然薄弱。迄今为止，未见有从宏观上研究近代桐城文派源流的专论问世。本课题研究对于进一步把握近现代文学史具有重要意义。近代桐城派是正统文学的主脉，在近代文学史上居于中枢地位。要梳理中国文学发展史，如何认识近代桐城派是一个关键。同时，长期以来学术界对桐城派特别是近代桐城文派深存误解，此派与现代文学之关系有待厘清。因此，对近代桐城文派的深入研究有助于辨明学术源流，为现代文学溯寻传统文化之根。具体说来，本书拟从地域与家族文学的角度，从近现代文学发展的视域，结合对于其他艺术门类的考察，以古文传播的脉络为研究基本路径，勾勒出近代桐城文派的总貌，并深入探究桐城文派在中国学术与文化中的意义。

第一章

近代桐城文派之兴起

明末以来，文章之盛，淄渑并出，蔚为大观。刘师培《论近世文学之变迁》指摘近世之文谓："文学之衰，至近世而极。"① 而钱基博《现代中国文学史》则标举清代之文学："迄于清季，词融今古，理通欧亚，集旧文学之大成而要其归，蜕新文学之化机而开其先。"② 论近代文章之高下，诸家或有抵牾。然有清三百年之文，披沙拣金，必有可采。道、咸以来，文章代有新变，尤其值得关注。

清代之文，纷繁之绪难以备述。钱基博论清代之文，以魏晋与唐宋之文为主线，分叙选学与桐城之文；刘师培则据近世学术立论。据刘氏所述，清代之文可分文人之文与学者之文两类。③ 学者之文以皖派古文家之文及常州今文家之文为翘楚，文人之文则略分为三派：藻丽之文、文史之文、义理之文。丽藻之文，起自复社、几社之英，盛于易堂诸子，侯方域、王昆绳、刘继庄皆属此派；文史之文兴于浙东，浙东学者自黄宗羲至于万季野、全榭山皆为史家而工文，嗣后秀水朱彝尊、吴江潘耒并出，长

---

① 刘师培：《论近世文学之变迁》，《国粹学报》1907 年第 26 期。

② 钱基博：《现代中国文学史》，《民国丛书》，上海书店出版社 1989 年版，第 12 页。

③ 此外别有工于才藻而近奇诡者，可称为词人之文。汪中、周济等六朝之文，龚自珍、魏源等今文家之文，袁枚、胡天游、王昙夸诞之文，可拟为辞人之文。谭嗣同《论艺绝句六篇》其二谓："千年暗室任喧豗，汪、魏、龚、王始是才。"所见相近而持论迥异。拟之今日，最近文学之文。参见《谭浏阳全集》，《近代中国史料丛刊》，（台北）文海出版社 1966 年版，第 186 页。

洲汪琬、新城王渔洋、商丘宋荦之文亦属此派，雍乾之间，仁和杭世骏、钱塘厉鹗犹沿此体。另一派则为桐城古文：

> 望溪方氏，摹仿欧、曾，明于呼应顿挫之法，以空议相演，又叙事贵简，或本末不具，舍事实而就空文，桐城文士多宗之。海内人士，亦震其名，至谓天下文章莫大乎桐城。厥后桐城古文，传于阳湖、金陵，又数传而至湘、赣、西粤。然以空疏者为之，则枯木朽荄，索然寡味，仅得其转折波澜。惟姬传之丰韵，子居之峻拔、涤生之博大雄奇，又近今之绝作也。①

"刘氏所列清代文派虽众，然其足以卓然成家者，古文家则桐城派与阳湖派，经学家则古文之考据与古文之章是也。"② 以今日学术论，经学非文学之什。刘师培论文学则仅有桐城派与阳湖派，然而又将恽敬列入桐城派、周济列入六朝之文，则以为清代之文可称者唯有桐城古文而已。

姚鼐以后，桐城之文流播广远，古文家甚众。"其门人上元梅曾亮、管同、娄县姚椿、宝山毛岳生，皆为高足弟子，其籍隶桐城者，则有刘开、方东树、戴钧衡等，皆先后传桐城之学。其非姬传弟子，亦非籍隶桐城，而私淑方、姚者，于南丰则有吴嘉宾，于桂林则有吕璜，于湘中则有曾国藩、吴敏树。曾之弟子，则有张裕钊、吴汝纶（吴为桐城人）、黎庶昌。"③ 刘开、方东树早出，其余诸人，皆为近代桐城派古文之健者。由地域而言，"自淮以南，上溯长江，西至洞庭沅、澧之交，东尽会稽，南逾服岭"④，尤盛于江南。康乾以来桐城文章之兴与江南文化尤其是桐城地域文化的独特性有着不可分割的联系。桐城在《禹贡》中属扬州之域。"《唐书》谓群舒桐南，斗在云汉下流，当淮海间，为吴分。"⑤ 今之桐城，

---

① 刘师培：《论近世文学之变迁》，《国粹学报》1907 年第 26 期。
② 陈柱：《中国散文史》，东方出版社 1996 年版，第 303 页。
③ 胡怀琛：《桐城文派》，《国学》月刊第一卷第一期，上海大东书局印行 1926 年版。
④ 薛福成：《寄龛文存序》，《庸庵文外编》卷三，光绪十九年刊本。
⑤ 《康熙桐城县志》卷一，《安徽府县志辑》（12），《中国地方志集成》，江苏古籍出版社 1998 年版，第 13 页。

东临白湖诸水，西依天柱群峰。清代桐城之域更为辽远："北峡、南峡阻
其北，横山、二龙障其前。沙河、挂车控其右，长江限其东。"① 黄山、
白岳在其侧，号为天下名胜。"盖其山深秀而苍郁，其水迤逦而荡漾，古
所称九江之北、三楚之南，乃诗人骚客之所出也。"② 奇山异水孕育了桐
城文人。乾嘉以来，安庆为上游都会，与金陵遥相呼应。明季桐城人文鼎
盛，齐之鸾、左光斗为一时俊杰。明清之际，田澄之、方以智诸人思崇宋
学以张道统。至朱书、戴名世与方苞，桐城派规模已具，为文主雅洁；至
于刘大櫆，为文兼重品翰藻；姚鼐则又济以考据之学，"推究闳奥，开设
户牖，天下翕然，号为正宗"③。随着商业经济的兴起、国运之衰微，以
宋学为根底的桐城之学与汉学、新学相融合，清真雅洁的古文濡染了铺排
骈偶乃至传奇小说之新风。桐城古文日渐遍布大江南北，流传海国。

第一节　近代桐城古文之渊源

从地域文化而言，明清桐城文化是江南文化的一部分。苏皖"事实上
盖为不可分之一文化区域也"④。《江南通志》卷二《安庆府图说》："昔
人称其山深秀而颖厚、水迤逦而荡漾，钟美蕴灵，巍然为上游都会。"⑤
桐城属江南之域，人文蔚起并非偶然。"桐城文学之兴，自唐曹孟徵、宋
李伯时兄弟，以诗词翰墨名播千载。"⑥ 桐城古文蕴含着江南地域特有的
灵秀之气。尽管桐城派以程朱之学为本，然而作为文章，诗化的古文是桐
城古文的典范。古文中有作者个人之情志，嘉道以来世风的变迁，必定影

---

① 道光：《续修桐城县志》卷一，《安徽府县志辑》（12），《中国地方志集成》，江苏古籍
出版社1998年版，第277页。
② 宋实颖：《龙眠风雅序》，潘江辑《龙眠风雅》卷首，《四库禁毁书丛刊》影印康熙十七
年潘氏石经斋刻本，集部第98册，北京出版社1977年版，第2页。
③ 王先谦：《续古文辞类纂序》，姚鼐、王先谦编《正续古文辞类纂》，浙江古籍出版社影
印上海会文堂书局本1998年版，第276页。
④ 梁启超：《近代学风的地理分布》，载《清华学报》1924年第一卷第1期。
⑤ 赵弘恩等监修，黄之隽等编纂：《江南通志》卷二，台湾商务印书馆影印文渊阁四库全
书本，第168页。
⑥ 方宗诚：《桐城文录序》，《柏堂集（次编）》卷一，光绪六年刻本，《清代诗文集汇编》
（672），上海古籍出版社2010年版，第140页。

响到古文的创作。乾嘉以来的汉宋之学的交锋是清代社会政治在学术领域的体现，古文经学的兴盛有文人意欲全身远祸的一面，重视名物典章的皖学的勃兴也有求实精神的表达，经世之学的盛行适应了社会变革的需要，今文经学的兴起则对儒家思想做了新的阐释，也导致了对道统与王朝的合理性的质疑。桐城古文家作为宋学的传承者，兼容汉学与新学成为必然。这样，与前期相比，近代桐城派古文更具诗性的品格与通达的文风。

一　江南文化与桐城之文

桐城文化之繁盛，不只是桐城地域文化之勃兴。在一定意义上，它是明清江南文化的一个典范。桐城派古文的涌现，虽是地域文化与清王朝社会政治与科举制度的需要，然而也是江南文化深蕴的灵秀与对社会反思的智慧在文章中的体现。在近代桐城古文中则包含着更多的通变之思。

桐城在明初隶京师，永乐后隶南京府①；清代前期属江南省，康熙苏皖分治以后，以安庆为中心，仍与江苏密不可分。清光绪《重修安徽通志》卷十八《舆地志》载安庆府之沿革：

> 《禹贡》扬州之域，春秋时为皖国、舒国、桐国之地。战国属楚，秦属九江郡。汉为皖县，初属淮南国，后属庐江郡。后汉建安末，移庐江郡治此。三国初属魏，后属吴。晋仍属庐江郡。东晋义熙中，置晋熙郡及怀宁县，宋齐因之。梁置豫州，后改西豫州，大宝初改曰晋州，兼置西江州；北齐天宝六年，改曰江州；陈太建五年，复改为晋州。隋开皇初，郡废，改曰熙州；大业初，改曰同安郡。唐武德四年改曰舒州，天宝元年复曰同安郡，至德二年改曰盛唐郡，乾元元年改曰舒州，属淮南道。
>
> 五代初属吴，后属南唐。宋初仍曰舒州、同安郡，属淮南西路；政和五年，置德庆军；绍兴三年，仍听江南西路安抚使节制；十七

---

① 参见赵弘恩等监修，黄之隽等编纂《江南通志》卷四，（台湾）商务印书馆影印文渊阁四库全书本 1983 年版，第 201 页。

年，改安庆军。庆元初，升为府，属淮南西路。元至元十四年，改安
庆路，属蕲黄宣慰司，隶淮西江北道；二十三年，直隶河南江北行
省。明初改曰宁江府，壬寅年曰安庆府，直隶南京。国朝因之，初隶
江南省，康熙六年，隶安徽省，领县六。①

从中可以看出安庆与皖南地域的特征、皖南的江南文化归属与独特的
地域特征。

一方面，地理位置与行政区划造就了安庆与桐城的文化归属。在行政
建制上，明清时期安庆长时间隶属南京管辖，在明直隶南京，清康熙六年
以前属江南省。从地域文化上看，自古属扬州之域，桐城《禹贡》隶扬州
之域，三国后期归属吴，五代以来，与江南关系更为密切，初属吴，后属
南唐。明代南直隶、清代江南省皆大大加强了皖江文化区域与江南各地的
联系。尽管康熙六年已定左布政为安徽布政司使，至乾隆"二十五年以安
徽布政司使自江宁还治安庆"② 已历近百年。尤其是江南乡试录取苏、
浙、皖三省文士，故明清之时，安庆与桐城在文化上当隶属江南。自明
以来，安徽文人客居金陵、扬州、松江为一时风尚。明代"嘉定四先
生"中，程嘉燧籍休宁，李流芳籍歙县。姚鼐为"桐城三祖"之一，世
居金陵。桐城文人活动并不囿于桐城与皖南文化圈，因而桐城文化是江
南文化的一个缩影。相似的文化环境造就了安徽人文与江苏人文相近的
特征。甚至小说的兴盛也是江南文化繁荣的写照。全椒吴敬梓《儒林外
史》的创作无疑得益于江南文化繁盛，其他如休宁赵吉士《寄园寄所
寄》、泾县潘纶恩《道听途说》、天长宣鼎《夜雨秋灯录》、桐城许奉恩
《里乘》、宣城施闰章《矩斋杂记》等也打上了鲜明的文化印记。江南
学术自当为江南文化之精髓。明清以来之学术，戴段二王之朴学，惠氏
之古文经学，常州庄氏之今文经学，此消彼长。而方刘姚不独以古文纵

---

① 沈葆桢、吴坤修等修，何绍基、杨沂孙等撰：《重修安徽通志》卷十八，《续修四库全
书》第 651 册，上海古籍出版社 2013 年版，第 190 页。

② 沈葆桢、吴坤修等修，何绍基、杨沂孙等撰：《重修安徽通志》卷十七，《续修四库全
书》第 651 册，上海古籍出版社 2013 年版，第 175 页。

横于江淮，其尚宋学之风在当世与李光地遥相呼应。从明清政区划分可见桐城地域的江南文化属性。

另一方面，安庆与桐城居南北之要津赋予了它作为皖南重镇独特的文化精神。安庆为南北东西之要冲，建置隶属东向之淮南西路、南向之江南西路、西向之管辖蕲黄宣慰司、北向之河南江北行省。为吴楚之边域、魏吴之疆土。故安庆及所辖之桐城，虽多险要之塞，实为四会五达之区。故有机会接触南北文化、新旧思想。尤其是在近代战争史上，太平军与湘军长期在安庆、祁门对峙，再次凸显了作为皖南文化乃至江南地域文化典范的桐城文化的独特地位。然而，桐城及皖南之文化仍有其独特的一面。桐城之山水秀美凝聚了桐城文人的灵气，天柱、浮渡为寰宇名胜；而邻近的新安，山水号称天下独绝，黄山、白岳为天下大观。

皖南多山的环境、四会五达的地理位置促使人们从事农耕以外的活动。由于土地贫瘠、人多地少，儒者达则为官、穷则设教；科举高中者前后相望，城中张英、张廷玉父子相继为宰相，小龙山有"'五里三进士'（姚孙棐、龙鲤门、许鲤跃），'隔河两状元（龙若宰、龙汝言）'"① 之说。伶人登台献艺，奔走四方。徽班开始多活动于江南诸省，乾隆时四大徽班进京，改变了中国戏曲发展的历程。扬州戏曲表演之盛，从李斗《扬州画舫录》卷四之"郡城花部"中可见：

> 迨五月昆腔散班，乱弹不散，谓之火班。后句容有以梆子腔来者，安庆有以二簧调来者，弋阳有以高腔来者，湖广有以罗罗腔来者。始行之城外四乡，继或于暑月入城，谓之赶火班。而安庆色艺最优，盖于本地乱弹，故本地乱弹间有聘之入班者。②

足见乾嘉间安庆伶人早已擅名江南。歌曲之演唱在皖南更为常见，冯梦龙《山歌》中就有《桐城时兴歌》。明清以来，桐城地域歌谣之情韵，

---

① 方尔文主修，汪福来主编：《桐城文化志》，安徽人民出版社 1992 年版，第 150 页。
② 李斗：《扬州画舫录》卷五，中华书局 1997 年版，第 130—131 页。

皖南黄梅调之灵性，岳西高腔之雄浑，与桐城之文的内在诗性，也不无关联，无疑影响到了文人之性情。徽班的演唱之美与桐城之文在精神上有内在的一致性。"周作人说过，桐城派文章得力于京戏和急口令（大意），倒是很有道理的。"① 桐城之文重视声调之响亮与韵律之美，与皖南之民风当有内在联系。

皖南山环水绕，多奇山异水，山光水色也陶冶了文人之情趣，故诗文多描摹山川秀丽之景色，与方苞同时的戴名世，有《响雪亭记》《芝石记》《游浮山记》《石门冲记》等以写景起兴之文二十余篇；甚至主张淳雅之文的方苞，集中也有以记为题的古文一卷，《弦歌台记》《将园记》《游丰台记》《再至浮山记》等篇，皆多记游、写景之句。朱书之文传世不多，今据《杜溪文稿》，所存古文，有记体之作七篇，《小孤山记》《游冯公园亭记》《皖江游览记》等篇写景状物之处皆笔力精微。至于刘大櫆、姚鼐以下诸人，描摹山水更真切细致，篇章更多。桐城之诗，更离不开山水，刘大櫆有"新安四围千万山，连峰叠岭争孱颜"② 的诗句；姚鼐多能，工于诗，好为词，《水龙吟》咏芦花有"楚江漠漠连天，荻梢满缀摇秋气。寒云影外，暮山低处，淡烟丛里"③ 之句。文人雅趣不只是体现在诗文创作中，新安画派之山水灵境亦令人神往。明代李流芳、程嘉燧兼工诗画，清代浙江查士标亦兼擅诗画，稍近者有黄宾虹，自晚清至民国数十年笔耕不辍，尤为画坛耆宿。

皖南文化中另一个值得关注的文化现象是徽商在明清社会的影响。徽商为维持生计，离乡背井，民谚有"钻天洞庭遍地徽"④。不只是徽州的商人，整个皖南都是如此，尤以徽州为甚。据康熙《休宁县志》载：

> 邑中土不给食，大抵以货殖为恒产。因地有物，以通贸易。视时

---

① 方重禹：《谈桐城派》，《读书与出版》1948年第三卷第9期。
② 刘大櫆：《登斗山放歌》，《刘大櫆集》，上海古籍出版社2008年版，第447页。
③ 姚鼐：《水龙吟》，上海古籍出版社2008年版，第644页。
④ 施显卿：《新编古今奇闻类纪》卷三，南京图书馆藏明万历四年刻本，《四库全书存目丛书》子部第247册，齐鲁书社1995年版。

丰歉以计屈伸。居贾则息微，于是走吴越楚蜀、闽越燕齐之郊，甚则
狄而边陲，险而海岛，足迹几遍寓内。①

　　随着商业的繁盛，徽商与文人结合，"贾而好儒"，成为清代重要的文
化阶层，影响了中国近代文化发展的进程。"明清两代商人阶层的壮大，
作为一个新的社会因素，改变了以往的文学生态。"② 徽商与外界的交往
扩大了桐城文章的影响，也传播了新的思想观念，新学的传播与徽商乃至
整个江南商业经济社会不无关联。明清以来，金陵与松江为富庶之乡，安
庆与新安为上游都会，一时称盛，桐城县之孔城镇至今遗存商旅繁华之遗
迹，徽州地域从商之风必定影响到桐城文人的伦理与审美观念，同时商人
凭借雄厚的经济实力襄助书院讲坛，藏书与刊刻典籍保存了大量珍贵文
献，并将私塾的文化意义发挥到极致。此外，徽商广泛的影响与交往的频
繁为将桐城文化与桐城诗文传遍天下提供了便利。
　　可见桐城古文的兴盛与江南文化的繁盛密不可分。桐城与新安山水养
育了一方具有独特个性的人。科举之士鱼贯而出，桐城文章擅名海内，新
安画派恒久不衰，桐戏、黄梅戏乃至京戏的出现都与这一地域独特的文化
有着深厚的文化渊源，而安庆府之桐城、徽州之歙县商业的勃兴无疑推动
了桐城之文的传播。

二　汉宋之争与桐城古文

　　"淮海惟扬州。"③ 皖南与江南文化的关联使得皖南乃至江淮自古以来
就是广义文化江南的一部分；皖南地处吴头楚尾的便利位置又使得桐城文
化融通南北。然而多山的地形造就了山民的保守性格。徽州的灵秀之气与
遵循古道的风气并存。
　　皖南宋学之风由来已久。宋代徽州婺源朱熹倡导理学，以维系人心，

---

①　廖腾煃修，汪晋徵等纂：《休宁县志》卷一，康熙三十二年刊本，（台湾）成文出版社
1970 年版，第 239 页。
②　朱万曙：《明清徽商的壮大与文学的变化》，《文学遗产》2008 年第 2 期。
③　《尚书·禹贡》，阮元校刊《十三经注疏》，中华书局 1980 年版，第 148 页。

明代桐城处于畿内，科举取士，得风气之先。明代文人切磋制义，互相砥砺，归有光"为南北二社，一时文学之士霞布云蒸"①。明末张溥等因"士子不通经学"，旨在"与四方多士共复古学"②，号为复社，桐城方文、方以智、蒋臣等，贵池吴应箕及江淮文人在其中者以百计，③士人对科举的关注导致了宋明理学的兴盛，皖南士人交游结社之外，何唐、童静斋、方学渐等的讲学之风④也促进了理学在桐城的兴盛。方苞自谓学行继程、朱之后。乾嘉以来，姚鼐、方东树等倡导古文，推崇程朱之学，与乾嘉汉学之风形成了对照，并出现了激烈的交锋。在乾嘉汉学衰落之时，桐城古文也随着清王朝的衰微与太平天国的涤荡，在桐城走向了式微。梅曾亮、曾国藩继承桐城古文之绪业，对汉学渐趋宽容吸纳。直至桐城吴汝纶涵融西学、马其昶综合诸家归于实用，桐城古文再次回归桐城，但距离桐城之文纯粹的宋学旨趣已远。

汉学与宋学，本皆引征儒家经典，阐明儒学，维护正统。然清代汉学以解经为能，宋学以坚守程朱理学为归。文网之下，治汉学者考订名物，以字句为鹄的，不免流于琐碎，乾嘉以来，此风尤甚；讲宋学者以义理为高，饰辩说之文辞附会王朝政治，不正心诚意以安社稷，侈论臣民尽忠守节。然而清季学术中，汉学以求是为归，宋学以纲纪人伦，皆有益于世道人心。

桐城古文兴起之时，戴名世以"《南山集》案"被腰斩于市，方苞因作《南山集序》被系于囹圄，故为文出言谨慎。虽谓学继程、朱，文效韩、欧，然而著书立说多承袭前人之说，不敢擅发议论。文集开篇《读〈古文尚书〉》即对古文不敢稍加异议：

> 先儒以《古文尚书》气不类今文，而疑其伪者多矣！抑思能伪为

---

① 眉史氏（陆世仪）：《复社纪略》，吴应箕等《东林本末（外七种）》，北京古籍出版社1999年版，第199页。

② 同上书，第210页。

③ 吴山嘉辑：《复社姓氏传略》卷四，海王邨古籍丛刊本，中国书店1990年影印版。

④ 参见方尔文主修、汪福来主编《桐城文化志》，安徽人民出版社1992年版，第3页。

是者，谁与？夫自周以来，著书而各自名家者，其人可指数也。言之近道，莫若《荀子》《孟子》，取二子之精言，而措诸《伊训》《大甲》《说命》之间，弗肖也；而谓左丘明、司马迁、扬雄能为之与？而况其下者与？①

此文未直言针对汉学家阎百诗《〈古文尚书〉疏证》而发，然而从孟子、荀卿皆不能作《尚书》，证明《古文尚书》不容怀疑。足证立论以儒家经典为依据，任何非议经典、考证真伪的言论皆为无知妄说。此后《读〈王风〉》又指出："世儒谓'读《王风》而知周之不再兴'，非深于《诗》者之言也。"② 以为君子抱义怀仁，周王朝必定兴盛，与汉学家推定的《王风》为哀音之说迥异。王朝必兴、经典必真是方苞立论的出发点。甚至要删定《荀子》以求纯粹，"去其悖者、蔓者、杂者、俚且佻者，得篇完者六"③。对《史记》怀疑指斥处甚多，对其义法独多褒扬，称道更多的是《史记》行文的章法。

在乾嘉汉宋之争中，汉学盛行，桐城古文家深感程朱理学被摒弃的危机。雍正至乾隆之初，刘大櫆以清俊之才擅名。由于刘家世代以设教为业，穷处乡野，刘大櫆科举不顺，终生未能中举，时有激愤之词："营营为口实，一饱岂易论。我于群物内，非士亦非民。我于众业内，无斧亦复无绗。冻饿固其分，何当有怨言？"④ 对程朱之学未必顶礼膜拜，所论多在为文之法。因而在桐城三祖中，"刘大櫆不是'学行程朱'的，因为他不排斥陆王，也不非议汉学家"⑤。"其学不如望溪之粹，其才气不如望溪之能敛。"⑥ 桐城姚鼐处境与刘大櫆迥然不同，立于廊庙之间，又为四库馆臣，与刘大櫆平心静气设教乡里不类，已感受到了颜李学派非议程朱、教人不读书之说，又亲闻同乡戴震贬斥朱熹为罪人之论，更深切地意识到了桐城之学与

---

① 方苞：《方苞集》，上海古籍出版社 2008 年版，第 1 页。
② 同上书，第 11 页。
③ 方苞：《书删定荀子表》，《方苞集》，上海古籍出版社 2008 年版，第 37 页。
④ 刘大櫆：《病中书感》，《刘大櫆集》卷十二，上海古籍出版社 2008 年版，第 405 页。
⑤ 魏际昌：《桐城古文学派小史》，河北教育出版社 1988 年版，第 58 页。
⑥ 吴汝纶：《与杨伯衡论方、刘二集书》，《吴汝纶全集》第一册，黄山书社 2002 年版，第 360 页。

古文的根底所在。相对而言，"戴震在清儒中最特异的地方，就在他认清了考据名物训诂不是最后的目的，只是一种'明道'的方法"①。而方苞认定程朱为不刊之论，稍嫌拘泥。故姚鼐曾欲以戴震为师，被戴婉言谢绝，称"自顾不足为师"②，尽管姚鼐未能为戴氏及门弟子，然而足见姚鼐已有兼通汉学之意。戴震《与姚孝廉姬传书》说："先儒之学，如汉郑氏，宋程子、张子、朱子，其为书至详博，然犹得失中判。其得者，取义远，资理闳。"③ 姚鼐尚可以接受。至于与人书，称："酷吏以法杀人，后儒以理杀人，浸浸乎舍法而论理，死矣！更无可救矣！"④ 这是姚鼐无法容忍的。在乾嘉之时，理学不为世俗所倚重，文人袁枚、厉鹗也与桐城派主张迥异，故姚鼐与鲍双书谓"吾断谓樊榭、简斋皆诗家之恶派"⑤，而与袁枚书则兼有詈骂之词：

> 儒者生程、朱之后，得程、朱而明孔、孟之旨，程、朱犹吾父师也。然程、朱言或有失，吾岂必曲从哉？程、朱亦岂不欲后人为论而正之哉？正之可也，正之而诋毁之、讪笑之，是诋讪父师也。且其人生平不能为程、朱之行，而其意乃欲与程、朱争名，安得不为天之所恶。故毛大可、李刚主、程绵庄、戴东原，率皆身灭嗣绝，此殆未可以为偶然也。⑥

毛奇龄撰《四书改错》，抨击朱熹《四书集注》，然《古文尚书冤词》力证《古文尚书》之真，或有功于理学；李恕谷承颜元之学，提倡躬行实践，并非汉学一派；戴震为休宁人，本为同乡；程廷祚兼百家之学，以为"墨守宋学者已非，墨守汉学者尤非"⑦。尤其是"绵庄所见，

---

① 胡适：《胡适文集》（7），北京大学出版社 1998 年版，第 252 页。
② 戴震：《与姚孝廉姬传书》，《戴震全集》（5），中华书局、清华大学出版社 1997 年版，第 2597 页。
③ 同上书，第 2596 页。
④ 戴震：《与某书》，《戴震全集》（1），中华书局、清华大学出版社 1997 年版，第 212 页。
⑤ 姚鼐：《与鲍双》，《姚惜抱尺牍》，上海新文化书社 1935 年版，第 33 页。
⑥ 姚鼐：《再复简斋书》，《惜抱轩诗文集》，上海古籍出版社 2008 年版，第 102 页。
⑦ 支伟成：《清代朴学大师列传》，岳麓书社 1998 年版，第 25 页。

大抵有似东原"①，为了坚守程朱理学与桐城之文的根基，姚鼐对诸人口诛笔伐，有不得已之处。但从中可以看出，姚鼐在乾嘉之际拘守程、朱之学而不变通的危机。

至于嘉道之际，社会危机四伏，变革之先兆已显，社会秩序有倾颓之势，故道学家与古文家以理学正人心之要求尤为迫切。方东树继承师说，力挽颓局，指斥异端：

> 程朱所严办理欲，指人主及学人心术邪正言之，乃最吃紧本务，与民情同，然好恶之欲迥别。今移此混彼，妄援立说，谓当通遂其欲，不当绳之以理，言理则为以意见杀人，此亘古未有之异端邪说。②

方东树著《汉学商兑》，指斥乾嘉汉学诸家，意在驳斥江藩《汉学师承记》，诋排异端，捍卫程朱理学。梁启超允为知言。此论进一步深入批判了戴震之说，指斥其为"亘古未有之异端邪说"，然迂远之思与激烈之情自见。至此，汉学与宋学的交锋已经势如水火。

尽管方东树在《书林扬觯》中重申《汉学商兑》序中之言："凡与诸子为难者辄恚恨。"③然而在论"著书精博二派"时，仍然有兼取汉学之意：

> 太史公曰："好学深思，心知其意。"此为一派，所以尽精微也，义理、文章之学以之。班固曰："笃信好古，实事求是。"按："实事求是"四字本河间献王语。此为一派，所以博文也，汉魏六朝经师、义疏、名物、训诂之学以之。二者不可偏废，乃为学之全。今谈宋学者以空疏语录为宗，非真程、朱；谈汉学者以曼羡支离为是，非真班固、献王。④

---

① 姚鼐：《程绵庄文集序》，《惜抱轩诗文集》，上海古籍出版社 2008 年版，第 268 页。
② 方东树：《汉学商兑》卷中（上），商务印书馆 1937 年版，第 44 页。
③ 方东树：《书林扬觯》，华东师范大学出版社 2015 年版，第 110 页。
④ 同上书，第 65 页。

方东树以义理、文章归于宋学，以博文归于汉学。然而，姚鼐即已论义理、考据、文章，考据自与汉学尤近。不过仍可见方氏以宋学为归，意欲兼取二者之长的论文旨趣。

此时汉宋之学已趋兼容。"后此治汉学者颇欲调和汉宋，如阮元著《性命古训》，陈澧著《汉儒通义》，谓汉儒亦言理学。其《东塾读书记》中有《朱子》一卷，谓朱子亦言考证。"[①] 梅曾亮宗宋学，然而对汉学不置可否；曾国藩为理学名臣而主践履；至于吴汝纶，更兼容新学。

总的来看，在清代近三百年的统治中，桐城派古文家以宋学为宗，然而，随着道咸以来世风的转变与王朝的倾颓，纯粹的宋学已经开始与汉学融合，并逐渐被新学取代，直到近代白话文的兴起与新文化运动对传统社会秩序的否定与重构。

三　桐城"义法"之嬗变

桐城"义法"说是桐城派立言之根底。"义法"之嬗变是桐城派文章风气嬗变之体现。自桐城派之初创，到桐城之文之陵替，"义法"说的内涵在不断丰富、演变。方苞之前，论文法者不乏其人。在桐城，与方苞同时的戴名世与朱书也倡导作文之法。自方苞倡言古文"义法"，"义法"说成为桐城派的立派根基。学继程、朱，自以理学为旨要；文法韩、欧，则以古文为典范。在作文的途径上，则以"义法"为其准则。"义法"的发展，大致可分为三个时期：

（一）初创时期：以辨理论事为宗

"义法"说的提出是方苞、朱书、戴名世将古文创作形式化的结果。方苞等以"义法"作为文章的准则。学宗程朱，文尚雅洁。方苞倡导的"义法"，据其《又书〈货殖列传〉后》所述，简而言之，为有物、有序："义即《易》之所谓'言有物也'，法即《易》之所谓'言有序也'。"[②] 方苞弟子沈廷芳在《望溪先生传》后记述了方苞评沈廷芳诗文集之言：

---

① 梁启超：《清代学术概论》，《梁启超论清学史二种》，复旦大学出版社1985年版，第56—57页。

② 方苞：《又书〈货殖列传〉后》，《方苞集》，上海古籍出版社2008年版，第58页。

贤文笔极清，体法俱合，将来定以此发声。但南宋元明以来，古文义法久不讲，吴越间遗老尤放恣。或杂小说，或沿翰林旧体，无一雅洁者。古文中不可入语录中语、魏晋六朝人藻丽俳语、汉赋中板重字法、诗歌中隽语、南北史佻巧语。老生所阅《春秋》三传、《管》《荀》《庄》《骚》《国语》《国策》《史记》《汉书》《三国志》《五代史》、八家文，贤细观当得其概。因论今文士，唯冠云、耕南足语此。耕南才高而笔峻，惜学未笃；冠云特精洁，肯究心于经。得吾贤而三矣！①

从叙述的语气与称谓看，以上文字当为方苞所作。文中提出了小说、翰林旧体、语录中语、魏晋六朝人藻丽俳语、汉赋中板重字法、诗歌中隽语、南北史佻巧语皆不可以入古文，并以刘大櫆、沈彤、沈廷芳为门下三弟子。从方苞对沈廷芳之清雅、刘大櫆之峻洁、沈彤之精洁的推崇，可以更深刻地了解其所倡导的为文"义法"与"雅洁"之风的内涵。方苞对文的理解是其义法说的依据。将经典作为文章之典范，与章学诚《六经》皆史的说法相似，方苞提出了《六经》皆文：

文，所以载道也。古人有道之言，无不传之不朽。文所以佳者，以无肤语文字，故《六经》尚矣！古文犹近之。至于四六、时文、诗赋，则俱有墙壁窠臼，安其格式，填词而已。以言乎文，固甚远也。②

《年谱》谓此语引自留撰《言行录》，据此论，诗赋也与文相距甚远。所谓文，诗与文的形式已不足区分，认定文以载道、文斥肤语，《六经》为中心，古文有文，其余骈体、八股、诗赋皆属按格式填词。正因为方氏信守经典、皈依理学，故所谓"文"与文采之文不同，以"辩理论事"

---

① 沈廷芳：《望溪先生传》，《隐拙斋文集》卷四十一，《清代诗文集汇编》，上海古籍出版社 2010 年版，第 298 册，第 539 页。

② 苏惇元：《望溪先生年谱》，《北京图书馆珍本年谱丛刊》（89），北京图书馆出版社 1999年版，第 601 页。

"质而不芜"① 者为宗。当然，方苞所作古文与所言未必尽合，雅洁清通
中有条理。李光地以为："韩欧复出，北宋后无此作。"② 姚鼐谓："望溪
先生之古文，为我朝百余年文章之冠。天下论文者无异说也。"③ 当世即
异说纷纭，可见姚鼐已言过其实。如钱大昕就对方苞之学持有异议，钱大
昕《跋方望溪文》尝借他人之言指斥方苞之文：

> 望溪以古文自命，意不可一世，惟临川李巨来轻之。望溪尝携所作
> 《曾祖墓铭》示李，才阅一行，即还之。望溪恚曰："某文竟不足一寓
> 目乎！"曰："然。"望溪益恚，请其说。李曰："今县以桐名者有五：
> 桐乡、桐庐、桐柏、桐梓，不独桐城也。省桐城而曰桐，后世谁知为桐
> 城者？此之不讲，何以言文？"望溪默然者久之，然卒不肯改。其护前
> 如此。金坛王若霖尝言："灵皋以古文为时文，以时文为古文。"论者
> 以为深中望溪之病。偶读望溪文，因记所闻于前辈者。④

此文论方苞古文之短处有二，一为简而不得其要，二为以时文为古
文。时文虽为科举体式，然为当世学者所轻；简而不能达意，为古文之大
忌。虽为偶记随感，然必经深思，已切中要害。而袁枚《与韩绍真》之论
则较平和通达：

> 尝谓方望溪才力虽薄，颇得古文要义。乃竹汀少詹深鄙之，与仆少
> 时见解相同。中年以后则不敢复为此论。盖望溪读书少，而竹汀无书不
> 览，其强记精详，又远仆上，以故渺视望溪，有刘贡父笑欧九之意。⑤

---

① 方苞：《古文约选序例（代）》，《方苞集》，上海古籍出版社 2008 年版，第 612 页。
② 苏惇元：《望溪先生年谱》，《北京图书馆珍本年谱丛刊》（89），北京图书馆出版社 1999
年版，第 516 页。
③ 姚鼐：《望溪先生集外文序》，《惜抱轩诗文集》，上海古籍出版社 2008 年版，第 267 页。
④ 钱大昕：《跋方望溪文》，《潜研堂文集》卷三十一，上海古籍出版社 2009 年版，第
564—565 页。
⑤ 袁枚：《与韩绍真》，《小仓山房尺牍》，王英志主编《袁枚全集》（5）卷六，江苏古籍
出版社 1993 年版，第 113 页。

袁枚"一代正宗才力薄"之论讪笑方苞之文，或为少时所作。然方苞之文有雅洁清真之风，乏遒劲飘逸之气，无上干青云之概。稍后"章学诚《文史通义》中的《古文十弊》，有几条就是骂桐城派的"①。《文史通义》中指斥古文十弊，其中："九曰：文人文成法立，未尝有定格也。"② "十曰：时文可以评选，古文经世之业，不可以评选也。"③ 虽未明言桐城古文，然而对桐城派别立"义法"、编纂选本提出了异议。可见，康乾时非但有人抨击方苞之学，也时有非议方苞所作古文者，其中也隐藏着古文"义法"说的危机。因而刘大櫆、姚鼐对"义法"说别开生面的演绎，是文章本身的要求，也是时代的必然。

（二）定型时期：翰藻义理兼备

"义法"说之诗意化。桐城古文中虽倡言程朱，然不乏诗意。刘大櫆之文瑰奇俊伟，"惜抱文如松风水月"④。在汉宋之争的交锋中，桐城古文"义法"说在不断完善，倡导古文的诗化成为义法理论的一个重要部分，也是桐城古文历久不衰的原因。

方苞弟子刘大櫆在创作中率先将桐城古文诗意化，刘大櫆的古文中多文人之翰藻。在《论文偶记》中，他指出："行文之道，神为主，气辅之。"⑤ 将文章之美归于神气，以为神气源自音节，音节见于字句："神气者，文之最精处也；音节者，文之稍粗处也；字句者，文之最粗处也。"⑥ 并提出了"文贵品藻""文贵简""文贵疏""文贵华""文贵变""文贵高""文贵远""文贵参差"⑦ 等评定文章高下的标准。其中文贵品藻之说与桐城文人的诗性情怀及当世重翰藻之风不无关联。清初陈维崧、毛奇龄、吴兆骞等人皆好为骈文，与刘大櫆同时的胡稚威为骈文大家，袁枚曾

---

① 刘大白：《白屋文话》，岳麓书社 2013 年版，第 15 页。

② 章学诚：《古文十弊》，《文史通义》（2）卷五，上海书店出版社 1988 年版，第 63 页。

③ 同上书，第 64 页。

④ 王文濡选编：《续古文观止》，浙江古籍出版社 2012 年版，第 102 页。

⑤ 刘大櫆：《论文偶记》，郭绍虞、罗根泽主编《论文偶记·初月楼古文绪论·春觉斋论文》，人民文学出版社 1959 年版，第 3 页。

⑥ 同上书，第 6 页。

⑦ 同上书，第 6—12 页。

为之作《胡稚威骈体文序》。刘大櫆"文贵品藻"之说体现了对"义法"说的新演绎：

> 文贵品藻，无品藻便不成文字。如曰浑，曰浩，曰雄，曰奇，曰顿挫，曰跌宕之类，不可胜数。然有神上事，有气上事，有体上事，有色上事，有声上事，有味上事，须辨之甚明。品藻之最贵者，曰雄，曰逸。欧阳子逸而未雄，昌黎雄处多，逸处少，太史公雄过昌黎，而逸处更多于雄处，所以为至。①

文中有两处值得关注，一是以为"无品藻便不成文字"，强调文章的翰藻与风格；而是在论品藻时以"雄""逸"为最贵，并非方苞倡导的敦厚淳雅之文。

继刘大櫆之后，姚鼐的"义理""考证""文章"使得义法说更为贴近古文创作。姚鼐在《述庵文钞序》中提出："余尝论学问之事，有三端焉，曰：义理也，考证也，文章也。"② 并指出过分讲究义理，文章近语录；过分看重考证，文章会烦琐。这里的文章与方苞之"法"似，而近修辞，此外，"考证"也是为文之法，吸取了汉学家的治学门径。值得注意的是，对于修饰过多的文章，姚鼐甚至在此没有提出太多非议。姚鼐之论文，承刘大櫆之余绪，深受姚范之《援鹑堂笔记》之《文史谈艺》启迪。姚范论文，以为："字句章法，文之浅也。然神气体势皆阶之而见，古今文字高下，莫不由此。"③ 与刘大櫆之言相近。又引朱熹之言，以为作文当"从古人声响处学"④，而"文字自是归藻丽奇怪"⑤，与方苞雅洁之论已不合，而近于诗人之言。姚鼐《古文辞类纂序》申述了对"法"的认识：

---

① 刘大櫆：《论文偶记》，郭绍虞、罗根泽主编《论文偶记·初月楼古文绪论·春觉斋论文》，人民文学出版社 1959 年版，第 12 页。
② 姚鼐：《述庵文钞序》，《惜抱轩诗文集》，上海古籍出版社 2008 年版，第 61 页。
③ 姚范：《援鹑堂笔记·文史谈艺》，王水照编《历代文话》，复旦大学出版社 2007 年版，第 4126 页。
④ 同上。
⑤ 同上书，第 4129 页。

凡文之体类十三，而所以为文者八，曰：神、理、气、味、格、律、声、色。神、理、气、味者，文之精也；格、律、声、色者，文之粗也。然苟舍其粗，则精者亦胡以寓焉？学者之于古人，必始而遇其粗，中而遇其精，终则御其精者而遗其粗者。文士之效法古人莫善于退之，尽变古人之形貌，虽有摹拟，不可得而寻其迹也。①

从文中所论可见，姚鼐已将刘大櫆之神气说演绎为"神、理、气、味、格、律、声、色"八字，也是八个方面、两个层次。论文法与模拟已经不拘泥于形式，而在于对前人文章精神的领悟。姚鼐论文，《答苏园公书》领会到了文章之妙，"大抵高格清韵，自出胸臆；而远追古人不到之境于空濛旷邈之区，会古人不易识之情于幽邃杳曲之路"②。以为"文之至者，通于造化之自然"③。

至于方东树《书林扬觯》论著述，如姚莹所言，此书乃"心平论笃，识精指微，洵卫道之干城，救世之药石"④。学行以程、朱为鹄的，尤以攻讦学海堂诸人为宗旨，开篇立论，直指阮元。论著述之道与方氏"义法"说遥相呼应。篇末指出，君子之学"穷则独善，达则兼善，明体达用，以求至善之止而已"⑤。与荀子《劝学》之旨相近。鄙薄文人之文，以为著书贵有用于世。似为当世天下儒者之共识。然而论"说部著书"时称："近世轻薄之徒，好专为此种书，猥鄙谑浪，作者观者恬不为怪，最足荡人心志，非止可厌而已。"⑥ 反对文章使用鄙俚谐谑之词，引为著书之戒；论语录著书则谓："宋儒以来，以语录著书，因于释氏，俚而不文。"⑦ 也是对方苞不用语录之说的发挥。而论文章中杂以诗句之时，以

---

① 姚鼐：《古文辞类纂序目》，姚鼐、王先谦编《正续古文辞类纂》，浙江古籍出版社1982年版。

② 姚鼐：《答苏园公书》，《惜抱轩诗文集》，上海古籍出版社1992年版，第294页。

③ 姚鼐：《答鲁宾之书》，《惜抱轩诗文集》，上海古籍出版社1992年版，第104页。

④ 姚莹：《题辞》，方东树《书林扬觯》，华东师范大学出版社2015年版，第1页。

⑤ 方东树：《书林扬觯》，华东师范大学出版社2015年版，第113页。

⑥ 同上书，第83页。

⑦ 同上书，第77页。

为"如孔子言筮而及卜;《周礼》司巫,郑司农注引巫及尪"① 本为二事,予以否定。然而方东树论文见解已较方苞通达:"吾以为文士之文如凤麐,虽不常见,而于世无损,亦惟盛世而始见之。"② 对于古文之外专以文为事的文人较为宽容。

正因为方东树已开始认识到文士的意义,《昭昧詹言》,已经将桐城义法说全面引向诗化。《昭昧詹言》虽通篇论诗,从其引用朱熹、方苞、姚范诸人之言论诗可见,此书已集桐城派诗文理论之大成。《述旨》之论有着深刻的内涵:

> 昔张衡称立事有主,言为下列。下列且不可庶矣,奚冀其二哉!性喜文字,亦好深思,利害之际,信古求真,商榷前藻,证之不远;虽百家爽籁,吹万自已,古之人与其不可传者死矣,求得与不得,曷益损乎?顾念朝华已谢,夕秀方衰,凿椒矫蕙,以为春日之糇粮焉;劝恧微明,庶彼炳烛;且令昭昧之情,无间今昔云尔。③

文中称立言已为下列,况有昭昧之意,故以义理为诗文之根底;以古为范,推崇八家与秦汉文章,不改前人轨辙。文中有姚鼐之论尚未提及者,百家爽籁,其中必有百家之文;古之人与其不可传者已死,今人之文当有心中诗意与新气象。而"朝花""夕秀"出自陆机《文赋》,为缘情说立言之词,其中也透露出骈散合一的趋势。《昭昧詹言》以气象与文境说诗,以法言诗,将诗文视为一体。在正文中卷一论古诗时指出:"大约古文及书、画、诗,四者之理一也。其用法取境亦一。"④ 又谓:"近代真知诗文,无如乡先辈刘海峰、姚姜坞、惜抱三先生。"⑤ 由于方苞不善诗,诗未结集,仅有文集中所存十五首,故文中未提及。至此,方东树已在理

---

① 方东树:《书林扬觯》,华东师范大学出版社 2015 年版,第 97 页。孔子之言参见王充《论衡》卷二十四《卜筮》,郑众论巫及尪参见《十三经注疏》中《周礼注疏》卷二十六。
② 方东树:《书林扬觯》,华东师范大学出版社 2015 年版,第 101 页。
③ 方东树:《昭昧詹言》,人民文学出版社 2006 年版,第 1 页。
④ 同上书,第 30 页。
⑤ 同上书,第 46 页。

论上完成了桐城派"以诗为文"之论。

（三）分化时期：涵融各体之文

姚鼐曾为官礼部、刑部，又为四库馆臣，后主讲江南多年，弟子甚众。梅曾亮、吴德旋、李兆洛皆师从姚鼐问学，曾国藩居京师，与梅曾亮等议论，得以深知姚鼐之文。诸人的文论观对桐城派的发展产生了深远影响。

在桐城派古文家中，方东树、管同等因循姚氏文法，方东树弟子方宗诚传承师说，以为"自唐宋八家之后，惟归震川、方望溪、姚惜抱为得文家之正宗"①。然而所称"化工之文"上溯《六经》，虽尚义理而贵自然之道，可谓谨守桐城"义法"之论。然而姚鼐之后，吴德旋、李兆洛、梅曾亮并起，桐城文章体式为之一变，开启了近代桐城派古文新风。

吴德旋之论文义法不限于韩、欧文法及程朱理学。吴德旋《初月楼古文绪论》上承方、刘、姚之绪，以为"章有章法，句有句法，字有字法"②。倡导古文雅洁之风也沿袭了方苞之论："古文之体，忌小说，忌语录，忌诗话，忌时文，忌尺牍。此五者不去，非古文也。"③ 故基本主张不出桐城"义法"范畴。然而吴德旋居江南常州，对"文章不甚宗韩欧"的恽敬、张惠言等阳湖文派文人之文甚为仰慕，可见其文章不专主韩、欧，义理不囿于程、朱，成为吴德旋与桐城派主流的重大差异。正因为如此，其论文与"桐城三祖"显然不同：一是论文不废雕琢，谓"作文岂可废雕琢？但须是清雕琢耳"④。看似传承义法之言，然而专注为文，与前期桐城派主张不同；二是崇尚恬静秀逸之风，受到了常州推崇《文选》之风的影响，故论方苞之文，直言其短：

> 方望溪直接震川矣，然严谨而少妙远之趣；如人家房屋，门厅院落厢厨无一不备，但不见书斋别业，若园亭池沼，尤不可得也。⑤

---

① 方宗诚：《读文杂记》，王水照编《历代文话》（6），复旦大学出版社 2007 年版，第 5728 页。
② 吴德旋：《初月楼古文绪论》，郭绍虞、罗根泽主编《论文偶记·初月楼古文绪论·春觉斋论文》，人民文学出版社 1959 年版，第 20 页。
③ 同上书，第 19 页。
④ 同上书，第 20 页。
⑤ 同上书，第 30 页。

此论借称许方苞为文之妙指斥其不足：纯粹中见单调、简练中无余韵。二者的差异导致了学吴德旋的岭西诸家古文别具清新秀逸之风。

李兆洛作为姚鼐之弟子，生于阳湖，深受常州文风之熏染，不拘于唐宋古文，《〈骈体文钞〉序》中详细论述了编选《骈体文钞》的缘由："少读《文选》颇知步趋齐梁；后蒙恩入庶常，台阁之制，例用骈体，而不能致工；因益搜辑古人遗篇，用资时习。区其巨细，分为三编，序而论之。"① 李兆洛的文论观，并非一味好骈文，《骈体文钞》之刊刻，"庚辰游粤东，为康中丞绍镛校刻桐城姚姬传先生《古文辞类纂》，因并刊《骈体文钞》。先生常病当世治古文者知宗唐宋而不知宗两汉。六经以降，两汉犹得其遗绪，而欲宗两汉，非自骈体入不可，因辑斯编"②。

与李兆洛同时，姚门高足桐城刘开也好为骈文。上元梅曾亮推波助澜，引骈入散，江南、京师仿效者不乏其人。《清史稿》载，姚鼐"间以规曾亮，曾亮自喜，不为动也"③。然而梅曾亮之文与桐城正统古文的差异还不在此，同门管同指斥梅曾亮："子之文病杂。"④ 尤其引人注目的是，梅曾亮在嘉庆年间就提出了"天机"说："文在天地，如云物烟景焉，一瞬存之间，而遁乎万里之外。故善为文者，无失其机。"⑤ 梅曾亮虽仍讲究"义法"，然而感悟"天机"在一定程度上消解了"义法"的意义。正因为如此，气象宏大、兼容骈散，甚至杂以传奇的梅曾亮古文已与"桐城三祖"之文相去甚远。而由梅曾亮闻姚鼐之学的曾国藩则在"义法"上提出了自己的新主张，又在姚鼐的"义理""考证""文章"之外，增加了"经济"一端。在风格上对六朝之风加以包容，虽以理学自居，然而进一步尚融合汉学，推崇质测之学，倡导经世致用。桐城义

---

① 李兆洛：《骈体文钞序》，《养一斋文集》卷五，道光二十三年刻本，《续修四库全书》第 1495 册，上海古籍出版社 2013 年版，第 76 页。

② 薛子衡：《养一李先生行状》，李兆洛《养一斋文集》，道光二十三年刻本，《续修四库全书》第 1495 册，上海古籍出版社 2013 年版，第 2 页。

③ 赵尔巽等：《清史稿》卷四八六，中华书局 1977 年版，第 13426 页。

④ 梅曾亮著，彭国忠、胡晓明校：《柏枧山房全集》，上海古籍出版社 2005 年版，第 109 页。

⑤ 梅曾亮：《钵山余霞阁记》，彭国忠、胡晓明校《柏枧山房全集》，上海古籍出版社 2005 年版，第 222 页。

法因而被赋予了全新的内涵。曾门弟子吴汝纶更将新学置于其中，私淑桐城古文的林纾《春觉斋论文》中又将"境"看作古文之精髓，也是时代发展之必然。

可见，从方苞的有物有序之说发展到姚鼐的义理考证文章合一，"义法"说与时推移；梅曾亮将古文演绎为涵融各体之文，曾国藩则在义法中加入了"经济"之思。虽然桐城"义法"已有别于康雍初创之时，然而，由于后代传人的弘扬，桐城古文因而得以传承兴盛，传遍南北，号称中兴。

第二节　近代桐城古文之传承

近代桐城古文与前期迥然不同。将古文从效法先秦盛汉辨理论事之文，推演为兼容说理述情、摹景状物的古文，从拘守程、朱之学发展到融入"考据""经济"及"新学"的全新义理，近代桐城派故已时有恢宏的气象。道光、咸丰以来，清王朝危机四伏、分崩离析，书院讲习与文人雅集为文人了解时局、寻求维系现存秩序的可能提供了新的契机，形成了桐城文派的新格局。古文选本作为传播的媒介尤其是作为书院的课本极大地促进了桐城派古文在大江南北的传播，江南、京师、岭西、湖湘、闽赣、河北的古文蔚然成风，桐城派古文成为近代文章的主流。

一　书院文会与桐城文章体式

清代官立书院众多，取代了宋明以来的私立书院①，促进了桐城派古文的兴盛与传播。桐城派古文的形式与八股文相近，义理相通，故戴名世谓："世有好古笃学之君子，其必以余言为然，相与振兴古文，一洗时文之法之陋。"② 桐城古文之兴，固然体现了康乾盛世文人的济世怀抱，与科举之士对功名的执着同样不可分。书院讲学为研习时文提供了氛围，古

---

① 参见曹松叶《宋元明清书院概况》，《国立中山大学语言历史研究所周刊》1929 年第十辑第 114 期。

② 戴名世：《甲戌房书序》，《戴名世集》，中华书局 1986 年版，第 89 页。

文赋予了时文更深刻的内涵。桐城文派作家在书院中讲学者达七十余人。[①]
姚鼐曾主持各大书院多年,门生遍及江南,桐城古文风行于江南。文士的文
酒之会也是古文传播的重要途径。梅曾亮入京后,参与京中文会,京师与南
北文士始心究桐城古文。根据传播的范围与影响,桐城派古文家之交游范围
大致可分为皖南文化圈、江南文化圈、京师文化圈。

（一）皖南文化圈

康雍之时,桐城古文流布于皖南。桐城前期"三祖"中,方苞家居六
合,为官年在外,近八旬,告老回江宁,传授学业,门徒以交游世家子弟为
主;刘大櫆设教于乡里,充当幕僚,年六十四,始得为黟县教谕,年七十,
主安庆书院,弟子有限。据苏惇元《望溪先生年谱》载,清初,方苞之父
方仲舒与黄冈杜濬、杜岕,同里钱澄之族祖方文唱和。[②] 至康雍间,桐城
派文人方苞、戴名世、朱书等相互酬答。这一时期,从方苞父子与江宁
文人、黄冈杜氏兄弟的交往中可以看出,交游虽多为桐城文人,当也不
限于皖南文人圈。然自此始至于刘大櫆主讲安庆书院,桐城古文在皖南
渐成风气。据刘声木《桐城文学渊源考》考述,刘大櫆弟子吴定、程晋
芳、金榜、程瑶田等为歙县人,王灼、朱雅、张敏求为桐城人,与吴定
弟子鲍桂星等并为当世名家。这一时期的桐城古文有雅洁清真之风。

（二）江南文化圈

姚鼐回江南主讲于书院,始于四库馆臣汉宋之争,"纂修者竞尚新奇,
厌薄宋元以来儒者,以为空疏,掊击讪笑之不遗余力"[③]。姚鼐留此无益,
不得不辞职回籍。乾隆四十一年,姚鼐年四十六,刘大櫆弟子朱孝纯为两
淮盐运使,兴建扬州梅花书院,邀约姚鼐主持,前后凡三年。乾隆四十五
年起,姚鼐主讲安庆敬敷书院八年,乾隆五十三年起,主讲歙县紫阳书院
两年,乾隆五十五年起主讲江宁钟山书院,共十一年。嘉庆六年,因年

---

① 徐雁平:《书院与桐城文派传衍考论》,《南京晓庄学院学报》2006 年第 1 期。
② 苏惇元:《望溪先生年谱》,《北京图书馆藏珍本年谱丛刊》（89）,北京图书馆出版社
1999 年版,第 510 页。
③ 姚莹:《朝议大夫刑部郎中加四品衔从祖惜抱先生行状》,《东溟文集》卷六,《续修四库
全书》（1512）,上海古籍出版社 2013 年版,第 429 页。

衰，改主安庆敬敷书院，前后四年；嘉庆十年，欲卜居金陵，再次主讲钟山书院十一年，直至去世。[①] 姚鼐设教于江南四十年，知名弟子除了“姚门四弟子”梅曾亮、管同、方东树、姚莹外，以文名者尚多。其中陈用光再传寿阳祁寯藻，祁寯藻对梅曾亮的提携推动了桐城之文在京师的传播。由于江南文化中绮丽之风的濡染，桐城之文中渗入了《文选》之沉思与翰藻气象。

（三）京师文化圈

随着梅曾亮进入京师，与京师文人讲论诗文，桐城古文迅速在京师传播，并影响到天下文士之文风，粤西、湖湘古文之风尤盛。梅曾亮传播桐城古文的途径，除了讲学，更重要的是文人文酒之会。由于徽州歙县程恩泽及寿阳相国祁寯藻的提携，梅曾亮多次参与“江亭雅集”。祁寯藻是姚鼐高足陈用光之弟子[②]，程恩泽当日曾同居陶澍门下。梅曾亮曾作骈体文《江亭展禊序》记述文会盛况：

> 道光十六年四月，叶筠潭先生暨黄树斋两鸿胪、徐廉峰、黄柜卿两编修、陈颂南、汪孟慈两户部，凡是六主，各延七宾四十八人，符群贤之数。四月三日为展禊之举，遂登江亭以会，而书志逸兴也。[③]

当此时，京师名流汇集，梅曾亮为雅集诗作序，俨然文坛之宗。至于道光二十五年王拯作《龙树寺寿宴图记》时，梅曾亮已有“宗风继方、姚”[④] 之慨。故离京之日，曾国藩以诗赠别，称许其文：“方、姚之后无孤诣，嘉道之间又一奇。”[⑤] 梅曾亮回江南后，曾主讲扬州梅花书院，影响日盛。同时，岭西古文家也深受梅曾亮古文影响。先是，吕璜年五十二

---

① 参见郑福照《姚惜抱先生年谱》，《北京图书馆珍本年谱丛刊》（107），北京图书馆出版社 1999 年版，第 585—620 页。

② 祁寯藻《序》，《䜣䜣亭集》：“十五岁，补县学生员，以《待漏院诗》受知于学使新城陈先生。”《清代诗文集汇编》（583），上海古籍出版社 2010 年版，第 1 页。

③ 梅曾亮：《江亭展禊序》，《柏枧山房诗文集》，上海古籍出版社 2008 年版，第 202 页。

④ 冯志沂：《乙巳三月二十五日伯言先生六十生辰，同人觞集龙树寺，次邵位西舍人韵二首》，《微尚斋诗集初编》卷一，同治九年西隃山房集本。

⑤ 曾国藩：《送梅伯言归金陵三首》其三，《曾国藩诗文集》，上海古籍出版社 2007 年版，第 96 页。

"以文就质于宜兴吴仲伦明经，深获其益"①。晚年主讲榕湖经舍、秀峰书院②，"岭西五家"中，其余四人皆执贽为梅氏弟子，在粤西传播桐城古文；临桂朱琦曾为秀峰书院、孝廉书院山长。③ 至于曾国藩之文，在军旅往来与日常交际中以诗文酬答，以曾氏幕僚为核心，作者遍及大江南北。兵燹过后，曾国藩主持恢复了钟山书院、尊敬书院、惜阴书院，无疑延续了桐城古文遗风。随着文人交际圈的扩大，在形式上，桐城古文中融入了骈偶与传奇的成分；在义理上，虽仍以宋学为主，然而桐城古文日渐打破了宋学的局限，汉宋之学趋于融合。桐城古文已有不同的表现形式，江南古文骈散结合，岭西之文长于描摹风物，湘乡之文则在程朱之学中增加了经世的内涵。

　　清人所作古文与时文关系密切，时文出高处亦有古文之体气而见宏大气象。阮元甚至指斥古文名家"徒为科名时艺之累，于古人之文有益于时艺者，始竞趋之"④。推崇古文的一个重要原因是古文有益于科场考试。事实上，二者本难以截然分离。故后来刘大白贬斥桐城之文为"八股文化的鬼话文"⑤。语虽不雅，然所言近是。桐城派古文家科举之文存世不多。现存《清代硃卷集成》中，有姚永概之乡试硃卷，从考官的批语中可以看出，其中也有以古文为时文的倾向：

　　　　本房原荐批：清机一片，融冶有情，说理亦极透辟；次晓畅；三得意疾书，诗流利。《易》艺透明，《书》有考据，《春秋》议论有识，《诗》《礼》词无泛设。五策皆条对详明，征引博冶。

　　　　衡鉴堂原批：分还处说得切实，交关处说得分明，极精透、极赅括，篇尾一结，将古注、今注看得圆相，识力迥不犹人。次、三亦真切。⑥

　　① 吕璜：《年谱》，《月沧文集》卷首，桂林典雅印行1935年版。
　　② 同上。
　　③ 龙启瑞《致何愿船》："伯韩侍御在家作秀峰山长，梦白中丞复创立孝廉书院，延坐皋比，里中后进均受其益。"《经德堂文集·外集》卷六，桂林典雅印行1935年版。
　　④ 阮元：《与友人论古文书》，《研经室三集》卷二，《研经室集》（下），中华书局1993年版，第610页。
　　⑤ 刘大白：《白屋文话》，岳麓书社2013年版，第15页。
　　⑥ 《江南乡试硃卷光绪戊子科》，顾廷龙主编《清代硃卷集成》（175），（台北）成文出版社1992年版，第408页。

姚永概为光绪戊子科江南乡试解元，从现存《慎宜轩文》看，姚永概之文涵咏气象，不乏比兴之义、述情之笔。从乡试硃卷与考官评述可见，其文结构完美，长于说理，引征博洽，并擅长处理转折之处，五经娴熟，并能加以运用。细读则发现，此文与方苞《原人》《原过》之篇相近。

可见清代书院讲习与文酒之会促进了桐城古文在近代的传播。书院的讲习除了有益于科举，也用以切磋诗文，探究学术。道咸以来，伴随着社会的变革，讲习与文会促进了近代思想的传播与桐城古文在晚清的兴盛与嬗变。

二 道咸以来桐城古文之选本

桐城古文传播南北，除了古文家的书院讲习与文酒之会外，编辑古文选本为古文的传播确立了文章之典范。自方苞编订选本至于清末，桐城文派的选本体现了此派古文的宗旨，也展现了桐城"义法"观念之嬗变。

桐城诗文选本，有收录桐城诗歌的潘江所辑《龙眠风雅》、徐璈编订的《桐旧集》，至于汇集桐城作家之文则有戴钧衡与方宗诚于咸丰八年合编的《桐城文录》。然而上述文献皆为桐城地方文献总集，并非为表明文学主张而辑录。清代桐城古文与骈体曾势如水火。骈体文不乏选本，除了姚鼐弟子李兆洛所编《骈体文钞》外，此前尚有曾燠所编《国朝骈体正宗》，吴鼒所辑《八家四六文钞》选录袁枚、邵齐焘、刘星炜、吴锡麒、曾燠、洪亮吉、孙星衍、孔广森八家之文，此后王先谦又仿姚鼐类纂编订《骈文类纂》。

自宋以来，编选古文者已不乏其人，自南宋吕祖谦《古文关键》、楼昉《崇古文诀》、真德秀《文章正宗》、谢枋得《文章轨范》，明代唐顺之《文编》、茅坤《唐宋八大家文钞》、梅鼎祚《历代文纪》，皆有其编选旨归，茅坤文抄推崇八家，尤为世人所称。清代古文选本中，在方苞之前，已有徐乾学等奉康熙之命所编《古文渊鉴》，坊间则有吕留良《八家古文精选》、蔡方炳《八大家文选》、汪份《唐宋八大家分体读本》等古文选本。而方苞代和硕果亲王纂录之《古文约选》与《钦定四书文》虽体制有异，然"监临而督教"①之义则同。《古文约选》代亲王立言，因而具有了御用之功。《古文约选》虽未必是方苞志趣的表述，然与方氏论文之旨相去不远，其中融入了桐城古文之"义法"。桐城古文选本，则在彰明桐城古文之旨趣，前期之旨要在于以古文阐扬程朱理学，后期则意在维系世道人心、济困扶危，故前后期古文选本编选之要义稍有不同。所同者在桐城之"义法"，程朱理学为核心的观念也从未动摇。

《古文约选》虽以果亲王之名义刊刻，仍然是方苞"义法"说在文选中的具体化。据苏惇元所作《望溪先生年谱》载，此选本系代果亲王允礼选文培育进入成均的八旗弟子。《古文约选序例》阐明了选文的基本准则，与方苞的文论主张完全一致："以先秦盛汉辩理论事、质而不芜者为古文。"② 对古文的要求严苛，写景述情之文皆不在其中，甚至方苞所推崇的唐宋之文也未列入。同时将经典作为古文的根源："盖古文所从来远矣，《六经》《语》《孟》，其根源也。"③ 与不以诗赋为文之本的观点无二；又谓："《三传》《国语》《国策》《史记》为古文正宗。"④ 其中儒家之经典"《易》《诗》《书》《春秋》及四书，一字不可增减"⑤。《古文约选》还特别将司马迁表达情志之文《史记自序》从《史记》中分离出来，强调其非《史记》本文。不过，在选文时仍将《报任少卿书》《史记自序》纳入《西汉文约选》，同时又列《东汉文约选》《后汉文约选》，并将唐宋八家之文依次列出，成为选本的主要范文，体现了编选者选文旨意与实际选文之间存在着显著的差异。

方苞之后，刘大櫆有《评唐宋八大家文钞》，然不另选古文。姚鼐编订《古文辞类纂》，在桐城文派中影响深远。其编选之用意，如吴敏树《与筱岑论文派书》所言："为《古文辞类纂》一书，直以归、方续八家，刘氏嗣之，其意盖以古今文章之传系己也。"⑥ 究其选文之旨意，仍与方苞"义

---

① 方苞：《古文约选序例（代）》，《方苞集》，上海古籍出版社 2008 年版，第 613 页。
② 同上书，第 612 页。
③ 同上书，第 613 页。
④ 同上。
⑤ 同上书，第 615 页。
⑥ 吴敏树：《与小岑论文派书》，《桦湖文集》卷六，《续修四库全书》（1534），上海古籍出版社 2013 年版，第 196 页。

法"说及《古文约选》不尽同：

> 夫文无所谓古今也，惟其当而已。得其当，则六经至于今日，其
> 为道也一。知其所以当，则于古虽远，而于今取法，如衣食之不可
> 释；不知其所以当，而敝弃于时，则存一家之言，以资来者，容有俟
> 焉。于是以所闻习者，编次论说为《古文辞类纂》。其类十三，曰：
> 论辨类、序跋类、奏议类、书说类、赠序类、诏令类、传状类、碑志
> 类、杂记类、箴铭类、颂赞类、辞赋类、哀祭类。一类内而为用不同
> 者，别之为上下编云。①

序文中提出"文无所谓古今"，较方苞所见通达；将古文分为十三类，
不限于方苞所言"辨理论事"之篇，更为精微。其中有为方苞所不容的辞
赋类；记叙之文在桐城古文家文集中皆有所保存，姚鼐选文立杂记类，已
关注到描摹个人情志之文，开始体现出不废百家之文的倾向。

至于道光间宗师梅曾亮，其选本《古文词略》重视文藻之思更为鲜
明。《古文词略凡例》谓："姚姬传先生定《古文词类纂》，盖古今之佳文
尽是矣。今复约选之，得三百余篇，而增诗歌于终。"② 与方苞、姚鼐不
同的是，梅曾亮已将诗歌归于其中。此后有曾国藩《经史百家杂钞》之
编，把文章分为著述、告语、记载三门十一类，与《古文辞类纂》相近，
而不同者亦甚分明：

> 村塾古文有选《左传》者，识者或讥之。近世一二知文之士，纂
> 录古文不复上及六经，以云尊经也。然溯古文所以立名之始，乃由屏
> 弃六朝骈俪之文而返之于三代两汉，今舍经而降以相求，是犹言孝者
> 敬其父祖而忘其高曾，言忠者曰我家臣耳焉敢知国，将可乎哉。余抄
> 纂此编，每类必以六经冠其端，涓涓之水，以海为归，无所于让也。

---

① 姚鼐：《古文辞类纂序目》，姚鼐、王先谦编《正续古文辞类纂》，浙江古籍出版社 1998
年版，第 1 页。

② 梅曾亮：《古文词略凡例》，《柏枧山房诗文集》，上海古籍出版社 2008 年版，第 441 页。

姚姬传氏撰次古文，不载史传，其说以为史多不可胜录也。然吾观其奏议类中录《汉书》至三十八首，诏令类中录《汉书》三十四首，果能屏诸史而不录乎？余今所论次，采辑史传稍多，命之曰《经史百家杂钞》云。①

从选本本身看，《经史百家杂钞》与方、姚以来选本最大差异在于"每类必以六经冠其端"，其次，"采辑史传稍多"，同时杂采百家之说，故全书以《经史百家杂钞》命名。全书吸取了梅曾亮将诗歌录入的做法，比姚鼐《古文辞类纂》表现出了更重视"经济"的思想。同时气魄宏大，不废《文选》之文，"所选《经史百家杂抄》，搜罗极博，《文选》一书甄录至百余首。故其为文，气清体宏，不名一家，足与方姚诸公并峙"②。将别集之文编选为兼具经史子部著述的选本，体现出道咸时期思想的变迁与桐城派文风的嬗变。

《经史百家杂钞》之后，桐城古文之选本尚有姚永朴兄弟编订之《历朝经世文钞》、李刚己编纂的《古文辞约编》及吴闿生所编《古文范》等多种。然影响深远的仍为续《经史百家杂钞》之编。黎庶昌《续古文辞类纂叙》论其选文之旨："右古文四百四十九篇。总二十八卷，分上中下三编，皆以补姚氏姬传《古文辞类纂》所未备也。"③"古人选文，不录生存，杜标榜也。余意不然。"④ 虽言补《古文辞类纂》之不足，然黎氏选本更接近曾国藩之《经史百家杂钞》。王先谦的《续古文辞类纂》继之，仅录方、刘之后古文家，推崇桐城之文，并称述："惜抱《古文辞类纂》，开示准的，赖此编存，学者犹知遵守。余辄师其意，推求义法渊源，采自乾隆迄咸丰间，得三十九人。论其得失，区别义类，窃附于姚氏之书，亦当世著作之林也。"⑤ 显然深受黎氏编著的影响，仅限乾隆迄咸丰古文家，

---

①　曾国藩：《序例》，曾国藩纂《经史百家杂钞》，西南师范大学出版社 1995 年版，第 6 页。

②　薛福成：《寄龛文存序》，《庸庵文外编》卷二，《续修四库全书》（1562），上海古籍出版社 2013 年版，第 212 页。

③　黎庶昌编纂：《黎氏续古文辞类纂》，世界书局 1936 年版，第 1 页。

④　同上书，第 4 页。

⑤　王先谦：《续古文辞类纂序》，姚鼐、王先谦编《正续古文辞类纂》，浙江古籍出版社 1998 年版，第 276 页。

体现了王先谦对当世之文的推崇。胡适评王先谦之《续古文辞类纂》谓：
"'姚氏而外，取法梅、曾足矣'，这是曾国藩死后古文家的传法捷径。"①
民国初年，又有蒋瑞藻编《新古文辞类纂》，承前人遗风。此后桐城派选
本随着桐城派古文逐渐远去。文学选本是文风之写照，自姚鼐《古文辞类
纂》出，为桐城派古文提供了经典的范本与素材。后来的选本遵循"义
法"之论，门径更为廓大，使桐城之文在晚清展现了绚丽夺目的光彩。

三　近代桐城派作家地域分布

道光、咸丰以来，清王朝渐趋衰微。讲学、文会之风日盛，桐城古文选
本流播四方，镇压太平天国运动的湘军兴起于湖湘，近代桐城派古文日渐风
行。乾嘉间，姚鼐主讲江南书院四十年，奠定了桐城古文在江南文化中的地
位。道光间，弟子梅曾亮居京师二十年，成为京师文坛盟主之一。咸同之
际，曾国藩以国之干城，提倡程朱理学，倡导桐城古文，振起当世文风。弟
子张裕钊、吴汝纶倡导新学，融入古文，桐城派文风再变。桐城派之文在大
江南北蔚然成风，直至清新晓畅的白话文兴起，桐城古文才渐趋消沉。曾国
藩《欧阳生文集序》勾勒出了桐城文派作家的大致地域分布状况，依次论
及了江南桐城派古文家、桐城籍古文家、"江西建昌有桐城之学""桐城宗
派流衍于广西"②、湖湘间桐城古文家。犹未及闽中古文，对京师之文也忽
略不论，而此时河北之文尚未兴起。故本文列论桐城派之地域如下：

（一）恪守义法的江南之文

江南之桐城古文，前期以纯粹的义理之文胜。嘉道以来，受江南世风
及阳湖文风濡染，杂以骈偶。刘大櫆主讲安庆书院，姚鼐主讲扬州梅花书
院、安庆敬敷书院、歙县紫阳书院、江宁钟山书院，梅曾亮南归后主讲扬
州梅花书院，戴均衡创立桐乡书院③。方苞家居江宁，姚鼐移家江宁，在

---

① 胡适：《五十年来中国之文学》，《胡适文集》（3），北京大学出版社1998年版，第203页。
② 曾国藩：《欧阳生文集序》，《曾国藩诗文集》，上海古籍出版社2007年版，第286页。
③ 《道光续修桐城县志》记述了桐城之书院。又据江小角《清代晚期书院教育的范例——戴均衡创办桐乡书院探析》，桐城书院尚有毓秀书院、培文书院、天城书院、白鹤峰书院、丰乐书院（卞孝萱、徐雁平编：《书院与文化传承》，中华书局2009年版，第23页）。

江南形成了以江宁为中心，以桐城为渊源，扬州、安庆、歙县与之相呼应的传播桐城派古文的地域文化圈。此外，浙江古文家中，康乾时期方苞弟子沈廷芳、道光间与梅曾亮齐名的邵懿辰皆为士林翘楚。在咸同之际的江南文士中，坚守纯粹的程朱理学、韩欧之文者依然不乏其人，以桐城文人方宗诚、戴均衡等为代表，方宗诚弟子歙县汪宗沂继之；上元管嗣复、无锡秦缃业皆仍宗家学，山阴宗稷辰，嘉兴钱仪吉、钱泰吉等皆私淑桐城古文旧法。然而，阳湖文派不拘于程朱与韩欧的文风无疑已影响到近代桐城文派的文风。自刘开以来，李兆洛、梅曾亮诸人不废骈体，从此近代江南的桐城派古文兼容骈偶之体。吴德旋之文不废雕琢与翰藻，体现了桐城派古文与选体之文渐趋融合。

（二）骈散兼容的京师之文

梅曾亮在京师多年，在户部、礼部任散官，多年未迁升，暇日与文士讲论作文之要。"岭西五家"中，除吕璜外，临桂朱琦、平南彭昱尧、临桂龙启瑞、马平王拯皆从梅曾亮问学；江南邵懿辰、孙诒让，湖湘曾国藩皆与之商榷文章。梅曾亮少时即工骈俪，为同门管同所讪笑，稍改途辙，然今存《柏枧山房诗文集》中仍有骈文二卷。京师作家中，继承梅曾亮衣钵主文柄者，系梅曾亮同乡许宗衡，人称海秋先生。许宗衡为文工翰藻，好骈偶。据仪征程守谦《玉井山馆文略跋》："先辈知名之士如君邑人梅先生曾亮、泾包先生世臣、山阳潘先生德舆、鲁君一同、桂林朱先生琦，君皆获与接席，上下其议论，故近时言文章，必以君为称首。"① 文中记述了咸丰十年（1860）兵燹前后，京师人文衰微，论文章者以许宗衡为首。

（三）清雅自然的岭西之文

"岭西五家"继梅曾亮之后，在文坛上产生了深远影响。一时有天下文章萃于岭西之说。② "道光咸丰之交，桐城之学流衍于广西，而月沧、伯韩、翰臣、定甫、子穆诸子诗古文辞并著名当世，湘乡曾文正公于《欧

---

① 程守谦：《跋》，许宗衡《玉井山馆文略》，同治四年刻本，《清代诗文集汇编》（640），上海古籍出版社 2010 年版，第 127 页。

② 朱琦《自记所藏古文辞类纂旧本》："海内英俊皆知求姚先生遗书读之，然独吾乡嗜之者多。伯言尝笑谓琦曰：'文章其萃于岭西乎？'"（《怡志堂文集》卷六，1935 年，桂林典雅印行）

阳生文集序》述其渊源特详，长沙王益吾、遵义黎莼斋两先生复相继以其
文选入《续古文辞类纂》，由是天下学者莫不知有'岭西五大家'矣！"①
"岭西五家"虽推崇"义法"，然其文清新自然，摹写风物，别开生面，
在道咸以来古文中别树一帜。

（四）究心经济的湖湘之文

桐城之文盛行于京师时，曾国藩与梅曾亮讲论文章，从中悟得姚鼐
"义法"说之精髓。至咸丰、同治之际，王朝衰微，国藩之幕府文士云集，
又与湘乡刘蓉、巴陵吴敏树为友。其学根底于程朱，以经济之才，兼容汉
宋，又以六朝之壮丽奇瑰入桐城古文，幕府能文之士于军旅中商榷文章。
薛福成《拙尊园丛稿序》记述曾幕文章之盛："当是时，幕府豪彦云集，
并包兼罗。其治古文辞者，如武昌张裕钊廉卿之思力精深，桐城吴汝纶挚
甫之天资高隽。余与莼斋咸自愧弗逮远甚。"② 桐城文章一时号称中兴。

（五）崇尚理趣的闽赣之文

江西是宋代江西诗派之发源地，与安庆府隔江相望。地处浙、皖、赣
交界处的婺源也是理学家朱熹的故园，福建则是朱熹为官、讲学之地。江
西文化崇尚理学与思辨，同时不失才藻。"宋六家"中，除苏氏父子外，
王安石，欧阳修与曾巩均出自江西；明代戏剧家汤显祖与魏良辅皆出于此
地。清初古文家"宁都三魏"③ 魏禧、魏际瑞和魏礼兄弟与南昌人彭士
望、林时益，本县李腾蛟、邱维屏、彭任、曾灿六人隐居于宁都翠微峰，
研习古文，时号"易堂九子"④。此后福建朱仕琇与姚鼐同时，主张相近，
主讲福州鳌峰书院，弟子罗有高、鲁九皋也好为古文。鲁九皋师事闽中朱
仕琇、雷铉，"尝从鼐问古文法，又使其甥陈用光及姚鼐门"⑤。陈学受

① 黄蓟：《跋》，吕璜《月沧文集》，桂林典雅印行 1935 年版。
② 薛福成：《序》，黎庶昌《拙尊园丛稿》，光绪乙未金陵状元阁刻本，《续修四库全书》
(1561)，上海古籍出版社 2013 年版，第 269 页。
③ 王士禛：《池北偶谈》卷四，"魏（禧）以古文擅名，其兄际瑞、弟礼，皆有诗名，时号
'宁都三魏'"。中华书局 1997 年版，第 83 页。
④ 小横香室主人编：《清朝艺苑》，《清朝野史大观》（4）卷九，上海书店出版社 1981 年
版，第 33 页。
⑤ 赵尔巽等：《清史稿》文苑二，中华书局 1998 年版，第 3430 页。

"艺叔世家子而资好学，治《春秋》《尚书》，信程朱，居京师四年，与姚先生门人梅君伯言游，益讲受古文法。而余与艺叔每见面必讨论经义"①。从梅曾亮学者，尚有陈溥、吴嘉宾等。曾国藩曾驻跸江西，陈三立斐然继起，江西遂为桐城古文之重镇。

（六）涵融中西的河北之文

河北桐城古文兴盛稍晚。乾隆间桐城古文家方观承为直隶总督，未能移易世风。张吴二先生主讲莲池以前，何秋涛、黄彭年相继主讲莲池书院。张裕钊继讲曾国藩之后，致力兴文教于北方，桐城"义法"得以深入拓展。自张裕钊、吴汝纶主讲莲池书院，融通北学，稍渐西风，贺涛、王树柟等继起，桐城派古文在北方一时兴盛。

此为桐城古文在各地域中影响大者。故姚鼐南归讲学而桐城之文郁兴于江南；梅曾亮居京师而古文传遍南北。此外，尚有贵州黎庶昌、莫友芝，山西冯志沂，山东孔宪彝等与桐城派古文家砥砺，亦卓有建树。

第三节　近代桐城古文之嬗变

自道光、咸丰至于光绪、宣统，时势变幻使得桐城文章有了更为丰富的内涵，桐城派在梅曾亮的引领下，呈现出了新趋向，随着骈文的兴起，演绎出了崭新的风貌；在咸同之际的风雨飘摇中，湘乡派古文将宋学义理与汉魏风骨发挥得淋漓尽致；光宣之时新学风行，吴汝纶涵融新学的古文向逻辑之文转化，姚濬昌家族诗性小品郁起。桐城典雅美赡的古文在日渐白话化的语境中仍然得以传承，绵延不绝。

一　宋学义理与经世古文

桐城派古文发展到近代，无疑传承了前期桐城派的"载道"传统。在姚鼐提出的义理、考证与文章中，义理中蕴含着桐城之"义"与程朱理学

---

① 邵懿辰：《赠陈艺叔序》，《半岩庐遗文》卷上，《清代诗文集汇编》（635），上海古籍出版社 2010 年版，第 262 页。

的准则。正心诚意、继承道统是桐城派古文义理的精髓。道咸以来，曾国藩以宋学义理为精神的经世之文将济世功业与载道文章结合，同样体现了弘扬道统的古文精义。

桐城"义法"中涵融着古文家的济世情怀，与经世之文殊途而同归。作为清代最大的古文流派，"义法"说是其精髓。姚永朴总结桐城文法时谓："文学之纲领，以义法为首。"① 然而义法之核心在"义"，方苞少时论学之语："学行继程朱之后，文章在韩欧之间。"② 戴均衡作《望溪先生年谱》，演绎此论为："学不足以修己治人，则为无用之学；文不足以明道析理，则为虚浮之文。"③ 足见其文志在济于用。姚鼐论文，以六经为基础，"道与艺合"，不囿于小处，从整体上把握理学之精神。从本质上讲，在清代的桐城派散文中，道德法则为桐城古文义法的基本准则。正因为如此，崇尚雅洁的古文遵循的是道德准则，首先承袭着"载道"使命，以道德逻辑建构文章体系。故姚永朴《文学研究法》谓："为文章者苟欲根本盛大、枝叶扶疏，首在于明道。"④ 以为文章的作用在于阐道、翼道，对道的真实性加以证明，对道的合理性加以阐发，用道的观点阐述立身行事的原则。由于道的意义在于对现存秩序的肯定，因此阐道的意义就在于对道的合理性进行解释。可见，桐城古文终极目的仍在于经世。

尽管前期古文家不乏经世之志，然而往往不适于用。道咸以来，随着社会危机的出现，古文家将载道之志与现实事功结合，桐城派经世之文日渐兴盛。方苞之文以"道"为心，纯粹中稍显空疏；刘大櫆之文虽不乖离儒家之"道"，然而偏于辞章翰藻；姚鼐之文系心于日常之事，将义理中蕴含之"道"通过辞章展现出来。至于近代，面对清王朝走向衰微的现实，曾国藩因时而变，在此基础上发挥刘大櫆提出的"经济"之说，"经济者，在孔门为政事之科，前代典礼、政书，及当世掌故皆是也"⑤。"经

---

① 姚永朴：《文学研究法》，黄山书社 1989 年版，第 22 页。

② 王兆符：《望溪文集序》，方苞《望溪先生文集》，四部丛刊本。

③ 戴均衡：《望溪先生年谱序》，《望溪先生年谱》，《北京图书馆藏珍本年谱丛刊》（89），北京图书馆出版社 1999 年版，第 505 页。

④ 姚永朴：《文学研究法》，黄山书社 1989 年版，第 9 页。

⑤ 曾国藩：《劝学篇示直隶士子》，《曾国藩全集·诗文》，岳麓书社 1986 年版，第 442 页。

济"是对"义理"的补充:"苟通义理之学,而经济该乎其中矣!"① 将"经济"之学纳入"义理"范畴。尽管"经济"的引入与文章的逻辑结构没有直接联系,仍未乖离文道合一的观点,但无疑已要求为文时依据客观事实进行判断推理。莲池之学是近代经世古文的新发展,与晚清"洋务运动"相一致,将新学之思引入古文之中,在一定程度上通过改良的形式维系了清王朝的存在。至于近代末期桐城陈澹然,经世思想体现得尤为显著。其论"性理""考据""辞章"之说已经有意识地将为文与实践结合:

> 事归实践,非可空言。何必高谈性命?新政新物,日新无穷,无一不当考证,何必远索古初?记言论事,无一不寓经纶,何必滥夸浮藻?②

"事归实践""新政新物""记言论事"是陈澹然对义理、考据与辞章三要素的见解,比曾国藩"经济"说更深入,将三要素与社会实际联系起来:"事归实践",不涉空谈,"新政新物"则论述世俗之事,"记言论事"中寄寓经世之思,三要素包含逻辑推理的成分,有推理的目的、所用的材料、经由的途径,与桐城文派"明道"之说已不尽相同,然而三者皆合乎时代的要求,这是光宣以来社会变迁带来的必然结果。

可见,桐城派古文遵循着以"道"的准则,古文"义法"中的道德法则在近代中国随着时间的推移,演变为崇尚实用的经世之文。

二　考证求是与逻辑政论

中国古典之文多重视情怀的抒发,而不是注意逻辑的关系。几千年来,"中国的文或句法,法子太不精密了","这语法的不精密,就在证明思路的不精密,换一句话,就是脑筋有些胡涂"③。桐城派文章也不例外。然而,桐城派文章的组织围绕"义法"而展开,"有序"与"考证"之

---

① 曾国藩:《劝学篇示直隶士子》,《曾国藩全集·诗文》,岳麓书社1986年版,第443页。
② 陈澹然:《晦堂文钥·读书辨第四》,王水照主编《历代文话》,复旦大学出版社2007年版,第6784页。
③ 鲁迅:《关于翻译的通信》,《鲁迅全集》第四卷,人民文学出版社1980年版,第381页。

"法"中蕴含了逻辑思维的因素。在一定程度上，近代逻辑政论是桐城古文与近代逻辑理论结合的产物。

桐城古文潜藏着的内在逻辑性，对于桐城派文论要素进行深入分析即可以看出。近代逻辑学传入之前，作为桐城派文论精髓的"义法"说中逻辑因素的存在是古文具有内在逻辑的关键。方苞"义法说"中的"义""法"两个方面均与逻辑不无关涉："义"以"有物"为前提，"法"以"有序"为基础，立足事实并依据内在的逻辑顺序连缀文句、构思篇章，以为古文旨趣上可与《左传》《史记》呼应，并指出了文章"义法"与逻辑论辩之关系：

> 自魏晋以后，藻绘之文兴，至唐韩愈起八代之衰，然后学者以先秦盛汉辨理论事质而不芜者为古文，盖《六经》及孔子、孟子之书之支流余肆也。①

此中明言古文与"藻绘之文"对照，与"先秦盛汉辨理论事"之文密切相关，自然可以上溯到《左传》的含义深微的辞令、《孟子》析理之文与名家的言论；"事质而不芜"也包含了对缜密逻辑、雅正体格的追寻，注重文章内在关联的思想深蕴于"义法"说之中。姚鼐之文继承了方苞的"义法"说而增列了"考证"要素，已具备了逻辑古文中的论据要素。姚鼐在《述庵文钞序》中提出的"义理""考证""文章"说尽管以"义理"为核心，但同时意欲将宋学、汉学、文学结合起来，考证有序，文章有法，为"义理"之羽翼，在一定程度上已具有独特的逻辑条理。

姚鼐之后，近代古文家曾国藩的"经济"思想是经世之学对"义理"的补充。曾国藩论文已明确表达了自己不同于以往"义法"说的见解：

> 窃闻古之文，初无所谓法也。……后人本不能文，强取古人所造

---

① 方苞：《古文约选序例（代）》，《方苞集》，上海古籍出版社 2008 年版，第 612 页。

而模拟之，于是有合有离，而法不名法焉。若其不俟摹拟，人心各具自然之文，约有二端：曰理曰情，二者，人人之所固有，就吾所知之理，而笔诸书，而传诸世，称吾爱、恶、悲、愉之情，而缀词以达之，若剖肺肝而陈简册，斯皆自然之文。①

曾国藩在此将文章之法分为"理"与"情"两部分，其中的"理"不是"义理"，而是文理，即文章内在的逻辑关系。在注重文德的同时，明确指出了"理"与"情"是为文之两端，已经看到逻辑与文理在文章结构中的重要意义。

尽管学术界对于严复是否属于桐城古文家早有异议，然而严复是曾氏弟子吴汝纶悉心培育出的古文家。严复在古文"义法"上标举信、达、雅，"严复名著中正多外来语、新名词，亦有骈偶句，根本就不符合桐城派'雅驯'的标准"②。然而严复推尊"义法"并已经意识到："格致之学不先，褊僻之情未去，束教拘虚，生心害政，固无往而不害人家国也。"③ 以为文章逻辑化是社会发展的必然要求，与曾国藩"经济"思想相近。钱基博谓："以古文辞译欧西政治、经济、哲学诸科，盖自复启其机镉焉。"④ 已明确指出其开创之功，严复对逻辑的见解与论述表明了桐城古文已经开始向逻辑文过渡。

审视近代逻辑之文可以发现，这种文体与八股文的形式有近似之处。因此，钱基博以为："有八股偶比之格，而出之以文理密察者；严复、章士钊之逻辑文学也。"⑤ 由于逻辑文与有近千年历史的八股文形式相近而少拘束，故容易驾驭。然而因其行文往往质实无生趣，故逻辑文以政论居多。《春觉斋论文》归纳出用笔八则如起笔伏笔、顿笔顶笔等，其中不无逻辑思想的影响。故逻辑与桐城古文也并非毫无联系，何况桐城古文从精

---

① 曾国藩：《湖南文征序》，《曾国藩全集·诗文》卷四，岳麓书社 1986 年版，第 333 页。
② 郭延礼：《中国前现代文学的转型》，山东大学出版社 2005 年版，第 300 页。
③ 严复：《名学浅说》，商务印书馆 1909 年版，第 141 页。
④ 钱基博著，傅道彬校点：《现代中国文学史》，中国人民大学出版社 2004 年版，第 373 页。
⑤ 同上书，第 368 页。

神到形式皆与八股文颇有相近之处。

从形式上看，严复、章士钊等人的逻辑古文被称为"欧化的古文"，以古文的体式，在文章中融入新的内容、新的词语，如《孙逸仙》诸篇皆晓畅明白，并非古文旧制，在雅俗之间，故《甲寅》有承先启后之功。钱基博《现代中国文学史》评述其文："章士钊衷逻辑为论衡，斯亦我行我法，脱尽古文恒蹊者矣。然袭文言之体，或有明而未融之处。而士钊之逻辑文学，浅识尤苦索解。"① 指出章士钊逻辑文以逻辑为衡量文章的标准，是近代政论散文的成功尝试。胡适以为"他们的大缺点只在不能'与一般之人生出交涉'"②。政论古文专注于改良社会，却较少关注普通人的人生哀乐。"新的思想必须用新的文体以传达出来，因而便非用白话不可了。"③ "载道"之文演绎为政论古文，现代白话文从此中萌生。

可见，近代政论古文是桐城古文的演绎。从姚鼐融入考证之文到吴汝纶涵融新学之文，以至于严复、章士钊的逻辑文，桐城派古文中尚"考证"一脉日渐向逻辑政论古文转变。

三　以诗为文与古文小品

尽管桐城古文以"义法"相标榜，然桐城派古文时以诗为文，魅力恰在"义法"之外。白话小品之作虽受西方随笔影响，然古文之雅趣也在其中。桐城派古文诗性之渊薮，在文人诗画中的山水灵境。虽雅好唐宋之文，江南六朝遗风犹存。江南文化赋予了桐城派古文独有的灵性。桐城派并不限于古文，也是一个诗派，则从另一角度印证了桐城古文的深刻内蕴。

桐城古文家不乏洋溢着诗性的文辞。桐城古文家也多是诗人，除了方苞所存诗歌不多，桐城文章家以诗文饮誉江南者不在少数。桐城古文中也时时流动着诗性的韵律。方苞倡言辩理之文，所作仍有记事之篇、记游之

---

① 钱基博著，傅道彬校点：《现代中国文学史》，中国人民大学出版社 2000 年版，第 428 页。

② 胡适：《五十年来中国之文学》，《胡适文集》第三册，北京大学出版社 1998 年版，第 237 页。

③ 周作人：《中国新文学的源流》，华东师范大学出版社 1995 年版，第 64 页。

作,《游潭柘寺记》《再至浮山记》等篇时有描摹之词;刘大櫆之文以俊逸擅声,尤工于词翰,为"枞阳诗派"之开山①,所作时文序言及书札,皆时发慷慨之音、述悲欢之情,而《游黄山记》《游浮山记》及游历见闻至洋洋洒洒数千言,《游百门泉记》冷然可喜,《游万柳堂记》感慨时世,《缥碧轩记》追怀往昔,皆意味隽永,近于诗人之文。至于"三祖"姚鼐,记山水胜境尤工于描摹。《游媚笔泉记》鲜活自然、《登泰山记》目极千里、《先宅记》述家世渊源,写景述情,不拘成法。

道光、咸丰以来,桐城古文以诗入文渐成风习。古文家引六朝俪体与翰藻入文,尤多述情体物之辞:梅曾亮记事之作,自见才藻。然信笔所至,即景会心,托物述情,皆清新自然,幽雅峻洁,突破了方苞不以诗入文的藩篱,在桐城古文清真雅洁之辞外别构一体。有柳宗元之遗风、"宣城体"之高致,可谓妙入诗境。描摹物态,营构意境,如诗如画。《游瓜步山记》闲淡幽雅,《冯晋渔舍人梦游记》亦真亦幻,《游小盘谷记》写景之妙,在山水之外。粤西古文写景之篇,清新自然,为近代以来罕有。吕璜所作图序如《楼观沧海日图序》《五峰观瀑图序》《千岩万壑搜奇图序》《西湖泛月图序》,皆摹写细微,状难写之景如在目前;龙启瑞之《过绎山记》《月牙山记》《寓中小园记》则清新秀逸,如风行水上;彭昱尧《碧漪堂记》《石塘文昌阁记》有疏淡自然之致。至于王拯所作之《罗浮观瀑布记》《山塘泛舟记》《游天湖山记》《游衡山记》《游七星岩记》诸篇,描摹物态穷形尽相,写景之真切,为"五家"之翘楚,实道、咸文章中所仅见。而朱琦所作诗文序,多清新畅达,不作高古醇雅之词。湘乡古文家中,吴敏树隐逸之作,《梦》《君山月夜泛舟记》兴味超然,有脱俗之境,使人亹亹不倦。《钓说》《说药》《书义猴事》,以寓言说理,真当世之药石。曾国藩于道咸间倡言宋诗,天下文人翕然响应,所作古文虽多涉军国之事,然雄奇瑰玮之浩气充盈于其中。光宣之际,姚濬昌父子之记事小品,往往隽永可玩。姚永朴、姚永概作《西山精舍记》,观其文章,西山精

---

① 刘开《孟涂文集》卷七《张勘园明府诗序》:"自海峰先生卜居枞江,以风雅导启后学,而枞阳诗派遂盛于桐城。"参见《刘孟涂集》,道光六年姚氏檗山草堂刊本。

舍如目前。故自梅曾亮至姚氏父子之作，不乏清新自然之作、隽永之篇。私淑桐城古文的林纾，其小说之情境，也有与近代桐城古文相近者。可见近代桐城古文，上承晚明小品，下启现代美文，自有其美赡之处。

桐城古文家文论也时常标举诗意，以意境论文。姚鼐论文，已欲"开新境"①。方东树《昭昧詹言》中有"灵境"之说。《昭昧詹言》卷五论及谢灵运诗《晚出谢西堂》时说："此与《过白岸亭》皆不过寻常题之景物情事，一入思曲，便幻出如许奇观灵境。"② 而梅曾亮论文，提出"天机"之论，要求"故善为文者，无失其机"③。至于林纾，学桐城之文而将"意境"视为文章之母："意境者，文之母也，一切奇正之格，皆出于是间。不讲意境，是自塞其途，终身无进道之日矣。"④ 如此看来，桐城派古文以诗为文由来已久，并非偶然。

在新文学创作中，白话散文的成功首先表现为美文的成功。意境的营造成为美文的共同特征。林语堂谓："中国现代文唯一之成功，小品文之成功也。创作小说，即有佳作，亦由小品散文训练而来。"⑤ 古文小品中固然也有《文选》体，但在近代古文向现代白话散文的演进过程中，桐城古文小品同样有着承先启后的意义。

近代之文从古文、俗语到白话的渐变，表明近现代散文之间并没有不可逾越的鸿沟；近代散文在向营构意境的美文嬗变过程中，注入了现代人文精神，为现代散文的发展开辟了崭新的空间。在一定程度上，桐城派古文是其深蕴的文化源泉。

---

① 姚鼐：《惜抱先生尺牍》卷八，道光三年刻本。
② 方东树著，汪绍楹校点：《昭昧詹言》卷五，人民文学出版社 1961 年版，第 143 页。
③ 梅曾亮：《钵书余霞阁集记》，《柏枧山房诗文集》，上海古籍出版社 2005 年版，第 222 页。
④ 林纾：《春觉斋论文》，《论文偶记·初月楼古文绪论·春觉斋论文》，人民文学出版社 1959 年版，第 75 页。
⑤ 林语堂：《〈人间世〉发刊词》，《人间世》1934 年第 1 期。

第二章

桐城古文新范式

前期桐城派作家成绩斐然，学术界论桐城派多言方苞、刘大櫆、姚鼐，然而近代以来的桐城派诗文同样有令人瞩目的成就，名家辈出，流派纷呈。近代初期的桐城派已经产生了深远的影响，梅曾亮擅声于前，曾国藩倡导于后，吴汝纶传其余绪，与马其昶先后相望，绵延不绝。随着清王朝之衰微，文学语境已经不同于前期，近代文人之诗学观与方苞诸人的雅洁之论日渐乖远，故近代桐城文学表现形式亦迥然不同。在古文创作中，阳湖文派的影响与骈文的兴起是这一时期的重要特征。梅曾亮是以骈入散之风的倡导者，在骈散兼行的观念影响下，桐城古文展现出了其独特的灵性。随着梅曾亮的出现，上元、岭西之文郁兴，故可谓梅曾亮古文为近代诸派之先导。

第一节　桐城古文的骈俪之风

桐城派以方、刘、姚为"三祖"，姚门弟子众多，梅曾亮后来居上。据刘声木《桐城文学渊源考》载，陈用光、李宗传、管同、梅曾亮、方东树、姚莹、刘开、毛岳生、姚椿、吴德旋、方绩、秦瀛、李兆洛等皆为其弟子，"姚先生晚而主钟山书院讲席，门下最著者，上元有管同异之、梅曾亮伯言，桐城有方东树植之，姚莹石甫。四人者，称为高第弟子，各以

所得传授徒友，往往不绝"①，号为"四杰"。② 至道光间，海内文章之士
"管异之同大体雅正，梅伯言曾亮精悍简古，皆足名家"③。然道光中叶以
后，姚门弟子一时俱逝，唯梅曾亮尚存，文名日著，"为当代宗匠"④。

一 梅曾亮与道咸文坛

梅曾亮（1786—1856），初名曾荫，字葛君，字伯言，一字柏枧，江苏
上元（今南京）人。曾祖梅瑴成，"梅瑴成，字循斋，世籍宣城。祖文鼎，
以善算法为圣祖所知"⑤。自瑴成移籍江苏上元，至曾亮已历四世。瑴成谥
文穆，育五子，镠为少，镠子冲，生曾亮。⑥ 梅氏为宣城望族，"文穆以
祖荫得官，益恢家学。自是以后，孝友文章，代不乏人。而伯言古文竟推
一时作手，桐城之盛，于此极矣！"⑦ 曾亮伯祖"鉁，字二如，一字式堂，
乾隆十五年副贡，性至孝。侍父疾，昼夜不解带，工于古文。与戴祖启、
戴翼子、汪自占齐名"⑧。父冲，嘉庆五年举人，母侯芝（1760—1829），
字香叶，通经史，能诗文。勤俭持家，贫困时曾典钗度日。⑨ 侯芝生子四
人，曾亮、凭、曾诏、曾诰，女一人，淑仪。延从兄云锦教子女于家。⑩
梅曾亮为嘉庆二十五年举人，道光二年进士。⑪ 曾为安徽巡抚邓廷桢、江

---

① 曾国藩：《欧阳生文集序》，《曾国藩诗文集》，上海古籍出版社 2005 年版，第 285 页。
② 据姚莹《东溟文集·文后集》卷十，《惜抱先生与管异之书跋》："当时异之与梅伯言、
方植之、刘孟涂称姚门四杰。"《续修四库全书》（1512），上海古籍出版社 2010 年版，第 583 页。
③ 方宗诚：《读文杂记》，光绪四年刻本。
④ 龙启瑞：《彭子穆遗稿序》，《经德堂文集》卷二，桂林典雅印行。
⑤ 陈作霖：《金陵通传》卷三十一，《梅氏传》第一百三十四，《清代地方人物传记丛刊》
影印瑞华馆刊本，广陵书社 2007 年版。
⑥ 陈作霖：《金陵通传》卷三十一。《梅氏传》第一百三十四，《清代地方人物传记丛刊》，广陵书
社 2007 年版。
⑦ 同上。
⑧ 同上。
⑨ 参见梅曾亮《柏枧山房诗文集》卷六《侯青甫舅氏诗序》："吾母尝曰：今岁殊艰难，未过上元节，
典一钗，后当何如?"彭国忠、胡晓明校点《柏枧山房诗文集》，上海古籍出版社 2005 年版，第 124 页。
⑩ 胡士莹：《弹词女作家侯芝小传》，《文献》（第 15 辑），书目文献出版社 1983 年版，第 90 页。
⑪ 南京市建邺区地方志编纂委员会编《建邺区志》载："道光元年（1821）乡试中举，三
年成进士。"参见方志出版社 2003 年版，第 1124 页；郭预衡《中国散文史》（下）亦谓"道光三
年（1823 年）进士"。上海古籍出版社 2011 年版，第 533 页。而据《清史稿》文苑三载梅曾亮
谓"道光二年进士"。《金陵通传》卷三十一："道光元年举于乡，明年成进士。"可见梅（转下页）

苏巡抚陶澍幕宾。道光十二年入京师，二十九年还乡，入赀为户部郎中，在京师为官多年。晚年主讲扬州梅花书院，因太平天国起事，走淮上依同年进士、南河总督杨以增，年七十一，卒于清江浦。①

梅曾亮"少时喜骈俪"，后研习古文，"以文雄一世"②。"官京师二十余年，文名益重一时。"③除了所作《〈管异之文集〉书后》中谓随友人管同学古文，并在姚鼐门下求学之外，家学的涵养不可忽视。宣城梅氏文采风流自不待言。明代王世贞有诗赞梅氏："从夸荆地人人玉，不及梅家树树花。"④清之张廷玉谓："上江人文之盛首宣城，宣之旧族首梅氏。匪特仕科名甲于遐迩，而文章经济理学名儒，自宋以来，彬彬郁郁，绵亘辉映。"⑤法式善《陶庐杂录》卷三载："《梅氏诗略》十二卷，梅清集定。唐梅远由吴之宣城为掾，家焉。自远迄翱，凡一百一十六家。一门风雅，可谓盛矣。"⑥自宋代梅尧臣以诗文擅声，明代梅鼎祚诗文有《梅禹金集》二十卷，所作传奇《玉合记》为昆山派的扛鼎之作。明清之际，梅文鼎虽以算学名家，然其诗文自有宣城体之风范，今存《绩学堂诗文钞》。

梅氏居上元以来，同样传承了家学文章。曾国藩《赠梅伯言》诗："单绪真传自皖桐，不孤当代一文雄。读书养性原家教，绩学参微况祖风。"⑦道出了梅曾亮与宣城梅氏的文化渊源。梅文鼎被康熙赐予"绩学参微"匾额，传为一时佳话。曾祖梅瑴成、伯祖鈵、父冲，乃至其母侯芝皆为一时名人。据吴振棫《养吉斋丛录》："康熙时，于蒙养斋设局修书，方苞以方孝标案内干连罪人供奉蒙养斋，梅瑴成以生员供奉蒙养斋

（接上页）曾亮为道光二年进士。房兆楹、杜联喆合编《增校清朝进士题名碑录附（特刊第19号）引得》，哈佛燕京学社1941年版，第155页：道光二年壬午恩科戴兰芬榜第三甲第八十九名为上元梅曾亮，也可佐证《建邺区志》及郭预衡《中国散文史》所记有误。

① 据吴常焘《梅郎中年谱》，《柏枧山房诗文集》，上海古籍出版社2005年版，第668页。

② 陈作霖：《金陵通传》卷三十一。《梅氏传》第一百三十四，《清代地方人物传记丛刊》，广陵书社2007年版。

③ 同上。

④ 徐世昌：《晚晴簃诗话》卷二十七《论梅清》，华东师范大学出版社2009年版，第142页。

⑤ 张廷玉：《梅氏重修家谱序》，转引自潘家栋《群星璀璨的宣州梅氏》，俞乃蕴等主编《文苑春秋》，安徽人民出版社1999年版，第122页。

⑥ 法式善：《陶庐杂录》卷三，中华书局1959年版，第79页。

⑦ 曾国藩：《赠梅伯言二首》，曾国藩《曾国藩诗文诗集》卷二，上海古籍出版社2005年版，第57页。

是也。"① 梅氏与桐城文学渊源或从此始。此后曾亮伯祖鉁为一时作者，父亲梅冲学问雅博、淹通经义，母侯芝擅长诗文，对梅曾亮之诗文创作也有极大影响。梅曾亮虽居上元，文集依然以宛陵梅氏宗族发源地宣城柏枧山命名。

梅曾亮虽以古文名天下，然而曾亮之古文与姚鼐之文已迥然相异。梅氏卜居上元，与常州地域相近，自然易于濡染阳湖之风。梅氏家学中有骈俪之文风，由来可谓久远。梅鼎祚之传奇为家族文化之远源，近者则有其母侯芝所作弹词，以骈俪生色。侯芝将仅有抄本流传的《玉钏缘》《再生缘》《再造天》和《锦上花》四种弹词改编刻印，以《再生缘全传》最为有名。《叙》中可见其情之真挚，文辞之华美：

> 诗以言情，史以记事。至野史弹词，或代前人补恨，或恐往事无传。虽俚俗之微词，付枣梨而并寿。余幼弄柔翰，敢夸柳絮迎风；近抱采薪，不欲笔花逞艳。是以十年来，抛置章句，专改鼓词。花样新翻，只恐词难达意；机丝巧织，未免手不从心。近改四种，《锦上花》业已梓行。若《再生缘》，传抄数十载，尚无镂本。因惜作者苦思，删繁撮要。……叙事言情，俱归礼德；诲书杂戏，不尽荒唐。虽闺阁名媛，俱堪寓目。市廛贾客，亦可留情。昔人有以《玉钏缘》致予作序，曾缀数言于简末。至兹编又非其笔可比，故改而付梓，不没作者之意。未识闺中人以为然否？道光元年季秋上浣日书，香叶阁主人稿。②

此文为侯芝改编《再生缘》之心得。香叶阁主人即侯芝，字香叶。陈寅恪《论再生缘》之语值得深加玩味："《再生缘》之文，质言之，乃一叙事言情七言排律之长篇巨制也。弹词之作品颇多，鄙意《再生缘》之文最佳，微之所谓'铺陈终始，排比声韵'，'属对律切'，实足当之无愧。"③

---

① 吴振棫：《养吉斋丛录》，北京古籍出版社 1983 年版，第 49 页。
② 香叶阁主人：《叙》，陈端生《再生缘全传》，《续修四库全书》（1745）影印清道光二年宝宁堂刻本，上海古籍出版社 2013 年版。
③ 陈寅恪：《论再生缘》，《中国现代学术经典》（陈寅恪卷），河北教育出版社 2002 年版，第 382 页。

《再生缘全传》本为杭州女诗人陈端生著，是七言排律的韵文，写元成宗时孟丽君与皇甫少华悲欢离合的爱情故事。侯芝以十年之功，专改鼓词，尤以此篇为力作。陈寅恪《论再生缘》所评即为侯序本，所赏即在其"铺陈终始，排比声韵"，"属对律切"的文辞之美。对比梅曾亮古文的骈俪倾向，不难看出二者的相近之处。

梅曾亮外祖侯学诗曾为江西抚州知府，"文学政事皆有可书"[①]。梅曾亮之师侯云锦系母侯芝从兄，"云锦，字子有，号抑庵，嘉庆三年与从兄云松同举乡试，性冲淡诚挚，工诗画"[②]。曾亮《侯子有先生墓志铭》叙其行年：云锦伯父学诗，"外孙名曾亮，于先生为弟子"。壬辰所作《昙华居士存稿序》则谓："《昙华居士存稿》者，舅氏侯子有先生之所作也。曾亮幼时受业于先生，见手一小书不置，窃取视之，磊磊若石子置于口中不可读，则《山谷集》也。"[③] "主讲濠梁，与寿州萧亦乔谈艺甚欢。亦乔好言唐音。先生虽取所长，能以句律运其天趣，无门户见也。"[④] 梅氏家学与外家侯氏家学之传承无疑是梅曾亮散文兼擅骈俪之美的重要原因。

在道咸时期，梅曾亮一度主盟京师文坛，是桐城派影响由江南流播八荒的关键，甚或有着比"桐城三祖"更广泛的影响。梅氏崇尚诗性的散文对桐城派与晚清散文的转变有着开风气之先的意义，并有着深刻的典范性，成为晚清桐城古文之新体式，也是桐城散文向近代嬗变的标志。

晚清桐城古文新范式之生成，从文体上看，导源于桐城古文的危机。从辞章上看，阳湖派另辟蹊径，脱离韩欧古文路径，引入骈偶之体；以阮元为代表的文选派倡言骈偶之体，汪中、李兆洛则在江南复兴六朝绮丽之风。相对而言，纯粹的单行桐城古文显得单调，缺乏生机。在考据方面，宋学之空疏使得古文脱离现实谈性理，亟待以贴近现实文章反映生活的真

---

①　梅曾亮：《侯子有先生墓志铭》，《柏枧山房文集》卷十二，《续修四库全书》第1514册，上海古籍出版社2013年版，第56页。

②　陈作霖：《金陵通传》卷三十，《朱侯传》，《清代地方人物传记丛刊》，广陵书社2007年版。

③　梅曾亮：《昙华居士存稿序》，梅曾亮《柏枧山房全集》文集卷五，《续修四库全书》第1513册，上海古籍出版社2013年版，第649页。

④　同上。

实，汉学考据为之提供了途径，戴、段、二王是考据之学的典范。清王朝的衰微使得文士重新思索应对之策，阎潜丘《尚书古文考证》在一定程度上动摇了经典的基础；常州今文经学从新的角度阐释经典，表达了改变旧观念的新思维，考据并非琐屑支离的代名词。义理方面，与方苞同时的颜、李之学已经专注事功，唐鉴、倭仁、陶澍等阐述义理逐渐走出空言，面对现实，以经世为首务。而"桐城三祖"之文，多空言性理之辞。文变染乎世情，骈俪与时务之文的出现已成为必然。梅曾亮之文顺应了道咸时代的时势。

考察嘉道间文坛，金陵与京师是南北两大相对独立的文化中心。梅曾亮前期在金陵文化圈中骈文与古文并擅声名，后期在京师参与文酒之会二十余年，逐渐成为诗文领袖。

在江南文坛上，梅曾亮逐渐超越管同而闻名一时。嘉道间桐城派名家辈出，梅曾亮在当世文坛的盟主地位使得其文章脱颖而出，成为一时之典范。就姚门弟子而言，姚鼐弟子众多，桐城文人论桐城古文时也是管、梅并称。至道光间，"管异之同大体雅正，梅伯言曾亮精悍简古，皆足名家"[1]。梅曾亮之文精悍简古，已与桐城派标举之"雅正"有差异。《清史稿》本传记述，师友"间以规曾亮，曾亮自喜，不为动也。久之，读周、秦、太史公书，乃颇瘳，一变旧习。义法本桐城，稍参以异己者之长，选声练色，务穷极笔势"[2]。从中可以看出，梅曾亮之文与桐城前期古文并不尽同，甚至已经悖逆师说，后虽有变化，然"参以异己者之长"也不尽避方苞所论文章禁忌，与雅洁旨意不合。可见梅曾亮之文已与姚氏不尽同，而张舜徽论管梅之高下时以管同为上，以为："姚门弟子，要必推斯人为高。徒以早死而名位不崇，故知之者稀耳！"[3] 梅曾亮"才气学识固不及管同也"[4]。此说未见所据。就才气而言，管同自有其长处，然仅从

① 方宗诚：《读文杂记》，王水照《历代文话》（六），复旦大学出版社 2007 年版，第5733 页。
② 赵尔巽等：《清史稿》卷四百八十六，中华书局 1998 年版，第 3437 页。
③ 张舜徽：《清人文集别录》，中华书局 1963 年版，第 376 页。
④ 同上书，第 390 页。

其株守桐城家法一端而言，已非梅曾亮出入古今与汉宋之境域可比。尤其是桐城古文的新范式，无疑并非出自管同之文。此外，同时曾亲谒姚鼐的吴德旋，"居京师二载，穷窘迫促，无以自存"①。仅就其古文之影响而言，已不可与梅曾亮并论。而吴德旋文在阳湖与桐城之间，与恽敬、张惠言上下议论，持论与桐城派宗韩欧与"义法"不同，显然也非桐城古文新范式开创者，故姚门中当数梅曾亮晚出而知名。后来易宗夔《新世说》将梅曾亮列为姚门弟子第一："姬传后主江宁书院二十余年，门下著籍之士，以上元梅曾亮、管同，娄县姚椿，宝山毛岳生，瑞金罗有高，新城鲁仕骥及同邑刘开为最有名者。"② 可见，就道咸以后桐城古文家的文名与影响而言，姚门弟子中当以梅曾亮最为卓著。至于姜书阁之论："姚莹较诸人为后，而得名亦最盛。"③ 现存文献似无从佐证。

北方文坛则天下豪俊云集，然梅曾亮大约在道光中后期成为京师文坛盟主之一。道光二年中进士，与魏源等在京师缔结文字之交；道光十二年，梅曾亮至京师求仕，仍无友朋聚处之乐。但由于程恩泽的提携，"山馆野寺，未尝不偕；偶召宾，未尝不与；有所作，必嘱和"④，影响渐大；其《江亭展禊诗序》记载了道光十六年四月参加江亭展禊活动的盛况，标志着梅氏已进入北方文坛。后"得交陈君艺叔，朱君伯韩，吴君子叙，又因伯韩得交小坡，及冯君鲁川、王君少鹤"⑤。梅曾亮在北方文坛的地位渐被确立。曾氏幕下郭曾炘《杂题国朝诸名家诗集后》为黄爵滋题云："骚坛晚岁推牛耳，输与谈文柏枧翁。"注："道光末年，都下主诗盟者推陶凫卿、黄树斋两侍郎，讲古文之学者曾文正、梅伯言郎中。"⑥ 表明黄爵滋晚年影响已不及梅曾亮，这足以证明梅曾亮在京师文坛的领袖地位。

① 吴德旋：《答张皋文书》，《初月楼文集》卷二，道光三年刻本。

② 易宗夔：《新世说》，山西古籍出版社 1997 年版，第 97 页。

③ 姜书阁：《桐城文派述评》，上海商务印书馆 1933 年版，第 63 页。

④ 梅曾亮：《程春海先生集序》，《柏枧山房全集》文集卷七，《续修四库全书》第 1514 册，上海古籍出版社 2013 年版，第 9 页。

⑤ 梅曾亮：《赠余小坡序》，《柏枧山房全集》文集卷三，《续修四库全书》第 1513 册，上海古籍出版社 2013 年版，第 629 页。

⑥ 郭曾炘：《杂题国朝诸名家诗集后》，《匏庐诗存九卷》，《侯官郭氏家集汇刊》，《近代中国史料丛刊》，（台北）文海出版社 1970 年版，第 299 册。

然道光中后期之文坛谁为盟主，学术界有不同观点。郭曾炘称道陶凫卿、黄树斋，黄树斋为黄爵滋，而陶凫卿则似为后世所淡忘。陶樑（1772—1857），字凫卿，江苏长洲人。嘉庆十三年进士，选庶吉士，授编修，纂修《皇清文颖》。官至礼部侍郎。《清史稿》列传二百九十对其文学活动有详细记述：

> 樑早有文名，曾从侍郎王昶助其纂述。历官所至，提倡风雅，宾接才俊，辑《畿辅诗传》行世。晚登朝右，时值军兴，耆旧凋落，其犹见乾、嘉文物之盛者，惟大学士祁寯藻与樑二人，为士林所归仰云。①

据同治《苏州府志》："陶樑，字宁求，嘉庆戊辰进士，改庶吉士，授编修。""樑少工词翰，与董观察国华齐名，有陶董之目。时东南坛坫千里相望，王昶、孙星衍、赵翼、无锡麒辈各以所著倾动一时，樑与为师友，诗名播远近。"② 著有《畿辅诗传》六十卷，《红豆树馆诗》十四卷，《词》八卷。③《清史稿》所论"士林所归仰"自有其缘由，况陶樑尚有《畿辅诗传》记述当世文坛之情形。王昶为江苏青浦人，与陶樑同乡，在王昶之后为文坛宗主，已成必然之势。然与梅曾亮成为文坛领袖并不相悖。梅曾亮为江南上元人，而祁寯藻为程恩泽门人，"祁文端诗宗韩杜，寔承程春海衣钵"④。程恩泽与梅曾亮同出于陶澍门下，祁寯藻之舅陈用光又为姚鼐弟子，故程恩泽、祁寯藻乃至陶樑在文坛上推崇梅曾亮亦在情理之中。故陶樑为众望所归并不影响梅曾亮渐成道光中后期之领袖。又据姜书阁《桐城文派述评》，以桐城文学之兴归功于曾国藩：

> 是时正值汉学大兴，而桐城派之文人，又复抱残守缺，不能追及

---

① 《清史稿》卷四百二十二，中华书局 1998 年版，第 3127 页。
② 李铭皖等修，冯桂芬等纂：《苏州府志》卷八十九，（台湾）成文出版社《中国方志丛书》影印光绪九年刊本 1970 年版，第 2150 页。
③ 李铭皖等修，冯桂芬等纂：《苏州府志》卷一百三十七，（台湾）成文出版社《中国方志丛书》影印光绪九年刊本 1970 年版，第 3325 页。
④ 郭则沄：《十朝诗乘》卷十七，《民国诗话丛编》（四），上海书店出版社 2002 年版，第 558 页。

前辈，故势必销声匿迹，以待其自亡。曾国藩生于其间，目睹当时门户之争，早思有以解之。在京师时，即与梅伯言互相讨论，慨然有振兴之意。及洪、杨事起，乃益罗致当时文人于幕府，用相切磋。于是桐城派遂再振。①

　　曾国藩曾一度权倾朝野，影响之大自是必然，然而论时间之先后，当以梅曾亮为先。道光中期，梅曾亮已著声于京师文坛，相比而言，曾国藩道光十八年才得中进士，尝谓："余官京师，与梅君过从，凡四年。"② 此时梅曾亮已渐成京师文坛盟主。梅曾亮居京师二十余年，交结四方之士，倡导桐城古文，以义法相尚，为当时文士所宗。"论者至以姚、梅并称。"③ 曾国藩之诗文足可为证，其《送梅伯言归金陵三首》其三谓："文笔昌黎百世师，桐城诸老实宗之。方姚以后无孤诣，嘉道之间又一奇。"④ 此时梅曾亮已誉满天下，故曾国藩将梅曾亮与方苞、姚鼐相提并论，并称许梅曾亮为嘉道间奇才。此论并非过誉。吴敏树《梅伯言先生诔辞》："余曩在京师，见时学治古文者，必趋梅先生，以求归、方之所传。"⑤《水窗春呓》记载当时文人清议之影响就提到了梅曾亮："中书则梅伯言、宗涤楼。""一时文章议论，掉鞅京洛，宰执亦畏其锋。"⑥ 宗稷辰后来显达，而梅曾亮则仅为中书，故以文名世。道光二十九年（1849）梅曾亮告老还乡，还推出了许宗衡继其事："曾亮方告归。京师言古文辞者群推宗衡为首。"⑦ 明确的主张，兼容的胸襟，可循的法度，加上梅曾亮在当时南北文坛的影响，使得梅曾亮成为当世文坛之魁首。此时桐城派的影响才可谓遍及天下。刘声木《桐城文学渊源考》所载"专记师事及私淑梅曾

---

① 姜书阁：《桐城文派述评》，上海商务印书馆 1933 年版，第 63、69 页。

② 曾国藩：《柏枧山房集跋》，《柏枧山房诗文集》，上海古籍出版社 2005 年版，第 691 页。

③ 徐世昌：《晚晴簃诗话》卷一百三十，华东师范大学出版社 2009 年版，第 940 页。

④ 曾国藩：《送梅伯言归金陵三首》其三，上海古籍出版社 2005 年版，第 96 页。

⑤ 吴敏树：《梅伯言先生诔辞》，《柈湖文集》卷十二，续修四库全书（1534），第 263 页。

⑥ 欧阳兆熊、金安清：《水窗春呓·禁烟疏》，中华书局 1984 年版，第 80 页。

⑦ 陈作霖：《金陵通传》卷三十一，《梅氏传》第一百三十四，光绪甲辰瑞华馆刊印，《清代地方人物传记丛刊》，广陵书社 2007 年版。

亮诸人"有七十五人之多。

由于梅曾亮在道光后期文坛的崇高地位,所作古文已不同于前期桐城派的崭新面貌,建构了桐城古文的新范式。

二 梅曾亮古文之诗化

古文新范式的内容体现在何处?方东树评述梅曾亮的成就时如是说:"读书深,胸襟高,故识解超而观理微,论事核。至其笔力高简醇古,独得古人行文笔势妙处。此数者,北宋而后,元明以来,诸家所不见,为之不已,虽未敢许其必能桃宋,然能必与宋大家并立不朽于作者可决之。"① 此序为方东树于道光八年戊子作,文中论梅曾亮之文妙处有三端:识解超、论事核、笔力高。识解超则自有文境、论事核则须资以汉学之考核、笔力高当辞达而气峻。兹结合梅曾亮为文之特点,阐述其古文三种倾向:文境高妙、学综汉宋、词兼雅俗。三者以文境界之高为归。梅曾亮的古文继承了江南文化中的诗性感悟、宣城诗文中诗画之境。甚至弹词之情韵与明清小说中细腻的表现方式也在其古文中得到了体现,古文体式倾向骈偶化与诗境化。

其一,骈散兼行的辞章之文。梅曾亮作为文章家,兼为骈散之文。早年以骈文擅声。骈俪倾向是梅曾亮古文最为显著的特征。梅曾亮论文以为:"文贵者,辞达耳。苟叙事明,述意畅,则单行与排偶一也。"② 梅曾亮善于将骈文与散文之体式融合为一,是梅曾亮为文自得之处。如《通河泛舟记》之要:

> 道光十六年七月,与友人泛舟通河。樯帆始移,旷若天外,波云水鸥,万景毕纳。自二闸至三闸,不三四里,而茶村酒舍,断续葭苇之中。舟人缓桡安波,悠然无穷,攀林而休,披草而坐,舟步相代,

---

① 方东树:《柏枧山房文集·后序》,《柏枧山房诗文集》,上海古籍出版社 2005 年版,第 387 页。

② 梅曾亮:《马韦伯骈体文叙》,《柏枧山房诗文集》,上海古籍出版社 2005 年版,第 110 页。

穷日乃返。[①]

文以四字句为主，随意点染，句式近骈；而描写详尽，铺采摛文，则近于赋体；文中甚至已用韵：河、波、坐即是。其文境则如柳宗元之峻洁而无幽意，又似东坡之泛舟赤壁而出以清新自然之笔。近人朱自清、俞平伯散文情致与之相近。文集卷五《陈拜芗诗序》中："与主人燕饮，箫管四合，万籁屏声，锦绣丰润，腻肌醉骨。当是时，客如垣墙，仆如流川，千指万目，各有所趣。"四字与排偶句式的运用，增加了文章的气势，华美的辞藻使文章别有情韵。他如《引虹桥记》中："阳崖阴壑，伏起百丈，林木幽昧，蔽景匿光，悲禽巨兽，倏忽睒睗。行者皆掉栗，莫敢投足。"[②] 可见其行文中不经意处时杂以四六之句。文集诸篇中也多三字句，体现出了整饬与简练的文风。而《邹松友诗序》借"或告余曰""余笑应之曰"与"曰"为主客问答之体，又是汉赋的笔法。

梅曾亮古文骈俪倾向的形成除了得益于家族文化濡染外，与当世文风相呼应，时阳湖李兆洛"论文欲合骈散为一，病当世治古文者知宗唐、宋不知宗两汉，因辑《骈体文钞》"[③]。骈俪之体式运用于古文之中，延续了恽敬、张惠言以来阳湖文派骈散兼行之风。道光四年甲申，梅曾亮已中进士，与魏源、张琦、黄洵等交游，名动京师，然所作《与李申耆书》表达了对李兆洛的钦慕之思："夫以十余年知相慕悦之人，又得交其人之友而相隔数百里，长抱此独知之识。"[④] 可见梅曾亮对骈体之见并未发生根本的转变。又据易宗夔《新世说》卷二《文学第四》：

吴山尊好作骈俪文字，沉博绝丽。朱文正谓其合邱迟、任昉为一手。尝选袁简斋、邵荀慈、刘圃三、孔顨轩、吴谷人、曾宾谷、孙渊

① 梅曾亮：《通河泛舟记》，《柏枧山房诗文集》，上海古籍出版社 2005 年版，第 245 页。

② 梅曾亮：《柏枧山房诗文集》，上海古籍出版社 2005 年版，第 231 页。

③ 赵尔巽等：《清史稿》卷四百八十六，中华书局 1998 年版，第 3435 页。

④ 梅曾亮：《柏枧山房诗全集》文集卷二，《续修四库全书》第 1513 册，上海古籍出版社 2013 年版，第 614 页。

如、洪稚存之骈文，称为八大家。……八家之外，以骈体文称者，又有阮芸台、刘芙初、乐莲裳、彭甘亭、查梅史、杨蓉裳、杨荔裳、刘孟涂、梅伯言、郭频伽、吴巢松诸君，其文皆闳中肆外，典丽肃穆，足与八家并美。①

文中谓梅曾亮骈文"足与八家并美"，与阮元等齐名。可谓一时骈文之作手。徐珂《清稗类钞》文学类论嘉道之际骈文作者，梅曾亮也在其中：

八家之外，仪征有阮元，阳湖有刘嗣绾、董基诚、董佑诚，临川有乐钧，镇洋有彭兆荪，金匮有杨芳灿、杨揆，仁和有查初揆，桐城有刘开，上元有梅曾亮，大兴有方履籛，其文皆闳中肆外，典丽肃穆，足以并驾齐骛。②

王先谦辑《国朝十家四六文钞》，又把梅曾亮与刘开、董基诚、董佑诚、方履籛、傅桐、周寿昌、王闿运、赵铭、李慈铭列为国朝骈文十大家。以上诸家所认定的骈文作者各不相同，然梅曾亮皆置身其间，无疑梅曾亮是当世颇有影响的骈文大家。与吴德旋的交游也可以看出二人对骈体有相近的看法。可见，古文与骈文并无不可逾越之鸿沟。梅曾亮骈文创作方式必定在古文中有所体现。

梅曾亮之所以开始用心研习古文，直接的原因是由于友人管同的古文、骈体之辨，此后梅曾亮"遂稍学为古文词"③，可见梅曾亮之古文有深厚的骈文功力。情真意切蕴而不露，文辞修美时溢于言外。蒋国榜所论："虽祧在桐城，声貌初不相袭。少时兼习骈俪，浸淫于古，旁溢四出，所作峻洁其词，吞吐其意，独辟意境，独饶姿韵，以自成一派。"④ 正是

① 易宗夔：《新世说》卷二《文学第四》，山西古籍出版社1997年版，第97页。
② 徐珂：《骈体文家之正宗》，《清稗类钞》（八），中华书局1986年版，第3888页。
③ 梅曾亮：《〈管异之文集〉书后》，梅曾亮《柏枧山房全集》文集卷五，《续修四库全书》第1513册，上海古籍出版社2013年版，第650页。
④ 蒋国榜：《题辞》，梅曾亮《柏枧山房全集》文集，《续修四库全书》第1513册，上海古籍出版社2013年版，第597—598页。

梅曾亮之文兼有骈俪与单行古文之美的真切论述。

　　其二，"以诗为文"的情韵之文。桐城之文学继程朱，故时发议论，阐扬圣人之道。而不可以诗为文，沈廷芳《望溪先生传后》所引师说足以证明这一点："古文中不可入语录中语，魏晋六朝人藻丽俳语，汉赋中板重字法，诗歌中隽语，南北史佻巧语。"① 据方苞之论，除了上文已论及的魏晋六朝人藻丽俳语，诗歌中隽语也不得使用。这在方氏所辑《古文约选》中体现了出来。梅曾亮之文与前期桐城之文相比，显然少了对单行散文的拘守，更为畅达灵巧。方苞《古文约选》以唐宋八家为宗，追踪两汉，而不录辞赋；姚氏《古文辞类纂》，将古文辞分为十三类，引入了辞赋，体现了对单行散文之外各体叙述手法的吸取。而梅曾亮作为姚鼐晚年弟子，与姚氏之论已迥然不同，梅曾亮编《古文辞略》，在辞赋之外，增选了诗歌类。《古文词略凡例》说选本最后为新增加的诗歌类："姚姬传先生定《古文词类纂》，盖古今之佳文尽是矣。今复约选之，得三百余篇，而增诗歌于终。"② 诗歌的引入使桐城古文呈现出崭新的风貌。

　　前人古文罕有引用诗句之篇，梅曾亮文《八角楼诗稿序》中："饮御诸友，炮鳖脍鲤。侯维在矣？张仲孝友。"③ 即出自《诗经》，为诗歌，又堪称语录。而"夫维大雅，卓尔不群"④ 之语也近于诗句，出自《汉书·景十三王传赞》，不合桐城先贤方苞之古文禁忌，近于方苞所禁用的隽语。然梅曾亮文近于诗，非止于善用诗中之文句，写景叙事之篇于自然的景致中往往透露出诗情画意，尝谓："文在天地，如云物烟景焉，一俯仰之间，而遁乎万里之外。故善为文者，无失其机。"⑤ 与方东树所谓"灵境"有异曲同工之妙。《李芝龄先生诗集后跋》关于物我之论，开近代诗学"有我""无我"说之先河。梅曾亮少时在舅氏侯青甫先生门下学文，《侯青

---

　　① 沈廷芳：《望溪先生传后》，《隐拙斋文集》卷四十，《四库全书存目丛书补编》第 10 册，齐鲁书社 1997 年版，第 517 页。

　　② 梅曾亮：《柏枧山房诗文集》，上海古籍出版社 2005 年版，第 441 页。

　　③ 梅曾亮：《八角楼诗稿序》，《柏枧山房诗文集》，上海古籍出版社 2005 年版，第 161 页。

　　④ 梅曾亮：《程春海先生集序》，《柏枧山房诗文集》，上海古籍出版社 2005 年版，第 146 页。

　　⑤ 梅曾亮：《钵书余霞阁集记》，《柏枧山房诗文集》，上海古籍出版社 2005 年版，第 222 页。

甫舅氏诗序》："若吾舅氏青甫先生，其举于乡，年甚少也，为文操纸笔立就者数千言。"① 梅曾亮之文与此相近。作为宣城梅氏的嫡传，"宣城体"清新自然的画境浸润于其古文之中。《游小盘谷记》写景妙入诗境，"小盘谷仅有其名，并无确实风景可以着笔。故通篇纯从旁面设想。衬出小盘谷，有如水映月照之妙"②。其《吴淞口验功记》写景之句如："时当春和，杨桃献新。水光纳天，积蒻云卷。"③ 景象皆绮丽动人。《游瓜步山记》有闲逸之趣。《冯晋渔舍人梦游记》《欧氏又一村读书图记》皆情灵摇荡、亦真亦幻。至于《宣南夜话图记》及《江亭消夏记》描摹情景毕现，情韵又近于晚明之小品。

梅曾亮古文中甚至以议论为主的篇章也往往别有诗情画意，《程春海先生集序》："夜过其邢氏寓园，月出园中，竹石如沐，池光荡人面。坐水槛，尽读所作于别后者，而少时得名以《黄蝶》诗及前见者，俱不复存矣。"④ 与管同之名作《书苏明允〈辨奸论〉后》《〈孝史〉序》相比，自是另一种文境，而同门管同之作虽不乏深思之妙文，然与前期古文立论颇为接近。

其三，融会众制的通俗之文。前人古文偶杂诸体，如韩愈有《杂说》之篇，柳宗元有《三戒》之文。归有光述异之文的奇幻情节，皆非纯粹雅正的古文样式。清初侯方域之文如《马伶传》为传奇笔法，与梅曾亮古文同时的龚自珍《病梅馆记》体似寓言。桐城派古文标举雅洁，其末流则论述空疏、辞章枯燥，在桐城古文家中，梅曾亮所作则兼容各体于古文中，文笔灵动。管同已经指出："子之文病杂，一篇之中数体互见，武其冠，儒其衣，非全人也。"⑤ 将此作为梅文之病，然而这恰好是其古文臻于妙境的缘由。除了上面提及的熔铸骈文与赋体、诗境的营构之外，梅曾亮古文中还使用了寓言的形式、传奇的笔法、弹词的韵味。就其与小说相近之

---

① 梅曾亮：《侯青甫舅氏诗序》，《柏枧山房诗文集》，上海古籍出版社 2005 年版，第 124 页。
② 《清代文评注读本》上册，上海世界书局 1925 年版，第 38 页。
③ 梅曾亮：《吴淞口验功记》，《柏枧山房诗文集》，上海古籍出版社 2005 年版，第 238 页。
④ 梅曾亮：《程春海先生集序》《柏枧山房诗文集》，上海古籍出版社 2005 年版，第 146 页。
⑤ 梅曾亮：《管异之文集书后》，《柏枧山房诗文集》，上海古籍出版社 2005 年版，第 109 页。

处而言，梅曾亮所作《书李林孙事》《书杨氏婢》颇有传奇意味，与魏禧
《大铁椎传》一并被收入吴曾祺所辑上海商务印书馆民国 24 年刊行的
《旧小说》巳集。而《观渔》一篇为寓言体，"文之妙，却在不将正意说
出，而所寓之义自然跃然纸上"①。

此外，学综汉宋、词兼雅俗的特点也造就了梅曾亮古文的独特风貌。
梅氏学综汉宋，见识广博，故能倡"因时"之说。梅曾亮《答朱丹木书》
提出："文章之事，莫大乎因时。"作文"因时"则导致了其古文词兼雅
俗的特点。② 与社会利病有着密切关联的篇章，皆为因时而作。名篇《书
棚民事》即为因时而作之文的典范，文章从正反两方面立论，各有依据，
一论贫民之筚路蓝缕有功于国，一说垦荒毁地危害之烈。求两全其美未得
其术，其言切于家国之利病，非泛议仁义道德之宏论，体现了桐城派古文
随俗为变的新趋势。梅曾亮《柏枧山房文集》中仅卷一之十三篇为论说之
体，然皆系心时事，切中时弊。至于《记日本国事》议论风发，有扼腕之
叹；《海客琴尊图记》则醉心于帝国之梦，俱为写时事之文。当时与之齐
名的管同《拟言风俗疏》《拟筹积贮书》《禁用洋货议》等也以时务为议
论主题。

梅曾亮倡导文章"因时"而作导致了后期古文的通俗性特征，论文由
古雅转向了称心的准则体现了梅氏尚俗的一面。梅氏于咸丰元年为"易堂
九子"之一彭士望作文集序时，提出的观点已令人耳目一新，文中说彭躬
庵先生"尝自言：'吾文不欲学古人。'则诗又岂规规于古人哉？特其迈
俗慷慨之气，有与古人同者，固宜诗之有时而合也。"③ 文中借彭士望之
语申述了为文不须学古人的主张。道光十四年《黄香铁诗序》："适乎境
而不夸，称乎情而不歉，审乎才而不剽窃，漫衍放乎其真，适足而止。"④
将桐城以"雅洁"为核心的辞章论演绎为新的范式：以适乎境、称乎情、
止乎真作为判断诗文高下的三大准则，其中有不避俗文的倾向。咸丰元年

---

① 《清代文评注读本》上册，上海世界书局 1925 年版，第 1—2 页。
② 梅曾亮：《答朱丹木书》，《柏枧山房诗文集》，上海古籍出版社 2005 年版，第 38 页。
③ 梅曾亮：《耻躬堂文集序》，《柏枧山房诗文集》，上海古籍出版社 2005 年版，第 160 页。
④ 梅曾亮：《黄香铁诗序》，《柏枧山房诗文集》，上海古籍出版社 2005 年版，第 116 页。

辛亥《与孙芝房书》答孙芝房论文，以为古文"出于口，成于声，而畅于气"①。虽尚不能等同于口语，但吟诵之时，当务求声情并茂，辞章畅达。故以辞兼雅俗、自然真率为要。此说与梅曾亮后期古文自然畅达之风一致。可见梅曾亮之文兼有骈散之体、雅俗之词、诗性之笔。

三 梅曾亮之师友弟子

道咸之际文风之丕变，无疑与梅曾亮引骈入散、以俗入雅、以诗入文的古文范式相关涉，而其古文范式流播于京师，乃至大江南北，多得益于其师友弟子之推崇。

师友弟子对梅曾亮古文之传播影响甚大。梅曾亮早年客幕，中年为官，晚年讲学，垂暮飘零。一生交游极广，弟子众多，故梅氏自谓"门下士多至九列"②。

从梅曾亮早年行迹看，除了跟从母侯芝学为文外，又曾师事从舅侯云锦。姚鼐晚年主讲钟山书院时，梅曾亮又与同乡管异之同居门下。《新世说》列姚门之弟子，以梅曾亮称首："姬传后主江宁书院二十余年，门下著籍之士，以上元梅曾亮、管同，娄县姚椿、宝山毛岳生，瑞金罗有高，新城鲁仕骥及同邑刘开为最有名者。"③ 据陈作霖《金陵通传》之《梅氏传》载梅曾亮在江南时，又与同县马沅、许宗衡等能文之士交游。

梅曾亮北游之后交识天下豪杰之士，故后来声名日著。《清史稿·文苑传》载其行事时多述其在北方的活动与交游：

居京师二十余年，与宗稷辰、朱琦、龙启瑞、王拯、邵懿辰辈游处，曾国藩亦起而应之。京师治古文者，皆从梅氏问法。当是时，管同已前逝，曾亮最为大师；而国藩又从唐鉴、倭仁、吴廷栋讲身心克治之学，其于文推挹姚氏尤至。于是士大夫多喜言文术政治，乾、嘉

① 梅曾亮：《与孙芝房书》，《柏枧山房诗文集》，上海古籍出版社2005年版，第42页。
② 梅曾亮：《户部郎中汤君墓志铭君》，《柏枧山房全集》文集卷十四，《续修四库全书》第1514册，上海古籍出版社2013年版，第79页。
③ 易宗夔：《新世说》，山西古籍出版社1997年版，第97页。

考据之风稍稍衰矣。①

梅曾亮在京师长期沉于下僚，仅备员户部之中书，然得以有闲暇交结天下文士。梅氏在京师的交游可以追溯到道光二年会试时与魏源等缔结文字之交。《柏枧山房全集》文集卷三《赠余小坡序（甲辰）》记述了为官京师后的交游圈：

> 初游京师，一时交游，多好古博洽之士，意气相得甚欢。后十余年，又来京师，其人或死或归，或远宦，或志趣始同而终异者。以十余人之多，而云卷波徙，遂无复有一人存者。慨然自以为无复友朋聚处之乐矣。久之，得交陈君艺叔，朱君伯韩，吴君子叙，又因伯韩得交小坡，及冯君鲁川，王君少鹤。②

可见初到京师时，梅曾亮在京师的友人并不多，但此时江南故人程恩泽已为学士，幸得其援引提携，加上梅氏家族的影响与曾居陶澍幕下的经历，使得梅氏在京师文坛如鱼得水。从梅曾亮所作《江亭展禊诗序》可以看出，此时梅曾亮已经参与了京师文人文酒之会。嗣后，江浙、岭西、湖湘等地文人从梅氏问学者络绎不绝。

清人朱庆元《柏枧山房全集跋》胪列问学者之名：

> 先生故姚桐城高第弟子，姚既卒，世之鸿儒硕彦争请业焉。吾苏则许氏宗衡，山阳鲁氏一同，无锡邹壮节鸣鹤，山西则代州冯氏志沂，浙江则仁和邵氏懿辰，江西则南丰吴氏嘉宾、新城陈氏学受，湖南北则湘乡曾文正国藩、善化孙氏鼎臣，汉阳刘氏传莹，广西则马平王氏锡振、临桂龙氏启瑞、朱氏琦，一以先生为归，俟其可否为轻重。大抵讲明者不逾几席，而应求则迄于宇内。承其泽而斯文不坠，

① 赵尔巽等：《清史稿》卷四百八十六，中华书局 1998 年版，第 3437 页。
② 梅曾亮：《赠余小坡序》，《柏枧山房全集》文集卷三，《续修四库全书》第 1513 册，上海古籍出版社 2013 年版，第 629 页。

又将百年。而为国家肩翊风化气韵之人，胥出其际。则虽谓我朝之
文，得方而正，得姚而精，得先生而大，其可也。①

　　刘声木在论梅曾亮时也提及了"伯韩、子穆、翰臣、定甫亦请业伯
言，子序、通甫、位西、子余皆从伯言讲论者"②。此外，山西代州冯志
沂、江苏无锡张端甫、湖南溆浦舒伯鲁等皆从梅曾亮游。包世臣、丁晏③
则因为曾同在幕府，相与论文。曾国藩也说："余官京师，与梅君过从凡
四年。"④ 可见朱庆元之论言不误。

　　梅曾亮在京师虽托身于台阁，而着意于文辞。与宗稷辰、朱琦、龙启
瑞、王拯、邵懿辰辈游处。倡导桐城古文，以义法相尚，为当时文士所
宗。故粤西王拯谓："斯文未丧，非先生其孰归？"⑤ 刘声木：《桐城文学
渊源考》载与梅曾亮切磋的文人尚有：方朔，字小东，号顽仙人，怀宁
人，诸生，官江苏候补同知，私淑归有光、方苞、刘大櫆、姚鼐等，又与
梅曾亮、朱琦、戴钧衡等以文学相互切磋。朱之榛，字仲藩，号竹石，平
湖人。生而颖异，受业于秀水高先生平伯，读书观大略，不沾沾章句，
"上元梅伯言、山阳丁俭卿、鲁通甫皆父执耆宿"⑥。官淮扬海河务兵备
道，署理江苏布政使，卒于宣统元年。

　　刘声木《桐城文学渊源考》卷七载录"专记师事及私淑梅曾亮诸人"
75 人：

吴嘉宾	王　拯	孙鼎臣	朱　琦	龙启瑞	冯志沂	余坤一	项传霖
周寿昌	朱荫培	舒　焘	张岳骏	侯　桢	伊乐尧	陈　溥	陈学受
张　穆	刘传莹	欧阳勋	吴嘉言	吴昌筹	秦缃业	杨彝珍	孙衣言

　　① 朱庆元：《柏枧山房全集跋》，《柏枧山房诗文集》，上海古籍出版社 2005 年版，第 692 页。
　　② 王先谦：《续古文辞类纂例略》，姚鼐、王先谦《正续古文辞类纂》，浙江古籍出版社影
印上海会文堂书局本 1998 年版，第 276 页。
　　③ 据尚小明《清代文人游幕表》（中华书局 2005 年版），梅曾亮多次游幕，与包世臣、丁
晏等论文，当对其诗学观产生了影响。
　　④ 曾国藩：《柏枧山房集跋》，《柏枧山房诗文集》，上海古籍出版社 2005 年版，第 691 页。
　　⑤ 王拯：《上梅伯言先生书》，《龙壁山房文集》，桂林典雅印行 1935 年版。
　　⑥ 叶昌炽：《江南淮扬海河务兵备道朱先生墓志铭》，闵尔昌纂录《碑传集补》卷二十，明
文书局印行，《清代地方人物传记丛刊》，广陵书社 2007 年版，第 295 页。

吴式训	弈　询	王彦威	杨球光	杨琪光	阎正衡	邓　濂	秦宝玑
卢昌诒	杨世猷	刘　愚	张之洞	瞿鸿机	乔珥保	管　壵	杨绍和
杨绍谷	杨士达	吴履敬	袁凤桐	程鸿诏	汤天麟	何应祺	蒋庆第
郝植恭	宦懋庸	洪汝奎	谭　献	何庆涵	薛福辰	周焕枢	王　荣
池志澄	龙继栋	罗伯宜	周容皆	李振钧	宋炽昌	陶鹏汉	周瀹蕃
田金楠	余泽春	吴恭亨	刘祥麟	郭希隗	黄兆镇	袁楚乔	黄凤鸣
唐　焕	覃远琎	朱士焕					

文中所载梅曾亮弟子与私淑弟子，除了广西诸人、江苏上元派、江西后学，甚至还有张之洞、瞿鸿机。

正因为交游颇广，门人弟子众多，梅曾亮在当世文坛产生了深远的影响。《梅氏传》谓："后进许宗衡赴礼部试，谒之。"[1] "当时是，曾亮方告归。京师言古文辞者群推宗衡为首。"[2] 王先谦《续古文辞类纂》的自序说："学者将欲杜歧趋，遵正轨，姚氏而外，取法梅曾，足矣！"[3] 刘声木《桐城文学渊源考》谓："其修词愈于方、姚诸公，而一意专攻于是，气体理实不能穷极广大精微之致，然顿挫峭折，矫然自异，足以自树一帜。"[4] 同样认同了梅曾亮作为桐城之外的文人作为桐城派古文一代宗师的地位。

第二节　江南散文在京师的兴盛

江宁府为江南省驻跸之所，清代前期江南省下辖江苏、安徽两地。据光绪《重修安徽通志》载："康熙元年始设安徽巡抚驻安庆府。"[5] 分省之后，乾隆"二十五年，以安徽布政使自江宁还治安庆"[6]。"江南为文

---

① 陈作霖：《梅氏传》，《金陵通传》卷三十一，《清代地方人物传记丛刊》，广陵书社 2007 年版。
② 同上。
③ 王先谦：《续古文辞类纂》自序。姚鼐、王先谦《正续古文辞类纂》，浙江古籍出版社影印上海会文堂书局本 1998 年版，第 276 页。
④ 刘声木：《桐城文学渊源撰述考》，黄山书社 1989 年版，第 244 页。
⑤ 葆桢、吴坤修等修，何绍基、杨沂蒙孙等纂：《重修安徽通志》卷十七，《续修四库全书》第 651 册，上海古籍出版社 2013 年版，第 175 页。
⑥ 葆桢、吴坤修等修，何绍基、杨沂蒙孙等纂：《重修安徽通志》卷十七，《续修四库全书》第 651 册，上海古籍出版社 2013 年版，第 175 页。

人渊薮"①，两省科试江南贡院设立于此。姚鼐讲学江宁钟山书院二十余年，直至嘉庆二十年（1815）病卒于江宁钟山书院，使得桐城之文在江南根深叶茂。姚鼐在江苏的弟子中，知名的有梅曾亮、姚椿、毛岳生、郭麐、管同等人。梅曾亮为姚鼐晚年弟子，后来成为江南文风的引领者。以"义法"为要，以程朱为心，以骈入散，成为此派散文的显著特征。由于客居京师的吴中文人群中梅曾亮、许宗衡先后主盟文坛，形成了京师文坛中的上元派。

一　上元派古文之渊源

吴中为文明奥区，多诗礼簪缨之族，颇有六朝遗风流韵。机、云倜傥不群，王谢标其风流，《昭明文选》"事出于沉思，义归乎翰藻"②，唐宋以还，吴中之士以才藻擅声；至于明清，吴中为状元之乡，清初王渔洋作吏江南，首倡"神韵说"；袁枚居江宁随园，倡导"性灵说"；而阳湖洪亮吉、江都汪中倡导骈体。诸家诗文，皆尚情韵。至于张惠言、恽敬、李兆洛、陆继辂、董士锡等出自阳湖的作家，"文体不甚宗韩、欧"③，"天下推为阳湖派，与桐城派相抗"④。

然吴中散文与桐城派古文同样颇有渊源，桐城古文甚至可溯源至吴下之文。明代唐宋派散文家中，唐顺之与归有光皆出自三吴。唐顺之为武进人，归有光为昆山人，二人推崇唐宋之古文，讲究文法，有"学古道则欲兼通其辞"⑤ 之意，文与道并重，与桐城"义法"近。其中，归有光之文被后世目为桐城文学之先声。刘声木《桐城文学渊源考》谓：

---

① 林则徐《请定乡试同考官校阅章程并预防士子抄袭诸弊折》："江南为文人渊薮，入闱士子，多至一万四五千人额。"参见中山大学历史系中国近代现代史教研组、研究室编《林则徐集·奏稿》，中华书局1965年版，第48页。

② 萧统：《文选序》，萧统编，李善注《文选》，上海古籍出版社1986年版，第3页。

③ 龚自珍：《常州高才篇送丁若士履恒》，《龚定庵全集类编》卷十五，上海世界书局1937年版，第359页。

④ 王锺翰校点：《清史列传》卷七十二，《文苑》（三），中华书局2005年版，第5965页。

⑤ 韩愈：《题〈欧阳生〉哀辞后》，《韩愈集》卷二十二，岳麓书社2000年版，第272页。

归有光生当"前后七子"焰炽之时，独不标榜门户，以一老儒毅然与之抗，日久论定，共推为三百年冠冕，研习之众，流传之广，与"唐宋八大家"相一。曾国藩平日论文颇睥睨一切，独谓有光与方苞文为其真《六经》之裔。论文独推太史公，自谓能得其神于千余年之上，实为古今一人。其文序事有法，以宽博有余之气胜；虽无意于感人，而欢愉惨恻之意溢于言外。①

刘声木之论颇有渊源，认为归有光为《六经》之正脉。而今人吴孟复以为："'桐城文'是文艺散文，它源于归有光，尤其在于把小说技巧吸收到散文中。名为'古文'，实属'新变'。"② 笔者窃以为，归有光之文兼有儒家经学之思与通变之论。归有光在吴下声名甚著，弟子众多，如嘉定唐钦尧、邱集、李汝节、潘士英、傅逊、张名由等，而唐时升、娄坚、李流芳及程嘉燧号为"嘉定四先生"，声名尤著；在昆山则有张应武、沈孝等。文风世代相续，归有光之子归子慕、唐钦尧之子唐时升、娄坚之女婿龚广用、沈孝弟子周诗皆能承其余绪。至于刘声木《桐城文学渊源考》所论，私淑归有光之吴中诸人，如长洲汪琬、嘉定王鸣盛、阳湖刘跃云、嘉定钱大昕、震泽张士元及其弟子吴江张海珊、再传震泽张履等，为文或时近于桐城。

至于清代嘉道间，当姚氏古文炽盛于江南之时，"仪征阮元倡为文言说，欲以俪体嬗斯文之统"③。倡导骈体文与桐城古文分庭抗礼，而常州李兆洛于《古文辞类纂》刊刻之次年辑《骈体文钞》，以矫桐城古文之弊。姚鼐《古文辞类纂序目》论辞赋："余今编辞赋，一以汉《略》为法。古文不取六朝人，恶其靡也。独辞赋，则晋宋人犹有古人韵格存焉。惟齐梁以下，则辞益俳而气益卑，故不录耳。"④ 姚氏虽称六朝之文靡丽

---

① 刘声木：《桐城文学渊源撰述考》，黄山书社1989年版，第65页。

② 吴孟复：《前言》，《桐城文派述论》，安徽教育出版社2001年版，第1页。

③ 钱基博：《现代中国文学史》，中国人民大学出版社2007年版，第19页。

④ 姚鼐：《古文辞类纂序目》，姚鼐《古文辞类纂》，姚鼐、王先谦《正续古文辞类纂》，浙江古籍出版社影印上海会文堂书局本1998年版，第9页。

卑下，然而与方苞所论之雅洁已大不同。表明古文与辞赋在一定程度上走向了融合，骈文与散文也在对立与激荡中相互渗透。梅曾亮等人对骈俪的文的偏好，应当与当时江南文风相关，因而上元派兼取骈散之古文，有着深厚的江南地域文化背景。

二　江南上元派古文家

在清季文坛，桐城派在江南日盛，阳湖派也名噪一时。然而前期桐城派古文排斥骈偶之体，阳湖文派不宗程朱之学，江南上元派文人则以理学为宗，引骈偶以入古文。江南上元及江浙等地流寓京师的文人与梅曾亮等相互酬答，形成了与前期桐城派迥异的文风。与梅曾亮风格相近的古文家有许宗衡、吴德旋、邵懿辰、孙衣言等。

上元作家群与阳湖派作家的地域相近，其创作与阳湖派的差异何在？据前人之论，阳湖派出自桐城而自成一派。钱基博以为："阳湖之文，乃别出于桐城以自张一军。"① 桐城之文，风靡江南，关于桐城王灼、钱伯坰对阳湖派的影响，学者已论之甚详②。上元古文派以"义法"为归，近载道之文，与之有显著差异。阳湖骈散兼行之文与扬州文人《选》体之文的兴起促使上元桐城派之文取径更为开阔。上元派之文，不似阳湖派为文乖离韩欧之体、学近今文经学，时涉汉学之考据，然而议论清通，注重辞藻，关涉时事。

江南文化，尤其是吴中地域文化之濡染，形成了上元派古文的特征：其一，在渊源上，以归有光、方苞诸人为宗，归有光出自吴下，方苞、刘大櫆、姚鼐则被尊为"桐城三祖"，归有光与"桐城三祖"之文皆重视载道与法度，二者异曲同工，然归有光之文自然成文，"桐城三祖"之文好尚雅洁。吴下文人追踪先哲，自不废归有光之文。其二，在形式上，上元派之文不废骈偶，与前期桐城派之风不同。"桐城三祖"之文不乖离雅洁之旨，上元派深受吴中诗文雅好丽藻的影响，故不废清丽之句、骈偶之

---

① 钱基博：《现代中国文学史》，中国人民大学出版社 2007 年版，第 19 页。
② 曹虹：《阳湖文派研究》，中华书局 1996 年版，第 116—122 页。

辞。此为上元古文最显著的特征。其三，在学术祈向上，以宋学为宗，而能融通经术，与阳湖派文章较为相近。但阳湖派"文体不甚宗韩、欧"①。

上元派的作家尽管未称门派，然而以梅曾亮为中心的江南作家群，在古文创作中展现了鲜明的特色。民国间，陈灝一《论桐城派》即勾勒了当时的作家概况：

> 惜抱有四大弟子，而江宁梅伯言曾亮称最。从其学者，并时如湘乡曾涤生国藩、巴陵吴南屏敏树、仁和邵位西懿辰、桂林朱濂甫琦、马平王少鹤拯、临桂龙辑五启瑞、代州冯述仲志沂之俦，俱以能为古文辞著声采，各有弟子相附丽。②

曾国藩的主张后来与梅曾亮不尽相同，然而梅曾亮、许宗衡、吴德旋、邵位西、孙衣言等人的共同倾向很明显，多曾寄寓于京师。

吴德旋（1767—1840），宜兴人，字仲伦，亦字半康。"诸生，以古文鸣。与阳湖恽敬、永福吕璜以文相砥镞。"③ 又师事张惠言、姚鼐，论文专注于法而不囿于法，得阳湖派、桐城派为文之精髓。李元度《国朝先进事略》载："嘉、道间，传惜抱先生古文法者，有吴仲伦、梅伯言、管异之诸君。"④

吴德旋古文的倾向，主要体现在吕璜所编《初月楼古文绪论》，吴德旋《初月楼文钞》虽然散见于篇章之中，较吕璜辑录之文论更为可信。吴门弟子康兆晋所作《初月楼文钞序》称其"自谓不逮震川、望溪"⑤，集中《与张皋文论文质第一书》明言志在于"道"，其后又称："君子之立论也，定一意焉以为之主，虽百变而不离其宗。而要之在使人可信。"⑥

---

① 钱锺书：《谈艺录》三九"龚定庵诗"，中华书局1984年版，第134页。
② 陈灝一：《论桐城派》，《青鹤》1933年第1卷第20期。
③ 赵尔巽等：《清史稿·文苑二》卷四百八十五，中华书局1998年版，第3430页。
④ 李元度纂：《姚姬传先生事略》，《清朝先进事略》卷四十三，（台北）明文书局《近代传记丛刊》，第536页。
⑤ 康兆晋：《序》，吴德旋《初月楼文钞》，道光三年刻本。
⑥ 吴德旋：《与张皋文论文质第二书》，《初月楼文钞》卷二，道光三年刻本。

可见其为文旨趣在桐城派，而持论通达。《与程子香论大云山房文稿书》指斥流俗文士"矜情胜气，时流露于楮墨间，去孟、韩温醇之境远矣"①。显然有宗孟子、韩愈之意。其《答张皋文书》谓："去归熙甫尚远，何敢望于昌黎？"② 更足以证明其非阳湖派文人。故其文于桐城近。清末盛宣怀论其文也以为如此：

> 德旋……绝意举业，攻古文，宗韩退之氏，一主于法。时姚鼐方为海内文宗，学者翕然称桐城，仲伦亦步趋之。然仲伦实有志圣贤之学，既不为用，特托于文，以为养心之助。③

文中名言吴德旋之文宗法韩愈、步趋姚鼐，且志在圣贤之学，与桐城古文之祈向近。可见当时至于清末，文人皆认定吴德旋古文属于桐城派，何况岭西古文之兴起也与吴德旋相关，因而可认定吴德旋为桐城派古文家。

梅曾亮是上元文人之领袖，其赠邵懿辰诗《位西诗言及管异之、吴仲伦，因复作二首》对吴德旋进行了评述：

> 芜城一遇古儒生，别后声名老更成。尝记文章归澹泊，却标门户转峥嵘。并驱张、恽能孤往，私淑方姚待定评。闻赴道山今十载，高怀惜未异时倾。④

梅曾亮复邵懿辰诗其一是论管同之作，此诗则论吴德旋之文学，言吴德旋私淑方姚，足与张惠言、恽敬并驾齐驱，逝去已十年，遗风犹在。与

---

① 吴德旋：《与程子香论大云山房文稿书》，《初月楼文钞》卷二，道光三年刻本。
② 吴德旋：《答张皋文书》，《初月楼文钞》卷二，道光三年刻本。
③ 盛宣怀：《盛跋》，吴德旋《初月楼古文绪论》，《论文偶记·初月楼古文绪论·春觉斋论文》，人民文学出版社 1959 年版，第 35 页。
④ 梅曾亮：《位西诗言及管异之、吴仲伦，因复作二首》，梅曾亮《柏枧山房诗文集》，上海古籍出版社 2005 年版，第 599 页。

时人所论不同的是，只言吴氏私淑方姚，并非姚鼐弟子。① 尽管与阳湖派文人交往密切，然与桐城派旨趣相近，这是梅曾亮之定评，故吴德旋仍当属于桐城古文上元一派。

《初月楼文钞》《续钞》之文，以载道为旨要，虽与方苞之说稍异，然不悖桐城"义法"。多议论之篇，如书、序、传各体之文，皆以论辩见长。记叙之作亦有相当篇幅，然以议论为旨归。《鹪园记》《青云桥记》《石塔记》《我寓楼记》《江村书楼记》等皆不乏意趣，然终难舍议论之格调。如《石塔记》，描摹之处，颇见功力：

> 昔吾祖南翁先生构别业于茶山、白荡间，池馆之胜甲于郡治，所谓南山之南是也。嘉庆壬戌九月，余以事过茶山。极望荆榛，遗迹尽矣。凄怆者久之。已而至众度庵，壁凝尘如书，腐桷危檐，恒有落势。庭无树木，草聚生被阶。颓垣荒芜中见石塔，可丈许，倾焉。上有细书，斑驳隐约可辨，则南翁先生手书前后甃路记事文也。茶山故物，此其仅存者矣！②

从这段文字中可以看出，吴德旋之文亦不乏情致。虽不屑于六朝绮丽之文，然而有骈偶化之迹象。其中"极望荆榛，遗迹尽矣""腐桷危檐，恒有落势"则皆为四字句式。由琐屑入手，写家族之兴衰，得古文之精髓，而别有情韵。当然，其文集中仍多议论之文、论道之篇，体现了桐城古文由姚鼐的义理、考据、辞章结合之文向梅曾亮以骈入散、长于铺叙之文的过渡。

此外，阳湖吴铤曾从吴德旋"问古文法"③，为吴门嫡传弟子。刘声木《苌楚斋四笔》记述了二人的关系，并指出曾国藩曾将《文翼》精要

---

① 陈柱将吴德旋、李兆洛均划入桐城文派。参见陈柱《中国散文史》，东方出版社 1996 年版，第 304 页。而曹虹《阳湖派研究》第十章专论李兆洛，并未提及吴德旋。可见二人皆以为吴德旋与阳湖派古文不同。

② 吴德旋：《初月楼文钞》卷六，道光三年刻本。

③ 吴德旋：《吴耶溪墓志铭》，缪荃孙《续碑传集》卷七十六《文学一》，《清碑传合集》第 3 册，上海书店出版社 1988 年版，第 2914 页。

录入《论文臆说》：

> 吴耶溪茂才铤……所撰《文翼》三卷，论文之语，最为精鉴。中多述其师吴兴吴仲伦。茂才、德旋等往复论辩，发古人所未发，实可卓立千古，无怪文正录入《论文臆说》者独多。①

刘声木亦以为，吴铤《文翼》原文见于《论文臆说》，纯属抄录，与当代学者所论曾国藩涉嫌抄袭之说不同。不过可以据此认定，曾国藩的文论受到了吴德旋的影响。

当时与吴德旋交游之文人尚有冯登府、汪写园、任朝祯、吴士模、沈闲亭、陈赋、李兆洛等，《桐城文学渊源考》卷六专载"师事吴德旋及姚椿诸人"，有吕璜、吴铤、王国栋、吴敬承、吴谔、程德贽、邹澍、郑乔迁、陆与乔、孙励、恽谷、薛忠德、吴瑞珍、刘栀诸人。可见，其师友弟子之众，吴德旋对于桐城派的意义值得重新考察定位。

邵懿辰也是此派古文家。民国间，昊天《桐城文派之演述》已谓："邵位西、孙琴西传于浙江。"② 邵懿辰（1810—1861），字位西，浙江仁和人。道光十一年举人，官刑部员外郎，与梅曾亮、姚莹、方宗诚等为友。咸丰十一年九月戍杭州，城陷，被太平军俘获处死。"论学宗朱子，经学宗李光地，文宗方苞。不喜汉学家言，与上元梅曾亮、临桂朱琦游，尤与湘乡曾国藩为道义交。"③ 曾国藩指出了其文风之变：

> 位西之学，初以安溪李文贞公、桐城方侍郎为则，摒弃近世汉学家言，为文章务先义理，不事缛色繁声以追时好，后以举人仕京师，为内阁中书、刑部员外郎，入直军机处，与上元梅曾亮伯言、临桂朱琦伯韩数辈游处，博览朝章国故，其文益奥美盘折，亦颇采异己之说

① 刘声木：《苌楚斋四笔》卷六，《苌楚斋随笔至五笔》，台北《丛书集成三编》本，第309页。
② 昊天：《桐城文派之演述》，《周行》1936年第10期。
③ 王锺翰校点：《清史列传》，中华书局1998年版，第5218页。

以自广，询访高才秀士，折节造请，酬咨而不厌，狃习而弥虔。①

很少有人将其古文与桐城派并论，然而本文明言邵懿辰早年兼师李光地、方苞之文，后从梅曾亮游，古文由"不事缛色繁声"转向了"奥美盘折"之风，体现了上元古文尚情韵、不废丽藻的特征。刘声木《桐城文学渊源考》卷二"师事及私淑方苞诸人"中也有邵懿辰。所存《半岩庐遗文》中有《书刘海峰文集后》，谓："余读桐城刘海峰文，终卷而叹：其才有余而道不足也！"②指责刘大櫆之文未得方苞之精髓，同时称道方苞之文："今观《请定经制》等劄子，煌煌巨篇，乃经国远谟，余亦直抒所见，不肯一字诡随。平生端方严谔之概，可以想见。"③为梅曾亮所作《龙树寺寿宴诗序》辨序之体，继承了桐城文章重法之传统。从《吴子朴墓志铭》可见其文章意气俊爽：

　　子朴讳嘉材，南丰吴氏。吴氏多才子，子朴从昆弟十人皆贤俊。余识子朴从其从兄子序，既又识子序之弟子猷、子朴之兄子范。子序官翰林，居京师，子朴之亲为涿州知州，密迩京师，时往来子序以通经学古。倡其群弟精治《易》及礼，务为深湛之思，撢擢奥秘。每群从杂坐，辩难蜂出，余间诣闻之。未尝不叹吴氏昆弟相师友聚处之为乐也。子序言学，主陆子静、王伯安，求明于心；而子朴自弱龄丧母，毁甚，疡生于肘。贞疾垂十余年，瞑眩中取阅佛老、子书以自广，因以究子静、伯安之说，故其说尤要眇精至，虽子序不逮。数与余论辩往复，未尝不叹子朴求道之疾敏，而立志之坚决也。④

　　① 曾国藩：《皇清诰授中宪大夫追赠道衔、刑部湖光司员外郎邵君位西墓志铭》，邵位西《半岩庐遗文》卷首，同治元年壬戌孟夏刻本。此文未收入上海古籍出版社《曾国藩诗文集》。
　　② 邵位西：《书刘海峰文集后》，《半岩庐遗文》卷上，同治元年壬戌孟夏刻本。
　　③ 邵位西：《钞方望溪奏议后序》，《半岩庐遗文》卷上，同治元年壬戌孟夏刻本。
　　④ 邵位西：《吴子朴墓志铭》，《半岩庐遗文》卷下，同治元年壬戌孟夏刻本。

文章自然流畅，斐然成章。"其文浩乎沛然，如百斛泉，不择地涌出。而笔力之峭折、气息之古茂，又不待言。"① 论事合于儒家之道。所叙之吴嘉材、吴嘉宾兄弟为江西古文大家，也表明邵位西与江西籍桐城派古文家交游甚密。

浙江瑞安孙衣言也曾学文于梅曾亮，所作骈文颇有六朝情韵，整饰流丽。孙衣言（1814—1894），字克绳，号邵闻，又号琴西。少颖异，读书过目成诵。道光庚戌进士，授编修，入直上书房，后权凤颖六泗道，官至江宁布政使，调太仆寺卿。著有《逊学斋诗文钞》《瓯海轶闻》等。② 弟锵鸣并有文名，为道光辛丑进士。③ 翁同龢谓孙衣言所撰墓志"铭辞古雅，文亦遒劲"④。姚永朴《孙太仆家传》论其学行：

> 公论学宗宋儒，为古文宗桐城方氏、姚氏绪论，出入马、班、韩、欧间，诗嗜山谷，词尚苏、辛。⑤

孙衣言为文宗法方苞、姚鼐，可见其文章为桐城古文一派。而嘉兴钱泰吉于同治二年劝诫其文章不当步趋桐城，而当有乡先辈之遗风："百余年来，古文家竞推桐城。桐城诚为正宗，然为学各有家法，文章流别，不必一途。先哲遗型，近而易习。琴西于其乡先生之文童而诵之矣，吾愿益专其业而推广之，倡明永嘉之学，俾世之人知吾浙之学犹有永嘉，永嘉真脉乃在瑞安，不亦美乎？"⑥ 故其文章前后有所变化，同治十年吴大廷评其文，谓孙衣言居京师时为文"意近而势远，词浅而旨深，飒飒乎初月楼之嗣音也"⑦。后期居江南，"其文日以富，其体日以充，议论证据古今、出入经史百家，不

---

① 吴棠：《叙》，邵位西《半岩庐遗文》卷首，同治元年壬戌孟夏刻本。
② 朱汝珍：《词林辑略》卷六，《清代传记丛刊》，（台北）明文书局1985年版。
③ 孙衣言：《先大父行述》，《逊学斋文钞》卷六，同治十二年刻增修本。
④ 金梁辑录：《近世人物志》，《清代传记丛刊》，（台北）明文书局1985年版，第145页。
⑤ 姚永朴：《孙太仆家传》，闵尔昌纂录《碑传集补》卷七，《清代传记丛刊》，（台北）明文书局1985年版，第453页。
⑥ 钱泰吉：《序》，孙衣言《逊学斋文集》卷首，《清代诗文集汇编》（662），上海古籍出版社2010年版，第341页。
⑦ 吴大廷：《逊学斋文集序》，孙衣言《逊学斋文集》卷首，《清代诗文集汇编》（662），上海古籍出版社2010年版，第342页。

屑屑为詹詹小言。而务反复驰骋以曲尽事理。盖有其乡先辈永康、永嘉之遗风，而与沈果堂文相上下，盖文境又一变焉"①。可见其文综贯性理，融洽汉宋，浸淫于经史百家，与吴德旋近。孙衣言学文于梅曾亮。与王少鹤切磋艺文，尽得桐城古文义法。上元古文家许宗衡论孙氏之文：

> 气直而笔曲，中间疏古简厚者尤多。谓近震川，震川不足赅之。《演下村居记》乃极似震川，然亦未尝不似孙可之也。②

许宗衡作为京师古文之宗，对其评价颇高，以为能过归有光之文，而近唐人孙樵。

永康胡凤丹谓孙衣言文章已超逸桐城之义法："或谓琴西文似熙甫，似望溪、惜抱，余独以为，是数公者，何足以限琴西，琴西之文，严洁而渊懿，盖上以追步子长而下则希踪班、范也。"③ 不过从其所论看，依然不离桐城古文家法。其《玉海楼旁新作小斋记》可见其文章之清俊：

> 今年秋，余营新居既成，东厢之南有隙地十数弓，命工补为小室五楹。广四丈，深得广三之一。窗其两旁，辟扉其首及左右胁尾，设横榻以待客。宴坐其内，宛然舟居。因思彭公之言，遂以"恰受航"榜之。④

文章以简淡之言辞，记叙了小斋之情趣，借彭玉麟巡江时之小舟"恰受航"寓意，戒奢以俭，含义深远。体现了孙衣言古文在疏淡雅洁中不失含蓄隽永的风格。诒让为孙衣言子，而精于汉学。

---

① 吴大廷：《逊学斋文集序》，孙衣言《逊学斋文集》卷首，《清代诗文集汇编》（662），上海古籍出版社 2010 年版，第 342 页。
② 许宗衡：《跋》，孙衣言《逊学斋文集》卷末，《清代诗文集汇编》（662），上海古籍出版社 2010 年版，第 536 页。
③ 胡凤丹：《逊学斋文钞跋》，孙衣言《逊学斋文集》卷末，《清代诗文集汇编》（662），上海古籍出版社 2010 年版，第 537 页。
④ 孙衣言：《玉海楼旁新作小斋记》，《逊学斋文续钞》卷三，《清代诗文集汇编》（662），上海古籍出版社 2010 年版，第 571 页。

　　江西临川人李联琇为文尚骈偶的特征更近于梅曾亮。李联琇（1820—1878），字季莹，一字小湖，道光乙巳进士，官大理寺卿。《渊源考》谓其师事李兆洛，并主讲师山、惜阴、钟山书院。"骈俪之文以壮丽为宗。"又有无锡张岳骏从梅曾亮学古文，梅曾亮谓："从余游者十年，于义山、山谷诗，归熙甫文，偶学辄似。"①

　　道光二十五年（1845）梅曾亮六十寿辰之际，同仁聚集龙树寺为其祝寿。据王拯《龙爪槐寿宴记》载，参加这次聚会的有朱琦、邵彭辰、王拯、冯志沂、王柏心、孔宪彝、唐子石、彭昱尧八人。依"湘乡派"非皆湘乡人之例，聚会之文人可称"上元派"之中坚。粤西文人弘扬了梅曾亮古文，可以看作桐城古文之孽蘖。

　　此外，与此派相关联之文人尚有多人。兹附记如下：

　　桐城布衣方文，号嵞山，居金陵。据《怀宁县志》记述，康熙时怀宁人刘捷与方苞兄弟友善，寄籍江宁。《桐旧集》载桐城人江有龙官江宁府教授，与刘大櫆并为古文，能得方苞家法。又有程廷祚，字绵庄，号青溪，上元人。梅曾亮从女之子朱士焕也善为古文。姚门弟子中，娄县姚椿卒于咸丰三年（1853）。宝山毛岳生卒于道光二十一年（1841）。姚门弟子中，还有"龙眠十子"之一的叶酉，主讲钟山书院十余年，卒年八十一。"传姚椿之学者有吴江沈日富、陈寿熊，平湖顾广誉，秀水杨象济，娄县张尔耆。"② 上元管同之子管嗣复为文酷肖其父，无锡秦瀛之子秦缃业为梅曾亮弟子，然为文亦宗家法。东南文人中，尚有桐城李宗传宦游江浙，"为姚姬传先生门下高弟，同时如陈硕士、梅伯言诸君，皆推重之。其所为文，原本经史，抒写性真，粹然儒者之言，而结体谨严，选词雅洁，无叫嚣之气，无滂滥之音，是真姬传先生之嫡派，而嘉庆道光间东南古文家一大宗也。其集名《寄鸿堂集》"③。弟子宗稷辰为山阴人，又传其学于方宗诚子方培浚。④ 此外，广西临桂人

---

　　① 梅曾亮：《张端甫文稿序》，《柏枧山房诗文集》，上海古籍出版社 2005 年版，第 149 页。

　　② 陈柱：《中国散文史》，东方出版社 2012 年版，第 305 页。

　　③ 俞樾：《寄鸿堂集序》，俞樾《春在堂杂文集》五编六，《清代诗文集汇编》（686），上海古籍出版社 2010 年版，第 75 页。

　　④ 刘声木：《桐城文学渊源撰述考》，黄山书社 1989 年版，第 186 页。

龙启瑞之子龙继栋曾任江宁县尊经书院山长。

三　京师文人之首许宗衡

梅曾亮归江南后，军中多效曾国藩为文，京师以许宗衡为宗，岭西有吕璜等五大家，江西则有吴嘉宾，皆以古文擅名当时。人人自以为得桐城之义法，绍方、姚之余绪。于是，咸同间古文流派纷呈，蔚为大观。然而为文多近于梅氏之文，而与方、刘、姚雅洁之古文远。

京师与江南古文的骈偶之风，兴起于梅曾亮之倡导，梅曾亮归江南后，京师文人以上元许宗衡为魁首。关于咸同间京师古文之盟主，学者很少提及，然文献足可佐证。当今学者，似无人言及许宗衡作为文坛宗主存在的事实。然而以下文献均提及了上元许宗衡继梅曾亮之后为京师古文之盟主。陈作霖《梅氏传》谓："后进许宗衡赴礼部试，谒之。"① "当时是，曾亮方告归。京师言古文辞者群推宗衡为首。"② 同治十三年，潘祖荫的《玉井山馆笔记》序也表明，许宗衡为京师文坛之中流砥柱："丈既云逝，旧从游者，皆若虚行无所依，固不独文章之事末由质正。"③ 仪征程守谦也说："近时言文章，必以君为称首。"④ 许宗衡弟子严玉森赞誉其师"当代推人杰，吾师实硕儒"⑤，并非言过其实。

许宗衡的宗师地位得益于同乡梅曾亮的提携。上文所引清人朱庆元《柏枧山房全集跋》中已提到许宗衡曾以梅曾亮为师，《梅氏传》也提及梅曾亮早年的江南旧友中有许宗衡，程守谦则谓："先辈知名之士如君邑人梅先生曾亮、泾包先生世臣、山阳潘先生德舆、鲁君一同、桂林朱先生琦，君皆获与接席，上下论议。"⑥ 梅曾亮对同乡小友的垂青与交往表明，

---

① 陈作霖：《金陵通传》卷三十一，《清代地方人物传记》丛刊影印瑞华馆刊本，广陵书社2007年版。

② 同上。

③ 潘祖荫：《序》，许宗衡《玉井山馆笔记》，中华书局1985年版，第1页。

④ 许宗衡：《玉井山馆文略》，《清代诗文集汇编》第640册，上海古籍出版社2010年版，第127页。

⑤ 严玉森：《题辞》，许宗衡《玉井山馆诗》，《清代诗文集汇编》（640），上海古籍出版社2010年版，第286页。

⑥ 许宗衡：《玉井山馆文略》，《清代诗文集汇编》第640册，上海古籍出版社2010年版，第127页。

许宗衡无疑从二人交往中受益匪浅。

　　至于许宗衡的古文观，金嗣芬《板桥杂记补》指出："吾乡许海秋先生宗衡，道光甲午举人，咸丰季年进士，官起居注主事，继梅、管之后，以古文辞名海内。先生之文，不为桐城末派所拘，盖合骈散为一手者也。"① 其大意说许宗衡之文兼有骈散之风，有摆脱桐城古文的倾向。这一点与梅曾亮很接近。程守谦跋《玉井山馆文略》亦谓其为文有骈偶之风尚："君尝有寄厉君研秋一书，极似建安人小品。今削不存。然集中骈文数首，沿其体制，特波澜更老成耳。"② "言论风采多外家风。江左承六朝之后，流风到今，都市人之才者往往得其间气，以江山法其文藻，极哀艳之致。"③ 谭献《复堂日记》则未涉及文章的骈与散，仅谓："怀璞储素，金门宦隐，文章高格，下视唐宋。"④ 孙衣言《玉井山馆文》卷末题词："见理之精道，行文之奇矫，非时流所有言。"⑤ 作为相知者，言其"理"与"奇"，似乎并不满于其文辞。至于蓟门王晋之《书玉井山馆文集后》所评："坦白通达，而义蕴窈然而深；不故为拗句棘字貌取奇古而下语若铸，不可增减。又其深忧远思，往往隐见言外。至目击时艰、愤惋疾呼，亦时有不能已焉。掩卷唏嘘，甚至涕零。何先生之文动心也？"⑥ 又从反面印证了孙氏之说，于凝练中见明白晓畅，以情动人。而同治四年黄云鹄《题辞》则对其文章之由来与章法做了详细的论述：

　　　　先生之学无所不窥，性孤介不妄交游，不斤斤立名，不善进取，不立宗主讲学，不屑屑考据家言，不耽禅悦，其为文务以理气胜，不拘古人法

---

　　① 金嗣芬：《板桥杂记补》，余怀、珠泉居士、金嗣芬《板桥杂记·续板桥杂记·板桥杂记补》，南京出版社 2006 年版，第 165 页。

　　② 程守谦：《跋》，许宗衡《玉井山馆文略》，《清代诗文集汇编》第 640 册，上海古籍出版社 2010 年版，第 127 页。

　　③ 同上。

　　④ 谭献：《复堂日记》，《中国近代文学大系·书信日记集》（2），上海书店出版社 1993 年版，第 34 页。

　　⑤ 许宗衡：《玉井山馆文略》，《清代诗文集汇编》第 640 册，上海古籍出版社 2010 年版。

　　⑥ 许宗衡：《玉井山馆文续》，《清代诗文集汇编》第 640 册，上海古籍出版社 2010 年版，第 283 页。

度，而神明变化自不盭于古。虽未知于古人奚似，要其精神学力实有足以
不朽。故先生曰：无文无他，长达吾意而已。不尽合于古，亦不同乎今。①

　　《题辞》谓《玉井山馆文》以理气胜，不为考据家言，不拘法度，不求
合于古人之文，几个方面均与梅曾亮晚年的论文观点相似，从对梅曾亮古文
范式的传承来讲，许宗衡可谓梅氏嫡传。除了理气之外，许宗衡古文高妙之
境尤在于写景状物之情韵，又为《题辞》所未论及。正是由于黄云鹄《题
辞》高度评价了许宗衡的文章，导致了后来其子黄侃在日记（戊辰五日癸
巳夏至）中对李慈铭的批判："今日在伯沆处见《玉井山馆文集》，开卷即
先公同治四年十月所作序。照手写稿模刻。其文诗中涉及吾家者甚多。海秋
先生诗文皆安雅峻洁，其哭《杨汀鹭》诗，尤沉痛苍凉。自是咸同间一名
家。妄人李慈铭顾深诮之。"② 高才大名令李慈铭艳羡攻讦，足见其影响之
大。许宗衡还是咸同间著名词人，今人归之于常州词派。其《诗余自序》
云："词虽小道果，其探始左、屈，旨趣深郁。意内言外之妙，固不在字句
间。而侔揣声色，其浓淡清浊，亦必神明契合，自然冥悟。意在乎悱恻，而
情极乎缠绵。兴绪所流，心声互答，哀乐之寄，靡间骚雅。"③ 可见其词境
缠绵与文境相通。许氏对桐城义法也多独到之见，尝谓："古文亦文也，
达吾心之理，不狥于时而已。然古文有义法，义者一定之理，法者言之有
则。"④ 讲究古文之情理义法。《复鲁川书》所述"以仆不规规于桐城而实
得文家正派"⑤，正可谓一语中的。"所谓古文者，因时而名，故谓之古
文，文之至者。有益于道、有益于世、有益于身者也。"⑥ 提出了古文因

---

　　① 黄云鹄：《玉井山馆文集叙》，许宗衡《玉井山馆文略》，《清代诗文集汇编》第640册，
上海古籍出版社2010年版，第125页。
　　② 黄侃：《黄侃日记》，江苏教育出版社2001年版，第305页。
　　③ 许宗衡：《诗余自序》，《玉井山馆文略》卷三，《清代诗文集汇编》第640册，上海古籍出
版社2010年版，第167页。
　　④ 许宗衡：《与钱生论文书》，《玉井山馆文略》卷三，《清代诗文集汇编》第640册，上海
古籍出版社2010年版，第179页。
　　⑤ 许宗衡：《复鲁川书》，《玉井山馆文续》卷一，《清代诗文集汇编》第640册，上海古籍
出版社2010年版，第242页。
　　⑥ 同上。

时的主张。其述情、平易、骈偶、义法论均与梅氏所言近，体现了推崇梅曾亮古文范式之倾向。

许宗衡古文酷似梅曾亮，略显清峻，自然成章。从《玉井山馆文》中可以印证时人评述大抵不谬，从贬斥其古文的李慈铭，到对其倍加推许的黄云鹄，所见多相近，褒贬却不一。其文集中多记游之篇、写景之文，骈文与散体往往杂陈，并未分开。记游之多，写景之细腻，文辞之清丽流畅，在近代古文中实属罕见。如咸丰五年《记大明湖》，写到净池、小亭、楸桐，游鱼、飞鸟，又"有道士祠，丹碧焜耀，长松倚廊，坐听泉声，万籁俱寂"。① 与宋人曾巩专注于写趵突泉之由来大不相同，开近人大明湖记游之风。又有《记韩侯岭》，以考据入其中，应归入文化散文一类，而《记草》《记篱》《记树》之文皆有情韵。"欹斜掩映，入夏渐茂密。顾视俨然一园林。"② 其他如《记刀》议论刀之利钝，《记花》说花开未开，《我园记》不拘泥于我与非我，都善发议论，议论与写景妙合无垠。其《凌虚阁记》《卞颂臣愚园觞月图记》可谓写景之文的典范。空阔无边的高远境界与近处细致的景物点染，议论由此而发，非宋人之文所能限定。文集卷三《凌虚阁记》：

> 京师城南龙殊院东，有阁曰凌虚，同仁屡登于秋。尤数同治壬戌秋七月望后二日，余与翔云、子衡、颂臣、小涵、清畏谯其上。城堞南拱，既阻遐瞩。东望天坛，坛树郁苍，转而鳞次耸然出乎云表者为正阳楼，其北，孤棱映日如画，惟西山间于林樾。凭栏斜睨，遥青际天。近阁一阤，插水万苇。既夕烟暝，寺钟初动，水鸟格磔于苍茫萧瑟间。市声沈寥，入境旷朗。若置吾身于太初。天高气空，万象暝合。俄而月上，烟景倏异，若收视听。遂泯喧寂。藏心于密，与化大适。而意一于往。然则不假外物而乐，斯乐真乐矣！③

① 许宗衡：《记大明湖》，《玉井山馆文略》卷二，《清代诗文集汇编》第 640 册，上海古籍出版社 2010 年版，第 148 页。

② 许宗衡：《记树》，《玉井山馆文略》卷三，《清代诗文集汇编》第 640 册，上海古籍出版社 2010 年版，第 167 页。

③ 许宗衡：《凌虚阁记》，《玉井山馆文略》卷三，《清代诗文集汇编》第 640 册，上海古籍出版社 2010 年版，第 186 页。

　　此文格局近于汉赋，别有气势，以铺陈为能事，烟云楼阁，随处点染，即见妙境，与《游盘山日记》（同治二年七月二十九日）描绘之景致颇为接近，而暮鸦飞动，灵动之中见苍茫与忧思："时日将落，楼南乱山如画，暮鸦西飞，暝色苍然。"① 信手拈来，情景相惬。至于《西山记程》《游盘山日记》《旧游日记》等文又自成系列。而卷五《卞颂臣愚园觞月图记》记述同治甲子三月在京兆尹卞颂臣之愚园夜游欢宴。先写极乐寺之美景，再述愚园之乐：

　　　　群壑西暝，严城东岭，远树隐碧，倏荡夕烟。蜚英沾红，亦感芳序。载车既归，复饮于卞君署园。佳晴喜雨，快雪之亭，桦烛既明，盛游若梦。买宵共醉，达晓快谈。②

　　文章有李白《春夜宴桃李园序》之情致，描摹园中之景，叙述夜游之人，亭台掩映，华灯照人，醉里快谈，能掇拾其妙处，使人如临其境，甚至已逸出桐城派文法之外。

　　许宗衡与朱伯韩、叶润臣、冯鲁川、杨汀鹭以及潘祖荫、孙衣言等人文酒宴乐，切磋艺文，文笔高妙，然而不讲学传道。至同治八年谢世之后，旧友零落，桐城古文在京师的影响日渐衰落。而江南自金陵陷落后，人文为之一空，幸有吴汝纶及马其昶后来继起，桐城文脉在江南得以赓续。

第三节　岭西文章的桐城义法

　　雍正、乾隆之际，武宣进士陈仁游学于方苞之门，于是粤西亦有桐城之文。然陈仁虽"甚得古文法，不愧望溪宗派"③，然未能别开生面。嘉

---

　　① 许宗衡：《游盘山日记》（同治二年七月二十九日），《玉井山馆文略》卷四，《清代诗文集汇编》第 640 册，上海古籍出版社 2010 年版，第 198 页。

　　② 许宗衡：《卞颂臣愚园觞月图记》，《玉井山馆文略》卷四，《清代诗文集汇编》第 640 册，上海古籍出版社 2010 年版，第 208 页。

　　③ 梁章钜著，蒋凡校注，梁超然审订：《〈三管诗话〉校注》，广西人民出版社 1996 年版，第 107 页。

道时期，粤西吕璜、朱琦、龙启瑞、王拯、彭昱尧诗文称盛，与梅曾亮、吴德旋为师友。粤西故属唐岭南西道①，别称岭西，故诸人号为"岭西五大家"，另有追随者唐岳、龙继栋、李洵等人，一时有"天下文章萃于岭西"之说。此处以文体之变、"法无定法"为中心进行论述，拟结合岭西与域外文化关系立论，并探讨其对于湘乡派形成的意义。

一　吴德旋、梅曾亮与岭西文风

桐城文章在京师与广西的传播与吴德旋、梅曾亮的推介分不开。从现存文献来看，桐城之文初盛于江南桐城及姚鼐讲学之江宁，继起于人文荟萃之京师，汉宋之学在此比试高下，今、古文经学各有渊源。唐鉴讲习理学，时人云集响应。就文章而论，当时尚有骈文、八股，流派纷呈，梅曾亮尚未能截断众流。岭西之文一时勃兴，有"天下文章，其萃于岭西乎"②之说，乃桐城文章于岭外开放之奇葩。桐城文风之南渐，除了私淑姚鼐的因素，更多的是受到了吴德旋与梅曾亮的深刻影响，尤其是梅曾亮在文坛的崇高地位，促使桐城之文在桐城之外得到弘扬。

在梅曾亮之前，桐城古文风气之变受到了吴德旋文论思想的影响。徐世昌《清儒学案·惜抱学案》之"吴先生德旋"载：

> 吴德旋，字仲伦，宜兴人，诸生。尚力治古文，与同郡恽子居、张皋文相砥镞。游京师，名益著。后谒惜抱，论文大契，相接在师友之间。永福吕月沧官于浙，数赆书论文订交，先生尽以得诸惜抱者语之。③

吴德旋论文深受阳湖派影响，其与恽敬、张惠言为友，故深谙阳湖派之文，擅声于江南文坛早于梅曾亮。梅曾亮为姚鼐晚年在钟山书院之弟

---

① 咸通三年，以广州为岭南东道、邕州为岭南西道。参见刘昫等《旧唐书·懿宗本纪》卷十九，中华书局 2014 年版，第 652 页。
② 龙启瑞：《彭子穆遗稿序》，龙启瑞《经德堂文集》卷四，桂林典雅印行 1935 年版。
③ 徐世昌等：《清儒学案》第 4 册，中华书局 2008 年版，第 3566—3567 页。

子，其骈散兼行的主张当受到了吴德旋文论的影响。

　　吴德旋《初月楼古文绪论》尽管并非出自吴德旋之手，仍然体现了其文论观。其论文与前期桐城派一致者大略有以下几点：一是论文要旨的一致性，即对"义法"的关注，论文开篇即谓："作文立志要高。"同时对章法深有所得："章有章法，句有句法，字有字法。"体现了桐城古文"有物""有序"的"义法"说。二是学古之路径相同。吴德旋由唐宋八家上溯诸子与《史记》《汉书》，与前期桐城派由归有光上溯唐宋古文、《史记》《春秋》《孟子》并无实质的差异。文中提出的"不受八家牢笼"，只是"如姚惜抱所云'寻求昌黎未尽之语而引申之'"，同时也推崇归有光之文："归震川直接八家，姚惜抱谓其于不要紧之语，即自风韵疏淡，是于太史公深有会处，不可不知此。"三是对雅洁风格的追求与前期桐城派一致，此为文章之精微处，论文之讳忌足以体现二者的相通之处。方苞弟子沈廷芳记述其师论文之忌：不可入小说语、语录语、绮丽语、诗中隽语、赋中板重字法、佻巧语。吴德旋之论与之相近："古文之体，忌小说，忌语录，忌诗话，忌时文，忌尺牍。"① 尺牍语为吴德旋所增，然而尺牍贵在述难述之事、状难写之情，近于文人内心情怀的抒发，此论仍与方苞之论相近。与梅曾亮之古文相比，辞章之美、述情之妙已为梅氏古文之新境界。此外还论及文气与节奏，正是桐城文章高妙之处。当然，《初月楼古文绪论》与前期桐城派文论仍有差异，其在义法之外别求神明，其"文贵奇"之论虽与刘大櫆《论文偶记》中"神气""奇气"并不相悖，然而标举二者，在一定程度上是桐城"义法"之新变。总的说来，吴德旋之文论与古文是对桐城古文的弘扬。其"清雕琢"② 之说对吕璜影响甚深，发展为"雕琢复朴"③，直接影响到桐城文章在岭西的传播。

　　从传道之先后看，据朱琦《怡志堂文集》所述，吴德旋对岭西之文的影响在梅曾亮之先：

---

　　① 吴德旋口述，吕璜整理：《初月楼古文绪论》，《论文偶记·初月楼古文绪论·春觉斋论文》，人民文学出版社 1959 年版，第 19—35 页。

　　② 同上书，第 20 页。

　　③ 吕璜：《答毛甫生书》，《月沧文集》卷二，桂林典雅印行 1935 年版。

先是吾乡吕先生以文倡粤中，自浙罢官，讲于秀峰十年。先生自言得之吴仲伦，仲伦亦私淑姚先生者。是时同里诸君如王定甫、龙翰臣、彭子穆、唐子实辈，益知讲学。及在京，又皆昵伯言，为文字饮，日夕讲摩。当是时，海内英俊皆知求姚先生遗书读之，然独吾乡嗜之者多。①

吴德旋"居京师二载，穷窘迫蹙，无以自存"②，在京师的影响难与梅曾亮相提并论，但吴德旋开启了桐城之文在岭西的传播。"传吴德旋之学者，有永福吕璜、宜兴吴谞、武进吴铤、歙县王国栋、阳湖吴承宗、婺源程德赟。"③ 还有吴德旋子吴谨。

梅曾亮对岭西桐城派的影响为世所公认。其弟子山西冯志沂《授经台记》对此有记述："道光中，上元梅先生伯言以古文词提倡后学，一时京朝官如诸暨余小颇、桂林朱伯韩、新城陈懿叔、马平王定甫诸子，时时载酒从先生游。"④ 自梅曾亮以桐城古文授岭西诸家，然后岭西古文兴盛，故有天下文章萃于岭西之说。

二　清雅自然的岭西写景之文

岭西风景旖旎，文人多摹写景致之作；远离京师，儒家载道之言影响不及中原之深。自梅曾亮倡言古文于京师，岭西诸子以骈俪入散体，以山水寄情怀，文笔清新，自成高格，堪称一时之盛。

桐城之文在清代文坛独占鳌头，方苞学宗程朱，文摹韩欧，以"义理"为核心开启"义法"之说；姚鼐则随俗为变，在乾嘉推崇汉学世风影响下，主张"义理、考据并重"⑤；梅曾亮之文丽藻彬彬，标举辞章，其《古文辞略》在姚鼐《古文辞类纂》之外增加了诗歌类，意在"得文

---

① 朱琦：《自记所藏〈古文辞类纂〉旧本》，《怡志堂文集》卷六。
② 吴德旋：《答张皋文书》，《初月楼文集》卷二，桂林典雅印行1935年版。
③ 陈柱：《中国散文史》，东方出版社2012年版，第305页。
④ 冯志沂：《授经台记》，《适适斋文集》卷二，《清代诗文集汇编》第639册，上海古籍出版社2010年版，第659页。
⑤ 王先谦：《虚受堂文集》卷十四《复阎季蓉书》，宣统二年上海国学扶轮社石印本。

学之大全"①。岭西古文汲取了桐城派古文的精华，唐岳所辑《涵通楼师友文钞》中即有梅曾亮之文。"涵通"有涵容贯通之意，足见桐城之文经梅曾亮传至广西时已是适于时代的新变之文了。当然，除梅曾亮外，还有吴德旋、刘春木的影响。王先谦《续古文辞类纂序》谓：

> 月沧归向桐城，尝问道于仲伦、春木，以所学倡于粤西，其乡人伯韩、子穆、翰臣、定甫亦请业伯言。②

月沧即吕璜（1777—1839），字礼北，号月沧，广西永福人，著有《月沧诗文集》；伯韩为朱琦（1803—1861），字伯韩，号廉甫，广西临桂人，有《怡志堂诗文集》；子穆即彭昱尧（1809？—1851），字子穆，初字兰畹，自号阆石山人，广西平南县人，著有《致翼堂诗文集》；翰臣即龙启瑞（1814—1858），字翰臣，又字辑五，广西临桂人，著有《浣月山房诗文集》；定甫为王拯（1815—1876），原名锡振，字定甫，号少鹤，广西马平人，著有《龙壁山房诗文集》。后人称此五人为"岭西五大家"。其实，岭西古文大家还应包括编撰《涵通楼师友文钞》九卷的唐岳。《涵通楼师友文钞》将"五家"之文与梅曾亮之文合编，似应为"岭西五家"的最早出处。

在道咸以来的岭西文人中，最有影响的自然是上文提及的"岭西五大家"。民国24年，黄蓟会同吕镜秋、魏育清、魏棣清、侯景匋、莫念兹、陈仲武、翟秋莪、蒋觉民、孙鳝公、黎东观等以《涵通楼师友文钞》为底本，将诸人集合编为《岭西五大家诗文集》③，当为"岭西五大家"之说第一次见诸典籍。桂林黄蓟所作《岭西五大家诗文集序》指出了"岭西五大家"的由来：

> 有清道光、咸丰之交，桐城之学流行于广西，而月沧、伯韩、

① 姚永朴：《文学研究法》卷一，黄山书社1989年版，第30页。
② 王先谦：《续古文辞类纂例略》，姚鼐、王先谦《正续古文辞类纂》，浙江古籍出版社影印上海会文堂书局本1998年版，第276页。
③ 黄蓟：《岭西五大家诗文集序》，吕璜《月沧诗文集》，桂林典雅印行1935年版。

翰臣、定甫、子穆诸子诗古文辞并著名当世。湘乡曾文正公于《欧阳生文集序》述其渊源特详。长沙王益吾、遵义黎莼斋两先生复相继以其文选入《续古文辞类纂》。由是天下学者莫不知有"岭西五大家"矣。①

这是文献对"五家"的记述,《岭西五大家诗文集》也是岭西古文诗歌的汇编。至于岭西古文的主张,自然与梅曾亮、吴德旋、姚椿主张相近。然而三人主张不尽同。吴德旋出于阳湖派,以比兴寄托与自然澹泊之思为文,在义法之外别求神明;姚椿以姚鼐之主张为文,近于旧派;梅曾亮则强调辞章之用,而不离桐城之法。吴德旋的影响从吕璜整理的《初月楼古文绪论》中可见端倪,而梅曾亮之影响时见于所批点岭西诸家之文。

岭西古文家多出身寒微,故能为关注现实的经世之文;深受吴德旋、梅曾亮为文不拘一格的影响,引骈入散;同时粤西山水秀甲天下,诸家写景记叙之文工于文法而通达自然。

岭西古文开创者吕璜(1777—1839),广西永福人,乾隆四十二年生于江西万安,年十五返粤西。嘉庆"十六年辛未会试中式四十三名,复试一等。廷试居第三甲。座主为富阳董文恭公、歙县曹文正公、通州胡西庚先生、长白文远皋先生"②。董文恭公为主编《全唐文》的董诰,曹文正公即曹振镛,字俪笙,为人谨守文法,为《全唐文》编纂总裁。二人对吕璜究心唐宋之文乃至桐城之文应当有一定影响。另据吕璜所作《陈子敦传》曾提及新城陈用光之子陈兰滋:"知广西上思州有声曰:'诗庭刺史'者,子敦之父。"③又说:"璜尝献所为文于公,荷公教良厚。"④则在吴、梅之前,吕璜已对桐城古文有所了解。初隽秀才时,吕璜自记来自嘉兴的广西学政钱楷曾称赞他"文笔超俊,其胎息不似从近时中来"⑤。可见其

---

① 黄蓟:《岭西五大家诗文集序》,吕璜《月沧诗文集》,桂林典雅印行 1935 年版。
② 吕璜:《年谱》,《月沧文集》卷一,桂林典雅印行 1935 年版。
③ 吕璜:《陈子敦传》,《月沧文集》卷五,桂林典雅印行 1935 年版。
④ 吕璜:《礼部侍郎江西新城陈公墓志铭》,《月沧文集》卷六,桂林典雅印行 1935 年版。
⑤ 吕璜:《年谱》,《月沧文集》卷一,桂林典雅印行 1935 年版。

古文自有超迈前人之处。吕璜曾致书吴德旋："先生治古文，以昌黎为帜志，而不欲舍绳尺以耀其才。"① 流露出对吴德旋古文的钦佩之情。值得注意的是，吴德旋的古文也受到了陈用光的影响，《礼部侍郎江西新城陈公墓志铭》谓："宜兴吴德旋尝受古文法于姚郎中，而其文峭然有以自成。既老矣，公延之入浙江学使幕，与商订所作，或有所涂乙，乃益欢。"② 吴德旋与陈用光商订古文，切磋之中相互影响自不待言。晚年吴德旋与吕璜往还甚密。陈用光对考据之学的重视无疑对吕璜有所启迪。

吕璜的文论观相对于岭西后来的作家更接近桐城"义法"，然受到吴德旋熏染之处更多，《初月楼古文绪论》记述吴德旋论文之要旨，对吴德旋论文精神有深刻领悟，在一定程度上也体现了吕璜的文论观。《桐城文学渊源考》评述其为文之大要：

其为文道炼而无冗语，淳厚而无鄙词，礼以持之，气以行之，不艰深以为古，不诡异以为奇，不襞积以为富，不支离以为辨；叙事勃勃有生气，意澹心闲，精造此境，宗法正而用过专，笔力且欲突过德旋。粤西为古文者，璜有以开启先。③

从吕璜论文之言可以看出此说大抵不谬。《答吴仲伦先生书》以为："方今文章学殖，先生实巍然于斗之南。"④ 其论文又以石蕴玉之言为是："行文之要曰明体达用、曰以载道为主。"⑤ 可见吕璜在为官东南时深受经世之思的影响。在论述陈用光的文论思想时，阐述其"考古今成败得失"⑥ 之说已非泛泛考据之论可比，《宋忠节公灵迹纪事》写潭州守李芾一门英烈之事，《海塘问答》述关系民生、国之大计之海塘修筑。在论述

---

① 吕璜：《与吴仲伦先生书》，《月沧文集》卷二，桂林典雅印行 1935 年版。
② 吕璜：《礼部侍郎江西新城陈公墓志铭》，《月沧文集》卷六，桂林典雅印行 1935 年版。
③ 刘声木：《桐城文学渊源撰述考》，黄山书社 1989 年版，第 222 页。
④ 吕璜：《答吴仲伦先生书》，《月沧文集》卷二，桂林典雅印行 1935 年版。
⑤ 吕璜：《上石琢堂先生书》，《月沧文集》卷二，桂林典雅印行 1935 年版。
⑥ 吕璜：《月沧文集》卷六《礼部侍郎江西新城陈公墓志铭》论陈用光的文论观时有"考古今成败得失"之论。

行文风格时，又称道"清劲瘦折""文笔简远"① 之风。至于《楼观沧海日图序》《王问渠通守即景图序》《五峰观瀑图序》《松声池馆勘书图序》《千岩万壑搜奇图序》《长风万里图序》《西湖泛月图序》等文多记述江浙游赏之图景，徜徉于画境，往往只于末尾点明为画图之作。故此类文章，多述美景与游赏之乐，得吴德旋所论"清雕琢"② 之意。其中《西湖泛月图序》，是为宋葆淳《西湖泛月图》所作之序，结合作者自身境遇立言，情真意切，体现出行将离开杭州时对西湖美景的无限眷恋。吕璜之文在文法上时用骈俪与排偶句式，有汉赋遗风，显然与吴德旋的骈俪倾向很接近。吴德旋以为："汉赋字句，何尝不可用？六朝绮靡，乃不可用也。"③其论文格局与胸襟、取舍远在方苞之外，而与姚鼐为近。然而不废雕琢、讲究音节与文境，且兼取张惠言、恽敬与"桐城三祖"之文。其论文之要为："仲伦先生之论文大旨由唐宋以上窥秦汉。于汉人，常先马而后班，故字法曰：质而不俚，句法曰：雕琢复朴。行文无定法。要之以跌宕自在，尤以事外远致为难。"④ 吕璜之文格局与理趣近桐城，而清雅自然中有文采，对古文有独到之见。其记游之文体现出鲜明的个性。《千岩万壑搜奇图序》：

　　凡山之巉然而皴、巀然而岸、豁然而窬、洞然而穿，岩之属也；呇然、匝然、凹然、划然、瓯然、渝然，容而廓然，泄而歆然，壑之属也。其竞秀而争流者，非外观远眺所及，惟邃于探寻者得之。高君小垞曰："吾家近西湖，湖上诸山，其岩壑尤美。步而览之，必穷比至，累旬日不能尽也。……吾搜之既吾力而已。"故绘《千岩万壑搜奇图》以示余。⑤

---

① 吕璜：《答陈硕士先生书》，《月沧文集》卷二，桂林典雅印行 1935 年版。
② 吴德旋著，吕璜述《初月楼古文绪论》："作文岂可废雕琢，但须是清雕琢耳。"参见《论文偶记·初月楼古文绪论·春觉斋论文》，人民文学出版社 1959 年版，第 20 页。
③ 吴德旋著，吕璜述《初月楼古文绪论》，《论文偶记·初月楼古文绪论·春觉斋论文》，人民文学出版社 1959 年版，第 19 页。
④ 吕璜：《答毛生甫书》，《月沧文集》卷二，桂林典雅印行 1935 年版。
⑤ 吕璜：《千岩万壑搜奇图序》，《月沧文集》卷三，桂林典雅印行 1935 年版。

文章中不仅有汉赋比的手法、铺陈的气势，同样有六朝骈文的影子，还有欧阳修《醉翁亭记》的词句与纡徐之句式。不同的是，在文法之外有清新自然之致，此为吕璜古文之高处。而《仰山俯泉书屋记》则是较早记述粤西景致之妙文，开岭西山水题材古文风气之先。

至于论辩传记之文，仍近桐城旧制，这是吕璜古文的主要部分。其体例主要有墓志、书序、传记之类。《附舟者说》述嘉庆十九年甲戌春月由龙泉赴处州途中所见所感：

> 我藉人，人亦藉我。得所藉则欣欣而合，失所藉则落落而疏、狷狷而愤，其黠者或且伺吾之意，在藉而为欲取姑与之术以尝我。盖舟中为敌国，古志之矣。始余不知二客之可藉也。贸贸而容之，二客亦知余之无意于藉也。偶有可藉，贸贸致力，而非必以报余。是皆大率其天焉。参以人，则天机浅，而机心机事由是作。且而之欲更有藉也，为速达也。苟达矣，虽不速，庸何伤？①

文中记述不速之客二人登船后推船前行，"舟行快利如骏马驾轻车驰广陌"，指出让附舟者乘船为利人利己两全之策，"我"与人相互凭借并无害处。叙事间而有法，议论别有新意，不违儒者宽厚爱人之道。这样的篇章在其文集中不少，其中《吉凶论》《总兵朱公死事略》《吕贞女墓表》等篇则有陈言之嫌。不过总的说来，吕璜之文，善叙事理，辩而不华，质而不俚；写景述情，自然清新，偶有铺陈。

在岭西作家中，最有影响的当数龙启瑞（1814—1858）。龙启瑞祖父龙济涛"始以文学起家"②，为乾隆甲寅恩科举人，大挑二等，曾为柳州府儒学教授。龙启瑞之父名光甸（乾隆五十七年至道光二十九年），字见龙，嘉庆二十四年己卯中举人，先后委署湖南溆浦、湘乡、黔阳、武陵等县，后赴任浙江乍浦、台州同知等职，著有《宰黔随录》《防乍日录》及

---

① 吕璜：《月沧诗文集》卷一，桂林典雅印行 1935 年版。
② 龙启瑞：《先大夫事略》，《经德堂文集》卷三，桂林典雅印行 1935 年版。

诗文若干卷。然家境并不殷富，"结茅桂山顶，俯瞰清江流"①。《清史稿·儒林三》有龙启瑞传：

> 龙启瑞，字翰臣，临桂人。道光二十一年一甲一名进士，授翰林院修撰。二十四年，充广东乡试副考官。二十七年，大考翰詹二等七名，以侍讲升用。七月，简湖北学政，著《经籍举要》一书，以示学者。又以学政之职有三要：一曰防弊，二曰励实学，三曰正人心风俗。三十年，丁父忧回籍。咸丰元年六月，广西巡抚邹鸣鹤奏办广西团练，以启瑞总其事。二年七月，省城围解，以守城出力，以侍讲学士升用。六年四月，授通政司副使。十一月，简江西学政。七年三月，迁江西布政使。八年九月，卒于官。②

《清史稿》所记龙启瑞之事大者有二：一多次被任用为学政，二为办广西团练。然而龙启瑞对于桐城派古文之发扬有其独到之处。龙启瑞作为出自广西的状元，以其渊博的学识与在诗文创作上的表现扩大了粤西文化的影响。《清代七百名人传》朴学家传中记述了龙启瑞振兴岭西文学之功绩：

> 启瑞少与其乡吕璜、朱琦、王锡振为古文，步趋桐城。已而从上元梅曾亮游，文日益进。后交汉阳刘传莹，切劘经义，尤讲求音韵之学。③

《清代七百名人传》所关注的是龙启瑞对于朴学的贡献，其《古韵通说》二十部集韵学之大成，又著《尔雅经注集证》三卷，皆为汉学之著述。其《班书识小录》《通鉴识小录》近于史，而《诸子精言》《庄子字诂》又不废诸子。然而作为桐城派文人，对理学的论述往往为人所忽视，

① 龙启瑞：《述怀兼寄诸同好》，《浣月山房诗集》卷一，桂林典雅印行 1935 年版。
② 赵尔巽：《清史稿·儒林三》，中华书局 1998 年版，第 3403 页。
③ 蔡冠洛：《清代七百名人传》，中国书店 1984 年版，第 1671 页。

现存内集卷一中之《真说》《和论》《性情》《明论》《孟子》《春秋君弑贼不讨不书葬》《论伯夷叔齐》诸篇，仍近于理学家之言论。从龙启瑞精于汉学、兼取子史可以看出，其见识已经不囿于"桐城三祖"之论。《经德堂文集》中论说之词固然与桐城旧体难以分辨，其传志之属如《先大母事略》《先大夫事略》《妹淑墓志铭》等偶有模仿归有光旧作之痕迹，然而《病说》有旷达之情致，书序发独有之感慨，至于记叙之文如《过绎山记》《月牙山记》《寓中小园记》《江亭闻笛记》诸篇，文辞优美，写景传神，已经逸出"桐城义法"之外。当然，"所贵乎诗人者，非取其排比字句、刻画景物而已，必薪合与风人之旨而有补于世，此不可于诗求之也"①。然而就其记叙之文来看，多清新自然之篇。如《江亭闻笛记》：

> 咸丰乙卯夏，余泛乎均水之阳，薄暮维舟堤下，登乎江亭以玩乎沔北之山。客有吹笛于舷间者。倚声而听之，若远若近，缭绞乎回风，激越乎流波。于斯时也，天容沉潦，月色皓皽，禽鸟宵肃，响振林木而万壑相与为寂焉。其诸类乎太古之元音欤？何感人之远也！②

文辞记沔北泛均水登江亭之事，写暮色中所见所闻，声音与美景交融。文虽以记名篇，然近于赋体之文，如曹植《洛神赋》之悠远迷蒙、向秀《思旧赋》之思绪绵长，又似苏轼《赤壁赋》之风神。文中无《思旧赋》之哀婉，有《赤壁赋》之旷达。不尚绮丽而述情感人。又以观音岩之声音类比，如《庄子》述天籁之笔。《月牙山记》则为记述粤西景物之篇：

> 桂之河东皆阛阓也。市廛尽而石桥跨之，下有小水，春夏仅通舟楫，俗所谓花桥者也。桥上东南望，水际一山郁然，红阑朱阁隐见峰

---

① 龙启瑞：《谌云帆诗序》，《经德堂文集》卷二，桂林典雅印行 1935 年版。

② 龙启瑞：《江亭闻笛记》，《经德堂文集》卷四，桂林典雅印行 1935 年版。

腰、林隙间。渡桥数十武始得山门。门内宽平，地可一亩，渐上则为陂陀。因乎地势。或平或矗，委折而登。行者左扶山麓，右临溪水，晴波映日，清莹可鉴。①

这样的篇章是少有的记述粤西景致之妙文，记述的是桂林月牙岩之美景，文中描绘了城郭之外的桂林山水自然清秀之美。柳宗元《永州八记》描绘了永州之美景，龙启瑞之文则发现了桂林山水之妙境。《东乡桐子园先莹记》也以描摹见长："桂林近郊多石山，惟漓江东北之尧山负土而特大，江行百里外皆见之。山平起为两峰，迤逦南行，作叠浪纹者六七，则高峰簇起，嵯峨万状，伟如神人自天而下，仪从俨然。"② 刻画桂林美景如在目前，发扬了桐城古文善于在文法之外描摹物态见其精神的特点，然其风神亭亭，卓然足以自立，已超迈桐城载道文之外。

龙启瑞之外，马平王拯（1815—1876）叙事之文也"简净有法"③。王拯，原名锡振，后改名拯，字定甫，一字少和，号少鹤。马平人，原籍山阴。④ 一岁丧父，七岁丧母，依姊抚养教育成人。自谓："吾幼也孤，授诗母口。长而失教读，茕茕与嫠守。"⑤ 道光二十一年进士．授户部主事，充军机章京、大理寺少卿，累官通政司通政使。《清史稿》卷四百二十三有传。王拯"久直枢垣，熟谙军事利钝，数上书论方略及调和将帅之策"⑥。有《龙壁山房文集》五卷，另有《龙壁山房诗集》十七卷、《茂陵秋雨词》四卷、《瘦春词钞》一卷、《药禅室随笔》。⑦ 在"岭西五家"中著述堪称宏富。"所为文，雅若敛退，类情指事，啴谐通恕，肖其心所自出。"⑧《先大父行实》《先考姚行实》述家世，多凄恻之词，《嫠砧课

---

① 龙启瑞：《月牙山记》，《经德堂文集》卷三，桂林典雅印行 1935 年版。
② 龙启瑞：《东乡桐子园先莹记》，《经德堂文集》卷三，桂林典雅印行 1935 年版。
③ 张舜徽：《清人文集别录》，中华书局 1963 年版，第 507 页。
④ 徐世昌等：《清儒学案》（4），中华书局 2008 年版，第 3580 页。
⑤ 王拯：《龙壁山房诗集》卷首，桂林典雅印行 1935 年版。
⑥ 徐世昌等：《清儒学案》（4），中华书局 2008 年版，第 3580 页。
⑦ 陶湘编：《昭代名人尺牍续集小传》（2），《清代传记丛刊》（33），（台北）明文书局 1985 年版，第 138 页。
⑧ 徐世昌等：《清儒学案》（4），中华书局 2008 年版，第 3580 页。

诵图序》是叙述其早年悲苦经历的代表之作：

　　《婴砧课诵图》者，不材拯官京师日之所作也。拯之官京师，姊刘在家，奉其老姑，不能来就弟养。今姑殁矣，姊复寄食宁氏姊于广州，阻于远行。拯自始官日，畜志南归，以迄于今，颠顿荒忽，琐屑自牵，以不得遂其志。

　　念自七岁时，先妣殁，遂来依姊氏。姊适新寡，又丧其遗腹子，茕茕独处。屋后小园，数丈余，嘉树荫之。树阴有屋二椽，姊携拯居焉。拯十岁后，就塾师学，朝出而暮归。比夜，则姊恒执女红，篝一灯，使拯读其旁。夏苦热，辍夜课。天黎明，辄呼锡振起，持小几，就园树下读。树根安二巨石：一姊氏捣衣为砧，一使拯坐而读。日出，乃遣入塾。故拯幼时，每朝入塾读书，乃熟于他童。或夜读倦，稍逐于嬉，姊必涕泣，告以母氏劬劳瘁死之状；且曰："汝今弗勉学，母氏地下戚矣！"拯哀惧，泣告姊："后无复为此言。"

　　呜呼！拯不材，年三十矣。念十五六时，犹能执一卷就姊氏读，日惴惴于奄思忧戚之中，不敢稍自放逸。自二十出门，行身居业，日即荒怠。念姊氏教不可忘，故为图以自警，冀使其身依然日读姊氏之侧，庶免其堕弃之日深，而终于无所成也。

　　道光二十四年甲辰秋九月。为之图者，陈君名镕，为余丁酉同岁生也。①

此文与归有光《项脊轩志》文辞相近。不独细节令人感动，其生计艰辛、人生际遇使闻之者动容，姊刘氏携养孤弟之行无疑使作者绝处逢生，非寻常怀旧之文可比。由此可见作者悲苦之情怀、坚韧之性格。文章叙事中兼有写景之笔，话旧中带伤感之情。至于写景记事之篇，王拯所作比龙启瑞更多，《独耀斋记》《待苏楼记》《致经堂图记》《龙爪槐寿宴记》《山阴谒墓记》等篇俱以事发端，而《游百泉记》《游衡山记》《游石鱼山

---

　　①　王拯：《婴砧课诵图序》，《龙壁山房文集》卷一，桂林典雅印行 1935 年版。

记》《游七星岩记》《游天湖山记》《菠罗观日记》《罗浮观瀑记》《山塘泛舟记》等篇又以写景为主。自中原、吴中、湖湘至于两广，天下丽景名胜，皆见于笔端。其中《游石鱼山记》写柳州景致，而集中记粤东风光之作尤多，自徐霞客《粤西游日记》以来，描摹两粤风景之作少有如此详尽者。《游天湖山记》：

> 粤西三江之水汇苍梧，下肇庆，羚羊束之。过羚羊峡，东岸曰罗隐村，溪流出焉。循溪行，出峡山背十余里，溪流或见或否。抵天湖山麓，溪益微，出没山石间，作田水潆瀯占。登山及半，有亭，南北两崖对立，松篁棕桧之木蔽翳天日，中夹石洞，泉出始渐豪，花飞雪舞，曲折绕亭。逾洞再登，旋折百余级，泉声隐跃林薄中，前有巨壁，磴道左右。出左达庆云寺，在象来峰麓，为山之最高处。右循巨壁陟降又百余级，冈岭四合，忽闻雷鼓鞺鞳之声，震荡林木。木叶不风自下，高厓极天。厓顶中稍凹处，泉喷出，一再折，数丈如练。沉沉落落，若无声。厓半巨石挺出大瓴，泉激，怒声始大。左右分流，若裂素千余丈。溅珠喷玉，晶莹皓洁。其左者尤奇；又下，左右合，若飞雹大小千百掷厓落者。得洞，平流百余步。坐洞侧磐石上，观泉流从足下过，盖油油然。①

在桐城古文中，此篇与姚鼐《媚笔泉记》写法相近，论叙事之简略，姚文更胜一筹；至于缕述所见，真切自然，新奇可喜，令人神往，则此篇远过姚鼐之文。作者依次写见清泉、闻泉声、观飞瀑、漱流泉，可谓荡人魂魄。民国间朱自清所作《绿》写仙岩瀑泉能绘其色，如论听泉之声、观泉之流，《游天湖山记》自有其过人之处。此种文字，不独在岭西之文中鲜有，置于晚清美文中，黄遵宪、梁启超辈以新思想写新意境之文未必不出于此。

"岭西五家"中，朱琦之文曾名声卓著。朱琦（1803—1861），字伯韩，号廉甫，临桂人。据《清史稿》载，朱琦父凤森，嘉庆六年进士，

---

① 王拯：《游天湖山记》，《龙壁山房文集》卷五，桂林典雅印行1935年版。

官河南濬县知县，迁河南府通判。朱琦早年得志，举乡试第一。道光十五年中进士，被选为庶吉士，授编修，迁御史，时海疆事定，危机四伏，朱琦深以为忧，著《名实说》。但言论不为所用，于是告归。太平天国起事后，再至京师。后总理杭州团练。城陷死节。"琦学宗程、朱，诗古文皆有法。"① 著有《怡志堂集》《台垣奏议》。朱琦学问淹博，工于文辞，从梅曾亮学古文，是岭西桐城派承先启后之作家。易宗夔《新世说》谓：

> 朱伯韩工诗文。临桂朱伯韩观察琦，尝从倭文端、唐确慎、李文清诸公游，与闻道学之统。其经术考据，则与曾文正、何子贞、张石洲相切劘。其工诗古文，则与梅伯言、邵位西、张端甫、吴子序、余小颇、陈艺叔、刘椒云、冯鲁川及其乡人龙翰臣、王少鹤同时各成一家。盖道光朝魁伟振奇人也。②

从中可以看出，朱琦于理学深有所得，以为："欲观圣人之道，断自程朱始。"③ 同时又有调和朱陆之意味："朱陆不合，非朱陆不幸，乃后世学者之不幸也。"④"舍心而言学，其学散漫无统。"⑤ 对李绂分别心性之学提出了批判。巴陵吴敏树致书谓："阁下以才学名天下，又将以气特闻，如是而加之以好善，则谓道将不止于古文。"⑥ 在汉宋关系上，以为："或义理，或考订，犹途有东西之分，其可以适于京师一也。"⑦ 在诗文理论上，朱琦以为："圣人作诗，许之怨者，何哉？人之情，郁则滞、宣则达。"⑧ 正因为如此，谭献序《怡志堂文集》谓其"挥斥万有，晖丽婧雅，兼方姚

① 赵尔巽等：《清史稿》卷三百七十八，中华书局 1998 年版，第 2977 页。
② 易宗夔：《新世说》，山西古籍出版社 1997 年版，第 104 页。
③ 朱琦：《辨学下》，《怡志堂文集》卷一，桂林典雅印行 1935 年版。
④ 朱琦：《穆堂别稿书后》，《怡志堂文集》卷五，桂林典雅印行 1935 年版。
⑤ 同上。
⑥ 吴敏树：《与朱伯韩琦书》，《柈湖文集》卷七，光绪十九年思贤讲舍本。
⑦ 朱琦：《辩学中》，《怡志堂文集》卷五，桂林典雅印行 1935 年版。
⑧ 朱琦：《梁爱莲集唐诗序》，《怡志堂文集》卷五，桂林典雅印行 1935 年版。

之长而扩其所未至。桂林奇秀芝气特钟于是矣！"① 而《两浙忠义录》之《朱御史传》称："琦工诗古文辞，与梅曾亮、邵懿辰相上下。"② 足见其文之必传。从文章的形式及与理学之关系而言，朱琦之文上接吕璜而下启诸家，又学文于梅曾亮，故为文较龙启瑞、王拯辈更拘守于桐城义法。其《辩学》三篇、《孟子说》五篇、《名实说》《明大礼说》《答客问》《周易述传序》《诗经大义后序》《穆堂别稿书后》等篇，皆长于议论，切于义理。然其文中不乏经世之志，故倭仁《跋》称："伯韩观察居谏垣，侃侃言天下事，直声振一时。未竟其用。士论惜之。今读其文，理正辞醇，气味深厚，盖学昌黎韩子之文而不袭其貌者，可以知其所蓄矣！"③ 明确提及了朱琦之文的经世之用。文如其人，"理正辞醇，气味深厚"是理学家倭人对其文章的褒扬。朱琦之文简练有法，从《柏枧山房文集书后》可见其特色：

> 先生道光壬午进士，不乐外吏。以赀入为户部郎。居京师二十余年，笃老嗜学，名益重一时。朝彦归之。自曾涤生、邵位西、余小颇、刘椒云、陈艺叔、龙翰臣、王少鹤之属悉以所业来质。或从容谭宴竟日。琦识先生差早，迹虽友而心师之。先生亦谓琦曰："自吴交子，天下之士益附，而治古文者日益进。"其后琦归，先生怅然亦引疾归。④

可见其为文醇厚中见朴实，挚而有法。朱琦对于古文辞的颖悟以及与梅曾亮的交往，对广西后学的引领无疑促进了岭西古文的繁盛。南皮张之洞受学于从舅朱琦⑤，故河北亦传桐城之学。

彭昱尧（1809—1851），字子穆，又字兰畹，浔州府平南县人。虽

---

① 谭献：《怡志堂文集叙》，《怡志堂文集》，桂林典雅印行 1935 年版。
② 《朱御史传》，朱琦《怡志堂文集》，桂林典雅印行 1935 年版。
③ 倭人：《跋》，《怡志堂文集》，桂林典雅印行 1935 年版。
④ 朱琦：《柏枧山房文集书后》，《怡志堂文集》卷六，桂林典雅印行 1935 年版。
⑤ 参见刘声木《桐城文学渊源撰述考》，黄山书社 1989 年版，第 257 页，又见于陈柱《中国散文史》，东方出版社 2012 年版，第 305 页。

未列入岭西古文"四大家"①，然足与之颉颃。昱尧家世以儒为业。学使
池生春"携之桂林学廨"②，于是声誉鹊起。"为古文辞，奔腾浩瀚，有苏
洵父子之风。"③ 虽经王拯引荐受古文法于梅曾亮，然其早年古文创作继
吕璜之后开粤西文章新风。"时粤人士希为古文辞者，自君为之，而人殆
多效之。"④ 与诸人商榷文辞。彭昱尧中年早逝，今存《致翼堂文集》二
卷中半数经过吕璜、梅曾亮点评，龙启瑞删定。由于五次会试铩羽而
归，其文章很少有记山水胜景之文，多议论之体，与八股文相近处尤
多。"其为文学博气伟，神韵极似归有光。诗学精髓得力于苏，语尤奇
肆。"⑤ 文多哀辞是其古文特色。其中《马氏姊哀辞》有模仿归有光
《女二二圹志》的痕迹，记事历历在目，长于以细节述情，多处发问，
梅曾亮评点谓："真骚人之言也。"⑥ 虽有溢美之词，然叙述由远及近，
颇有章法；述情悲喜交集，善于渲染氛围。其他如《楚雄公哀辞》《袁
少浦哀辞》《吕月沧先生哀辞》等皆情辞动人，其文奔腾浩瀚，有过人
处。然如《陈晓峰哀辞》辞采虽美，叙事简略而议论稍嫌散漫。

　　其他如王拯《子穆彭君墓表》论及当时与彭昱尧齐名的文人有临桂唐
启华、刘敬中二人。唐启华，原名岳，字子实，也曾师事吕璜、梅曾亮学
古文，又与彭昱尧、王拯、龙启瑞、朱琦等相切摩，辑集《函通楼师友文
钞》九卷，附录《词》三卷。龙启瑞之子龙继栋也为后来粤西文人之翘
楚。此外，在同治间又有"樜湖十子"之说，当时广西巡抚张凯嵩搜集粤
西诗人之诗，刊刻《樜湖十子诗钞》，以为"他日考粤西文献，论诗教
者，必有取焉⑦。"樜湖十子"未必皆为粤西诗人，或皆流寓于此，分别
为临桂汪运、山阴杨继荣、临桂商书濬、平乐曾克敬、桂林朱琦、临桂龙

　　① 陶缃《昭代名人尺牍续集小传》(2)："岭西为古文学者，吕月沧、朱伯韩、龙鼎臣及定
甫通政，号四大家。"《清代传记丛刊》(33)，(台北)明文书局1985年版，第138页。
　　② 王拯：《子穆彭君墓表》，彭昱尧《致翼堂文集》，桂林典雅印行1935年版。
　　③ 同上。
　　④ 同上。
　　⑤ 刘声木：《桐城文学渊源撰述考》，黄山书社1989年版，第223页。
　　⑥ 彭昱尧：《马氏姊哀辞》，《致翼堂文集》卷二，桂林典雅印行1935年版。
　　⑦ 张凯嵩辑：《杉湖十子诗钞序》，《杉湖十子诗钞》，广西师范大学出版社2012年版，
第9页。

启瑞、平南彭昱尧、临川李宗瀛、南丰赵德湘、汉阳黄锡祖。其中包括朱琦、龙启瑞、彭昱尧、王拯等岭西古文大家。

三 岭西古文与桐城派之传承

岭西古文自然清新，深受桐城派的影响。梅曾亮的指点与提携促进了岭西古文的进一步繁荣兴盛。梅曾亮居京师时，岭西诸家与梅曾亮商榷文章，在道咸之际，一时称盛。时曾国藩尚无文名，许宗衡蛰居江南。继陈仁之后，岭西吕璜、朱琦、龙启瑞、王拯、彭昱尧诗文称盛，与梅曾亮、吴德旋为师友，号为"岭西五大家"，另有追随者唐岳、龙继栋、李泂等人。故时有"天下文章，其萃于岭西乎"① 之说，岭西文章尚文体之变、主"法无定法"。其中不无梅曾亮的影响。

在梅曾亮之前，岭西古文风气之变受到了宜兴吴德旋文论思想的影响。吴德旋曾从姚鼐问学，又与恽敬、张惠言为友，其文在阳湖、桐城之间，句法中有骈偶之神韵，擅声于江南文坛自早于梅曾亮。张舜徽《清人文集别录》谓吴德旋"文辞卑卑，在桐城文派诸家中，自居中下之科"②。今观其文章，似并非如此。从传道之先后看，据朱琦《怡志堂文集》所述，吴德旋对岭西之文的影响远在梅曾亮之先："先是吾乡吕先生以文倡粤中，自浙罢官讲于秀峰十年。先生自言得之吴仲伦，仲伦亦私淑姚先生者。"③ 故吴德旋可谓开启了桐城之文在岭西传播的先导。徐珂《清稗类钞》较为清晰地界定了二人对于岭西古文的意义："广西永福吕璜与吴德旋处，璜之乡人有临桂朱琦、龙启瑞、马平王拯，皆步趋吴氏、吕璜，而益求广其术于梅曾亮，由是广西有桐城之学。"④ 冯志沂《授经台记》记述了桂林朱伯韩、马平王定甫等从梅曾亮游，龙启瑞则称："梅先生古文为当代宗匠，子穆与少鹤暨朱伯韩琦、唐仲实启华及不肖，每有所作，辄相就正，得先

---

① 龙启瑞：《彭子穆遗稿序》，龙启瑞《经德堂文集》卷四，桂林典雅印行 1935 年版。
② 张舜徽：《清人文集别录》，华中师范大学出版社 2004 年版，第 308 页。
③ 朱琦：《自记所藏〈古文辞类纂〉旧本》，《怡志堂文集》卷六。
④ 徐珂：《桐城文派》，《清稗类钞》（八），中华书局 1986 年版，第 3886 页。

生一言以为定。"① 王拯甚至将梅曾亮视为文化薪火传承者："斯文未丧，非先生其孰归?"② 梅曾亮对于岭西之文的影响，从《涵通楼师友文钞》可见其端倪。龙启瑞《上梅伯言先生书》说："今年在粤，与伯韩、子实裒集师友文刻之，而以子实居其名，命曰：涵通楼师友文钞，先生文从伯韩抄本录出……此外月沧先生、子穆、伯韩、少鹤及某六人。"③ 文集所载，主要为梅曾亮与"岭西五家"之文，足见梅曾亮对于岭西文章的意义。故从时间上看，吴德旋对岭西古文之影响在梅曾亮之前，而梅曾亮之耳提面命对于岭西古文雅洁中蕴含清新自然之风有着更为深刻的影响。

梅曾亮对岭西之文有何启示意义呢？"是时，同里诸君如王定甫、龙翰臣、彭子穆、唐子实辈益知讲学，及在京，又皆昵伯言为文字饮，日夕讲摩。"④ 朱琦之文与梅氏之范式相近。道光前期，岭西文学已郁兴，朱琦从梅曾亮学文，于考据之学见识通达，自谓："为宋学不必与汉学争，为程朱之学不必与陆王争。"⑤《穆堂别稿书后》则批判了李穆堂论心学之片面，又指出其见识之高处。同时以"怨"论诗，指出："人之情，郁则滞，宣则达。"⑥ 在当时实属难能可贵。故谭献谓其"挥斥万有，晖丽婵雅，兼方、姚之长而扩其所未至"⑦。而彭昱尧之文则"及见梅先生后，其神韵益近震川"⑧。梅曾亮评其《送陈伯渊序》："气盛而少自得之言。"⑨ 前人谓王拯之文"渊懿古茂"⑩，然观其文，长于记叙，游记之文独多，如《游百泉记》《游衡山记》《游石鱼山记》皆秀美自然。至于龙启瑞，"文以简洁为宗"⑪，兼考据之文，如《江亭闻笛记》以写景起笔，

———————————

① 龙启瑞：《彭子穆遗稿序》，《经德堂文集》卷四，桂林典雅印行1935年版。
② 王拯：《上梅伯言先生书》，《龙壁山房文集》卷二，桂林典雅印行。
③ 龙启瑞：《上梅伯言先生书》，龙启瑞《经德堂文集》，桂林典雅印行1935年版。
④ 朱琦：《自记所藏〈古文辞类纂〉旧本》，《怡志堂文集》卷六，桂林典雅印行1935年版。
⑤ 朱琦：《辨学》（下），《怡志堂文集》卷一，桂林典雅印行1935年版。
⑥ 朱琦：《梁爱莲集唐诗序》，《怡志堂文集》卷二，桂林典雅印行1935年版。
⑦ 谭献：《怡志堂文集叙》，朱琦《怡志堂文集》，桂林典雅印行1935年版。
⑧ 龙启瑞：《彭子穆遗稿序》，《经德堂文集》卷四，桂林典雅印行1935年版。
⑨ 彭昱尧：《送陈伯渊序》梅曾亮评语，彭昱尧《致翼堂文集》卷一，桂林典雅印行1935年版。
⑩ 向万镖：《跋》，王拯《龙壁山房文集》卷二，桂林典雅印行1935年版。
⑪ 龙启瑞：《诰封中宪大夫兵部职方司主事芗村吕君墓志铭》王拯评语，《经德堂文集》卷四，桂林典雅印行1935年版。

别有情致。梅曾亮曾亲手批点龙启瑞、彭昱尧所作古文，故岭西诸家与梅氏范式相近。

此外，江西的古文也受到梅曾亮之影响。新城陈学受、陈溥及南丰吴嘉宾，受陈用光、梅曾亮的影响，于是桐城古文传入江西。吴子序之文深于义理，而陈学受长于古文，欧阳兆熊《水窗春呓》（卷上）谓："懿叔古文与梅伯言齐名。"① 懿叔，又号艺叔，即陈学受，而朱庆元《柏枧山房全集跋》所列从梅曾亮学者也有陈学受。邵懿辰论陈氏之文："义理一信程朱，居京师四年，与姚先生门人梅伯言游，益讲受古文法。而余与艺叔每见必讨论经义。"② 也提及陈学受之文受到了梅曾亮的影响。从吴嘉宾、陈溥等人的文章看，多经世之文，陈溥则长于诗艺。同时还有山西冯志沂、张穆学文于梅曾亮。其中冯志沂兼容汉宋之学，"时平定张石州传亭林、潜邱之学，与余善，先生不喜汉学，石州亦不喜八家文。先生闻余交石州，默默不置可否；石州闻余从先生治古文则不乐，或怒加诮让，余往来于两家者如故"③。冯氏之言可见其汉宋兼容的学风。由此可知，梅曾亮之古文范式对江西与山西文风也产生了影响。

---

① 欧阳兆熊、金安：《水窗春呓》卷上，中华书局 1984 年版，第 1 页。
② 邵懿辰：《赠陈艺叔序》，邵懿辰《半岩庐遗文》卷上，同治元年壬戌孟夏刻本。
③ 冯志沂：《授经台记》，冯志沂《适适斋文集》卷二，同治八年刻本。

第三章

桐城文章之中兴

咸同之际，曾国藩膺军国之重任，倡导古文，天下文士云集响应，桐城古文再次郁兴。桐城古文之中兴使得桐城派古文重新获得了新的生机。康乾之时，桐城文章顺应了时代的新变而出现并得到了发展，在一定程度上得益于程朱理学的推行。随着乾嘉汉学的兴起，义理的主导地位被考据所取代，桐城之文中也引申出考据一端。嘉道间姚鼐的弟子梅曾亮在经世思潮影响下，提出了不废汉学的主张；曾国藩继起，倡言理学，并注重实效，将桐城文章经世之用发展到了极致，形成了桐城文章中兴的格局。"在京师时，即与梅伯言相互讨论，慨然有振兴之意。其后洪杨事起，乃益罗致当时文人于幕府，用相切磋，于是桐城派遂再振。"① 曾国藩在振兴桐城古文的同时，对其议论倾向提出了非议，以为古文"不宜说理"②，曾国藩"平生好雄奇瑰玮之文"③，"经曾国藩放大后的桐城派，慢慢便与新起的文学接近起来了"④。其经世文章已呈现出现代散文的一些审美特征。钱玄同说曾国藩此论是"自画招供，表明这种什么'古文'是毫无价值的文章了。这是第二种弄坏白话文章的文妖"⑤。其实从反面看，正表

---

① 姜书阁：《桐城派评述》，商务印书馆 1933 年版，第 69 页。
② 曾国藩：《复吴南屏书》，《曾文正公文集·书札》卷九，吉林人民出版社 1995 年版，第 2102 页。
③ 同上。
④ 周作人：《中国新文学的源流》，华东师范大学出版社 1995 年版，第 48 页。
⑤ 钱玄同：《尝试集序》，胡适著，欧阳哲生主编《胡适文集》（9），北京大学出版社 1998 年版，第 64 页。后来吴孟复说："桐城派以小文章见长，不善持论。"（吴孟复：《桐城文派述论》，安徽教育出版社 2001 年版，第 97 页）笔者以为此论是从美文的角度看古文，桐城古文多论述义理，以善于持论见长。舒芜《曾国藩与桐城派》以为，曾国藩的义理是经济的别称，"干脆把方、姚的义理抛到一边去"（《舒芜集》，河北人民出版社 2001 年版，第 358 页）。颇有见地。

明了"曾国藩是中兴桐城文派的大师"①，他已深谙桐城古文的弱点，故能别开生面。

第一节　学综汉宋与湘乡派之文

从曾国藩之文章、对桐城派的推崇及后人的评述足以得出这样的结论：曾国藩是桐城派中兴的领袖。其文论思想中有对桐城"义法"的传承，也有对桐城派文章及主张的批判。正是这种批判精神改造了桐城派古文，造就了曾国藩在晚清文坛的崇高地位。

一　曾国藩的文论与文章

曾国藩（1811—1872），初名子城，字伯涵，号涤生，湖南湘乡人。家世务农。祖曾玉屏，有志于学。父曾麟书，为县学生。曾国藩中道光甲午举人、戊戌进士，后官至内阁学士、礼部侍郎。太常寺卿唐鉴讲理学于京师，曾国藩与倭仁、吴廷栋、何桂珍等师事之。太平天国起，曾国藩率湘军克复金陵，挽狂澜于既倒，使清王朝得以苟延残喘。年六十二卒于两江总督任内。其事功本于学问，"天性好文，治之终身不厌，有家法而不囿于一师。其论学兼综汉、宋"②。可谓蓄道德能文之士。《清史稿》称："中兴以来，一人而已。"③

在文学上，曾国藩是咸同时期天下诗文领袖。其文章对桐城派的继承既有对桐城耆旧的崇奉，也有对桐城文章精神的弘扬。梅曾亮将桐城派古文传播到大江南北，曾国藩则使得桐城派古文更具有了经世之特征。姚鼐是曾国藩师法的偶像，梅曾亮则让曾国藩对桐城文章有了更深刻的了解。曾国藩曾自谓："国藩之粗解文章，由姚先生启之也。"④ 其《复吴南屏

---

① 洪钟：《略论"桐城派"》，《新地》1945 年第 1 期。
② 赵尔巽：《清史稿·曾国藩传》卷四〇五，中华书局 1998 年版，第 3058 页。
③ 同上。
④ 曾国藩：《圣哲画像记》，曾国藩著，王澧华校点《曾国藩诗文集》，上海古籍出版社 2005 年版，第 292 页。

书》表达了对姚鼐的崇敬与维护：

> 　　与欧阳筱岑书中，论及桐城文派，不右刘、姚，至比姚氏于吕居
> 仁，讥评得无少过？刘氏诚非有过绝辈流之诣，姚氏则深造自得，词
> 旨渊雅，其文为世所称诵者，如《庄子章文库》《礼笺序》《覆张君
> 书》《覆蒋松如书》《与孔㧑约论禘祭书》《赠㧑约假归序》《赠钱献
> 之序》《朱竹君传》《仪郑堂记》《〈南园诗存〉序》《绵庄文集序》
> 等篇，皆义精而词俊，复绝尘表。其不厌人意者，惜少雄直之气、驱
> 迈之势。姚氏固有偏于阴柔之说，又尝自谢为才弱矣。其论文亦多诣
> 极之语，国史称其有古人所未尝言，鼐独抉其微、发其蕴。亟顿称海
> 峰，不免阿于私好。要之方氏以后，惜抱固当为百年正宗，未可与海
> 峰同类而并薄之也。浅谬之见，惟希裁正。①

曾国藩"兼友梅曾亮及邵懿辰、刘传莹诸人，为词章考据"②，"与梅君
过从凡四年，未得毕读其集"③。显然早年受到了梅曾亮的启发。对桐城派
的义法，曾国藩深有体会，由归有光上溯至唐宋之文与司马迁，尝称："笃
嗜司马迁、韩愈之书。"④ 曾国藩之文与湖湘派之文的差异，在曾国藩与王
闿运二人的言论中已经涉及。王闿运之子王代功曾记述了这样的论文之语：

> 　　曾涤公尝言，画像必以鼻端为主，于文亦然。余文殊不尔，成
> 而后见鼻口位置之美耳。其先固从顶上说到脚底，不暇问鼻端也。
> 八家文凭空造出，故须从鼻起耳。余学古人，如镜取影，故无先后
> 照应也。⑤

---

① 曾国藩：《复吴南屏书》，李瀚章编《曾文正公书札》二十七卷，光绪二年传忠书局编刻
本。又见李瀚章编《曾国藩书信》，中国致公出版社 2011 年版，第 302 页。
② 赵尔巽：《清史稿·曾国藩传》卷四〇五，中华书局 1998 年版，第 3055 页。
③ 曾国藩：《柏枧山房集跋》，梅曾亮著，彭国忠、胡晓明校点《柏枧山房诗文集》，上海
古籍出版社 2005 年版，第 692 页。
④ 曾国藩：《致刘孟容》，《曾文正公书札》卷一，光绪二年传忠书局编刻本。
⑤ 王代功：《湘绮楼年谱》，光绪七年事，岳麓书社 1997 年版，第 1036 页。

桐城派与湖湘派的差异，前者在于有法度、讲规矩，有意为文；后者在于无法度、无照应，自然成章。

在一定程度上讲，曾国藩对桐城派古文的继承集中体现在其选编的《经史百家杂钞》之中。此书明言上继姚鼐《古文辞类纂》：

> 姚姬传氏之纂古文辞，分为十三类。余稍更易为十一类：曰论著，曰词赋，曰序跋，曰诏令，曰奏议，曰书牍，曰哀祭，曰传志，曰杂记，九者，余与姚氏同焉者也。曰赠序，姚氏所有而余无焉者也。曰叙记，曰典志，余所有而姚氏无焉者也。曰颂赞，曰箴铭，姚氏所有，余以附入词赋之下编。曰碑志，姚氏所有，余以附入传志之下编。论次微有异同，大体不甚相远，后之君子，以参观焉。①

从《序例》中可以看出曾国藩编选《经史百家杂钞》的旨要。《经史百家杂钞》二十六卷"孕群籍而包万有，干振则枝披，将麾则卒舞"②。"是书上自隆古，下迄清代，尽抢四部精要"③，可谓继往开来之选本。

然而曾国藩之文与桐城派前期古文并不尽同。"曾氏为文，实不专守姚氏法，颇熔铸选学于古文；故为文词藻浓郁，实拔戟自成一军。"④ 并对桐城古文不乏指斥。其《复吴南屏书》指责古文之失，不限于桐城派，及于韩愈之送人序，并及归有光之文，对方、姚所作古文，更颇有微词。⑤又称："往在京师，雅不欲步梅郎中之后尘。"⑥ 同时涵融汉学，批判了桐城派中拘泥于宋学的观念，以为汉学与宋学各有优长："许氏亦能深博，

---

① 曾国藩：《序例》，熊宪光、蓝锡麟主注《经史百家杂钞》，西南师范大学出版社 1995 年版，第 6 页。
② 毛泽东：《致萧子升信》（1915. 9. 6），《毛泽东早期文稿 1912·6—1920·11》，湖南出版社 1990 年版，第 24 页。
③ 同上。
④ 陈柱：《中国散文史》，上海书店出版社 1984 年版，第 292 页。
⑤ 曾国藩：《复吴南屏书》，《曾文正公文集·书札》卷九，吉林人民出版社 1995 年版，第 2102 页。
⑥ 同上。

而训诂之文或失则碎；程朱亦且深博，而指示之语，或失则隘。"① 正因为如此，与刘容论文时谓："仆窃不自揆，谬欲兼取二者之长。"② 以为汉宋可以为我所用，虽讲究理学，然而并不排斥经学。他在《致李小湖大理》中又说："江南之顾、惠、秦、钱、孙、洪、江、段，江北之阎、贾、王、任、刘、阮、焦、汪，并皆吴会儒宗，熙朝耆硕。"③ 推崇清代经学大师的考据之功。同时其《经史百家杂钞》与姚鼐《古文辞类纂》相比，已将经、史、子汇以为一，兼取其"杂"的一面，同时表现出重视"经济"的选文理念。将诗歌、辞赋、骈体引入古文辞之中，《杂钞》分著述、告语、记载三门，将桐城派重视义理的文辞一变为"著述门"之"论著"，分为论著、辞赋与序跋，论著之属主要阐扬义理，而辞赋之属源于《诗》《骚》，序跋之属则因事而作；专立"告语"一门，无论诏令、奏议还是书牍、哀祭皆周于世用，为古人作铭状的文章由附庸而为显要之体；"记载门"确立了记叙之文的意义，传志、叙记、典志、杂记，皆非为无用之文，记叙之文的客观性与内在的逻辑促使桐城派义理之文向现代美文的嬗变。尽管与梅曾亮扩大选文的范围相近，然而却有深刻的道学渊源，使空疏的说理之词演进为适用现实的经世文章。在一定意义上，其审美意蕴或不及梅曾亮之文，其内在的逻辑性与关注现实的经世精神得到了呈现。曾国藩论文之要，除了在"义理""考据"与"词章"之外增加"经济"，其文风也与桐城派方苞以来崇尚清真淡远的格调不同，自谓："平生好雄奇瑰玮之文。"④ "又谓姚文不厌人意者，惜少雄直之气"⑤ 在一定程度上是对姚鼐偏于阴柔之文的批判。尽管他也说过："文人技艺诗境有二：曰雄奇，曰淡远。作文然，作诗亦然。若能合雄奇于淡远之中，尤

---

① 曾国藩：《致刘孟容》，《曾文正公书札》卷一，光绪二年全忠书局编刻本。又见于吉林人民出版社 1995 年版，第 1860 页。

② 同上。

③ 曾国藩：《致李小湖大理》，《曾文正公文集·书札续钞》卷二，吉林人民出版社 1995 年版，第 2613 页。

④ 曾国藩：《复吴南屏书》，《曾文正公文集·书札》卷九，吉林人民出版社 1995 年版，第 2102 页。

⑤ 李肖聃：《颜息盦〈珍涟山馆文集〉序》，《李肖聃集》，岳麓书社 2008 年版，第 150 页。

为可贵。"① 而对气盛的阐释更直接表明了这一点："为文全在气盛，气盛全在段落。"② 由此将文章之气分为八类："尝慕古文境之美者，约有八言。阳刚之美曰雄、奇、怪、丽，阴柔之美曰茹、远、洁、适。"③ 尽管其中仍有阴柔之美，然以为雄奇瑰玮之风而以自然出之为高。不过随着阅历的增加与身体之衰朽，更趋向平淡，比如：

> 思白香山、陆放翁之襟怀澹荡，殊不可及。古文家胸怀虽淡泊，而笔下难于写出。思一为之，写淡定之怀，古所谓一卷冰雪文者也。④

这种观点也可以视为桐城派清真醇雅风格的回归。

曾国藩在道与学的关系上与以往的桐城派主流观念也不尽合。曾国藩以为道与学未必合。与好友论文多次谈及道与学之离合，其中《与刘霞仙》论文可谓详尽：

> 自孔孟以后，惟深溪《通书》、横渠《正蒙》，道与文可谓兼至交尽。其次如昌黎《原道》、子固《学记》、朱子《大学序》，寥寥数篇而已，此外则造与文境不能不离而为二，鄙意欲发明义理，则当法《经说理窟》及各语录札记；欲学为文，则当扫荡一副旧习，赤地新立。将前此所业，荡然若丧其所有，乃始别有一番文境。望溪所以不得入古人之阃奥者，正为两下兼顾，以至无可怡悦。辄妄施批点，极知无当高深之万一。⑤

---

① 曾国藩：《曾国藩全集·日记》（咸丰十一年六月十七日），岳麓书社 1987 年版，第632 页。

② 曾国藩：《日记类钞》卷下（辛亥七月），吉林人民出版社 1995 年版，第 4935 页。

③ 曾国藩：《日记类钞》卷下（乙丑正月），吉林人民出版社 1995 年版，第 4936 页。

④ 曾国藩：《曾国藩全集·日记》（咸丰九年六月一十七日），岳麓书社 1987 年版，第395 页。

⑤ 曾国藩：《与刘霞仙》，《曾文正公文集·书札》，吉林人民出版社 1995 年版，第 2011 页。

友人刘蓉在其身后评述："韩欧胜处得深窥，道德文章究两歧。"① 将此视为其论文之要。当然，这也并不全是曾国藩的发明，方苞尽管竭力将文与道合一，然姚鼐说："求可当古文家数者，南宋虽朱子不为是。况元及明初诸贤乎？如宋金华直是外道。"② 而曾国藩幕下王闿运所言更为直接："诗不论理，亦非载道，历代不误，去之弥远。"③ 虽为论诗之言，然诗文一体，自然也是如此。

曾国藩论文之篇除了书牍与记序之作，还有专论《鸣原堂论文》《古文四象》及《求缺斋日记》论文之篇。曾国藩以两仪四象说诗文，"四象"即气势、识度、情韵、趣味。"识度即太阴之属，气势则太阳之属，情韵少阴之属，趣味少阳之属"④。当有感于姚鼐阳刚阴柔之说而有四象之论。《鸣原堂论文》也是古文选本，选文近二十篇，皆为疏对、书札之类应用之文，对文法大意稍加批点。至于《苌楚斋四笔》卷六所载薛福成所编《论文集要》"惟其中颇多钞录阳湖吴耶溪茂才铤《文翼》三卷中语"⑤，也不足以证明曾国藩抄袭了《文翼》之说。吴铤为吴德旋弟子，持论在阳湖派与桐城派之间。但曾国藩论文之不废骈偶，以为"古文之道，与骈体相通"⑥，当与吴德旋及阳湖派文风有着千丝万缕的联系。

在古文创作中，曾国藩之文简练有法。《复吴南屏书》评述吴敏树与桐城刘大櫆、姚鼐，入选了清代王文濡所编《续古文观止》。1935 年上海新文化书社出版的《明清八大家文钞》中选录了《曾涤生文钞》三十九篇，其中有《欧阳生文集序》《湖南文徵序》《复吴南屏书》《金陵湘军陆师昭忠祠记》等篇，多为与事功有关之篇章。在曾国藩的文章中，《养晦

---

① 刘蓉：《曾太傅挽歌百首》，曾国藩著，王澧华校点《曾国藩诗文集》附录，上海古籍出版社 2005 年版，第 520 页。

② 姚鼐：《与陈硕士》，姚鼐《惜抱先生尺牍》卷七，道光三年刻本。

③ 王闿运著，马积高主编：《湘绮楼诗文集·说诗》附录《湘绮老人论诗册子》，岳麓书社 1996 年版，第 2377 页。

④ 曾国藩：《致沅弟》（同治五年十一月初二日），《曾国藩全集·家书》，岳麓书社 1985 年版，第 1296 页。

⑤ 刘声木：《苌楚斋四笔》卷六，《苌楚斋随笔至五笔》，台北《丛书集成三编》本，第 309 页。

⑥ 曾国藩：《日记类钞》卷下（庚申三月），吉林人民出版社 1995 年版，第 4938 页。

堂记》很有代表性。无论是作法还是文采与思致，都体现了曾国藩古文的
特点：

> 吾友刘君孟容，湛默而严恭，好道而寡欲。自其壮岁，则已泊然
> 而外富贵矣。既而察物观变，又能外乎名誉。于是名其所居曰"养晦
> 堂"，而以书抵国藩为之记。……君子之道，自得于中，而外无所求。
> 饥冻不足于事畜而无怨；举世不见是而无闷。自以为晦，天下之至光
> 明也。若夫奔命于烜赫之途，一旦势尽意索，求如寻常穷约之人而不
> 可得，乌睹所谓耀者哉？余为备陈所以，盖坚盘容之志，后之君子，
> 亦观省焉。①

从风格上看，以自然之文张扬雄奇高远之气；从章法上，以养晦堂说
儒家之道；文法上，则兼有骈文、古文的句法，甚至引用了杨雄之言以引
证自己的观点。《槐阴书屋图记》《求阙斋记》等文作法与此篇相近。

尽管曾国藩以为归有光不足以与韩、欧比肩，然而《满妹碑志》仍是
归有光善叙事之体例：

> 满妹，吾父之第四女子也。吾父生子男女凡九人，妹班在末，家
> 中人称之满妹，取盈数也。生而善谑，旁出捷警，诸昆弟姊妹并坐，
> 虽黠者不能相胜。然归于端静，笑罕至矧。道光十九年正月晦日，以
> 痘殇。明日，吾儿子祯第相继亡。妹生于世十岁，儿三岁也。即日瘗
> 诸居室之背，高嵋山之麓。吾母伤弱女与家孙，哭之绝痛。间命诸子
> 曰："二殇之葬也，无碑以识之，即坟夷级隆，谁复省顾者？"国藩敬
> 诺。亡何，系官于朝。公有执，私有濡，久不得卒事。越八年，而适
> 朱氏妹徂逝。以其新悲，触其凤疢。怆然不自知何以为人也。②

---

① 曾国藩：《养晦堂记》，王澧华校点《曾国藩诗文集》，上海古籍出版社 2005 年版，第
260 页。
② 曾国藩：《满妹碑志》，王澧华校点《曾国藩诗文集》，上海古籍出版社 2005 年版，第
193 页。

《满妹碑志》记述人间至真至纯之情，不关兴废。方、刘、姚以及梅曾亮，乃至岭西文人，俱有述家难与琐屑之篇章，情理自然，亲切感人。

曾国藩之文"冠绝当代"①，难与并能。在曾国藩的古文中，《满妹碑志》一类抒写至情的"小文体"是桐城派叙事文余绪之传承，以点滴真实可感的事生发出对往昔与故人的怀念之情，客观叙事中流露出作者的思亲情怀。《养晦堂记》一类"载道"之文则从生活的细处追溯其精神，升华至道德情怀的自我完善，这是典型的桐城派古文之体。至情之文与载道之文构成曾国藩古文的两极。

从桐城古文发展看，叙述、说理的古文都有阐扬义理的一面。"桐城三祖"之文或更多关注作者从中生发出的道德关怀，而曾国藩更注重事功的表述。二者的共同处就是以情系事。叙述事功之文嬗变至晚清民初的逻辑之文是文章发展之必然。至于充满人间至情的小品演变为现代美文，固然有外在的因素，然古文的情愫与诗意早已蕴蓄其中。

二　湘乡派经世作家群

曾国藩在京师早已颇有清望，洪、杨事起，国藩率领湘军抗击太平军，力挽狂澜。当时聚集于其幕下的文人墨客甚多，"湘乡幕府有'三圣七贤'之目。'三圣'者，吴竹如、涂朗轩及先中丞公；'七贤'则邓弥之、莫子偲诸人，不能悉记。文正有句曰：'幕府山高对碧天，英英群彦满尊前。'想见盛概"②。其幕下之文人创作古文者得以自成一派，人称"湘乡派"。

曾国藩名震朝野，并成为文坛领袖。清人仍好称郡望，曾氏虽源出江西，来自衡阳，然已居湘乡数代，"湘乡"几成为曾国藩的代称。"湘乡派"自然以曾国藩为核心。"湘乡派"之名较早见于光绪三十四年李详《论桐城派》一文：

---

① 姜书阁：《桐城文派述评》，上海商务印书馆1933年版，第72页。
② 郭则沄：《十朝诗乘》卷一九，张寅彭《民国诗话丛编》，中国书店2004年版，第641页。

文正之文，虽从姬传入手，后益探源扬马，专宗退之。奇偶错综，而偶多于奇。复字单义，杂厕相间，厚集其气。使声采炳焕，而戛焉有声。此又文正自为一派，可名为湘乡派。①

在"五四"新文化运动后，"湘乡派"之名，较早见于 1922 年胡适发表的《五十年来中国之文学》：

古文到了道光、咸丰的时代，空疏的方姚派、怪僻的龚自珍派都出来了，曾国藩一班人居然能使桐城派古文忽然得一支生力军，忽然做到中兴的地位。但"桐城＝湘乡派"的中兴也是暂时的，也不能持久的。曾国藩的魄力与经验确然可算是桐城派古文的中兴大将。但曾国藩一死之后，古文的命运又渐渐衰微下去了。曾派的文人，郭嵩焘、薛福成、黎庶昌、俞樾、吴汝纶……都不能继续这个中兴事业。再下一代，更成了"强弩之末"了。②

胡适不仅对"湘乡派"的定义加以确认，并提出了湘乡派等于桐城派的观点。这是许多学者都不以为然的，但文章对道光、咸丰以来的古文进行了系统论述，揭示了它衰微的必然性。

就湘乡派与桐城派的关系而言，钱仲联先生以为，清代之文"莫盛于桐城派，衍生为阳湖派，扩大演变为湘乡派"③。认定湘乡派是桐城派的延续与发展。而李肖耽《星庐随笔》以为："学者之论桐城，以方、姚、梅、曾并列，而不知湘乡早已别异桐城，自成宗派也。"④ 则以为湘乡派已经自成一派。当今学者多持此论，然而从文学自身发展过程看，将湘乡派与桐城派视为一个整体似较为恰当。咸丰、同治年间，曾国藩继梅曾亮

---

① 李详：《论桐城派》，《国粹学报》1908 年第 4 卷第 12 号。
② 胡适：《五十年来中国之文学》，胡适著，欧阳哲生编《胡适文集》（三），北京大学出版社 1998 年版，第 200 页。
③ 钱仲联：《桐城派研究序》，周中明《桐城派研究》卷首，辽宁大学出版社 1999 年版。
④ 李肖耽：《星庐笔记》，岳麓书社 1983 年版，第 64 页。

之后提倡桐城派古文，在幕府内外，古文作者一时彬彬称盛，"湘乡派"由此形成。古文作家中，张裕钊、吴汝纶、黎庶昌、薛福成四人号称"曾门四弟子"。幕府中"三圣七贤"中除了邓辅纶、王闿运等人推崇《骚》心《选》旨标举汉魏之文外，多是湘乡派文人，其中还有合肥李鸿章①。曾国藩"知人之鉴为世所宗，而幕府宾僚，尤极一时之盛云"。"都八十三人。其碌碌无所称者不尽录"②。其中以学识才具致于幕下的清议之士有：

> 古文则浏阳县学教谕巴陵吴敏树南屏、前翰林院编修南丰吴嘉宾子序、候选内阁中书武昌张裕钊廉卿。闳览则前翰林院编修德清俞樾荫甫、芷江县学训导长沙罗汝怀研先、诸生新城陈学受艺叔、知永宁县当涂夏燮谦甫，江苏知县独山莫友芝子偲，举人衡阳王开运纫秋，秀水杨象济利叔，刑部郎中长沙曹耀相镜初，出使俄罗斯参赞道员武进刘瀚清开生，知易州直隶州阳湖赵烈文惠甫。朴学则海宁州训导嘉兴钱泰吉警石、知枣强县桐城方宗诚存之、候补郎中海宁李善兰壬叔、举人江宁汪士铎梅村、候选道石埭陈艾虎臣、诸生南汇张文虎啸山、德清戴望子高、仪征刘毓崧北山、其子寿曾恭甫、海宁唐仁寿端甫、宝应成蓉镜芙卿、候选知府金匮华蘅芳若汀、候选县丞无锡徐寿雪村。
>
> 右二十六人，吴敏树、罗汝怀、吴嘉宾名辈最先。敏树与张裕钊之文，所诣皆精。莫友芝、俞樾、王开运、李善兰、方宗诚、张文虎、戴望皆才高学博，著述斐然可观。③

其中多当时知名文人，如吴敏树、吴嘉宾自为一时之杰，而方宗诚等则为桐城派古文家，陈学受出自江西，钱泰吉来自浙江。而王闿运、俞

---

① 见薛福成《庸庵笔记》卷一："李傅相入曾文正公幕府。"《续修四库全书》，上海古籍出版社 2013 年版。

② 薛福成：《叙曾文正公幕府宾僚》，《庸庵文编》卷四，《续修四库全书》第 1562 册，上海古籍出版社 2013 年版，第 101 页。

③ 同上书，第 101—102 页。

樾、罗汝怀、莫友芝等自为古文家，未必与曾国藩所见尽同。王闿运尤非恪守程朱之学的文士。八十三人中，张裕钊、吴汝纶、黎庶昌、李瀚章、李鸿章、李鹤章与郭嵩焘、郭昆焘，刘蓉、李次青、程桓生、许振祎、李鸿裔、向师棣、唐训方、陈士杰、李榕、王定安、何莲舫等皆为湘乡派古文家。此外，刘声木《桐城文学渊源撰述考》所录向师棣、黎庶昌、薛福成、薛福保、涂宗瀛、曾纪泽诸人，皆归属于私淑姚鼐之文人，其实当为曾门湘乡派之古文家。吴廷栋则为私淑刘大櫆之古文家。其中吴廷栋、涂宗瀛、郭曾炘深于理学，号为"三圣"，就古文而言，并无所建树，宋人所谓"三圣无多学"① 似为谶语。当咸丰、同治间，内外忧患频仍，天下士林震动，曾国藩权倾朝野，好为古文骛从以博高名者所在皆是，"桐城三祖"与梅曾亮之文囿于义理，醇于文辞，难以适于道咸以来"经济"之新风，《桐城文学渊源撰述考》与《叙曾文正公幕府宾僚》所记未必能见其全貌。湘乡派起，桐城派古文号称中兴。

湘乡派作家多为曾氏幕客门人，以郭嵩焘、刘蓉及"曾门四弟子"为代表。湘乡派之文，以"经济"补桐城文章之不足，系于事功，故为文不发空疏之论；从风格上看，虽不废阴柔之美，然好尚阳刚之气，以神奇瑰玮为高。吴孟复综论钱基博之言，以为湘乡派之弊，"一曰'用字古僻'，二曰'造语靡丽'，三曰'修辞泛杂'"②。然此三端不尽为其弊，用字古僻，有意溯源汉魏；造语靡丽，不废六朝骈俪；修辞泛杂则为湘乡派自我标榜之特色，《经史百家杂钞》过人之处在"杂"取百家之言。

可见，湘乡派以事功补桐城派之空疏，以瑰玮变桐城派之醇雅，以阳刚之气扫荡桐城派古文之暮气，上溯《史记》《汉书》，熔裁骈偶之体，将唐宋八家、归有光及桐城派方、刘、姚、梅之古文熔铸为别开生面的湘乡派古文。

三 四大弟子与湖外湘乡派作家群

曾国藩的弟子中，张裕钊、吴汝纶成为北方莲池书院古文的传播人。

---

① 杨万里：《读张忠献公谥册感叹》，杨万里《杨文节公诗集》卷六，《四部备要》本。
② 吴孟复：《桐城文派述论》，安徽教育出版社 2001 年版，第 205 页。

张裕钊、吴汝纶之文，下一章将作专论。黎庶昌古文颇有异域情调，薛福成古文视域开阔，颇有曾国藩为文气象。

黎庶昌（1837—1897），字莼斋，诸生，贵州遵义人。少时好读书，师从郑珍讲求经世学。同治初年，应诏上书论时政之弊，"上嘉之。以廪贡生授知县，交曾国藩差序。国藩素重郑氏，接庶昌延入幕"①。后为"曾门四大弟子"之一，其古文创作有独特的成就。夏寅官《黎庶昌传》载其行年甚详：

> 黎先生庶昌，字莼斋，贵州遵义人。少染家学，从莫子偲、郑子尹两先生游。稽经考道，学以大进。同治纪元，下诏求言，先生方二十余岁，年少志锐，只身行万里至京师，以廪贡生应诏，上书论时事万余言。……会曾文正驻军安庆，上命以知县发往安庆大营差遣。文正优礼之，尝谓莼斋生长边隅，意气迈往，行文坚确，锲而不舍，可成一家言。②

传记中指出了其学问渊源，黎庶昌作为沙滩黎氏家族的后代，少从莫友芝、郑珍游，得识读书门径。行文卓异，为曾国藩所赏识。其论文由曾国藩上溯桐城姚氏："循姚氏之说，摒弃六朝骈俪之习，以求所谓神理气味、格律声色者，法愈严而愈尊，循曾氏之说，将尽取儒者之多识、格物、辩博、训诂，一内诸雄奇瓌变之中，以矫桐城末流虚车之饰。"③ 所作《拙尊园丛稿》《西洋杂志》，与莫友芝、郑之文体式相近，而多系于事功、关系国家利病。主要分为论说之文、传记之文与记游之文。也有《李白至夜郎考》之类考据之文，但不以考据见长。黎庶昌之文在晚清文坛与薛福成并称"北薛南黎"。江宁陈作霖评《拙尊园丛稿》："八百年无此作矣！"④ 同门薛福成序黎庶昌之文："莼斋为文，恪守桐城义法，其研事理、辨神味，则以求阙斋为师。"① 观其传记之文，颇有简约清峻之风：

> 徵君讳友芝，姓莫。……为人默然湛深。与吾里郑徵君子尹珍同志友善，笃治许郑之学。因子尹以交余从兄伯庸、兆勋，三人者，至莫逆也。君家贫，嗜古，喜珍本书，得多与东南藏弄家等。读之恒彻，旦暮不息，寝食并废。身通苍雅故训、六艺名物制度，旁及金石目录家言。治诗尤精，又工真行篆隶书，久之，名重西南，学者交推郑、莫。②

该文叙述简约而精微，言及性情、往事、成就，寥寥数语，点画人物形象，有遗貌取神的功力，叙述有法而笔不凝滞。黎庶昌曾出使日本议琉球案，又出使欧洲各国，不辱使命，有文记叙其事，古文以游记擅声，《卜来敦记》堪称其游记的代表：

> 卜来敦者，英国之海滨，欧洲胜境也。距伦敦南一百六十余里，轮车可两点钟而至，为国人游息之所。后带冈岭，前则石岸斩然。好事者凿岸为巨厦，养鱼其间，注以原泉，涵以颇黎，四洲之物，奇奇怪怪，无不毕致。
>
> 每岁会堂散后，游人率休憩于此。方其风日晴和，天水相际，邦人士女，联袂嬉游，衣裙杂袭，都丽如云。时或一二小艇，掉漾于空碧之中。而豪华世家，则又鲜车怒马，并辔争驰，以相遨放。迫夫暮色苍然，灯火粲列，音乐作于水上，与风潮相吞吐，夷犹要眇，飘飘乎有遗世之意矣。③

---

① 薛福成：《拙尊园丛稿序》，黎庶昌《拙尊园丛稿》卷首，《中国近代史料丛刊》，（台北）文海出版社 1966 年版。

② 黎庶昌：《莫徵君别传》，《拙尊园丛稿》卷四，《中国近代史料丛刊》，（台北）文海出版社 1966 年版。

③ 黎庶昌：《卜来敦记》，《拙尊园丛稿》卷五，《近代中国史料丛刊》，（台北）文海出版社 1966 年版。

文章叙事简明，写景有入神之妙。命笔井然有序，得之桐城，是湘乡派之嫡传；而其中诗情画意，则与同乡莫友芝之骨韵、郑珍之画境同。冈岭、石岸之景判然有别，天水相接，烟云绵渺，荡漾于空碧之中，此种话语，读之令人惝恍迷离。泛舟水上，风起潮涌。泠泠乐声，令人心动。其他如《拙尊园记》《介石园记》《游盐原记》《巴黎赛会纪略》《游日光山记》多记叙描摹之笔，至于《西洋杂志》写西方民俗也颇有文法，记舞会、游历、宴饮、园囿，如诗如画，人物、风景历历在目。

黎庶昌所辑《续古文辞类纂》尤其值得关注。黎氏《续古文辞类纂》上承桐城姚鼐之文法、湘乡曾国藩之精神，续编近代之文辞，体现了桐城选文重义法之余绪。

黎氏《续古文辞类纂》，共二十八卷，收录古文 449 篇。成书于光绪十五年（1889）九月。《叙》中论述了选文之指要：

> 曩者余钞此编成，客有示余长沙王先谦氏所撰《续古文辞类纂》刻本，命名与余适同，而体例甚异。王选只及方、刘以后人，文多至四百数十首。余纂加约，本朝文才二百四十余，颇有溢出王选外者，而奏议、辞赋、叙、记则又王选所无。人心嗜好之殊，盖难强同。要之于姚氏无异趋也，后之君子，并览观焉。……
>
> 桐城宗派之说，流俗相沿已逾百岁，其散至于浅弱不振，为有识者所讥。读曾文正公暨吴南屏二家之书，断断之辩，自可以止。然公输虽巧，不用规矩准绳，又可乎哉？本朝文章，其体实正自望溪方氏，至姚先生，而辞始雅洁。至于曾文正，始变化而臻于大。桐城之言，乃天下之至言也。①

编者自谓其《续古文辞类纂》与王先谦之《续古文辞类纂》不同。此编实承曾国藩《经史百家杂钞》，将姚书继续扩充，为"增广古文辞类纂"。全书分上、中、下三编，如曾国藩《经史百家杂钞》之分三门。然上编之为经、

---

① 黎庶昌：《叙》，黎庶昌《续古文辞类纂》，上海世界书局 1936 年版，第 1 页。

子部，中编之为史部，下编为"方、刘前后之文"选，近于集部，便于读者翻阅，然而较曾国藩之《经史百家杂钞》，分类更为繁杂而不以著述为旨要。与姚鼐《古文辞类纂》相比也有显著差异：《古文辞类纂》自《战国策》始，不及六经；黎氏续书以经、子为上编，分十三类：论辩、序跋、奏议、书说、诏令、传状、杂记、箴铭、颂赞、辞赋、哀祭、叙记、典志。《古文辞类纂》不录史传；黎氏续书以史为中编，选"《史记》《汉书》《三国志》《五代史》《通鉴》"，不过篇目中未见《五代史》之文，中编由此共分九类：传状、序跋、奏议、书说、诏令、词赋、哀祭、叙记、典志。下编为"方、刘前后之文"，黎庶昌作为湘乡之嫡传，"所选大多为'桐城''阳湖''湘乡'三派作家之文"①。也分为十三类：论辩、序跋、奏议、书说、赠序、传状、碑志、杂记、箴铭、颂赞、辞赋、哀祭、叙记，仅选清文。可见黎氏续书拓展了姚氏选文领域，可补正《古文辞类纂》之不足。从分类看，姚鼐《古文辞类纂》共分十三类，黎庶昌《续古文辞类纂》分三编，上下编各按姚氏分类法列十三类，但不尽同；中编九类，不足姚氏之数。从目录学角度看，三部分类重复，不如曾国藩《经史百家杂钞》分著述、告语、记载三门之精深。不过如此编排，姚鼐《古文辞类纂》之隘彰显无遗，清代文可视为集部，姚鼐所无；史部之文，为姚氏所未收；经、子之部，姚氏仅有子部。至于选录清代作者为一部，"自曾文正、吴南屏、郑子尹而下，其人大都生平所亲炙"②。尤为奇特的是选录了"宋潜虚"（戴名世）之文，与姚鼐仅录方苞、刘大櫆之文更不一样，表明了编者过人的胆识与灼见。1922 年中华书局石印本蒋瑞藻《新古文辞类纂》、吴孟复所见王文濡《新古文辞类纂》③ 无疑深受其影响。

在曾门弟子中，薛福成古文创作也很有成就。薛福成（1838—1894），字叔耘，江苏无锡人。兄福辰、弟福保皆能文之士。"曾祖讳世琛；祖讳锦堂，郡学生；考讳湘，广西浔州府知府"④，以副贡生参曾国藩戎幕，

---

① 吴孟复：《桐城文派述论》，安徽教育出版社 2001 年版，第 161 页。
② 黎庶昌：《叙》，黎庶昌《续古文辞类纂》，上海世界书局 1936 年版，第 4 页。
③ 吴孟复：《桐城文派述论》，安徽教育出版社 2001 年版，第 161 页。
④ 薛福成：《诰授光禄大夫头品顶戴都察院左副都御使薛公家传》，上海古籍出版社 1985 年版，第 240 页。

后入李鸿章幕府。光绪初年，上"治平六策""海防十议"。曾为直隶州知州、湖南按察使，又奉命出使英、法、意、比四国，历光禄、太常、大理寺卿。"好为古文辞，演迤平易，曲尽事理，尤长于论事记载。"①著有《庸庵文编》《庸庵笔记》《海外文编》《出使英法意比日记》《浙东筹防录》。

薛福成之文，"辞笔醇雅有法度，不规规于桐城论文，而气与子固、颖滨为近"②。叙事委婉细致，语言简洁凝练处近曾巩之文，气势纵横，行文疏荡，颇有奇气，则有苏辙之遗风。以为"古之君子，无所谓文辞之学，所习者经世要务而已"③。这一点又颇近韩愈文载"道"之意。薛福成所作皆经世之文，其为学，"初私淑姚江王氏，以收敛身心为主，自师事曾文正，学识日大。凡历史掌故、山川险要，以至兵机天文、阴阳奇遁之书，靡不钩稽讲贯、洞然于心。故遇事立应略无窒碍。近世士大夫谓本理学而谈洋务者，先生一人而矣"④。正因为如此，所作与张裕钊、吴汝纶之文不同。如《日本国志序》：

日本自同治初年以后，尊信泰西之法，如军政、商务、轮船、电线、枪炮以及机器制造之属，同时并兴，智创巧述，骎骎乎有蔑视中国之意，于是灭琉球，窥朝鲜，甚且扰我台湾，旅讲不戢。余尝建议谓御侮之道在自强，苟船械齐集，水师练成，不特足以弥各国轻侮之端，亦足以平日本嚣张之气。比年以来，朝廷经营海军，渐著功效，其专对四方措置交涉之事者，亦足知其要而得其机，日本蕞尔国，颇稍詟我声威，遵奉章约惟谨，意者余曩所言为不谬欤？

君子之为学也，期于有用而不托诸空言。今者时事方殷，外患孔棘，而瞀儒拘论，犹且深瞋太息，鄙洋务为不屑道，及问以环瀛大

① 赵尔巽等：《清史稿》列传二百三十三，中华书局 1998 年版，第 3200 页。

② 黎庶昌：《叙》，薛福成《庸庵文编》，《续修四库全书》第 1562 册，上海古籍出版社 2013 年版，第 7 页。

③ 同上书，第 6 页。

④ 夏曾官：《薛福成传》，《碑传集补》卷十三，《清代传记丛刊》，（台北）明文书局 1985 年版，第 784 页。

势，外国近事，辄窃冥莫知其原。而我且门户洞开，堂奥毕见，如之何其可也。余闻日本水陆将卒，皆有中国地图，知我险要之所在。姚君曾为《日本地理兵要》若干卷，所述中国往来海道，至详且悉，可以见之施行。自来兵法舆地相为表里，一旦海上有事，当必有取于此，因序此书，并为治国闻者告焉。①

此文作于甲午战前之辛卯年（1891），充满了对"时事方殷，外患孔棘"的忧患。已经预见《日本国志》之重要，"一旦海上有事，当必有取于此"。作者深谙御侮之道在自强，为此书作序，从中可以体察作者的济世之志与救国怀抱。先说日本国之情形，讨论天下大势，次及《日本国志》之要。行文直截了当，平实之中自见锋芒。此为言国家之局势之文。对于发展商业，薛福成也有先见之明。《论公司不举之损》对公司与经商论述颇详：

中国地博物阜，本为地球精华所萃，徒以怵于言利戒，在上者不肯保护商务，在下者不肯研索商情，一二饶才智知大体者，相率缄口而不敢言。偶有攘臂抵掌而谈之者，则果皆忘义徇利之小人也。即使纠合巨款，为孤注之一掷，无不应手立败，甚且乾没人财以售其诈，致使天下之人，相率以商为畏途。试取各关贸总册阅之，中国之财，每岁流入外洋者白金二三千万两，以三四十年通计之，则白金之一去不返者，已有十万万两之多矣。再阅一二十年，中国将何以为国乎！吾用是叹息流涕于当轴者之不知变计，即有一二知变计者，而又未尽得其术也。②

文章论述了儒者耻于谈论的话题，论天下之利，留心于商务。有司马迁《货殖列传》之风，着眼于天下，而非泛泛之论。"再阅一二十年，中国将何以为国乎！"流露出对国事深深的忧虑。文章颇有义法，"文字洋洋洒洒，卷舒自如，别具一格"。③ 其他如《论中国未能洞悉洋情》

① 薛福成：《庸庵文别录》，上海古籍出版社 1985 年版，第 228 页。
② 同上书，第 219 页。
③ 魏继昌：《桐城古文学派小史》，河北教育出版社 1985 年版，第 212 页。

也是申述了对世事的关注之情，《美人倍尔创德律风记》："电报之法奇矣，德律风则奇之又奇。""虽相距数万里，远隔数十年，无须晤对，此则尤变化出奇矣。"① 介绍了电话的神奇，体现了作者敏锐的洞察力。薛福成也偶有游记与闲适之文，《观巴黎油画记》《后乐园记》《砚台铭》《白雷登海口避暑记》等，所记多异域景象、人物风俗，清新别致，并引人深思。

湖外湘乡派作家尚多，淮上李鸿章兄弟六人，李瀚章、李鹤章并有名，李瀚章编订了《曾文正公全集》，李鸿章长女李菊耦②配张佩纶，其外孙女张爱玲为现代知名作家，承其余绪。湖北则有王定安作《湘军记》《求阙斋弟子记》等，师法湘乡，抨击异端，不遗余力。

第二节　桐城古文在两湖的传播

在湘乡派之前，两湖古文已有一定影响。尤其是"湖南之为邦，北枕大江，南薄五岭，西接黔蜀，群苗所革，盖亦山国荒僻之亚"③。相对于中原，地处僻远，屈原之辞赋、周敦颐之理学为后世所宗，代有传人，故不乏有建树的古文家。

至于清代，王船山学继程朱，文效《风》《骚》，抱刘越石之孤愤，希张横渠之正学。乾嘉以来，唐鉴（1778—1861）为理学大家，所作多义理之文，"先生不欲以文见，而其阐经义之微言、道身心之自得，觉凡民之聋聩，谋闾里之安全，人之读之者，要皆如布帛、菽粟，而各得其所适焉"④。《唐确慎公集》中之文为序说、论议、碑传诸体，《国朝学案小识》为曾国藩之所宗。陶澍（1779—1839）以经世之文著声，"专以经史古文课士"⑤，文章以经说、史说、记序、书跋、铭赞为主，上元梅曾亮曾居

① 薛福成：《庸庵文别录》，上海古籍出版社1985年版，第233页。
② 参见文君《张爱玲传》之《风流才子张佩纶》，中国长安出版社2011年版，第4页。
③ 曾国藩：《湖南文征序》，罗汝怀编纂《湖南文征》，岳麓书社2008年版，第2页。
④ 贺熙龄：《唐确慎公集序》，《唐鉴集》，岳麓书社2010年版，第3页。
⑤ 魏源：《皇清诰授荣禄大夫太子少保晋赠太子太保敕祀贤良祠兵部尚书兼都察院右都御史江南江西总督管理盐政谥文毅陶公行状》，陶澍《陶澍集》，岳麓书社1998年版，第648页。

其幕下。黄本骥（1781—1856）则"挺不世之资，肩斯文之任。自其少时已有志于古文，不屑屑以时艺鸣"①。诸人之文皆为世所称，而以道德自任，有济世之志。又有贺长龄（1785—1848）、熙龄（1788—1846）兄弟及邓显鹤（1777—1851）、魏源（1794—1857）等并长于经世之文。数家古文虽非桐城家法，然为曾国藩及湘乡派之兴起奠定了基础。乾隆三十五年，姚鼐充湖南乡试考官②；嘉庆初，桐城派古文家李宗传知永州府，并葺濂溪书院③。道光、咸丰以来，桐城派古文遂盛于湖湘。

一 湖湘间湘乡派古文家

由于湖南具有古文著述的传统，在曾国藩的倡导下，桐城派古文蔚然兴起。道光、咸丰以来，特别是同治初年，作家众多。

在曾国藩麾下，形成了湘军与湘乡派古文作家群，就其成就而言，"曾门四弟子"或为翘楚，就追随者之众而言，则自以湖湘古文家为多。曾国藩尝作《欧阳生文集序》，梳理发其展脉络：

> 昔者，国藩尝怪姚先生典试湖南，而吾乡出其门者，未闻相从以学文为事。既而得巴陵吴敏树南屏，称述其术，笃好而不厌。而武陵杨彝珍性农、善化孙鼎臣芝房、湘阴郭嵩焘伯深、溆浦舒焘伯鲁，亦以姚氏文家正轨，违此则又何求？最后得湘潭欧阳生。生，吾友欧阳兆熊小岑之子，而受法于巴陵吴君、湘阴郭君，亦师事新城二陈。其渐染者多，其志趋嗜好，举天下之美，无以易乎桐城姚氏者也。④

《欧阳生文集序》所论桐城文章在湖南之传播甚为详尽。武陵杨彝珍、

---

① 林润东：《三长物斋文略序》，《黄本骥集》，岳麓书社 2009 年版，第 117 页。
② 郑福照编：《姚惜抱先生年谱》，《北京图书馆珍本年谱丛刊》（107），北京图书馆出版社 1999 年版，第 579 页。
③ 赵尔巽等：《清史稿》卷三百八十四，中华书局 1998 年版，第 2994 页。
④ 曾国藩：《曾国藩诗文集》，上海古籍出版社 2005 年版，第 286 页。

善化孙鼎臣、湘阴郭嵩焘、溆浦舒焘等皆为湘乡文派之佼佼者。舒焘与向师棣、严咸并称"溆浦三杰"①，舒焘与向师棣之文则近曾国藩，皆为派内作家，而严咸为湖湘派之杰。向师棣之孙向达于民国间兼治文史，为中国敦煌学之开创者，颇著清望②。序中所称引之作家中独吴敏树自树一帜，其弟子欧阳勋为欧阳小岑之子，师江西陈溥、陈学受及吴敏树、郭嵩焘，"清缜得先贤正轨"③，当为湘乡一脉，有《秋声馆遗集》八卷。欧阳小岑，名兆熊、一字晓晴，与曾国藩、吴敏树、邹汉勋等相从甚密，"盖不欲以文章炫世俗也"④，"潜心经世之学"⑤，志道之文近曾国藩，故列入湘乡一派，今存《寥天一斋文稿》一卷。

杨彝珍（1805—1898），字季涵，号性农，武陵人⑥，道光三十年庚戌科进士，选庶吉士，改兵部主事。与吴敏树、曾国藩、左宗棠往还⑦，"少工古文，与潘、梅齐名，晚益为时论所推，称宗匠焉"⑧。杨彝珍曾学文于梅曾亮，撰《移芝室诗文集》三卷、《文集》十三卷、杂著四卷、《国朝古文正的》七卷，另有《紫霞山馆文钞》若干卷。为文深微清远，古淡而味长，质直凄恻，情韵不匮。如《移芝室记》：

> 余旧居久产芝，近十年尤盛。自徙居方家冲，所手植美剑奇卉，悉移以行。惟于芝无所用其力。然其意未尝不系乎此也。因颜其居曰移芝室。盖示兆也。今夏五月，寇陷吾郡，村舍多毁。予以

① 舒立淇序《溆浦三贤诗文钞》："曾文正尝品目三子为'溆浦三贤'。"参见《溆浦三贤诗文钞》，湖南图书馆藏民国8年楚善书局刻本。
② 孟彦弘：《一位倔犟的历史学家——向达别传》，樊锦诗、荣新江、林世田主编《敦煌文献·考古·艺术综合研究：纪念向达先生诞辰110周年国际学术研讨会论文集》，中华书局2011年版，第110页。
③ 张翰仪：《湘雅摭残》，岳麓书社1988年版，第144页。
④ 张舜徽：《清人文集别录》，中华书局1963年版，第502页。
⑤ 同上。
⑥ 刘声木谓为江苏武进人，误。朱克敬《儒林琐记》、朱汝珍《词林辑略》及《清史稿》皆作湖南武陵人，与曾国藩为友，文集亦可证。参见《桐城文学渊源撰述考》，黄山书社1989年版，第254页。
⑦ 赵尔巽等：《清史稿》卷四百八十六，中华书局1998年版，第3439页。
⑧ 朱克敬：《儒林琐记》，（台北）明文书局1985年版，第17页。

乡兵挫贼，室独完。及贼退，屋后忽茁芝二本。不旬日，宅左又茁其一。……芝乎，吾叹汝之为虚生也。或者，今师徒克捷，寇殄有期。凡灵贶休应，当莫不委至。是其应运而先见者乎？芝乎，吾不得私汝为我有也。甲寅孟秋记。①

此文的一个鲜明特色就是清新自然，意味深远。简淡的文辞中流露出深刻的思索，体现出作者对时局的关切。从文章形式看，则是隽永的小品。以灵芝之生说人世之事，体现出作者宏阔的襟怀。从叙述的角度看，文章言之有序，从移居写到移芝，从芝生写到生机，引人入胜。其他篇章如《备荒田记》《柚村记》《桂林义塾记》《河洑榷暑记》《退一步轩记》等都短小而朴实，言近而旨远。

孙鼎臣（1819—1859），字子余，号芝房，善化人。道光乙巳进士。官翰林院侍读。"淹贯古今，周知庶务，而一本儒术。不矜考据，亦不堕空虚。"② 徐世昌《清儒学案》中记述了孙鼎臣前后期文学观的转变：

> 先生少习骈俪，及与曾文正、梅伯言游，乃专力古文。益取古今学术政教所由及盐漕、钱币、河渠、兵制诸大政，考其利害，而察其通变，所宜与所不可者，为书论数十篇。其言明达适治体，屏斥小利，要归大道。③

孙鼎臣早年学骈俪之文，遇梅曾亮后，改习古文。显然与梅曾亮古文如出一辙。然其要归于用，故为经世之文。孙鼎臣推崇宋儒，反对汉学。《清稗类钞》载："孙芝房尝作《畚塘刍论》，痛诋汉学，谓其致粤寇之乱，曾文正非之。"④ 作为翰林院编修，孙氏反对汉学，与崇奉正统思想不无关

---

① 任访秋编：《中国近代文学大系散文集》（一），上海书店出版社 1991 年版，第 781 页。
② 朱克敬：《儒林琐记》，《清代传记丛刊》，（台北）明文书局 1985 年版，第 134 页。
③ 徐世昌纂，周骏富编：《清儒学案小传》卷十八，《清代传记丛刊》，（台北）明文书局 1985 年版，第 392 页。
④ 徐珂：《孙芝房诋汉学》，徐珂编《清稗类钞》（八），中华书局 1986 年版，第 3824 页。

系，专效欧、曾及归有光，故长于文章之义法。学梅曾亮之文，引骈入散；为文奇玮瑰怪之处，又近曾国藩。湖湘文人，又重视践履，故孙鼎臣古文不为凿空之论，往往有感而发。其《浩然台记》就通过记台写时事，于叙事中写人物：

> 溯湘而南，至衡州城北，蒸水东来注之。有石崒然当其冲，离石特起，苍翠蒙密，亭台高下错出于其间者，石鼓之山也。山之趾为合江亭，昌黎之所为诗歌者也。其巅为石鼓书院，朱、张之所讲学者也。后轩广袤数筵，为宴休之所。余以去年五月，来主讲兹地，而罗君罗山亦适领兵戍衡，时时与之坐轩中而论兵事也。轩之东，启之以临湘；轩之西，启之以临蒸。二水汇其北，祝融、岣嵝诸峰却立而送之。轩之外，因石为台，翼之以栏，可倚而俯也。有垣衡其间，凿窦如圭，以通出入，余甚恨之。罗山命工彻其垣，更为牖十二，以远观览。然后大川出于下，巨岳峙于旁。波涛之浩漾、烟云之倏忽，雄奇怪丽、可喜可愕之状，皆坐而收。罗山曰：“是必宜名之曰浩然之台。”工将竟，罗山被檄去，余亦遂归。……以罗山之学，不遇时会，令与诸生角文字之得失于有司，其幸不幸未可知也。则夫天下豪杰、有为之才，汩没于岩壑中，如罗山者，又岂少也？①

文章记述了作者主讲衡州石鼓书院时在浩然台与罗泽南纵论天下之往事，将写景、叙事、记人与议论巧妙地融为一体。写台之由来，为叙事；记台山风光，为写景；说台与人的关系，又为记人；发志士之思，则为议论。就其文章而论，关涉时事，去梅曾亮远而与曾国藩近，故系于湘乡派之文。魏际昌论孙鼎臣之文，多引述《畚塘刍论》中之文，如《论治》《进德修业》诸篇皆空言性理，曾国藩则称其文“通达事理，文亦劲快，杰作也！”② 而今见孙鼎臣《潜虚集序》感慨戴名世卓绝之才、《万梦青诗

---

① 任访秋编：《中国近代文学大系散文集》（一），上海书店出版社 1991 年版，第 781 页。
② 曾国藩：《求阙斋日记类钞》卷下，《曾国藩全集》，吉林人民出版社 1995 年版，第 4963 页。

序》叹怀奇负气之志士不遇、《王子寿漆室吟序》叹息："天下之病，当其责者不忧，忧者不当其责"①。《熊雨胪诗序》称许熊少牧诗中有"骚人之遗风"，《黄蔌卿遗诗序》为不安于位、上书言事的黄兆麟扼腕叹息，《与姚廉访论粤事书》提出："为今之计，当力矫从前之失，合全局而通筹之。"② 皆可见其文系于时事，以经世自任。今存《苍筤集》二十一卷。

郭嵩焘（1818—1891），字伯琛，号筠仙，晚号玉池老人。湖南湘阴人。少时曾就读于湘阴仰高书院、长沙岳麓书院。道光二十七年进士，选庶吉士，丁忧归。

时太平军攻长沙，曾国藩奉诏治军，郭嵩焘力赞之出山。湘军入金陵，论功授编修。入直上书房。咸丰九年，英人犯津沽，僧格林沁撤北守备，嵩焘力争，议论不合，辞去官职。同治间复署广东巡抚。光绪元年擢兵部侍郎，出使英、法，是中国第一任驻外公使。辞官家居，亦关心军国大事，主讲城南书院。《清史稿》有传③。王先谦、杨书霖曾为编订《养知书屋遗集》，今人订为《郭嵩焘诗文集》。另有《有礼记质疑》四十九卷，《大学中庸质疑》三卷，《绥边徵实》二十四卷等著述。

郭嵩焘"少与曾涤生、刘霞仙友善，以道义相切劘"④。其诗文"抚时感事，铸史镕经，气雄格老，在中兴诸老中别树一帜"⑤。但很少被提及，独魏际昌《桐城古文学派小史》有"郭崇焘"一节，显然为"郭嵩焘"之误。文中说："崇焘虽尊崇宋学，以'名物象数'为末，好像笃守桐城义法了，但他'论文'却不排斥四六，而并尊骈、散。"⑥ 从所存古文来看，其文章时杂以骈偶，时有汉赋之体，如《石笋山房记》：

　　　　称三所居曰石笋山，林园之胜甲一邑。有亭翼然，有溪澄然。峻坡巨岭蟠旋曲抱十余里而郭其外，宭然自具丘壑，有类其言文者。岳

---

① 任访秋编：《中国近代文学大系散文集》（一），上海书店出版社1991年版，第895页。
② 孙鼎臣：《苍筤初集》卷十三，《清代诗文集汇编》，上海古籍出版社2010年版，第602页。
③ 赵尔巽等：《清史稿》卷四百四十六，中华书局1998年版，第3198页。
④ 张翰仪：《湘雅摭残》，岳麓书社1988年版，第106页。
⑤ 同上书，第109页。
⑥ 魏际昌：《桐城古文学派小史》，河北教育出版社1988年版，第159页。

者山之极，降而以山名，不知其几千万也。清奇繁简，以能自立其体为至。称三之文，予既受而读之矣，倘遂能命驾醴东，访称三之庐，而观所谓笋山者乎？①

文章从吴称三论文起笔，称道其真知灼见。又紧扣石笋山房落笔，写其风景气象，并将人文与天地之文巧妙结合。前后贯通，一气呵成。称述山房之奇特、人物之奇伟、文章之杰特，写石笋山房即是写人，故刘声木谓其文："议论必根于心，无所迁饰．其为文畅敷义理，冥合矩度。"② 从《石笋山房记》可见吴称三之文也近湘乡一派。而《送陈右铭赴河北道序》则体现了其文章句法的谨严：

> 吾始闻陈君右铭之贤，就而与之言，则所知多他人所不知。及历之事，又见其渊然悱恻之发，求当于物而后已。其行之也，甚果以决。久之，而君所治事，群湖南之人而信服之。又久之，承望君之名，则莫不顺而从之。所谓知仁勇三者，学素修而行素豫也。聆其言，侃侃然以达，察其行，熙熙然以和。坦乎其心而不怍也，充乎其气而不慑也。③

此段文字就含义而言，未见其高深。然而很能得桐城之文有序的旨趣。先述陈佑铭之言，再议其行；然而由此论湖南人之信服，天下人知者之顺从。由此得出结论，陈佑铭言、行皆合乎"知、仁、勇"的准则，称道其品行。文辞质实、平淡，用语简洁，真可谓"质实拗峭，纡徐平淡，体洁词简，而用意包举无遗"④，而文气贯穿其中，又由"湖南人亦茫然于君之将去此也"写到天下皆急需人才，期许陈佑铭此行必有所成就，与韩愈《送董邵南归河北序》相比，胸襟似更开阔。郭嵩焘之文，不乏议论

---

① 郭嵩焘：《石笋山房记》，郭嵩焘《郭嵩焘诗文集》，岳麓书社 1984 年版，第 517 页。
② 刘声木：《桐城文学渊源撰述考》，黄山书社 1989 年版，第 329 页。
③ 郭嵩焘：《郭嵩焘诗文集》，岳麓书社 1984 年版，第 257 页。
④ 刘声木：《桐城文学渊源撰述考》，黄山书社 1989 年版，第 329 页。

之篇,《论士》《辨霸》《文中子论》《读孟子》《读论语二则》等文皆为纯正的议论,文章多序、传、铭,体现出经世之风的特征。同时记叙之文善发感慨,《岳麓书院碑记》《船山祠碑记》《重建湘水校经堂记》等文也寄义深远。

郭嵩焘与弟昆焘、仑焘,并以文名,为"湘阴三郭"。昆焘,字意城,与左宗棠皆以举人参张亮基幕府①,落笔自然,敦厚工雅,有《卧云山庄诗文集》;郭仑焘著有《萝华山馆遗集》五卷。而"涵斋与子燮、复初齐名,谈者称为'湘阴后三郭'"②。郭嵩焘主讲城南书院时,有弟子瞿鸿机,字子玖,号止庵,善化人。同治辛未进士,官协办大学士,谥文缜。又师事周寿昌,受古文法,从之游。

刘蓉(1816—1873),字孟容,号霞轩,湘乡人。诸生,沅陵吴大廷弟子③,官至陕西巡抚,为道咸间"湖南六名士"之一。时"湖南有六名士之目,谓翰林何子贞、进士魏默深、举人杨性农、生员邹叔绩、监生杨子卿、童生刘霞仙。诸先生风流文采倾动一时"④。魏源作经世之文,精于经学;邹叔绩专注于舆地之学,重践履;杨子卿以诗名;陶澍谓"九嶷杨季鸾紫笙,自幼负诗名于潇湘岳麓间"⑤。刘蓉与之相酬答,又与曾国藩、郭嵩焘、吴敏树等为友,"为文渊懿畅达,识见博大而平实,文气深稳,多养到之言"⑥。以为"文莫盛于六经,道莫盛于尧、舜、禹、汤、文、武、周、孔"⑦。与桐城方苞尊经之旨颇近。刘蓉为人有高逸之致,陈灏一《睇向斋秘录》载,刘蓉曾致书曾国藩:"山居窈深,触境皆静,

① 赵尔巽等:《清史稿》卷四百四十六,中华书局 1998 年版,第 3198 页。

② 李肖聃:《星庐笔记》,岳麓书社 1983 年版,第 24 页。

③ 陈柱谓:"私淑方苞者有沅陵吴大廷,大廷弟子有湘乡刘蓉。"参见陈柱《中国散文史》,东方出版社 2012 年版,第 304 页。

④ 王代功:《湘绮府君年谱》咸丰元年事,癸亥秋七月湘绮楼藏版,沈云龙主编《近代中国史料丛刊》,(台北)文海出版社 1970 年版。

⑤ 陶澍:《杨紫笙诗序》,《陶澍集》(诗文),岳麓书社 1998 年版,第 90 页。

⑥ 刘声木:《桐城文学渊源撰述考》,黄山书社 1989 年版,第 124 页;观于《曾文正公全集·术阙斋日记类钞》卷下,吉林人民出版社 1995 年版,第 4963 页。

⑦ 刘蓉:《复曾涤生阁学书》,《养晦堂文集》卷五,清光绪刻本,《清代诗文集汇编》(663),上海古籍出版社 2010 年版,第 564 页。

此身如在三山蓬岛间。而埋头读古先圣贤之书，此身更如在两汉周秦之世。"① 然其忧国情怀仍见诸笔端："虽废处于家，而忧国之念，惓惓不忘。"②《颜扩庵种花说》自芳草馥郁、奇卉缤纷之花圃入手，引申出"玩人丧德、玩物丧志"之理；《习说》由习惯于不平之斗室而论染邪恶习气，"殊方不道之教"渐入耳目；《东台山宴游记》《东台山宴游后记》为文之笔如苏轼前后《赤壁赋》，叙游宴之事如柳文《始得西山宴游记》，而述家国之事则近韩文《张中丞传后叙》。其记叙之文则有俊逸之风。《游君山记》别有风姿，更见其章法之妙：

> 孤艇浮空，随波荡漾，举首四望，以为上穹覆帱之下，惟水窟焉尔！不知此身之忽在何乡也。风涛既寂，波远镜平。湖光际天，旷若无外。独君山遥矗湖心，如巨人身没洪涛而耸其鬓而不至于汩以沉，特幸耳。其后数过之，则君山之屹立如故。③

对举之句式，有骈体意味；叙事写景细致精微，境界之妙，能摄洞庭山水之魂。作者虽处咸丰之世，不乏旷远情怀，系心世事，仍不乏高士之遗风。《修篁寮记》叙"修竹千挺，仰骞云际，苍翠环合"④ 之美景则玲珑可玩。其他如《迎熏馆记》《天游台记》《遂初园记》《绎礼堂记》等记事之文及诸序跋之篇皆以议论辩理为主。故可见其文以经为宗，然兼有幽洁之词，所取在韩柳之间。今存《养晦堂文集》十卷、《诗集》二卷。

此外，曾氏子弟也能文。曾纪泽（1839—1890），字劼刚，谥惠敏，曾国藩次子，袭侯爵。少负俊才，以荫功补户部员外郎。光绪初年，出使

---

① 陈瀛一：《睇向斋秘录》，（台北）文明书局 1922 年版，第 16 页。
② 刘蓉：《复曾涤生阁学书》，《养晦堂文集》卷五，清光绪刻本，《清代诗文集汇编》（663），上海古籍出版社 2010 年版，第 567 页。
③ 刘蓉：《游君山记》，《养晦堂文集》卷一，清光绪刻本，《清代诗文集汇编》（663），上海古籍出版社 2010 年版，第 502 页。
④ 刘蓉：《修篁寮记》，《养晦堂文集》卷一，清光绪刻本，《清代诗文集汇编》（663），上海古籍出版社 2010 年版，第 506 页。

俄、法等国，不辱使命①。从其父学诗、古文法。撰《曾惠敏公集》。纪
泽子曾广钧（1866—1929），字重伯，号馺庵，别号旧民，己丑进士，从
王闿运学诗，又学古文于吴汝纶，"先生每叹赏"②，有《环天室诗集》，
亦能文。

二 湖南其他桐城派作家

在湖南，还有众多受桐城派影响的古文家。湘乡派兴起后，散文家更
多。其中足以名家者，有吴敏树、周寿昌、舒焘及王先谦。

吴敏树（1805—1873），字本深，学者称南屏先生，巴陵人。道光十
二年举人，选浏阳训导，旋即自免去职，东南初定后，曾游历江南，终老
于巴陵之柈湖。今存《柈湖文集》十二卷。曾国藩为官京师时，与敏树交
谊最笃。后邀之参戎幕，坚辞不赴。"敏树貌温而气夷，意趣超旷，视人
世忻戚得丧无累于其心。"③ 生而好学。郭嵩焘论湖湘之文，称道吴敏树
之功："湖南二百年文章之盛，推曾文正公及君。"④ 与桐城文派多数作家
非议汉学不同，《清稗类钞》之《吴南屏治经融会汉宋》载其持论之通
达：吴南屏"为湘楚古文大家"，"其治经也，融会汉、宋，兼通性理典
章之学，不愧晚近之巨儒"⑤。吴敏树好学深思求实，故不拘汉宋之辨。
至于派别归属，吴敏树对曾国藩《欧阳生文集序》梳理的桐城文章流别颇
不以为然，《己未上曾侍郎》表明了自己不合流俗的态度：

> 筱岑昨寄先生所为《欧阳生集序》中，于鄙薄亦许在名流之次，
> 而妄见所疑于古人者，乃窃与筱岑论之，彼书闻已寄呈左右，使人惶
> 惧惭愧之极。然先生此文，乃敏树心所诚服，以为气力当在庐陵、震
> 川之上也。且序中所称文派，本近来风气实然，将来论者，亦必援为

① 赵尔巽等：《清史稿》列传二百三十三，中华书局1998年版，第3199页。
② 曾昭杭：《曾广钧哀启》，卞孝萱、唐文权编著《民国人物碑传集》卷十一，凤凰出版社
2011年版，第685页。
③ 赵尔巽等：《清史稿》列传二百七十三，中华书局1998年版，第3439页。
④ 郭嵩焘：《吴南屏墓表》，郭嵩焘《郭嵩焘诗文集》，岳麓书社1984年版，第471页。
⑤ 徐珂：《吴南屏治经融会汉宋》，徐珂《清稗类钞》（八），中华书局1986年版，第3824页。

案据，所以敏树尤欲自别耳。①

此处说自己虽被曾国藩列入了"名流之次"，然并不认同"桐城"文章之说。以为所谓的文派，并非真文派，多是"风气使然"，作家中不乏攀龙附凤之士，于是竭力回避。至于吴敏树本人是否属于桐城派，《与筱岑论文派书》发表了独特的见解：

> 承复寄才郎功甫遗稿，……卷首曾侍郎一序，其文甚奇纵，有伟观，而叙述源流，皆以发功甫平生之志意。然弟于桐城宗派之论则正往时所欲与功甫极辩而不果者。……今之所称桐城文派者，始自乾隆间姚郎中姬传称私淑于其乡先辈望溪方先生之门人刘海峰，而以望溪接续明人归震川，而为《古文辞类纂》一书，直以归、方续八家、刘氏续之。其意盖以古今文章之传系之己也。……今侍郎不过借时俗流派之语牵涉多人，以自骋其笔墨。所称诸人学文本末皆大略不谬，独弟素非喜姚氏者，未敢冒称而果以姚氏为宗、桐城为派。②

该文论及自己不属于桐城派文人，理由是"素非喜姚氏者"，对姚鼐的文章不敢苟同。对姚鼐的反感主要在于"建一先生之言以为门户途辙"③。因而吴敏树对文派归属的态度，并非尽如文中所言，此论不过是其傲岸风骨的展现。此外，吴敏树还对桐城派作家的艺术水平表示怀疑，即使是从前所钦佩的梅曾亮，也有许多缺点："钞取梅氏文数篇以归案头，用洁纸正书之，即见其多不足者。"④ 吴敏树对众人之言不妄加附和，缘

---

① 吴敏树：《己未上曾侍郎》，吴敏树《柈湖文集》卷六，《续修四库全书》第1534册，上海古籍出版社2013年版，第201页。

② 吴敏树：《与筱岑论文派书》，《柈湖文集》卷六，《续修四库全书》第1534册，上海古籍出版社2013年版，第196页。

③ 同上。

④ 吴敏树：《柈湖文录序》，《柈湖文集》卷三，《续修四库全书》第1534册，上海古籍出版社2013年版，第170页。

于自有心得。《清史稿》谓其"为文章力求岸异,刮去世俗之见"①。曾国藩与之论文,称其所作"质量雅劲健,不盗袭前人字句,良可诵爱"②,对其全集评价尤高:

> 大集古文敬读一过,视昔年仅见零篇断幅者尤为卓绝。大抵节节顿挫,不矜奇字奥句,而字字若履危石而下,落纸乃迟重绝伦。其中闲适之文,清旷自怡萧然物外。如《说钓》、《杂说》、《程日兴传》、《屠禹甸序》之类,若翱翔于云表,俯视而有至乐。……柳子厚山水记破空而游,并物我而纳之大适之域,非他家所可及。今乃于遵集数数遇之。故编中虽杂众长,而仆视此等尤高也。③

在这通信札中,曾国藩由衷赞许柳宗元山水之文,又将吴敏树的古文与之相提并论。此论并非泛泛之言,而是对其中的经典篇章深有体会。如《说钓》之文纵使置于晚清以来大家美文之中,也毫不逊色,其论说之词尤其值得玩味:

> 余村居无事,喜钓游,钓之道未善也,亦知其趣焉。……嘻,此可以观矣。吾尝试求科第官禄于时矣,与吾之此钓,有以异乎哉?其始之就有司也,是望而往,蹲而视焉者也;其数试而不遇也,是久未得鱼者也;其幸而获于学官乡举也,是得鱼之小小者也;若其进于礼部,吏于天官,是得鱼之大吾方数数钓,而又未能有之者也。然而大之上有大焉,得之后有得焉。劳神侥幸之门,忍苦风尘之路,终身无满意时,老死而不知休止。求如此之日暮归来,而博妻孥之一笑,岂可得耶?④

---

① 赵尔巽等:《清史稿》卷四百八十六,中华书局 1998 年版,第 3439 页。
② 曾国藩:《复吴南屏》,曾国藩《曾文正公全集》,吉林人民出版社 1995 年版,第 2102 页。
③ 曾国藩:《复吴南屏书》,佚名编《清代名人书札》,《中国近代史料丛刊续辑》,(台湾)文海出版社 1970 年版,第 112 页。
④ 吴敏树:《说钓》,《柈湖文集》卷二,《续修四库全书》第 1534 册,上海古籍出版社 2013 年版,第 161 页。

《说钓》之言，先从钓鱼说起，记叙之词得柳文之幽洁；再发议论，又有庄周至乐之旷达。以事发端，所论极为深刻：有无穷的贪婪，就会有无穷的苦恼。作者久困场屋，未能中进士，深谙其中滋味。在经历苦难与思索之后，表达了"吾将惟鱼之求，而无他钓焉，其可哉"① 的闲适之心与隐者情怀。在"说"体中，不似韩愈之文古奥追新，而是摹写自然之景，言说心中至情。此文与"杂说"相近。如《杂说三首》之《说药》中说"药"曰伪，有种药而后求山间的"生药"，有伪药而后求不常见之"草药"，由此发出感叹："神农、黄帝以来，采药之教非与？"② 对亘古以来的教化提出了质疑。此等文辞情致隽永，意不在山水，而在于抒写人生感悟、真切情怀。

吴氏叙记之文则淡雅中有至味，平淡中见深情，多及山水景物，如《南屏山斋记》：

> 山斋基山而构，甚高爽。斋前有花，后又竹。山苔杂草侵轶及户侧，未尝治也。藏书不多，六籍、子史略具，此山斋之大略也。吾读书是斋有年矣，或晴朝、晦昼，午风、夜月，光景气候，与吾意相感发。吾乃高歌长啸，慨焉以思古人之风，而若有所遇者焉，岂非吾是斋之足乐者乎？南屏，山名也，违余家半里许。嘉其名，取以名斋，又以自号云。③

本文简练有致，先写山斋之景，后述山斋之乐。写景能得其要，叙事颇有风神。南屏山斋在山花、修竹之间，苍苔侵阶，晴朝、晦昼，午风、夜月，令人心旷神怡，高歌长啸，悠然自得。故有"是斋之足乐者"。吴敏树的山水记叙之文甚多，在经世之文为主导的湖湘，尤为不易。《听雨

---

① 吴敏树：《说钓》，《柈湖文集》卷二，《续修四库全书》第 1534 册，上海古籍出版社 2013 年版，第 161 页。

② 吴敏树：《杂说三首》，《柈湖文集》卷二，《续修四库全书》第 1534 册，上海古籍出版社 2013 年版，第 161 页。

③ 吴敏树：《南屏山斋记》，《柈湖文集》卷十一，《续修四库全书》第 1534 册，上海古籍出版社 2013 年版，第 248 页。

楼记》《北庄记》《樊圃记》《大云山记》《宽乐庐记》《九江楼记》《新修吕仙亭记》《东山别墅记》《君山月夜泛舟记》《定香室记》《浩然楼记》等皆以摹写景状物胜，远过"永州八记"之数，如王先谦所言，山光水色"皆以发其笔墨之趣，所寄愈远，而文益愈高矣！"① 文辞清新雅致，美赡可玩。

当然，吴敏树也不乏论辩之文，《性论》三篇、《禹避河南论》三篇言性理；而《巴陵田赋说》《巴陵水利说》《巴陵积贮说》，是经济之文。而序跋之文、铭状之篇又为桐城文派作家所共有。故吴敏树不同于曾国藩事功之文，迥异于梅曾亮议论之篇，以自然之笔，叙自家情怀，在"载道"之文为主流的晚清别具一格。

师事吴敏树之古文家，据刘声木《桐城文学渊源撰述考》所载，有吴镜蓉、杜贵樨、龚黼休及敏树之弟吴庭树等，从杜贵樨学为古文者又有曹佐熙、李梦麟、雷小秋、段伯猷、钱昌澜，周声扬、周声溢兄弟及女婿方大堪等，可谓后继有人。

同时有名之文士，还有长沙周寿昌。周寿昌（1814—1884），字应甫，一字荇农，号自庵，长沙人，道光乙巳年进士，擢至侍读，太平军攻湖南时，上疏弹劾督师赛尚阿逗留不战。官至内阁学士兼礼部侍郎。"寿昌精核强记，虽宦达，勤学过诸生。笃嗜班固书。"② 光绪间，王先谦辑《国朝十家四六文钞》，收录周寿昌与梅曾亮、刘开、董基诚、董佑诚、方履篯、傅桐、王闿运、赵铭、李慈铭骈文共十家，故当为晚清骈文十大家之一。然周寿昌早年学文于梅曾亮，受古文法，其为文清绝可喜，诗亦由博奥转造平淡，称之为桐城派古文家并不为过。著述有《思益堂诗集》六卷、《词集》一卷、《古文》二卷、《日记》十卷、《汉书注校补》五十卷等。今日所编《周寿昌集》录入《思益堂古文》二卷。所录《自题像赞》可见其为文之大体：

---

① 王先谦：《序》，吴敏树《柈湖文集》，《续修四库全书》第 1534 册，上海古籍出版社 2013 年版，第 137 页。

② 赵尔巽等：《清史稿》卷四百八十六，中华书局 1998 年版，第 3439 页。

面兮不必如田，头兮不必能圆。有戴者其髻，有鸢者其肩。有笔
在手，而未必如椽。有书在腹，而未必其传。相非相兮此面目，我与
我兮相周旋。笑勋业其看镜兮。即以是为吾之凌烟。①

短文显然为韵文，然而得荀子《非相》之神理，兼有自嘲之意。自题
小像，反思自身，颇为新奇。于桐城之文则为近梅曾亮之体式。《殇女阿
琇圹铭》《祭次儿瀹蕃文》又为拟归有光之体。至于《思益堂日札》中所
载轶闻趣事则时别有情韵，如《潘四农斥王次回诗》：

王次回《凝雨集》专以旖旎为工，柔文腻理，潘四农谓为淫靡，
摘句纠之诚然。顾谓其句如："窗下有时思梦笑，灯前长不卸头眠。"
姚冶不堪。余谓此是四农从淫荡处着想，故见得如此。以予平情论
之，句固不工，要不过写一憨憨小女子之情态。②

论题就王次回之诗立论，王次回之艳诗，乖离雅调；潘四农之指斥，
显得可笑。无论从写法之随性，情调之谐谑，还是题材之叛道而言，与桐
城文章相去已远。在一定程度上，也可看出桐城派古文已非昔日之文。至
于《劳生语》说生计之艰难，以吴野人五绝为戏："南邻种豆翁，中夜不
能逸。白发与豆苗，天明一齐出。"③ 充满了沧桑之感。这类札记，不拘
格套文体，随意点染，别有情趣，反映了桐城文章已与世推移，随俗嬗
变。至于其古文中之墓表、传记、别序之类，如《两江总督陆公小传》
《送左侯相入觐序》等，殊觉泛泛，恨无新意。

王先谦（1842—1917），字益吾，长沙人，同治四年进士，庶吉士，
授编修。曾为江苏学政。历典云南、江西、浙江乡试，搜罗人才，不遗余
力。官至国子监祭酒。开缺还家，历主思贤讲舍及岳麓、城南两书院，著
有《虚受堂诗文集》三十六卷等。

① 周寿昌：《思益堂古文》卷二，《周寿昌集》，岳麓书社 2011 年版，第 153 页。
② 周寿昌：《思益堂日札》卷六，《周寿昌集》，岳麓书社 2011 年版，第 324 页。
③ 同上书，第 325 页。

王先谦为文以桐城宗旨为归。为文深于考订，锤炼字句，精粹醇雅。所作《海军论》《永慕庐记》《南菁沙田记》等议论之篇为世所称。如《海军论》效法赋体对话形式，对天下局势深表忧虑，其中"予曰"论天下局势云：

> 今时事孔亟，海澳形胜之区，半为敌据，虽有海军，将焉置之？而以空言相持者，嚣然未已也。……徒以筹偿国责为事，于所以固吾圉者，不一及焉。乃曰：吾自是不与外邦开衅，而人之环伺吾侧者，则以为彼志在通商耳。它非所图也。噫嘻！其果无它图也邪？①

当今论文者，多将五四以后之文学称为启蒙文学，然而《海军论》之文，慷慨激昂，切中事理，虽非桐城嫡派，然而叙事有序，言之有物，得桐城文派善叙事理之精髓。《南菁沙田记》叙事曲折有致，论析畅达有文。《永慕庐记》取终身追慕父母之意，与桐城派仿效归有光古文近，然依旧情真意切。其记叙之体中闲笔尤为自然醇雅，体现了葵园深于考订的文风，如《珠晖塔记》：

> 珠晖塔者，今安徽巡抚衡州王爵棠中丞所建。湘水过郡城而北，耒水入焉。《水经注》云："西北至临承县，而右注为耒口者也。"两岸山峦蜿蜒，无耸特之观。郡人观流泉而相阴阳，咸谓承耒汇湘之所，得塔为宜。咨于中丞，捐奉独任。爰择拜亭山之阳，莫庳累崇，阅魄历稔，落成于光绪丁丑。费金六万有奇，高十丈五尺。层构既章，嘉名用显。②

就这段文字而论，现代记叙文的要素都已体现出来，建塔者安徽巡抚衡州王爵棠中丞，落成时间为光绪丁丑，地点在蒸水、耒水汇湘之

---

① 王先谦：《海军论》，《王先谦诗文集》，岳麓书社 2008 年版，第 11—12 页。
② 王先谦：《珠晖塔记》，《王先谦诗文集》，岳麓书社 2008 年版，第 291 页。

所。文章在散行中杂以排偶，在记叙中时有考证，是叙记体古文的典范之作。

王先谦之文兼有经世之志、桐城气象与骈偶之体，这一点也从其选文之旨趣中体现了出来。光绪十四年辑成《皇清经解续编》，《序》中说："臣合旧藏，掇其精要，得书二百九部，都千三百四十卷。"① 《续古文辞类纂》续选清乾隆至咸丰间诸家古文辞，以为："惜抱《古文辞类纂》开示准的，赖此编存，学者犹知遵守。余辄师其意，推求义法渊源，采自乾隆，迄咸丰间，得三十八人。论其得失，区别义类，窃附姚氏之书，亦当世著作之林也。"② 据光绪甲申行素草堂校刊本序作三十九人，收录古文四百五十五篇，合三十四卷。王先谦为文之旨要尽见于此。王先谦雅好骈文，又选录了骈体文集，《十家四六文钞》与《骈文类纂》即是明证。自谓："余曩类纂古文，赓续惜抱。既念骈俪一道，作者代出，无恶古人，而标帜弗章，声响将闶。故复采干遗集，求珠时髦。"③ 又在明代王志坚《四六法海》及清代李兆洛《骈体文钞》基础上，与叶德辉、张祖同商榷，选编了《骈文类纂》，以为"王则题目太繁，李则限断未谨"④。凡十五类，六十四卷。王先谦编选多个选本，由此可见其才具与文风。

与曾国藩同时并以文章知名的桐城派古文家还有"溆浦三杰"之一的舒焘。舒焘（1826—?），字伯鲁，溆浦人。道光二年进士舒梦龄之子。"其父与上元梅曾亮为同年进士。焘以年家子谒曾亮于京师，执弟子礼，从问古文义法。"⑤ 入赀为礼部郎中。居京师时，与汉阳刘传莹往还甚密。诗才清俊，词气云涌，古文宏整。年未三十而逝。梅曾亮怜其高才，而悲其早死。从其《与朱鲁岑先生书》可知，舒焘早年曾师事桐城朱道文，与萧穆同门。著有《绿猗轩文钞》《骈文钞》一卷、《诗钞》二卷、《词钞》一卷。舒焘之文，得梅曾亮之神韵，而系心政事，又得湘学遗风。如《送

① 王先谦：《皇清经解序》，《王先谦诗文集》，岳麓书社 2008 年版，第 32 页。
② 王先谦：《续古文辞类纂序》，《王先谦诗文集》，岳麓书社 2008 年版，第 34 页。
③ 王先谦：《十家四六文钞序》，《王先谦诗文集》，岳麓书社 2008 年版，第 312 页。
④ 王先谦：《骈文类纂序》，《王先谦诗文集》，岳麓书社 2008 年版，第 315 页。
⑤ 张舜徽：《清人文集别录》第十八卷，中华书局 1963 年版，第 503 页。

张静山先生观察湖南序》虽居庙堂，不忘故园：

> 焘，楚人也。客在外，凡楚中政之得失，与夫有司之贤否，无不
> 默识而区别之。日往来于胸中，以为忧喜。今当用兵之后，民之蹂躏
> 践踏，若病瘵者之垂死，非仓促所能复。又闻贼首远飏，官吏莫能缉
> 捕，居者行者俱有戒心，传言汹汹，莫测所至。其所以善后事，而使
> 民休息者，俱非易易。焘知先生之往，必有所以处之也。①

此文不只简单地仿效韩愈之送别序，送张静山先生往湖南，对湖南政事
涉及颇多，这是送别序的又一种写法。身处末世，作者在文中流露出满目萧
然的沧桑之感。《上某中丞书》酣畅淋漓，时杂以骈偶之词，对治国提出了
建言之策。而《少伯山人传》则以传奇之体作传记，曲折多姿、跌宕有致，
在近代传记中罕有，其结语之议论，也清新自然，颇有韵味：

> 舒焘曰：山人盖隐于官者也。当是时，有以技艺受当涂知，擢至
> 监司者。山人以末吏跌宕督抚间，卒以丞尉，终不稍屈。非心别有所
> 乐而能若是乎？昔吾父宰巢，与山人善，约为昆弟。后迁州府，山人
> 常以事往来。故得所画较多。当时不甚爱惜，皆为人持去。今所存册
> 页数帧耳。忆余儿时，山人每置膝上，伸笔画墨鸭为戏，十余年来如
> 前日事，屡过其十万松园，辄低徊不能即去云。②

"舒焘曰"之语与"太史公曰"相近，而"辄低徊不能即去云"留下
了模仿《孔子世家》的痕迹。然而《少伯山人传》更近传奇，故此论于
小说颇近《聊斋志异》之"异史氏曰"，结语也对细节有所刻画，民国初
年笔记小说《重订虞初广志》已将此篇列入其中。综上所论，舒焘为文兼
受梅曾亮、朱道文及湖湘文风的影响，古文近于上元作家。

---

① 任访秋编：《中国近代文学大系散文集》（一），上海书店出版社 1991 年版，第 901 页。
② 姜泣群选辑，杨南村评订：《重订虞初广志》卷八，东方书局 1915 年版，第 21 页。

　　此外，湘中古文有名者尚有刘人熙。刘人熙（1840—1919），字艮生，号蔚庐，浏阳人，居枨冲油柘园。同治六年解元，光绪三年进士，曾参许振祎幕，官至汝州、光州、直隶州知州。1914 年，创办船山学社，曾任湖南督军兼省长。著有《蔚庐诗文集》《亥子集》等①。刘人熙《玉津阁文略后序》曾自述文论之旨趣：

　　　　仆尝论近代之文，方得礼之谨严，姚得诗之敦厚。当破碎学盛之日，士刺经典二字，变更古训，辄数千言。而方姚独宗法程朱，卓然为狂澜之砥柱，可不谓师儒之懿者欤？②

　　刘人熙将方、姚视为"师儒之懿者"，宗法程朱，显然属于私淑桐城之古文家。所存《蔚庐文稿》尽为论说之文，如《孝弟也者，其为仁之本与》《好仁者无以上之》尚乏新意；《刘子蔚庐文集》则有奏议、论说、传记、志铭、书序等体。《船山学报叙意》则于行文义法中见其气势：

　　　　《船山学报》何为而作也？忧中华民国而作也。其忧中国奈何？中国者，地球之东，帝出乎震，三皇五帝以来文明最先之古国也。东渐于海，西被流沙，朔南暨声教，近则汉满蒙回藏五族一家，又地球之最大国也。……凡我同胞，皆食数圣人之旧德与历代逸耆遗耆忧患之所饷遗也，故曰殷忧启圣，多难兴邦。居不幽，志不广，思不深，志不远，众人不忧而圣人忧之，有圣人之忧而火尽薪传，得多数之志士仁人以分其忧，而因以导众人之忧，令国家危而不亡。③

　　《叙意》之文起句破题，在论述中由远及近，由中国之古、中国之大及中国之乱，论及殷忧启圣、多难兴邦。言之有序，文成而法见；言之有物，心系

---

① 郑伟章、姜亚沙：《湖湘近现代文献家通考》，岳麓出版社 2007 年版，第 149 页。
② 刘人熙：《玉津阁文略后序（己丑四月二十四日）》，刘人熙著，周寅宾编《刘人熙集》，湖南人民出版社 2009 年版，第 314 页。
③ 刘人熙著，周寅宾编：《刘人熙集》，湖南人民出版社 2009 年版，第 345 页。

国之安危，言辞激荡人心。非空言《立身篇》《择术篇》及祈求上苍之《祈晴文》《祷雨文》可比。故虽已至民国，然此文仍为桐城古文之延续。

道咸以来，湘中古文，蔚为大观。不过为文不宗桐城者，亦大有其人。湖湘派的作家与不宗唐宋八家者自然不好桐城古文，如何绍基即是一例。然曾国藩与何绍基在古文批评上颇有共同话语。曾氏在家书中言及："讲诗、文、字而艺通于道者，则有何子贞。"① 在切磋技艺时，二人文论观自会相互影响。

何绍基（1799—1873），字子贞，号蝯叟。生于嘉庆五年（1800），卒于同治十二年（1873）。道州人。道光十六年进士，官编修，工书法。尚书何凌汉之子，少承家学，"阮元、程恩泽颇器赏之"②。何绍基为文志于道，近桐城派而不专师唐宋八家及归有光之文，应当受到桐城派的影响，《洁园记》《修竹堂记》《书朱诵清〈冷泉秋话图〉后》等文皆有辞赋气象而杂以魏晋骈体。其文"大抵务归平实，不尚奇诡浩渺之说"③，著《东洲诗文集》四十卷。附记于此。

自曾国藩倡导湘乡派于湖南，至于晚清民初，湘中古文深受桐城文章濡染者代不乏人。胡林翼、罗泽南、李元度等湘军将帅亦颇能文，然其志在经世，文多在湘乡与桐城姚氏之间；而王先谦又纂录《续古文辞类纂》于后，以为后学之典范。至于民国初年，尚有章士钊倾心向慕桐城派之文："愚年十七八，学为文章，读曾文正公《欧阳生文集序》，略以想见近代文艺之富。家数之出入，辄不胜向慕，而隐然以求衍其派于湖湘之责自任。"④ 由此观之，桐城文章流布于湖湘可谓久远矣！

三 王柏心与湖北古文家

明清两朝，湖北散文家辈出。明代"后七子"中吴国伦为武昌府人；

① 曾国藩：《致诸弟》（道光二十二年十二月二十日），《曾国藩全集·家书》，岳麓书社 1985 年版，第 47 页。

② 赵尔巽等：《清史稿》卷四百八十六，中华书局 1998 年版，第 3440 页。

③ 何绍基：《郑云麓观察文集序》，何绍基《何绍基诗文集》，岳麓书社 2008 年版，第 685 页。

④ 章士钊：《藉甚——答马其昶》，章含之、白吉庵主编《章士钊全集》（五），文汇出版社 2000 年版，第 404 页。

公安派"三袁"、竟陵派钟惺、谭元春皆为一代闻人。诸人所作文章，有
楚人"发愤抒情"① 之遗风。尤其是公安、竟陵之文，与王学近，好李贽
之"童心"说而非议程朱之论。至清代嘉道间，桐城派古文家李宗传曾官
湖北布政使。② 曾国藩倡导桐城古文时，湖北以古文相切磋者不乏其人。
"王子寿与桐城诸老皆称莫逆。子寿友龚定子，曾文正弟子鄂人张濂卿、
王鼎丞，颇能舒展前业，而杨毓秀受业于定子、子寿两人，鄂地桐城之风
亦盛。"③ 这样，湖北也有了桐城派作家。在湖北古文家中，张裕钊为曾
国藩弟子，影响北方文风，拟在北宗桐城文派一章详论。监利王柏心、汉
阳刘传莹也为一时翘楚，东洲何绍基、巴陵吴敏树等多与之往还，主张相
近，皆好为古文辞，可以视为一个文学群体的作家。

王柏心（1799—1873），字子寿，号螺洲，晚号蕙叟，门人私谥"文
贞先生"。道光二十年进士，曾为刑部主事，主讲荆南书院多年。"博涉经
史，肆力于诗古文辞。"④ "志在经世，不喜章句考据。为文章，不规规于
桐城体法。要之以气为主。"⑤ 孙鼎臣谓："子寿久以文章名海内。"⑥ 门人
聂定焜论其文："熔铸经史，发采扬华，譬之沧海总百流而为深，譬之泰
岱小天下而为高，其气冲牛斗，其光接日月，由其蕴蓄者厚也。"⑦ 其文
以经世为主，颇有自得之见，如《杨性农诗序》：

> 杨子之诗，窈然以深，怡然以远，超然以隽。博辨渊颖，逸宕警
> 健。然独能言其为诗之意。夫杨子不能有为于当世，而有不能已于当
> 世之心。于是载而之诗，意将使味之者愀然思、踧然感，有能拯颠隮

---

① 屈原：《惜诵》，王闿运注《楚辞释》，光绪丙戌尊经书院刻本。
② 赵尔巽等：《清史稿》卷三百八十四，中华书局1998年版，第2994页。
③ 旻天：《桐城文派之演述》，《周行》1936年第10期。
④ 张舜徽：《清人文集别录》卷十八，中华书局1963年版，第507页。
⑤ 同上。
⑥ 孙鼎臣：《百柱堂全集序》，王柏心著，张俊纶校点《百柱堂全集》，崇文书局2008年
版，第29页。
⑦ 聂定焜：《王文贞先生文集序》，王柏心著，张俊纶校点《百柱堂全集》，崇文书局2008
年版，第34页。

之患、导隆平之轨者乎？即不啻自为之矣，此杨子为诗之意也。①

从本文可以看出，王柏心之文以经世为首务，同时在文法上有汉赋之铺张排偶，并时杂以骈偶句式，甚至使用问句，出神入化，章法多变。至于骈文《摇碧斋记》则是另一番景象：

> 吾友余子耕石，茞蘅香国，地近骚人，泉石幽禖，天容高隐。所居瑶碧斋者，轩牖云梦，履写洞庭。伟矣备矣，可惮陈焉。想夫春水生时，秋波定后，汀花笑日，湘竹啼烟。拍拍鸥呼，粼粼鱼滕。兰有芳兮谁购，灵之来兮如云。②

作者在古文之外，又好为骈体，尤为值得关注的是，使用了香草、美人之类的文辞，"茞蘅香国""湘竹啼烟"，并使用了楚辞中常见的"兮"来表达独有的情趣。写景之文如此，可谓《骚》之苗裔。可见王柏心文自有其不凡之处，文章以经世为务，与曾国藩往还，可目为湘乡一派。其形式与雅好《骚》心《选》的湖湘派也有相近处。王柏心之弟子，从序中所见，尚有杨毓秀、聂定焜诸人。

刘传莹（1818—1848），字实甫，号椒云，道光己亥举人，为国子监学正。好德清胡氏、太原阎氏之学，"凡方舆、六书、九数之学，及古文诗家之法，皆已规得要领"③。尝与曾国藩论学："君子之学，务本而已。吾与子敝精神于校雠，费日力于文辞，侥幸身后不知谁何之誉。自今可一切罢弃，各敦内行，没齿无闻不悔。"④刘蓉致书曾国藩谓："弟不及识椒云，然闻其为人，温温然博雅君子也。而特为老兄所器重，意尤慕之。"⑤

---

① 王柏心著，张俊纶校点：《百柱堂全集》卷三十五，崇文书局2008年版，第1043页。
② 王柏心著，张俊纶校点：《百柱堂全集》卷四十八，崇文书局2008年版，第1370页。
③ 徐世昌等编：《湘乡学案》（下），《清儒学案》卷一百七十八，第7册，中华书局2008年版，第6910页。
④ 同上。
⑤ 刘蓉：《复曾涤生侍郎书》，《养晦堂文集》卷五，光绪刻本。《清代诗文集汇编》（663），上海古籍出版社2010年版，第567页。

桐城方宗诚辑《刘椒云先生遗集》四卷。可见刘传莹之学以务本为先，以文辞为末，古文近桐城而不薄考据。曾国藩弟子王定安在咸同间颇有声望。王定安（1834—1898），字鼎臣，东湖人。曾国荃曾致书："来书妙言元（玄）旨，如诵《南华》。展阅之余，心境为之一开。"① 著有《塞坦集》六卷及《湘军记》《求阙斋弟子记》《曾忠襄公国荃年谱》等。

此外，尚有王柏心弟子杨毓秀。杨毓秀，字子坚，号柏湾山人，东湖人。为诸生，"师事王柏心，受古文法十有余年，闻其绪论甚久，于文知所向往，古文雅近归、方"② 。为文严谨雅洁，著有《萦清堂集》四卷、《平回志》八卷。

第三节　江西新城派尚理之文

近代新城派诗文上承新城先哲鲁九皋，姚鼐弟子陈用光、梅曾亮弟子陈溥、吴嘉宾在道咸间论道之作具有承先启后的意义。此派在诗歌创作中诗文并称，陈三立为文远祧西晋范晔、近宗桐城，其他如饶拱辰、毛庆蕃、刘镐仲等也研习桐城之文。故专论"新城派"在江西的影响。

一　新城古文派之渊源

北宋以来，江西之文蔚然兴盛。诗歌中涌现出了以黄庭坚为代表的江西诗派诗人。在散文领域，欧阳修倡导的古文运动影响深远，在文坛上出现了"宋六家"散文，其中曾巩与王安石皆为江西人。仅从古文而言，除"三苏"之外，宋代最有影响的古文家均出自江西。明代江西文人以汤显祖最具影响。散文中"台阁体"之代表杨士奇为江西泰和人，其余作家，据《豫章丛书》所录，前期有詹同、胡俨、梁潜、李时勉，中叶有何乔新、夏良胜、罗洪先等，后期则有刘元卿、祝世禄、艾南英、陈际泰、罗万藻等。虽文名不显，然传承江西文学功不可没。清代

---

① 曾国荃：《复王鼎丞》，曾国荃著，梁小进编《曾国荃集·书札》，岳麓书社 2008 年版，第 170 页。

② 刘声木：《桐城文学渊源撰述考》，黄山书社 1989 年版，第 343 页。

前期以文名者又有陈宏绪、王猷定、贺贻孙、徐世溥等，蒋士铨则为江右诗人之首，与袁枚抗衡，亦能文章。桐城之文兴起，江西传其衣钵者不乏其人，鲁九皋、陈用光、陈溥、吴嘉宾皆为当世之名流，而陈三立为晚清文章之翘楚。

桐城派传入江西之前，福建建宁府学教授朱仕琇之文与之颇为相近。朱仕琇在江西弟子众多，江西桐城派作家之文也深受其影响。朱仕琇（1715—1780），字斐瞻，号梅崖，福建建宁人①，曾为夏津县知县，以进士为建宁府学教授，曾主鳌峰书院十年，与大兴朱筠及弟朱珪友善，著《梅崖文集》。《清史稿》文苑传记述了其文章之源流：

> 朱仕琇，字斐瞻，建宁人。资性朗悟，而记诵拙，日可数十言，援笔为文辄立就。从南丰汪世麟学古文，临别请益，世麟曰："子但通习诸经，则世无与抗矣。"仕琇惊诧其言，遂以己意求之经传，旁及百家诸子书，一以昌黎为宗。副都御史雷铉见其文，叹为醇古冲澹，近古大家，自是名大著。乾隆九年举乡试第一。②

传中记述其文章源于南丰汪世麟，汪世麟为江西建昌府南丰县人，康熙五十年举人。③故其文章源自江西古文。朱仕琇致力于古文辞，欲上追古人，自为一家。友人林明伦《朱梅崖文集序》谓朱仕琇学韩愈之古文：

> 与之语，好举退之之文；既而出其所为文示余，则恢奇谲诡，为深博无涯涘。而按其义法，以余所见徵之，往往合焉。求其非而杂者，何其少也！其学退之之文，而渐窥其源之一者耶？④

---

① 建宁府当属福建，魏际昌《桐城古文学派小史》将建宁归入江西，以朱仕琇为江西人，所记有误。

② 赵尔巽等：《清史稿》卷四百八十五，中华书局1998年版，第3428页。

③ 秦国经主编，唐益年、叶秀云副主编：《清代官员履历档案全编》（15），华东师范大学出版社1997年版，第516页。

④ 吴曾祺编：《涵芬楼古今文钞简编》（五），商务印书馆1929年版，第6页。

　　林明伦与朱仕琇同为翰林，所见略同。时方苞古文已有声于京师，"仕琇独病其肤浅。故或谓其矫枉过正，邻于艰涩，然醇古冲淡"①。而李慈铭以善骂著称，《越缦堂读书记》对朱仕琇虽有指责，仍以为其文足以成家："《朱梅崖外集》，文气淳朴，而法散语枝。虽有南宋迂冗之习，然立意不苟，固粹然有道言也。"② 由于其文卓然成家，故朱仕琇主鳌峰书院时，弟子甚众，福建古文家传朱仕琇之学者有高澍然、朱仕琇之弟朱仕玠等人。《桐城文学渊源撰述考》卷十二"专记师事及私淑朱仕琇诸人"。其江西弟子有鲁九皋等人。建宁处闽赣之交，受江西古文影响深远。朱仕琇之学来自江西，又传入江西。朱仕琇弟子罗有高也以古文知名，并能传桐城之薪火。

　　罗有高（1733—1778），字台山，瑞金人，相貌奇伟，十六岁举优贡生，次年，寓居雩都萧氏别业遍读其藏书。乾隆三十年于顺天府乡试中举人。与戴震会于京师，好游观，与彭尺木游太湖洞庭，又好参禅。③ 师从雷铉、朱仕琇学古文，宁化阴承方谓："台山以乾隆丁丑八月来我宁化，受《易》于翠庭雷公之门，间亦闲过吾庐反复谈论。"④ 又从姚鼐问学。常率诸族弟子入凤凰山中朝夕讲习古文；又曾设馆于奉化张凤竹、鄞县邵洪家及座主彭芝庭先生家。为文喜为艰苦僻涩之音，而意旨高邈，志味深隐。清代《文献徵存录》论其学古文之门径：

　　　　有高善治古文辞，其教学者曰："治经必同训诂；治注疏必通《尔雅》、《说文》。"又谓："韩侍郎《答李翱书》有云：'沉潜乎训诂，反复乎句读。'此昌黎为文所以拔出诸家者。"故有高所自著纷纭，大肆如此。⑤

---

①　王钟翰校点：《清史列传·文苑三》(18)，中华书局1987年版，第5895页。
②　李慈铭：《越缦堂读书记》(5)，辽宁教育出版社2001年版，第964页。
③　江藩：《宋学渊源记》，上海世界书局1936年版，第32页。
④　黄嗣东辑：《圣清渊源录》卷二十一，黄嗣东辑《道学渊源录清代篇》，光绪戊申刻本。
⑤　钱林辑，王藻编：《罗有高》，《文献徵存录》卷九，咸丰八年有嘉树轩刻本。

罗有高之文以训诂为本，与方苞之论稍异，精研句读则承桐城古文重
视文章声色之路径，有《尊闻居士集》八卷。罗有高在江西古文家中传姚
鼐之学较早。其学其文并有声于当世。友人程在仁由衷感叹："先生可谓
天下第一学人！"①，同时汪爱庐评其《与法镜野论〈春秋〉书》："上帝临
坛，万灵拱肃。世尊下降，诸天震动。"② 评价之高，无以复加。与同时
古文家不同的是，罗有高精研佛理，晚年兼通天台、贤首诸家之学，以净
土为归，故其文之意趣异于时人。

江西古文家中，新城鲁九皋最为姚鼐所推崇。姚氏《与鲁山木》称许
新城古文家众多且能文，而鲁九皋为新城文坛之首：

> 往时敝县前辈文学，颇盛于天下，近乃衰竭，无复有志之士。独
> 新城英俊鹊起，弥众且贤。良由先生导之于前。一人善射，百夫决
> 拾，理固不虚。然亦天意欲留此一线之传于新城矣！③

此论指出：桐城之文乃斯文之余绪，然在桐城已经衰微，而新城古
文家众多且贤，为性理之学与唐宋古文坠绪之一线生机，故鲁九皋、陈
用光为新城古文家之杰，而鲁九皋为先导。曾国藩《欧阳生文集序》论
新城古文：

> 絜非之甥为陈用光硕士，硕士既师其舅，又亲受业姚先生之门，
> 乡人化之，多好文章。硕士之群从，有陈学受艺叔、陈溥广敷，而南
> 丰又有吴嘉定子序，皆承絜非之风，私淑于姚先生。由是江西建昌有
> 桐城之学。④

新城之古文，以性理之学为根底，而尊崇桐城之文；以鲁九皋、陈用

---

① 江藩：《宋学渊源记》，上海世界书局1936年版，第32页。
② 同上。
③ 姚鼐：《姚惜抱尺牍》，上海新文化书社1935年版，第14页。
④ 曾国藩：《曾国藩诗文集》，上海古籍出版社2005年版，第286页。

光为代表，而姚鼐弟子宋维驹①及淑姚氏之饶拱辰、毛庆蕃、刘镐仲、陈溥、吴嘉宾、陈三立等为重要作家，上承桐城余绪，初以姚鼐为师，继学梅曾亮，曾国藩驻军江西时，与诸人上下议论，不离桐城之轨辙，可称之为新城派。湘军入赣之时，天下人文萎敝，而江西人文独盛，故系于此。

自乾嘉至于道咸，在古典与近代之文鼎革之际，江西古文称盛；江西古文之盛，又以新城陈氏为最。而包世臣之《答陈伯游方海书》所论或有不当之处，然从未有文论江西诗文本末如此详尽者，故将信札中论作者之词系于下：

至贵省为文学薮泽，仆荒落颓唐，何足以知之？然所知亦有足述者：

永丰徐湘潭，字东松，癸酉拔贡，年近六十，诗、古文名甚噪，积稿至七八寸，多自加丹铅评骘者，尽以见示。其诗不过酬酢，略以诘屈语自饰，无关诗教；古文当得手时，饶有黯然以长、油然以幽之致，且无时文气息、字句间杂其中，唯伤散碎繁絮，良由居地既卑，求请者率乡里富人，斗米百钱，视为奇节，以致黄茆白苇，一望触目。仆谆劝其删节自珍，而骄矜已甚，殊为可惜。若能澄汰沙滓，庶几钝翁之后车矣。生性迂缓，跬步滋疑，然自守不苟，诚一乡之善士也。

南昌姜曾，字樟圃，庚子举人，年四十余。博闻强识，而文笔芜漫，又所学专求前人错误，极意指摘以夸精博。至占人命脉所存，可以内检身心，外起沟壑者，反在所略，似未能卓然有成。在贵乡殆亦原甫、容斋之嗣响也。

金溪黄镳，字子觉，附贡生，年三十余。耳目亚于樟圃，尤熟明史及贵乡前辈故事。弱冠时读注疏，随手摘为要删，略附按语，颇有阐发。贵乡为此朴学，子觉外竟未见有替人。自作诗文，多至七八十卷。八股笔力挺拔，而太无格辙；古近体诗，貌似纵横；古文次第顺适，而并伤浅薄。仆爱之甚，所以将顺匡救之者交至，至有涂乙其通篇大半者，子觉不以为非，语人必曰生平第一知己包安吴也。然徙义

① 包世臣：《雩都宋月台维驹古文钞序》，《艺舟双楫》，商务印书馆 1935 年版，第 67 页。

不勇，又婪人而有薄幸之癖，恐未能日就月将，以尽其才也。

南丰吴嘉宾，字子序，戊戌翰林。文笔俊爽，好读书，能受善，年三十余。此子能不变不怠者，殆不可量。

金溪举人杨士达，字耐轩，年二十余。其祖馘，字少晦，君子之有文者也。仆与其兄迈功抚部交久，因识少晦，而少晦远矣。耐轩颇有志于继声，为古文下笔明净，唯边幅太窄，然可望其有成。

新建李达观，字惺斋，年二十三，食饩已八年。江西时文旧推陈章，然大士之超逸，大力之沉着，必不可合。惺斋能合大士、大力而弥近正希，实一奇也。仆曾奉檄磨勘落卷，阅三四千人试文，又校阅豫章友教洪都三书院课义，无能仿佛之者。

新喻张懋芝，字云阁，年二十三，亦已食饩。八股时趋耳，而排比稳洽，有声色，亦不可多得。二生旧业皆止八股，云阁近馆、省垣，仆使之读《毛诗》传笺，亦时时有所见。

新城陈溥，字广夫，伯仁太史之子，石士侍郎之诸孙，年三十余。泛览百家，为诸陈冠。诗文亦有卓荦之概，然自率资性，未见真实工力。

南城曾协均，字笙巢，年二十四，宾谷抚部之幼子。八比文笔矫健，近年闭户穷经，语次殊多妙悟。

南昌龚钺，字泅可，年七十余。需次学博，好学不倦，四部俱有探讨。嗜为诗，五言雅近陶、苏，而温雅谦抑不自足，与贵乡人士大殊。

庐陵萧国琛，字昆圃，癸酉选拔，官南昌府学训导，年方五十。三十年馆谷尽以市书，积三万余卷。仆时时过从，论说偶及，昆圃入内检本，随手即得。通世事，而自律严，有血气，重交游。为古文虽未成，而门径视时贤为阔大。仆在贵省将六载，所知尽于此矣。

前哲有永新贺子翼先生，名贻孙，与叔子同为遗老，相距才三四程，而各不相知，其行治不可考，有《激书》五十七篇，可四万余言，大旨学《韩非》、《吕览》而得其深，体势亦据二子为本，书皆记载村落俚俗事，就见闻而推致之，则处乱自全之术，拨乱反正之规，悉于是乎在。唯每篇起处用《吕览》旧法，而颇涉眉山永康策冒，少小所业，结习难化，以为疵类，叔子拟之，瞠乎后矣。求人物于贵乡，立言则贺永新，立功则李临川，殆难与为参矣。《激书》外间无本。

上高李祖陶，字迈堂，仆同岁生也，治古文三四十年，有选刻《国朝文录》四十家，又别录六大家，然不过编纂校核之勤，唯传《激书》之功为巨。①

此文作于道光二十一年辛丑，即 1841 年，可谓江西诗文全景图。文中所论桐城派古文家有金溪黄镰、新城陈溥、南丰吴嘉宾等。至于贺贻孙古文学《韩非》《吕览》，李祖陶传其学，萧国琛取径阔大，皆非桐城之文。然从中仍可以窥见江西古文之盛。徐湘潭无关诗教，姜曾专求前人错处，李达观、张懋芝、曾协均以时文见长，龚钺则好为诗。文中未提及之桐城古文家尚有新城陈学受、饶拱辰。

至于丰城毛庆蕃、南丰刘镐仲、义宁陈三立等晚出，可谓新城古文之后劲。

二　新城派古文家群体

江西新城古文之发端，远在湘乡派勃兴之前。清代江西古文，先有南丰汪世麟之学，而福建建宁朱仕琇指斥方苞之文艰苦癖涩，而新城鲁九皋与瑞金罗有高同为朱仕琇高足，又从姚鼐问学。桐城古文始传于江西。

鲁九皋（1732—1794），字絜非，号山木，又号乐庐，人称山木居士。江西新城人，祖父官内阁中书，父官庐陵训导。九皋为乾隆辛卯进士，夏县知县，生平事迹见《清史列传》卷七十二。持论中正，古文由方苞、刘大櫆上溯欧、曾。史家以为："新城古文之学，其源始于九皋。"② 鲁九皋所推崇的，无疑是桐城古文，郭绍虞《中国文学批评史》谓："鲁氏所传朱氏学，仍为韩子家法。"③ 正因为如此，"有论者竟以为，清中叶以后古文，其源皆出于九皋"④。然而张舜徽评《山木先生文集》《外集》谓：

---

① 包世臣：《艺舟双楫》，商务印书馆 1935 年版，第 73—75 页。

② 王锺翰校点：《清史列传·鲁九皋传》卷七十二，中华书局 1987 年版，第 5896 页。

③ 郭绍虞：《中国文学批评史》，《民国丛书》第一编，上海书店出版社 1989 年版，第 419 页。

④ 傅璇琮：《中国古代诗文名著提要》（明清卷），河北教育出版社 2009 年版，第 369 页。

"取径既狭，所就便小，宜其气之不足以自振也。"① 故誉之者以为天下文章尽出于此，恶之者以为山木文章囿于家数，无大家气象。平心而论，梅曾亮以前之桐城古文家多囿于唐宋古文，不足以上溯先秦，取法百家。王昶序鲁九皋之文："醇古澹泊，不事雕饰，纡徐反复，使人各得其解"②。差近其实，其中是非，各有定评。然江西古文，由此而大。故《桐城文学渊源撰述考》卷十三专论师事及私淑鲁九皋之古文家。鲁九皋之同门、姚鼐弟子中尚有零都宋月台，幼承家学，致力于古文数十年，"波澜不尚壮色，论议不求耸听，唯斤斤以无序为戒，是固知所先务，足以加人一等矣"③。包世臣祈其古文与吴德旋并峙。鲁九皋之外甥陈煦、陈用光皆从之学，陈用光为一时名家，有舅氏之风，而行文疏宕过之。九皋之从弟鲁缤，子鲁肇光、鲁嗣光、鲁迪光，孙鲁应祥，族孙鲁兰枝及新城吴际蟠、吴庆蟠、潘兰生、饶庆萱、徐家泰、黄得恒、杨希闵、黄长森等，又有黄豫元、吴云等为执业弟子。其中杨希闵弟子有陈鹏，吴际蟠弟子有谢学崇。④

陈用光（1768—1835），字硕士，一字实思，陈道之孙，嘉庆六年进士，由编修累官礼部侍郎。⑤ 陈用光自幼学于舅父鲁九皋，后游江宁，师事姚鼐，又游学于翁方纲门下，著有《太乙舟文集》。从鼐最久，笃信师说，缘经术为义法，和平自足，若无意为文者。多次与姚鼐论文，今存《姚惜抱尺牍》中犹有《与陈硕士》书札数通。"陈用光文义法谨严，言有体要，淡而弥旨，气韵胚胎欧、曾。"⑥ 梅曾亮序其文、得其精神：

　　新城礼部侍郎陈公，为古文学得于桐城姚姬传先生，扶持理道，宽博朴雅。不为深刻毛挚之状，而守纯气专。至柔而不可屈。不为熊熊之光、绚烂之色，而近虚澹淡，若近而若远，若可执而不停。盖其

① 张舜徽：《清人文集别录》，中华书局 1963 年版，第 215 页。
② 同上。
③ 包世臣：《零都宋月台维驹古文钞序》，《艺舟双楫》，商务印书馆 1935 年版，第 67 页。
④ 参见刘声木《桐城文学渊源撰述考》第十三卷："师事及私淑鲁九皋诸人。"
⑤ 赵尔巽等：《清史稿》卷四百八十五，中华书局 1998 年版，第 3430 页。
⑥ 刘声木：《桐城文学渊源撰述考》，黄山书社 1989 年版，第 161 页。

德性粹正，得之于天而暴其真于外者，于文其大端也。①

扶持理道，宽博朴雅，若无意为文，而义法谨严。这是陈用光之文的显著特征，也是新城之文的共同点。自梅曾亮游京师后，天下文士翕然宗之，古文多自然清丽之词，杂以骈偶，近于事功。而新城之文独不然，以义法为心而出以简淡之语，这正是新城古文墨守桐城义法的标志。陈用光从子中，陈希曾、陈希祖、陈希孟、陈兰祥皆学为古文。陈兰祥子陈溥能继家学，又有世侄陈学洪师事之。②

陈溥（1805—1858），字稻孙，号广敷，一号悛侯，新城人，陈用光之从孙，陈兰祥之子，陈兰祥为蒋士铨孙女婿③。年三十余，泛览百家之书，为陈氏子弟之冠冕。陈溥曾主讲九峰书院，为从祖用光所喜，又学古文于梅曾亮，尽得桐城义法。与梅曾亮论文最契洽。自以为能习"八子之学"，于宋五子之外，又推崇邵雍、陆象山、王阳明之学。④ 曾国藩对陈广敷稍有微词，以为："广敷才虽高，而不能为文士，而论说多未当于人心。"⑤《陈广敷遗书》中较重要的有《陈广敷先生诗文钞》《霞绮集》《诗说》《盱江丛稿》等。

陈溥从兄陈学受，字永之，号懿叔，或称艺叔。曾学古文于梅曾亮、朱琦，得桐城义法。主讲弋阳书院，学务精醇，致力于《春秋》，著作多散轶。"懿叔文与梅伯言齐名。"⑥ 陈溥与陈学受合称"新城二陈"，为曾国藩《欧阳生文集序》中欧阳勋之师。

三　近代新城古文嬗变

近代江西之文与时推移。乾嘉之时以义理为宗；道咸之际，多究心时

---

① 梅曾亮：《太乙舟文集序》，《柏枧山房诗文集》，上海古籍出版社 2005 年版，第 121 页。

② 参见刘声木《桐城文学渊源撰述考》第十三卷："师事及私淑鲁九皋诸人。"

③ 徐雁平编著：《清代文学世家姻亲谱系》，凤凰出版社 2011 年版，第 335 页。

④ 欧阳兆熊、金安清著，谢兴尧校点：《水窗春呓》卷上，中华书局 1984 年版，第 1 页。

⑤ 吴敏树：《与筱岑论文派书》，《柈湖文集》卷六，《续修四库全书》第 1534 册，上海古籍出版社 2013 年版，第 196 页。

⑥ 欧阳兆熊、金安著，谢兴尧校点：《水窗春呓》卷上，中华书局 1984 年版，第 1 页。

弊；同光之文渐尚辞章，在桐城古文中自树一帜。

吴嘉宾（1803—1864），字子序，江西南丰人。曾祖吴炳为乾隆二年丁巳科进士，祖父吴潜为嘉庆元年丙辰科进士，吴嘉宾为道光十八年（1838）进士，① 官至内阁侍读，曾主讲琴台书院，交游有建宁张际亮、宜黄黄爵滋、湘阴郭嵩焘、粤西王拯、同郡陈学受等人。同治三年（1864），太平军攻入南丰时力战阵亡。吴嘉宾早年学古文于梅曾亮，肆力诸经及诗、古文辞，用意往往得古人深处，简淡深远，极尽精微。其《寄徐东松书》论文亦有独到之见："正琴瑟者以耳为准，分淄渑者以舌为准，定文章者以气为准，度义理者以心为准。知之或不能言，言之或不能授。"② 深得梅曾亮以气论文之旨。吴嘉宾又问学于曾国藩，曾氏《与吴子序》指出其文章之不足："阁下之文有骨无肉，似疑于声色二字稍加讲求。"③ 吴嘉宾诗文有《尚絅庐诗存》二卷、《求自得之室文钞》十二卷。此外尚有《易说》十四卷、《书说》五卷、《诗说》四卷、《仪礼说》二卷、《礼记说》十卷、《四书说》六卷、《丧服会通说》四卷、《六礼统》与《杂说》六卷。可见其深入性理之学。

吴嘉宾《求自得之室文钞》由方子箴、梅小岩集资刊行，郭嵩焘序评价其文与其人："其文章英奇磊落、严峭刻深，才气不可一世，要取寓是焉。蹻其心之所及追，而从不顾人世非笑，故读其文则其人可知。卒□□身坎坷龃龉，沮丧而不悔。"④ 其文章有奇气，根柢于性理之学，故所论不诬。文集卷一、卷二主要为"释"体，卷三有宏论《王阳明论》上、下篇，体现出江西新城派的鲜明特征。至于《海疆善后疏》《上曾涤生节相论盐务书》《拟举荐人才疏》等皆为时事之文，然而持论远不及湘乡派通达。至于《拟时事疏》："内民安而外夷绝望，虽诱之为乱，夫谁从之哉？"⑤ 攘外安内之说似不识事理。然其文章颇有桐城义法，《得一斋记》

① 参见吴嘉宾《求自得之室文钞》卷十一《先曾祖平定府君行状》《大父户部君事状》，国家图书馆藏同治广州刊本。
② 吴嘉宾：《求自得之室文钞》卷六，国家图书馆藏同治广州刊本。
③ 曾国藩：《与吴子序》，《曾文正公文集·书札》，吉林人民出版社1995年版，第2080页。
④ 郭嵩焘：《序》，吴嘉宾《求自得之室文钞》，国家图书馆藏同治广州刊本。
⑤ 吴嘉宾：《拟时事疏》，《求自得之室文钞》卷四，国家图书馆藏同治广州刊本。

提出了有一得即用之于践履的意义："知之莫如据之，据之莫如藏之，藏之莫如利用之。利用之，斯得之矣！"① 说理形象，语言简练。文集中《游翠微山记》为绝无仅有之写景记游之作：

　　张际亮既读书翠微山之僧寺，越八日，其友黄爵滋、吴嘉宾造焉。明日，张际亮导以游诸寺。遂至山巅。历驰道，左，行入卢师谷；下，循涧，穷日之力乃归。

　　又明日，将返。顺道视前所不至者，际亮读书之寺曰大悲寺，当山之半。上，西北为龙泉庵；又上，为香界寺。观明亮禅师像，最高宝珠洞，皇帝御座在焉。洞顶至山巅二百步。其左峰为卢师，两谷相隐如袴褶，谷中为证果寺。寺后祕魔崖，昔僧卢师讲经，二龙化为弟子即其处。有潭，今涸。顺下道以次而降曰三山庵、灵光寺、长安寺，公主塔在灵光寺右。今拆，其右建新塔。大悲寺以下皆今名。往时，西山尝有四百余寺。今或为上官禁苑，或已毁。兴废之迹盖不可胜道也。西山拱翼畿辅。士大夫休沐所尝至。出郭门三十里。抵达翠微麓。城垣宫阙，如瞻列星。圆方历历可指。独余三人，乃登其巅。

　　时天孟冬，烈风吹人。西望皆重岩如剑戟。雪被岩谷，浑河从沙石中流出。卢沟桥迤东如带。南望良乡浮屠，东望通州漕渠，北望平谷蓟门，足不易向，而目已周穷睨瀛海与天际。相与喟然叹息。以为士所至愈高，则所见愈远，旷乎！知形与物化同尽；寥乎！知神与莽苍同极！如是而蕲与世竞旦夕之得失者，其亦可以息矣！无所竞于世，则蕲有所得于己。际亮方以为何如也？②

这样的文章在吴嘉宾之古文中罕见，在晚清写景之作中也有鲜明的特色，写景如在眼前，叙述章法井然，有时间顺序，也有足迹所至的空间顺序，在水到渠成之处抒发感慨，游翠微山的历程也是作者心路历程的书

①　吴嘉宾：《求自得之室文钞》卷九，国家图书馆藏同治广州刊本。
②　吴嘉宾：《求自得之室文钞》，国家图书馆藏同治广州刊本。

写，无疑是清代写西山景致不可多得之美文。张际亮卒于道光二十三年（1843），与黄爵滋俱为一时名流，故该文对近代写景之文尤其是岭西古文有一定示范与启迪意义。吴嘉宾之文，虽有过于简淡奥涩之处，然其高处兼有气骨，堪称近代古文大家。吴家宾①之婿刘庠为曾国藩弟子，"宗汉宋两家融会而贯通之"②。交游甚众，通达之识出嘉宾之上。

同时有饶涤夫为古文大家。饶拱辰，江西新城人，清道光十二年（1832）进士，曾任天门、大足等地县令，《贻思斋古文稿》牛树梅序指出了其古文之杰特之处：

> 涤夫先生邃于学，达于治，前后官楚北十余年，隆然以政绩显。上信下孚。……先生学本程朱，于诸经皆有撰述，其文章海浸膏润，即以经籍为根柢。往往决剔幽隐，刻划精细，能曲尽事理，而峰蠡浪涌、峻洁雄健尤其本色。盖直造大古文家之室，是人所不能兼有者，先生已兼之矣！惜乎本年五月，所有箧书及生平论著俱毁于火，偶有存者，仅此数十篇耳。……解组后，以子官四川大足县，来就养。……同治四年乙丑嘉平上浣通渭牛树梅拜。③

先生学本程朱，文章以经籍为根底，峻洁雄健之风骨与桐城派方苞主张清真雅洁稍有不同。由于经历火灾，所存古文不多。其中有《魏征论》《狄梁公论》《燕平仲论》《宗鲁论》《观物轩记》《五服典礼合考自序》《敦厚堂制艺后序》等篇，多议论仪礼与史事之文。其《与陈广夫书》：

> 且夫封象者舜，而周公则诛管、蔡矣！服侍者文王，而武王则变伐矣！愚以使舜当周公之时，管叔不必杀；使文王当武王之时，纣不必伐。如是，而武王必伐纣，周公必辟管叔者何也？圣人之德，虽皆

---

① 刘声木谓其"师事妻父吴家宾"，疑为吴嘉宾，故系于此。参见刘声木《桐城文学渊源撰述考》，黄山书社 1989 年版，第 185 页。
② 王锺翰校点：《清史列传》卷六十九，中华书局 2005 年版，第 5668 页。
③ 饶涤夫：《贻思斋古文稿》，国家图书馆藏光绪十八年刻本。

浑全而无弊，其气象疑亦有惇大严毅之不同，其神明运量之间，乃各有所之，以造其理之极而成其能，而皆可以为天下后世法，伯夷、武王之事，宜亦若是焉尔。①

文章持论通达，就管叔蔡叔之事与陈广敷讨论，以为只要合乎情理，皆可以为后世所取法。

陈三立（1853—1937），字伯严，江西义宁人，先世为江州"义门陈氏"，先祖仕于福建，后迁回江西。祖父陈伟琳，六七岁即授章句，及长，读王阳明之书，慷慨怀经世志。②父陈宝箴被曾国藩目为天下奇士③，古文宗湘乡，《清史稿》谓其诗文皆有法度④，为湖南巡抚时，设立南学会、时务学堂，戊戌政变后被免职。桐城方宗诚评其文："不沾沾于文，而自光明俊伟，气骨铮铮。论事文尤佳，最善于立言之体，叙忠节事尤有生气，此自性分所出也。"⑤陈宝箴所作文章"探源汉魏，涉猎唐宋人，于作者骨骼神韵，具有心得，然后执笔为之"⑥。不过其文章有一个显著的特点，就是多奏章、书札，为尚用之文。陈三立早年曾协助父亲在湖南从事新政，晚年筑室于金陵，名"散原精舍"，又自号三原老人。为晚清四公子之一⑦，为陈宝琛于光绪八年典试湖南所得士。己丑成进士，吏部主事。平生至交仅丰城毛庆蕃、南丰刘镐仲。诗文皆卓尔不群，为同光体诗歌主将之一，于同时诗人独推范当世。古文与北方新城王树枏并称

---

① 饶涤夫：《贻思斋古文稿》，国家图书馆藏光绪十八年刻本。
② 郭嵩焘：《陈府君墓碑铭》，陈宝箴著，汪叔子、张求会编《陈宝箴集》，中华书局 2005 年版，第 1854 页。
③ 李肖聃：《星庐笔记》，岳麓书社 1983 年版，第 6 页。
④ 赵尔巽等：《清史稿》卷四百六十四，中华书局 1998 年版，第 3265 页。
⑤ 陈宝箴著，汪叔子、张求会编：《陈宝箴集》，中华书局 2005 年版，第 1842 页。
⑥ 陈宝箴：《书塾侄诗卷》，陈宝箴著，汪叔子、张求会编《陈宝箴集》，中华书局 2005 年版，第 1841 页。
⑦ 据徐一士著，孙安邦校点《一士类稿》："当是时，散原共谭壮飞、陶拙存（葆廉，陕甘总督模子）、吴彦复（保初，故广东水师提督长庆子），以四公子见称于世，皆学识为一时之俊者。而陈谭二公子之名尤著（丁叔雅惠康，故福建巡抚日昌子，时亦有名，四公子之称，或以丁易陶，原非固定也）。"山西古籍出版社 1996 年版，第 112—113 页。

"南陈北王"①，陈柱甚至以为"三立尤高才老寿，以诗文名海内，世多称其诗，吾以为文更胜于诗也"②。并以为陈三立与马其昶、姚永概、姚永朴为最笃守桐城义法之古文家。徐一士也以为陈三立遵守桐城文派之义法："其文亦清醇雅健，格严气遒。颇守桐城派之戒律，而能自抒所得。弗为桐城派所囿，蔚成散原之文。"③ 陈三立在《龙壁山房文集叙》中表达了自己的文论之旨：

> 桐城家之言兴，相奖以束于一途。固以严天下之辨矣！然而墨守之过，狃于意局，或稍无以厌高才者之心。然而，其所自建立，究其指要，准古先之言，皆足达其心之淑懿。条贯于事物，倡一世于物，则乐易之途以互殚其能，而不为奇邪诡辨淫志而破道阶于浮夸之尤。传曰：言有宗，出辞气斯远鄙倍，盖庶几有取焉。④

可以看出，陈三立主张言有法则，以达作者之情志。这是对桐城派的肯定，也是其文论观的集中体现。其文章以桐城义法为准则，然而并不拘泥于桐城义法。李肖聃《星庐笔记》以为："梁壁园焕奎谓伯严诗文初无宗主，中年文拟庐陵，诗宗山谷，其原皆出江西。"⑤ 然而其文章转益多师，渊源颇为复杂。李渔叔《鱼千里斋随笔》所说："至其文章，尤为奇伟，铭幽之文，韵语直承昌黎法乳，当时无与抗手。"⑥ 李希圣则以为其为文"在陈承柞、范蔚宗之间"⑦。无论如何，其文纡徐宏大之气近欧阳修，其奇伟之词上法韩愈，至于与《三国志》《后汉书》近，则是与湘乡古文接近，与桐城派宗法唐宋古文之格局并不矛盾。陈三立之文，多议论之

---

① 徐一士著，孙安邦校点：《一士类稿》，山西古籍出版社 1996 年版，第 115 页。
② 陈柱：《中国散文史》，上海书店 1984 年版，第 308 页。
③ 徐一士著，孙安邦校点：《一士类稿》，山西古籍出版社 1996 年版，第 115 页。
④ 陈三立著，钱文忠校点：《散原精舍文集》，辽宁教育出版社 1988 年版，第 10 页。
⑤ 李肖聃：《星庐笔记》，岳麓书社 1983 年版，第 6 页。
⑥ 李渔叔：《诗散原诗》，《鱼千里斋随笔》卷上，《近代中史料丛刊续辑》，（台北）文海出版社 1981 年版，第 52 页。
⑦ 陈衍：《石遗室诗话》卷一，钱仲联《陈衍诗论合集》，福建人民出版社 1999 年版，第 13 页。

篇，时有传记与墓志之文，颇有史家之章法。记叙之篇非江西古文之高处，也不是陈三立古文所长。《读〈管子〉》《读〈韩非子〉二首》等篇由古及今，《庸庵尚书奏议序》《郭侍郎荔湾话别图跋》则论及国家兴亡及如何应对；议论之文辞时有清新可喜者，如《清故光禄寺署正吴君墓表》：

> 其论治颇喜称民权，与余不合。余尝观泰西民权之制，创行千五六百年，互有得失。近世论者或传其溢言，痛拒极低，比之逆叛，诚未免稍失其真。然必谓决可骤行而无后灾余患，亦谁复信之？彼其民权之所由兴，大抵缘国大乱，暴君虐相迫促，国民逃死而自救，而非可高言于平世者也。①

作者在墓表中擅发议论，且与墓表主人之见相左，不合古文辞墓表之体。正体现出江西古文擅于议论的特点。同时论述纡徐曲折，开合有致，就泰西民主制度深入探讨，类似近代逻辑与报章之文，开晚清民国逻辑之文的先河。

陈三立之文，不以写景叙事见长，然而《王家坡听瀑亭记》叙事有序，写瀑布之美清新可玩：

> 庚午秋，余为山居，邻旧导往游。道取小天池东下行十里许，途塞，排榛莽，折而北，乱石怒出森立，几不可置履。
>
> 跳越造其趾。闻水声匋然。而穹崖椎张，延绣苔藓，双瀑吐崖隙，潴为潭，玲珑澄澈，环映倒影。泄濑界巨石如席，可蹲可坐卧，斜缘绝壁，猿猱升出。双瀑背别辟为广场，天光乍开乍阖。有白龙从天半垂胡，下饮碧海，则又一瀑也。
>
> 耸崖叠石错落怪伟，所潴潭亦益深且广，前瞰彭蠡，孤出鞋山，浮镜面，草树含石气，吹嘘寒碧，与眉须裾袂同色。其所擅景物如此。疑山南三叠泉、青玉峡诸胜莫能轩轾也。②

---

① 陈三立著，钱文忠标点：《散原精舍文集》，辽宁教育出版社1988年版，第68页。
② 同上书，第240页。

文章对瀑布、龙潭作了生动细致的描述。在叙事中有描摹，近欧阳修写
景之篇，用词奇瑰似韩愈之文，又如曾国藩奇诡雄健之词；至于想象、夸张
与对比的手法，轻绮处近于梅曾亮之文，清新雅致如"岭西五家"的笔调。
此外《花径景白亭记》也在记述庐山之景中表现了游子的思乡情怀，《嵋庐
记》由描绘母亲墓庐旁的山色入手，渐及国仇家恨。可见陈三立之文尽管以议
论为主，然议论开合自如，在议论中时有精辟独到之见，其记叙之篇则能加以
描摹，善转益多师，故能自成一家。陈三立之友刘镐仲、毛庆蕃皆有盛名。

刘镐仲为陈三立挚友，陈三立《刘镐仲文集序》记述了刘镐仲为文之
宗法桐城派又超逸于桐城义法之外：

> 余少年名习为文章，君亦与余类。为之愈专且勤，所治书，淫于
> 周秦汉诸子杂家，所为文亦本之，不阑入唐以还体势及宗派诸说，与
> 余颇持同异，互标举掎摭为噱乐。时君以主事厕刑部，俸入微，颇假
> 士大夫责文吊贺，受金赡乏绝。①

文中提及陈宝箴以为刘镐仲文与古之能者近，陈三立与之同年中举
人，又多次同赴京师。甚至不近唐以后文字。然刘镐仲为文好模拟《续古
文辞类纂》，在耳濡目染中自有影响。陈三立《竹如意馆遗集序》中又
说："当同光之际，有湖口高陶堂、南丰刘镐仲，皆官县令，皆长政事文
学，擅海内大名。"② 不过仅从国家图书馆藏《刘镐仲文》抄本来看，文
集只收录《九流兴废论》《诸子论》《读管子》等篇，所作皆议论之词，
其中《杂议一》可以看出其文章深受桐城派古文义法影响：

> 圣人之治天下，必有术焉。术者，非今之所谓术也。今之所谓术，
> 权谋而已矣。方且诈其民而使之从己，诈行而民叛，故以权谋为术，与
> 无术同。圣人则不然，其于道也，不以直遂，则以曲达，是所谓术也。③

---

① 陈三立著，钱文忠标点：《散原精舍文集》，辽宁教育出版社1988年版，第100页。
② 同上书，第243页。
③ 刘镐仲：《刘镐仲文》，国家图书馆藏抄本。

　　此文中先言何为术，再论今日之术，然后与圣人之术相对照。条理井然，文辞通达。

　　江西古文家陈三立、刘镐仲、毛庆蕃号为三友。据叶玉麟《清故护理陕甘总督甘肃布政使毛公行状》：毛庆蕃（1846—1924），字君实，又字伯宜、德华。① 江西丰城人。先世在蜀地为官。曾祖毛辉凤，嘉庆二十三年（1818）举人，曾知巴县；祖震寿，陕西布政使；父隆辅，四川丹棱县知县。毛庆蕃早年从乡先辈饶拱辰、罗亨奎及甘肃牛树梅游。又与陈三立、乔树枏、马其昶、刘孚京交好，与刘鹗同学②，由监生报捐员外郎③，同治十二年（1873）举人，始供职户部，光绪十五年（1889）进士。光绪三十三年，授江苏提学使，后师泰州黄隰朋先生。宣统元年（1909），为甘肃藩司。十六年卒，年七十九。著《古文学余》十卷、《江苏学务公牍》六卷、《奏议》六卷。有《丰城毛先生遗集》三卷，入《归群宝笈》。④ 陈三立为作《清故护理陕甘总督甘肃布政使毛公墓志铭》。《郭嵩焘日记》（光绪六年五月初五）载："所学尤有根柢，亦今日不易得之人才也。"⑤

　　自鲁九皋以来，桐城之文已传至江西，而姚门弟子陈用光、梅曾亮弟子陈溥、吴嘉宾等亦能文。及至湘军入赣，曾国藩倡导江西古文，江西文派一时称盛，而陈三立、刘镐仲、毛庆蕃一时并出，自宋欧阳修、曾巩及王安石以来数百年间，江西之古文家寥落，至此复炽。

　　故自曾国藩兴而后湘乡派之文与江西古文并起，中兴将帅多能为文，而曾门弟子相率述作，一时桐城之文，多能调和汉宋，因时而作，济于是世用。堪称中兴。其文与时推移，见机而作，对新文学的发展也有不可估量的影响。

---

　　① 毛庆蕃：《会试硃卷》，顾廷龙编《清代硃卷集成》（65），（台北）成文出版社 1992 年版，第 27 页。

　　② 参见会试硃卷第 33 页"受业师"、毛静《毛庆蕃与近代人物交游考》，易咏春主编《剑出丰城：县域社会经济史个案研究》，江西人民出版社 2009 年版，第 344 页。

　　③ 泰国经主编：《清代官员履历档案全编》（7），华东师范大学出版社 1997 年版，第 319 页。

　　④ 卞孝萱、唐文权编：《辛亥人物碑传集》，团结出版社 1991 年版，第 659 页。

　　⑤ 郭嵩焘：《郭嵩焘日记》（光绪六年五月初五）第四卷，湖南人民出版社 1983 年版。

第四章

北宗桐城文派

在方苞倡导古文时，桐城古文已传入北方。乾隆间，桐城古文家方观承为直隶总督，有志于文治，然未能移易北方文风；道光末年梅曾亮以古文称雄于京师，号为宗匠，河北之士犹未以古文为能事；咸丰十年（1860），英法联军入侵北京后，兵燹之余，又遭旱灾，河北文运衰颓；同治间曾国藩总督直隶，作《劝学》文，告直隶士子①，桐城之文渐兴于河北。继任李鸿章以张裕钊、吴汝纶主莲池书院，而后新学兴起，古文繁盛，河北人文，彬彬称盛，桐城古文兴于莲池，余风流韵，绵延至民国之初。

第一节　桐城古文的西化

当京师桐城古文炽盛之时，直隶清苑之文风并未有丕变。莲池书院为河朔学术之要津，历任山长中，何秋涛尤重舆地之学，黄彭年讲求实学，李嘉端、王振纲以经学育士。随着张裕钊、吴汝纶主讲书院，风气为之一变。吴汝纶以西学课士，在北方实学中引入洋务，学风变迁引领文风之新变。

一　河北士风与桐城古文的兴起

清代以来，与江南之富庶与繁华相比，河北土地贫瘠，财货不足，士

---

① 参见《曾国藩全集·日记》第三册："作《劝学》文，告直隶士子也。"岳麓书社1994年版，第1656页。

风不振，然清苑为直隶之枢机，莲池为直隶之文津。道咸以来，清廷与太平军多年鏖战江南，生灵涂炭，城郭丘墟。而北方之地，外夷入侵后旋即媾和，曾国藩、李鸿章等均以兴办洋务运动求变，河北人文蔚起为时势之必然，桐城古文也渐为河北文人所认同。

自古燕赵多慷慨悲歌之士，河北学风质实，时有豪杰魁伟之士出于其间。莲池弟子刘治琴所作《莲池书院碑铭》论直隶之士：

> 直隶自古名区，瑰奇磊落之才后先继起。名臣杨忠愍、赵忠毅、孙文正、鹿忠节诸公，名儒如孙夏峰、刁蒙吉、颜习斋、李刚主诸先生，他如纪文达之博极群书，翁覃溪之殚心著述，杰人达士，史不绝书。①

莲池碑铭中所举之人，皆慷慨磊落之士。名臣杨继盛为一代谏臣，赵南星疾恶如仇，孙承宗以身殉国，鹿善继力战身死，至于名儒才俊孙奇逢、刁包、纪昀、翁方纲及李南宫，皆以奇行志节闻名。就艺术风格而言，江左宫商发越，流丽婉转；河北辞义贞刚，慷慨悲凉。其文学精神与南方颇不相同。王国维论南北文学之差异时以为，诗歌的文学乃北方的文学，缘于北方文人的气质：

> 南方学派则仅有散文的文学，如老子、庄、列是已。至诗歌的文学，则为北方学派之所专有。《诗》三百篇大抵发表北方学派之思想者也。②

王国维将南方文学与散文联系起来，可以说，河北桐城古文的兴起，在文学精神上，是诗性精神的勃兴。在一定意义上，河北桐城派古文的兴起，不只是桐城古文在北方的兴盛，而是诗性精神在古文中的体现，是北方刚健雄浑之气在散文中的复起。桐城古文从此不只是清真雅洁的古文，而是古文的又一次新变。继梅曾亮自然峻洁的文人之文、曾国藩质实而雄健的经世之文后，河

---

① 吴闿生：《吴门弟子集》卷五，莲池书社刊行，中国书店己丑年秋月重刊。
② 王国维：《屈子文学之精神》，《王国维先生全集初编》（五），（台北）大通书局 1976 年版，第 1921 页。

朔之文渐以雄深雅健的气势，表现出新学的内涵。曾国藩之古文并未臻于雄奇瑰玮之境，至于其弟子张裕钊、吴汝纶来掌教化，河朔之文风于是始变。河北文章，方有雄奇之气，大有青出于蓝之声势。吴闿生《吴门弟子集序》：

> 盖河北自古敦尚质朴，学术人文视东南不逮远甚。自廉卿先生来莲池，士始知有学问。先公继之，日以高文典册摩厉多士，一时才俊之士奋起云兴，标英声而腾茂实者先后相望不绝也。己丑以后，风会大开，士既相竞以文词，而尤重中外大势，东西国政治有用之学，畿辅人才之盛甲于天下，取巍科登显仕，大率莲池高第。江浙川粤各省望风欲避，莫敢抗衡其声势，可谓盛哉！①

贺涛、阎志廉为莲池书院弟子中河朔桐城派的干将，同时文人尚有王树枏、李刚己、刘春霖、曹锟等号称一时之俊杰。此言论桐城派在河北的兴起虽或有不足，然而其梗概大致如此。"桐城三祖"之文，河朔文人或心知其意，而自纪昀以来，所见不同，故方苞有南归之志；自梅曾亮、曾国藩扩大其体制，南北文人的好日渐相通。至张裕钊、吴汝纶主持莲池，士风为之一变，河北之文以质实立干，以新学为用。京师直隶为首善之区，自东南震荡以来，京畿西学最盛。从文章的内容与倾向看，河朔古文的兴起是欧美文化融入桐城古文的过程。桐城古文至此已与初创之时迥异。虽有桐城"义法"与程朱理学之帜志，然而，西方文化的精神已渗透于其中。开办新式教育、自由贸易、科学技术，乃至自由平等之思想使得桐城古文由古文蜕变为新的文学。至此，河朔的桐城古文具备了诗性精神与兼通新学的特征。

二　实学的兴起与古文的西化

桐城派古文传至河北，深受河北慷慨之气与北方实学熏染。在清帝国岌岌可危的局势下，河朔之士亲历了社会的动荡与王朝的衰微，生发了变革危局的使命感，新学的引入成为必然，故河朔桐城古文中渗透了西学元素。

---

① 吴闿生：《吴门弟子集序》，《吴门弟子集》，中国书店重印民国 19 年莲池书社刻本。

河朔直隶实学传统久远。清初颜、李学派即兴起于河朔，为学以"用"为本，与桐城学派迥然殊途。而方苞谓颜元："检身不力，口非程朱，难免鬼责。"① 李刚己曾与方苞交游，论辩之间，侃侃而谈，而方苞无以应。② 然而百年之后，"举颜、李姓氏，则人无知者"③。乾嘉之时，河间纪昀以馆臣之重倡导考订之学，与大兴朱珪、朱筠、翁方纲等人推动了乾嘉朴学思潮之兴起。

河朔之学，以莲池为中心。自雍正至于清末，人才济济。多专注实学之士。枣强于振宗《重修保定古莲花池记》记叙了莲池书院之兴起：

> 保定古莲花池肇自唐之上元，建有临漪亭，志谓鱼泳鸟翔，得潇湘之趣，可谓古之胜迹也。元守帅张柔凿池构榭，聿成巨观。清雍正十一年，总督李公卫于万卷楼西界以垣坩葺讲堂，创设莲池书院。光绪八年，总督李鸿章广储书籍于万卷楼，订立学古堂章程，以为诸生肄古学之所。当是时，贵筑黄子寿先生都讲于斯，实左右之旋。黄先生奉命分守荆襄，武昌张廉卿、桐城吴挚甫两先生相继都讲。④

从碑文所记可见，莲池书院乃河朔人才之渊薮，由来久远。而其学风与河朔之学相呼应，颇尚笃实。初建即为造就英才，辅佐皇权。李卫《莲花池修建书院增置使馆碑记》就提及：（雍正）"皇上御宇十有一年，久化道成，俊乂辈出。谕德宣远，辐轩四达。命直隶省建书院，教育英才，德意之厚，与天同功。"⑤ 至晚清时，福建光泽人何秋涛（字愿船）任主讲，为汉学之大家，并精通舆地之学，咸丰十年（1860），客死于莲池书院，年三十九⑥。一代名儒李嘉端离任后，王振刚继任。王振刚，字重三，

---

① 方苞：《李刚主墓志铭》，《方苞集》，上海古籍出版社 2008 年版，第 249 页。
② 陈登原：《颜习斋哲学思想述》，中国大百科全书出版社、东方出版中心 1989 年版，第 193 页。
③ 戴望：《颜氏学记序》，戴望《颜氏学记》，商务印书馆 1930 年版，第 1 页。
④ 于振宗：《重修保定古莲花池记》，《清苑县志》卷五，1934 年版，第 91 页。
⑤ 李卫：《莲花池修建书院增置使馆碑记》，《清苑县志》卷五，1934 年版，第 44 页。
⑥ 赵尔巽等：《清史稿》卷四百八十五，中华书局 1998 年版，第 3431 页；徐世昌：《清儒学案》（7），中华书局 2008 年版，第 6414 页；佚名：《清代学人列传》，柴汝新主编《莲池书院研究》，河北大学出版社 2012 年版，第 124 页。

为曾国藩所重，"其学之始也，兵农、礼乐、河渠、地理，旁及释老、卜筮、相墓家言，靡不旁究"①。此后，主讲莲池书院的贵筑黄彭年（1823—1890），字子寿，号陶楼，于光绪四年（1878）至八年（1882）任主讲，讲求朴学，更增开考据课程，反对弟子的门户之见，直至光绪八年出任湖北安襄郧荆道之职，而后张裕钊、吴汝纶继任。可见莲池书院自雍正年间建立以来，倡导实学与以朴学教导书院弟子之主讲不乏其人。道咸以来，实学渐兴。河朔人文蔚起，名闻天下。

曾国藩、李鸿章依次为直隶总督，兴办书院，以经世之业为首务，尤重洋务，西学大兴。弟子张裕钊、吴汝纶以西学教导书院生。吴汝纶自谓："书院兼习西文，亦恐止莲池一处也。"② 其中张裕钊提倡西学在前，对西方科学技术"利而用之"，曾对黎庶昌建言："精求海国之要务，以筹备边事。"而吴汝纶《答贺松坡》将西学视为国之大事：

> 洋务，国之大事，诸生不可不讲。今新出之书，有《泰西新史揽要》，西人李提摩太所编，而华人为之润色者。其书皆百年以来各国转弱为强之事迹，最为有益于中国。又有《自西徂东》一书，所分子目甚多，每篇皆历道中国盛衰，而结以外国制度，亦甚可观。至若《中东战纪》，西人亦归入蓝皮书中。蓝皮书者，西人掌故书也。然所纪颇乖事实，亦少叙记之法，盖非佳制。其余则同文馆及上海方言馆所译诸书，皆可考览。而尤以阅《万国公报》为总持要领。近来京城官书局有报，而上海又有《时务报》，皆可购而阅之。③

文中所介绍的洋务非泛泛之论，表明吴汝纶对当时出版的新书报刊了如指掌，从《泰西新史揽要》《自西徂东》等必读之书，到《中东战纪》之类不必读之书；从《万国公报》到《时务报》等新出报刊，他都非常

---

① 徐世昌：《大清畿辅先哲传》（上），北京古籍出版社 1993 年版，第 482 页。
② 吴汝纶：《与李季高》，《尺牍》卷二，《吴汝纶全集》（三），黄山书社 2002 年版，第 255 页。
③ 吴汝纶：《答贺松坡》，吴汝纶著，施培毅、徐寿凯校点《吴汝纶全集》（三），黄山书社 2002 年版，第 121 页。

熟悉。并进一步认识到，要了解西学，"其导源之法，则必从西文入手。能通西文，然后能尽读西书。能尽读西书，然后能悉西国深处"①。甲午战后，为更好地了解西方，吴汝纶从莲池书院生中选拔学生，创办了西文学堂、东文学堂，书院教习西学，直至八国联军入侵河北，毁灭莲池书院。

甚至在光绪废止八股取士之时，吴汝纶就开始鼓吹新思想，主张废除科举制度，大兴西学：

> 窃谓废去时文，直应废去科举，不复以文字取士。举世大兴西学，专用西人为师。即由学校考取高才，举而用之，庶不至鱼龙混杂。②

崇奉西学以至于要求废止科举，在通过科举进入官场的晚清文人之中实属罕见。

吴汝纶认为，在洞悉桐城义法基础上可得西学之妙境，为我所用。他论中西学之短长时指出："文者，天地之至精至粹，吾国所独优。语其实用，则欧、美新学尚焉。博物、格致、机械之用，必取资于彼，得其长乃能共竞。"③ 以为实用之学以欧美为高，为文之事以中学为优。在吴汝纶看来，桐城古文与西学并不矛盾。在评述《天演论》时称道其文辞之美："以赫胥黎氏名理，得我公神笔，合为大海东西奇绝之文。"④ 中西合璧，各取所长而用之，然后有天下之至文。

三　莲池古文的欧化倾向

河朔重实学，莲池书院尤其如此。在外夷入侵、中西文化交汇之际，由于张裕钊、吴汝纶的倡导，西学开始成为莲池书院学习的重要内容。随着西学的传播，古文与时务密切相关，介绍与商讨洋务成为其中最为闪光

---

① 吴汝纶：《答贺松坡》，吴汝纶著，施培毅、徐寿凯校点《吴汝纶全集》（三），黄山书社 2002 年版，第 129 页。

② 同上书，第 194 页。

③ 赵尔巽等：《清史稿》卷四百八十六，中华书局 1998 年版，第 3442 页。

④ 吴汝纶：《日记·西学下》，吴汝纶著，施培毅、徐寿凯校点《吴汝纶全集》（四），黄山书社 2002 年版，第 624 页。

之处，洋务成为古文的题材与内容，西方的名学被引入古文之中，西文的句式与字句在古文中也不时体现出来，造就了莲池古文的欧化倾向。

（一）古文中的洋务内容

作为河朔古文的有机组成部分甚至核心内容，洋务与西学使得桐城古文有了全新的面貌。与旧的古文讨论的对象不同，河朔古文涉及的是崭新的时代内容，与前期的桐城古文相比，内容多新奇怪异，可谓闻所未闻。如吴汝纶《日记》中《西学》（上）一则，对西方工业中使用的各种机器作了简明而全面的介绍：

> 外国新法甚盛益兴，纺线有机器，霎时可数百缕；缝纫有机器，一人可兼数人之工，俗号之曰：铁裁缝。织布有火轮机器；炊爨用煤气，或用火油，或用电火；收储熟食用光铁瓴，数年不变。欧洲少肉食，皆取之阿美利加、澳大利亚二洲，杀牲而运其肉，渡海数万里，经赤道之热，用机器作冰，封肉于冰坞，数月不变。耕种不用马牛驴，用火轮机器，一行可耕数垅，收获以马曳刀，谓之自来力。……播种粪不足，用化学制物入田，使田加肥沃。作油用化学，油出不待榨而速十倍。作屋有木屋、铁屋、玻璃屋。作钢有白司噎者，能借空气以吹生铁，顷刻为钢。各国铁路旧皆铁轨，今用白司噎钢轨。岁省银三千万两。起重机用轮盘滑车螺丝。作电匣曰佛哪加，能封闭人语言于匣，远道远年欲听此语言，用匙小转，则言从匣出。又有德律风，能千里传语。①

"铁裁缝""光铁瓴""冰坞""火轮机器""化学制物""玻璃屋""白司噎钢轨""电匣曰伏哪加""德律风"等，这些新事物、新现象今天看来再普通不过了，对于天朝大国的臣民来说，闻所未闻，无异于开辟鸿蒙之事，有如《山海经》中《海外经》记述的内容，似乎荒诞不经。对

---

① 吴汝纶：《日记·西学上》，吴汝纶著，施培毅、徐寿凯校点《吴汝纶全集》（四），黄山书社 2002 年版，第 515—516 页。

于传统的观念与古文的基本内容提出了挑战。由于古文与时务的结合，不可避免地出现了古文的通俗化与时务化。洋务与西学无疑促进了古文向现代转型。由于导师与主讲的大力提倡介绍，甚至课程中开设西文，关涉西学，莲池成为西学在中国传播的中枢，也成为桐城古文变革的中心。古文向白话文递嬗成为不可逆转的趋势。

（二）古文中的名学与逻辑

西学带来的不只是西方的技术，还有西方的观念与思维。除了被派出的留学生亲历了西方文化之外，西方外交使节与清廷官员的交流也使得中国人了解西方文化成为可能。而影响更大的是西方传教士作为书院的教习，传授更多的是西方的文化理念，其中有西方的自由平等观念与缜密的逻辑思维。在风雨飘摇的晚清，自由平等观念的引入动摇了臣民对皇权的崇信；而西方逻辑的传播也促使了文人对传统文化观念尤其是古文"义法"的重新认识。严复翻译《天演论》，文笔与以前的古文迥然不同，吴汝纶阅后耳目为之一新：

> 得惠书并大著《天演论》，虽刘先主之得荆州不足为喻。比经自录副本，秘之枕中。盖自中土翻译西书以来，无此闳制。非直天演之学，在中国为初凿鸿蒙。亦缘自来译手无似此高文雄笔也。①

吴汝纶致函严复，表达了钦佩之情，称自翻译西书以来，无此宏制；从来翻译家无此高文雄笔。如此则严译《天演论》为空前未有的至文，又说："尊译《天演论》，赫胥黎氏之理，执事之笔，合为两海奇书。"② 将严复翻译的《天演论》视为东西文化合璧的奇书。除了雄健清新之笔外，最引人注目的就是西方逻辑的影响：

> 尊译《天演论》，名理绎络，笔势足穿九曲，而妙有抽刀断水之

---

① 吴汝纶：《日记·西学下》，吴汝纶著，施培毅、徐寿凯校点《吴汝纶全集》（四），黄山书社 2002 年版，第 624 页。

② 同上。

致。此海内奇作也。脱稿在迩，先读为快。①

文章说《天演论》之文笔高妙、脉络清晰。"名理"看似寻常，但与传统的"思理""义法"已有本质的不同，有逻辑的意味，西方逻辑学在当时多被称为"名学"，如《穆勒名学》之类，即是研究逻辑的著作。吴汝纶已意识到"名理"的独特作用，指出常人以为："学文学、名理、格致之学，徒有名耳，无所于利也。"② 然此中有大利，为经世之学与洋务中不可或缺之学术。吴汝纶其求是之思想多得益于对事实与逻辑的思索。甚至意识到这一点后反思古文之做法，对古文中的脉络与布局更为关注。吴汝纶《日记》中记载了与张裕钊论古文时对文章气脉的认识："夜与张廉卿久谈为文之法，廉卿最爱古人淡远处。其谓：'气脉即主意贯注处。'言最切当。又谓：'为文大要四事：意、格、辞、气而已。'"③ 由此追溯前人古文章法，更为叹服：

> 归震川评《国策》"梁王魏诸侯范台"章云："凡文章，前立数柱议论，后宜铺应。或意思未尽，虽再言亦可。只要转换得好，如此非唯文字有情，而章法亦觉整齐。鲁共公此论，可以为式。"④

吴汝纶在接受西学的同时，力图兼取二者之长，将东西之学融合为一体。故古文之"义法"并不悖于西学之逻辑。逻辑学的引入，使得古文有了新的形式与内涵，近代逻辑文的出现，与晚清古文中关注逻辑的思潮有着密不可分的关系。

（三）西文的句式与词汇

由于内容涉及西学，河北古文所使用的表达方式较近代之前之文句式

---

① 吴汝纶：《日记·西学下》，吴汝纶著，施培毅、徐寿凯校点《吴汝纶全集》（四），黄山书社 2002 年版，第 624 页。
② 同上书，第 638 页。
③ 同上书，第 289 页。
④ 同上书，第 290 页。

显著不同。所用的词汇自然也多外来词。

在桐城派前期古文中，多议论之句。至于莲池古文，则以介绍西学为鲜明的特征，而介绍西学之报刊文章，多陈述句，尤其多存在句。可以看出，古文内容的变化与翻译西方报刊改变了古文的表述方式。吴汝纶可谓翻译与介绍西方文化的先驱。其《日记》中就有许多以翻译外文来介绍西学的篇章。《日记》中《西学》部分，上篇大多是直接翻译西方报刊的文章，下篇则多是经过改写的叙述。其中有《格致新报》的内容：

> 《格致新报》：近日法人有满爱生者，寻出一气名曰钙碳气。卅年前法国学士名曰白而衰老者寻一气，名曰"亚舍地米内"。自满爱生寻出钙碳气后，可由极便宜之价值先得钙碳气，后得"亚舍地米内"。其制为石灰之质，以钙养加以碳或煤，即为钙碳水之质，以轻养二气加于钙碳之上，则钙与养连而仍为石灰，碳与轻连即成为"亚舍地米内"。①

《格致新报》出现于光绪二十四年，主要介绍西方科技动态，为天主教堂主办、上海商务印书馆承印的旬刊。该文主要介绍了气体"亚舍地米内"的制作流程。先制作"钙碳气"，然后通过化学反应获得"亚舍地米内"。是欧美科技新发展的报道。吴汝纶以敏锐的眼光捕捉到了这一信息。文中的句式显然与之前的古文大不相同，首句即为"有"字句。文中的叙述主要以工艺流程之先后为序。其中"名曰"是叙述性的介绍，带有"即"字的句式表示结果。文中使用了一些新词，与传统的古文使用的文辞并无太大差异，加上叙述性的句式、西学的内容，在一定程度上改变了桐城派古文的面貌。

桐城古文之词汇在莲池古文中也得到了全新的突破。吴汝纶的古文，尤其是介绍西方科学技术篇章所用的词汇与现代白话相近，与清代前期古

---

① 吴汝纶：《日记·西学上》，吴汝纶著，施培毅、徐寿凯校点《吴汝纶全集》（四），黄山书社 2002 年版，第 535 页。

文相比已经大相径庭。除了上文引用的篇章中的"养"（氧）、"轻"（氢）、"碳""钙"等化学元素为前此闻所未闻者之外，西方逻辑、技术与机器也是近代中国很少涉及的。因而涌现了许多与之相关的词汇。如关于农事之言的《摘抄美国农学新法》一文中即可以见到许多新的词汇："农学""马力""防虫""齿轮""磺强酸"，甚至有西方的计量单位"蒲歇尔"。值得关注的是，西学往往通过日本传入，其中有日人对西学的理解，尤其吴汝纶主持莲池书院时还曾延请日人为讲习。吴汝纶曾访问日本，对明治维新后的日本社会非常关注，也重视日本学人介绍的西学理念。《日记》中摘录东文学社西山荣久所翻译的《新学讲义》，其中包含大量西方概念：

> 自然科学，其总为生物学。其别为人类学、动物学、植物学、矿学；此诸学总称为博物学。博物学之外，有物理学：如力学、声学、光学、热学、电学，皆物理学也。博物学、物理学、化学、地质学、天文学、地文学，皆属天然科学。其生理学、组织学（凡人物身体之构造，骨格之结合，研其效用，谓之组织学）、病理学、卫生学，此诸学皆属性态科学。所谓形式者，数理学也，分为数种，曰代数学、几何学、微分学、积分学，此数者皆谓之形式科学。①

文章中所提及的学科，有许多是清代前期传教士也未提及的。对科学的划分已经相当精细。将自然科学分为形式科学与材料科学，材料科学分天然科学与性态科学两类，虽未必合乎今人的分类，然而在近代中国，这些皆为新词汇、新科学，也是新的理念，词汇的使用与逻辑的表达相关联。在一定意义上，莲池古文在使用新的词汇时已经将新的逻辑理念引入古文之中。故吴门弟子白长卿感慨："此则泰西专门之学，不可谓非今胜于古也！"② 西方科学与词汇的引入，改变了桐城古文的风貌，体现了古

---

① 吴汝纶：《日记·西学上》，吴汝纶著，施培毅、徐寿凯校点《吴汝纶全集》（四），黄山书社 2002 年版，第 548 页。
② 白长卿：《答濂亭先生问》，吴闿生《吴门弟子集》卷一，民国 19 年莲池书社刻本。

文向现代白话的逐渐过渡。

莲池古文中的西学元素与欧化倾向由来已久，吴汝纶的影响可谓深远。吴门弟子贺涛所作《吴先生行状》谓："三十年前，先生固尝以新学倡天下矣，近更旁搜广取，穷险阐幽，大畅厥旨，而文益博奥醇肆。"① 吴汝纶将西学引入桐城古文，从此古文有了更深广的现实内容，弟子马其昶评述其古文之成就称："吾县文章之传，自方姚之后，吴先生极其盛，其高洁过海峰，以其经学深，所致力皆周秦书也，而新学亦自先生始。"② 桐城之文，不只是桐城一县之文，也是天下之至文。新学融入古文，使得古文焕然一新，成为关注现实的经济之文，也是系心当世的时事之文，同时也是深受西学影响的逻辑之文。

第二节　张裕钊、吴汝纶与莲池古文

曾国藩之门，人才济济，就古文之成就而言，能弘扬师说并开创新宗者，则仅有张裕钊、吴汝纶而已。曾国藩曾嘉许"吾门人可期有成者，惟张裕钊、吴汝纶两生耳"③。而郭预衡谓："在曾氏身后，文章别开生面者，是黎庶昌、薛福成。"④ 所作《中国散文史》不论张裕钊、吴汝纶之文。然二人文章高妙，有黎、薛不可及处，其弟子后学中尤多魁伟之士，莲池文章光焰长存，以迄于今，不可以不深思。而莲池古文之兴盛，张裕钊振起于前，吴汝纶张帜于后，上承湘乡派经世之文，下启马其昶通俗之篇。腾蛟起凤，蔚然成风，一时文风为之移易。

一　张裕钊：穷理追新的载道之文

曾国藩门下士数以百计，皆当世之俊杰，而张裕钊最为高第弟子。然

---

① 贺涛：《吴先生行状》，《贺先生文集》，《续修四库全书》第 1567 册，上海古籍出版社 2013 年版，第 171 页。

② 马其昶：《桐城耆旧传》，黄山书社 1990 年版，第 446 页。

③ 蔡冠洛：《清代七百名人传》，《近代中国史料丛刊》，（台北）文海出版社 1970 年版，第 1810 页。

④ 郭预衡：《中国散文史》（下），上海古籍出版社 2000 年版，第 588 页。

为人澹泊，不慕荣利。在古文创作中独辟蹊径，自有心得，追摩古人，兼法西学。其穷理追新的载道之文为莲池派①古文之渊源之一。

张裕钊（1823—1894），字廉卿，号濂亭，武昌人，学者称武昌先生。②《清史稿》及《清代七百名人传》载其行实。张裕钊父张善准，好学敦义，喜顾炎武《日知录》、王应麟《困学纪闻》；母金氏，自幼读书，深明大义。张裕钊"少染家学，精勤不倦"③，七岁时与兄裕锴入私塾，师事父挚同邑杨慰农先生五载，学《论语》《大学》等。十二岁时师从同邑朱衣柳先生，不喜八股之文。道光十八年（1838）十六岁与好友范鹤生、范子珹同中秀才，十七岁赴省城乡试深得学使方公激责，落选后一直居家读书，后娶大冶黄仲卿之女。咸丰元年，与挚友范鹤生、范碱、黄蒙九等中湖北乡试举人，次年考上内阁中书。曾国藩阅卷，赏其文，以为与曾巩相近。与相见，又告以文章之要及唐宋以来古文家法，于是日读司马迁、班固、相如、扬雄之书。张裕钊又精研书法，由魏晋六朝上窥汉隶，自成一家。不慕富贵，与曾国藩相从数十年，心无旁骛，专心于文章，著有《濂亭文集》。平生除了短期居胡林翼、曾国藩之幕外，主要以教书育人为业。初主武昌芍庭书院，清军克复金陵后，曾国藩延聘主持江宁凤池书院十余年，后李鸿章延请主持莲池书院及学古堂六年，李鸿章欲以张佩纶主持莲池，张裕钊回到湖北。先后主持江汉书院、经心书院。张之洞贬斥古学，张裕钊去往襄阳鹿门书院。④ 晚年穷困，光绪二十年（1894）卒于西安寓所。张裕钊一生以育人为己任，成就后学甚众。其中1883—1888年应李鸿章之邀，为直隶莲池书院山长。门下士最知名者，为范当世与朱铭盘，⑤ 贺涛、张謇等亦为当世名人。此外尚有日人宫岛大八为及门弟子。

① 王达敏：《曾国藩总督直隶与莲池新风的开启》，以"莲池派"称莲池古文作家，参见《安徽大学学报》2014年第6期。

② 张后沆、张后浍：《哀启》，张裕钊著，王达敏校点《张裕钊诗文集》，上海古籍出版社2007年版，第551页。

③ 闵尔昌纂录：《碑传集补》第五十一卷，民国12年燕京大学国学研究所，第10页。

④ 张后沆、张后浍：《哀启》，张裕钊著，王大敏校点《张裕钊诗文集》，上海古籍出版社2007年版，第551页。

⑤ 蔡冠洛：《清代七百名人传》，《近代中国史料丛刊》，（台北）文海出版社1970年版，第1810页。

弟子中，除河北诸弟子外，荣成孙葆田亦以古文名世。孙葆田（1840—1911），字佩南，山东荣成人。同治十三年进士，授刑部主事，改知县，为安徽宿松县令，旋调合肥，为官萧然如寒士，不畏李鸿章权势，秉公执法，人称包龙图复出。被劾，自免归。"葆田故从武昌张裕钊受古文法，治经实事求是，不薄宋儒。历主济南泺源书院、河南大梁书院，学者奉为大师。"① 有《校经室文集》六卷。其古文出于桐城而不为桐城所囿，以经世致用为宗。

张裕钊虽文高一代，然不善于交际。从其人生际遇与吴汝纶之文中均可见端倪。吴汝纶为张裕钊弟子孙葆田之父作神道碑时申述了张裕钊的不幸遭际：

> 武昌张先生者，鄂之贤人也。名裕钊，字廉卿，曾文正公高其学行，尝寓书先生，以"韩孟云龙"为比。先生之贤在道德文章，其在众若无能者。文正尝荐之胡文忠，文忠客礼之。文忠公薨，先生不容于鄂，文正聘至金陵，竟文正薨，留金陵不去。继文正治江南者多贤帅，左文襄、沈文肃其尤也。然于先生皆不能有加礼，众人之而已。后去江南之保定，依合肥李相公。老而归鄂，鄂帅又贤也，而先生卒以无所合，转徙襄阳，流落关中以死。盖贤难容于世也如此。

文章痛斥了世道之邪恶，同时对同门张裕钊的境遇深表同情，表达了对师兄人格的景仰。但在叙述中可以看出，除了得到曾国藩之赏识、胡林翼之容纳外，历任大吏，无不对张裕钊冷若冰霜。其行高于人自然可敬，作为曾门的上宾，不善交际当是其身世坎坷的重要原因。

在桐城文派中，张裕钊有其独特的地位。为文深思高举，追摩古人，取法当代，不废西学，为一代文人之杰出者。非唯曾门弟子之首而已。张裕钊自视甚高，偶有所作，寄书与友人，"自以甚近似西汉人。且私计国

---

① 《清史》编纂委员会：《清史》卷四百七十八，（台湾）国防研究院1961年版，第5135页；"孙葆田治合肥李氏案"又见于徐凌霄、徐一士《凌霄一士随笔》（6），山西古籍出版社1997年版，第1300页。

朝为古文者，惟曾文正师吾不敢望，若以此文校之方、姚、梅诸公，未知其孰先孰后也"①。刘声木《桐城文学渊源撰述考》赏叹其文，以为远在吴汝纶之上。自咸同之世以至于民国之初，天下俊才云蒸，而刘声木文中称张裕钊为"百年来一大家"②并非信口雌黄。"曾门四弟子"中，同门三人推尊张裕钊为第一。曾国藩与兴化刘熙载称其文章为"海内第一"③、"当代之冠"④，并非谬赏。曾国藩为一代文章家，而《重修金山江天寺记》请张裕钊代笔，足见其文章乃天下之至文，非凡品所可比拟。

张裕钊之文继承了桐城古文传统，为文崇尚义理。从体式来看，所作有论辩、序跋、赠序、书说、碑志、传状、杂记、哀祭等，共一百一十余篇，多为议论之作，与其尚理之趣不无关联。曾国藩谓："其文有王介甫之风。"⑤ 其子张后沆、张后浍则叹其"于学无所不窥，而以宋儒理学为本"⑥。徐世昌谓：

> 其为文假途韩欧，上推秦汉，原本《六经》，沉潜乎许、郑之训诂、程朱之义理，以究其微奥。⑦

其文章以《六经》为本，以至道为归，故与吴汝纶之文相比，张氏古文更近于载道之作。《复查翼甫书》强调义理的重要性，以为"学问之道，义理而已"⑧，与桐城派推崇程朱理学如出一辙。然而张裕钊对宋学

---

① 张裕钊：《答李佛笙太守书》，张裕钊《张裕钊诗文集》，上海古籍出版社 2007 年版，第 94 页。所论文为《书元后传后》，稿本则作《广西巡抚方公家传》。

② 刘声木：《桐城文学渊源撰述考》，黄山书社 1989 年版，第 285 页。

③ 参见清刊本张裕钊《濂亭遗诗》卷二《九枝》原注："曾文正师于余文，兴化刘庸斋先生于余文及书，皆许为海内第一。"张裕钊著，王大敏校点《张裕钊诗文集》，上海古籍出版社 2007 年版，第 341 页。

④ 张后沆、张后浍：《哀启》，张裕钊著，王大敏校点《张裕钊诗文集》，上海古籍出版社 2007 年版，第 551 页。

⑤ 曾国藩：《求阙斋日记类钞》卷下，《曾国藩全集》，吉林人民出版社 1995 年版，第 4941 页。

⑥ 张后沆、张后浍：《哀启》，张裕钊著，王大敏校点《张裕钊诗文集》，上海古籍出版社 2007 年版，第 552 页。

⑦ 徐世昌：《湘乡弟子》，徐世昌纂，周俊富编《清儒学案小传》卷十八，《清代传记丛刊》，（台北）明文书局 1985 年版，第 370 页。

⑧ 张裕钊著，王达敏校点：《张裕钊诗文集》，上海古籍出版社 2007 年版，第 98 页。

空疏之弊也有着深刻认识，因而主张熔铸汉宋，可以看作对宋学狭隘观念的修订与载道观念的补充。魏际昌谓张裕钊为文"不歧视汉学，则与方、姚、曾略有差异"①。《与钟子勤文燊书》即强调汉学不可或缺："然或专从事于义理，而一切屏弃考证，为不足道""夫学固所以明道，然不先之以考证，虽其说甚美，而训故、制度之失其实"②。正因为其学以道为宗，为文究心当世之务，"服儒学之学，而不忘当世之务"③，故古文中也体现了作者"经世致用"的精神追求。

　　张裕钊之文在崇尚理趣的同时讲究气韵，其气韵之论自成体系。张裕钊评弟子范当世之文谓："辞气诚昌盛不可御。"④ 评同门吴汝纶之文则言："气逸发不可衔控。"⑤ 曾国藩云："张廉卿来，与之论古文法，全在气字上用功夫。"⑥ 施补华评其散文："以柔笔通刚气，旋折顿搓。"⑦ 前人推究其"声气"之说，指出了张裕钊之古文注重声气，足以阐发桐城古文玄妙之旨：

　　　　姚鼐谓诗文须从声音证入，有因声求气之说，曾国藩论文亦以声调为本。裕钊高才孤诣，肆力研求，益谓文章之道，声音最要，凡文之精微要眇悉寓其中，必令应节合度，无铢两杪忽之不叶，然后词足而气昌，尽得古人音节抗坠抑扬顿之妙。其为文典重肃括，简古核练。一生精力全从声音上著功夫，声音节奏皆能应弦赴节，屹然为一大宗。⑧

　　可见张裕钊之声气论，上承姚鼐、曾国藩之说，精研古人之文，然后有得。今观其文，声音节奏皆应弦赴节，诚为一代古文大家。《清史稿》

---

① 魏际昌：《桐城古文学派小史》，河北教育出版社1988年版，第209页。
② 张裕钊著，王达敏校点：《张裕钊诗文集》，上海古籍出版社2007年版，第86页。
③ 同上书，第49页。
④ 同上书，第31页。
⑤ 同上书，第70页。
⑥ 曾国藩：《曾国藩全集·日记一》，岳麓书社1987年版，第368页。
⑦ 施被华：《复张谦卿书》，郑振铎编《晚清文选》，上海书店出版社1987年版，第275页。
⑧ 刘声木：《桐城文学渊源撰述考》，黄山书社1989年版，第285页。

摘其论文之要：

> 文以意为主，而辞欲能副其意，气欲能举其辞。譬之车然，意为
> 之御，辞为之载，而气则所以行也。欲学古人之文，其始在因声以求
> 气，得其气，则意与辞往往因之而益显，而法不外是矣。①

张裕钊论文以意为主，以声气举其词，以求兼美，当世文人以为知
言。其"意气"之论与方苞以清真雅正衡文已迥然不同。张氏以为音调之
铿然，文辞之清丽，为文章形式之两端。以辞藻之清丽代桐城清真雅正，
有背离桐城古文义法之嫌。而以声音之道，重新评判文章之高下，已将文
章之美视为古文之标准。在桐城派古文的演进中，以意论文已超越了曾国
藩以汉赋入古文的境界，打破了古文贵在清真醇雅的限定。当然，张裕钊
对声音之道的讲求仍然是针对所崇尚的义理之文。将义理之文推演为叙述
之文、逻辑之文，则有待吴汝纶营构新的境界古文。

在桐城古文家中，张裕钊也是较早认同西学的古文大家，因而其古文
中引入了新学的元素。张氏对西方技术精巧的一面有着深刻的认识，并在
文章中流露出并不排斥西学的观念：

> 泰西人故擅巧思，执坚刃。自结约以来，数十年间，益镂凿幽
> 渺，智力锋起角出，日新无穷。其创造舆舟、兵械、火器暨诸机器
> 之工，研极日星纬曜、水、火、木、金、土、石、声、光、气化之
> 学，上薄九天，下緪九幽，剥剔造化，震骇神鬼，申法警备，碻若
> 金石。发号施令，疾驰若神。又以其舟车之力，空极六合四远，五
> 大洲之地，无所不洞豁，徬徉四达，竞相师放，精能傲诡，甚盛益
> 兴，天地剖泮以来，所未尝有也。②

---

① 赵尔巽等：《清史稿》卷四百八十六，中华书局 1998 年版，第 3441 页。

② 张裕钊著，王达敏校点：《送黎莼斋使英吉利序》，《张裕钊诗文集》，上海古籍出版社
2007 年版，第 34 页。

　　张裕钊以其深刻的洞察力注意到西方科学技术的发展与应用，舆舟、兵械、火器乃至声光气化之学，各种技术与发明层出不穷。作者在描述泰西技术与机器时，把西方科技之妙描写得极其生动，并语带夸张，"上薄九天，下缒九幽""疾驰若神"，在冷静分析中流露出好奇与钦羡的心态。文章中使用了大量的西学词汇，有各种西学的技术，并开始传播西方创造机器的巧思。与此前的古文相比，不只是文章内容的差异，也伴随着文章观念的更新与视野的拓展，在一定程度上为白话文章的创作奠定了语汇与思想的基础。

　　张裕钊古文的艺术，在写作技法上体现为对汉赋体式淋漓尽致的发挥。赋体铺张的笔法、描摹之精细在其古文中得到了体现。骈赋的雄奇宏大场景与散体的灵秀流丽融为一体，奇偶错杂，气韵贯通。张裕钊游记之文不多，但却鲜明地体现了这一特征，《游狼山记》在铺张之词中蕴含着清丽之气：

　　　　山多古松、桂、桧、柏，数百株，倚山为寺，寺错树间。最上为支云塔，危踞山巅，万景毕纳。迤下若萃景楼，及准提、福慧诸庵，亦绝幽夐。所至僧舍，房廊屈曲，左右苍翠环合，远绝尘境。侧身回瞩，江海荡天，近在户牖。隔江昭文、常熟诸山青出，林际蔚然。时秋殷中，海气正白，怒涛西上，皓若素霓，灭没隐见。余与莼斋顾而乐之。狼山，淮扬以东雄特胜处也。江水自岷、眠蜀径吴、楚行万里，至是灏溔渺渺莽，与海合会。山川控引，界绝华戎，天地之所设险，王公以是慎固，古今豪杰志上之所睥睨而筹也。①

　　该文写光绪二年秋八月既望与黎庶昌游通州南面之狼山所见所感。既有散体之描写，又大量夹杂四六句式和排比句式。文章中铺张与骈俪之句造就了雄健之气，散句的融入又使得文章自然灵动，舒缓了语气。奇偶相间，错落有致。在用词上渲染铺排，既有"海气正白""皓若素霓"描绘

---

①　张裕钊著，王达敏校点：《张裕钊诗文集》，上海古籍出版社2007年版，第187页。

颜色，又有"江海荡天""怒涛西上"令人想见声音与气势；既有江海狂
涛汹涌澎湃的气势，又有松柏掩映、楼台回环的曲折与宁静，阴柔与阳刚
之美融为一体。文章由此联想到阮籍咏怀之思，登高望远，情思无穷。与
姚鼐《登泰山记》相比，于活泼横肆中见清丽绵渺，已非前期桐城派清真
雅正之文。而《北山独游记》，以奇偶相间之词，述独往之怀，不只是山
水游历之情趣，恰如张裕钊特立不群的君子之风，展现了其文章独诣峥
嵘、卓尔不群的境界。汉赋的笔法还体现在善以描摹之笔写景记事，吴孟
复评张裕钊《唐端甫墓志铭》说："白描传神，韵味极胜，确足以上承姚
鼐而下开马其昶。"① 足见其描摹物态，穷形尽相，有传神之妙。

张裕钊好为雄深雅健之文，雄健之笔为其古文显著特色，文章时有曾
国藩雄奇瑰丽之文的气势。晚年更臻于炉火纯青之境，雄健之文出以淡雅
之笔，如书法之遒劲有力而不徐不疾，如近代诗中王闿运论诗之持其情而
不纵横流荡。其文浩气弥漫，孤高独诣，干青云而直上，令人意夺神骇，
可谓凌云健笔。晚年之作出以雅淡，更臻于妙境。吴汝纶论其文谓："高
歌泣鬼神，俯唾生珠玉。当其得意时，马、扬不能独。"② 其中有汉赋之
气势，也得力于作者深谙《史记》雄健之气。《赠张生睿之山东序》送弟
子张睿往山东，颇有雄奇之气：

> 海氛日恶，天下震駴迷谬，讥贬儒术，土苴圣制，崩首岛夷。生
> 亮吴公，经武伐谋，料敌制胜。戮鲸鲵于东海，筑京观成山、之罘之
> 上。刷荡国耻，张我皇灵；下逮旺庶，靡不厌服。俾天下心折儒生之
> 效，关其口而夺之气，岂不伟哉！岂不伟哉！余日夜倾耳跂足，以望
> 之生也。③

---

① 吴孟复：《桐城派述论》，安徽教育出版社2001年版，第152页。
② 吴汝纶：《马通伯求见张廉卿以诗介之》，施培毅、徐寿凯校点《吴汝纶全集》（一），
黄山书社2002年版，第398页。
③ 张裕钊著，王达敏校点：《送黎莼斋使英吉利序》，《张裕钊诗文集》，上海古籍出版社
2007年版，第46页。

　　此类文辞已经近于骈体之文。然而骈散交相为用，气势雄健，突破了桐城派恪守"义理"的文章清真淡雅风貌。甚至《湘乡相国曾公五十有八寿序》之类须审慎表达的议论文辞也以声气夺人，文辞畅达而有节。《吴育泉先生暨马太夫人六十寿序》叙吴汝纶之父母寿诞，借题发挥，申述桐城古文与山水之胜，颇有余味；而《吴徵君墓志铭》又由浅入深记述吴汝纶之父儒雅之风，有《史记》中《李将军列传》之风神，超迈唐宋散文舒缓之气；《吴母马太淑人祔葬志》述吴汝纶之母之节行，琐屑必录，以对话形式叙事，灵活多变，有归、方之雅洁而不近韩、欧，韩文以奇胜，欧文多纡徐，而此文已超越诸人及曾国藩奇肆之体而归于醇雅，淡极仍浓，中有至味。《汝南通判马府君墓表》述马树华、马树章兄弟的文学与孝义，梳理了马其昶家族的文化渊源，文笔自然畅达。其他篇章如《汉阳冯府君墓表》写冯作新破家为人、济困扶危，叙议结合，笔带情感，颇有传奇意味。而《莫子偲墓志铭》序莫友芝事，载其不凡家世，及卓尔不群、风流耿介之性情，并述旧游之乐，使人物显得真实可感。至于写家事之作《先府君暨先妣事略》写先君之为国、先妣之为人，情动于其中。

　　张裕钊之文臻于雅健畅达之境，丽藻彬彬而能出以醇雅。除了作者的悉心探寻、晚清文风之变迁，还有一个重要因素，得益于曾国藩的悉心指点，曾国藩曾致书与之探讨古文之创作，指出其不足之处：

　　　　足下为古文，笔力稍患其弱。昔姚惜抱先生论古文之途，有待于阳与刚之美者，有得于阴与柔之美者，二端判分，画然不谋。余尝数阳刚者约得四家：曰庄子，曰扬雄，曰韩愈，曰柳宗元。阴柔者约得四家：曰司马迁，曰刘向，曰欧阳修、曾巩。然柔和渊懿之中必有坚劲之质、雄直之气运乎其中，乃有以自立。足下气体近柔，望熟读扬、韩各文，而参以两汉古赋，以救其短，何如？①

　　曾国藩作为一代古文大家，为文有雄健之风，不乏瑰丽雄奇之笔，然

----

① 曾国藩：《曾国藩全集·书信二》，岳麓书社1994年版，第934页。

戎马倥偬中未能专注于文章，故告诫张裕钊为文不得伤于体气柔弱之病，须熟读扬雄、韩愈之文，而参以两汉古赋。张裕钊于此深有体会，故为之宏深雅健、气韵沉雄。《答黎莼斋书》品评桐城文人之作，堪称一语中的："梅氏胜处，最在能穷极笔势之妙，其修词诚愈于方、姚诸公。然一意专精于是，而气体理实，遂不能穷极广大精微之致，此其所以病也。"① 可见，张裕钊之文雄健宏深，既是水到渠成之作，更是苦心孤诣的结果。此外值得注意的是《初月楼见闻录》论及张裕钊，提及了"武昌张廉卿先生裕钊训后进为诗古文，必使自吾邑诸老入手。尝曰：'桐城诸老与唐宋八家一鼻孔出气。'"② 体现了张裕钊为文注重个性、突破前人窠臼的艺术追求。

张裕钊之古文，妙绝一时，义理本于宋儒，而系心当代时务；文藻彬彬，构思精巧而出之自然，文笔雄健而含蓄蕴藉。尤为可贵的是同时兼取西学之元素，体现出不拘一格、转益多师的特征。张裕钊之文融贯古今，兼通西学，上承曾国藩经世之文，下开马其昶适俗之篇，体现了桐城古文之新变，其古文穷理追新，可谓莲池古文兴盛之根基。

二 吴汝纶：涵融中西的经济之文

吴汝纶晚出，而文章涵融中西。继张裕钊主持莲池书院，以桐城派古文授莲池书院生徒，造就英才甚众，为北学一代宗师。故有海内大师③、古文宗匠之盛名。

吴汝纶（1840—1903），字挚甫，亦称挚父，学者称桐城先生。先世自婺源迁桐城，遂为安徽桐城人。家世儒业，以笃学醇行著称。父吴元甲，九岁能作古文，文行并著，以诸生为曾国藩所称，并聘其教子。母马

---

① 张裕钊著，王达敏校点：《答黎莼斋书》，《张裕钊诗文集》，上海古籍出版社 2007 年版，第 96 页。

② 姚永朴：《旧闻随笔》卷三，（台北）明文书局影印本，《清代传记丛刊》，1985 年版，第 454 页。黄山书社版张仁寿校注本卷三第 160 页《张廉卿先生》一则未见此二句，亦未注明缺失缘由。

③ 蔡冠洛：《清代七百名人传》，《近代中国史料丛刊》，（台北）文海出版社 1970 年版，第 1808 页。

氏，为嘉庆庚辰进士马维璜之女。兄弟汝经、汝绳、汝纯皆能文之士。①
吴汝纶少时家贫，读书、为文不辍。同治二年（1863）院试第一，三年中
举人，次年成进士，任内阁中书。曾国藩见其文章，以为奇士，比作后汉
文人祢衡。早年入曾国藩、张树声、李鸿章幕府，为拟上呈之奏疏。曾任
深州、冀州知州，治民重教化，以教育为先。光绪十五年（1889）起，继
张裕钊主讲保定莲池书院，弟子甚众。"在莲池十年，专力以兴教化，并
中西为一冶。"② 欧美名人推为"东方一人"③。后因张百熙之荐以五品京
堂充京师大学堂总教习，赴日本考察学政。归国后还乡，至安庆筹谋创办
桐城小学校，旋病卒。子吴闿生、婿柯劭忞皆于晚清民初间以文学知名。④

吴汝纶在晚清文坛别树一帜，当世之士即推崇备至，李景濂《吴挚甫
先生传》甚至以为古今文人皆难于并能：

> 所著《易说》《尚书故》，自太史公、扬子云外，盖莫与并。其
> 文章高视千载，诗则兼综诸大家之长而一范之以文律。四言诗上追
> 《雅》《颂》，自韩退之外，莫有逮者。而尤多经世闳旨，虽孟子所谓
> "圣人复起不易吾言"者何以尚兹！⑤

传文谓吴汝纶总古今百代之学而集其大成，以为足与司马迁、扬雄、
韩愈并肩，兼综诸大家之长，上追《雅》《颂》，评价之高，无以复加，
多溢美之词，故作惊世之论。然其文章与学术融贯中西、汇通古今，无疑
为桐城派古文家中继往开来之大家。

吴汝纶少张裕钊十七岁，持论通达，系心时事。其古文得桐城之妙

① 张裕钊：《吴徵君墓志铭》，《张裕钊诗文集》，上海古籍出版社 2007 年版，第 145—
147 页。
② 李景濂：《吴挚甫先生传》，吴汝纶《吴汝纶全集》（四），黄山书社 2002 年版，第 1128 页。
③ 贺涛：《吴先生行状》，贺涛《贺先生文集》，《续修四库全书》第 1567 册，上海古籍出
版社 2013 年版，第 172 页。
④ 同上。
⑤ 李景濂：《吴挚甫先生传》，吴汝纶《吴汝纶全集》（四），黄山书社 2002 年版，第
1138 页。

旨、西学之精髓，文辞畅达自然，井然有序。与张裕钊相比，精研古文之境界或不似，而涵融中西之学以为我用，文辞之自然，则为张裕钊所不及。张裕钊之育人，重在品性与文藻，归于载道之思；而吴汝纶教人则洞悉中外，研习济时之术。张裕钊之文上友千古，吴汝纶之文则适俗而通变。二人虽皆不背离西学，而吴汝纶于西学，洞悉其要义，得新学旨要。就风格而言，张文精妙而吴文清通。故吴汝纶之古文，较以前的古文迥异者，一为欧化，二为适俗。

今人论吴汝纶之文，或以为吴氏致力于由湘乡派之文向桐城古文的复归。① 此说大致不误。吴氏期待重建清真雅正之文，体现了吴氏浓郁的原乡意识，然而在文章创作中，崇尚西学使其文章更贴近现实与世俗，距雅洁愈远。

欧化的形式在吴汝纶的古文中有鲜明的体现，成为其古文超越桐城派方、姚、梅、曾乃至张裕钊的显著特征。"其规模远大，是姚、梅、曾、张诸家所未有"②。吴氏古文未必每篇都有西学影响的痕迹，然而对西学理解深刻，导致其古文句式、词汇、逻辑的西化，将佶屈聱牙、难以索解的古文改造为典雅平实、清新明白的经世文章。与张裕钊的古文相比，张氏古文偶尔提及西方的风物与技术；至于吴汝纶，一些篇章已经使用西式的话语与逻辑，自然有西学理念的濡染。如为严复所作《〈天演论〉序》就对《天演论》有明晰的观点，形成了其古文学贯中西的独特风貌：

> 严子几道，既译英人赫胥黎所著《天演论》，以示汝纶曰：为我序之。
>
> 天演者，西国格物家言也，其学以天择物竞二义，综万汇之本原，考动植之蕃耗，言治者取焉。因物变递嬗，深研乎质力聚散之几，推极乎古今万国盛衰兴坏之由，而大归以任天为治。赫胥氏起而尽变故说，以为天不可独任，要贵以人持天。以人持天，必究极乎天

---

① 参见关爱和主编《中国近代文学史》，中华书局 2013 年版，第 105—107 页。
② 李景濂：《吴挚甫先生传》，吴汝纶《吴汝纶全集》（四），黄山书社 2002 年版，第 1131 页。

赋之能，使人治日即乎新，而后其国永存，而种族赖以不坠，是之谓
与天争胜。而人之争天而胜天者，又皆天事之所苞。是故天行人治，
同归天演，其为书奥颐纵横，博涉乎希腊、竺乾、斯多噶、婆罗门、
释迦诸学，审同析异而取其衷，吾国之所创闻也。凡赫胥氏之道具如
此，斯以信美矣。①

《〈天演论〉序》以适俗之词，阐释西学之文，无须使用典奥之文，
叙事论理不用古文常见的典故，也不涉及儒家性理之学，以"天择物竞"
之论阐释"万国盛衰"之理，自然得其真美。不足之处为依旧用书面雅言
说理，非日常言谈，尚未脱尽桐城古文典奥雅正气风。其他如《遵旨筹议
折（代）》之论兴废治乱之道之养人才、理财政、饬军备皆有援引西学之
意，《西师意实学指针序》论英、俄、德、美各国富强之由，《筹洋刍议
序》论变法事宜，《日本学制大纲序》论西学之教育制度，《原富序》论
修新政生财之道及《日记》中《西学》上下篇，皆洞悉时务，结合西学
立论，持论正大，文辞畅达。然此类篇章之数在吴汝纶文集中仍不及碑志
寿序之文。文章之因革，当随俗渐变，故不可苛责前贤。

由于吴汝纶之文多经世篇章，其古文也与北方之学重视践履与实用的
特点相结合。尚用之文多论及经济与时务，在内容上贴近现实，在文辞上
近于口语，因而也多为适俗之文。桐城之文义近程朱，文继韩欧，吴汝纶
之文虽论时务，然依然不背离本源，这是吴汝纶古文之义。其文章适俗的
特色不仅体现在剖析西学之精深，在平日往还之文辞中也是如此。《送张
廉卿序》送张裕钊南归，畅达而有法，平易而情深：

　　盖自廉卿之北游，五年于兹，吾与之岁相往来，日月相问讯，有
疑则以问焉，有得则以告焉，见则面相质，别则以书，每如此。今兹
湖北大吏走书币，因李相国聘廉卿而南，都讲于江汉。
　　廉卿今世之孙、扬也，见今贵人在势，皆折节下贤，不好人诶

① 吴汝纶：《〈天演论〉序》，吴汝纶《吴汝纶全集》，黄山书社 2002 年版，第 147 页。

己，其所遭孙、扬远不如。其北来也，自李相国以下，皆尊师之。老
而思欲南归，而湖北君所居乡，其大吏又慕声礼下之如此。吾知廉卿
可以直道正辞，立信文以垂示后世，无所不自得者。独吾离石友，无
以考道问业，疑无问，得无告，于其归，不能无怏怏也。因取所意于
古而尝质于君者书赠之，以为别。①

张裕钊为人正直，不阿附权贵，故不得不离开莲池，回到武昌，主讲
江汉书院。吴汝纶之文论及其直道正词，而以老而思归掩饰张裕钊的不平
遭际，以为其穷困远过荀子、扬雄，称许其文章必流传后世，序中寻常话
语流露出挚友之深情，言语之适俗与平易更见情感之真切。又如《送曾袭
侯入觐序》，以有序之文，简明指出了西方文化与东方的差异：

　　其人好深湛之思，其为学无所谓道也，器数名物而已。其为治无
所谓德厚也，富强而已。其术业父子相承，以底其成。其政令上下共
听，以谋其当。其法由至粗者推之极于至精，以至近驭至远，以至轻
运至重。自天地之气，万物之质，皆剖析而糅合之，以成其用。②

此文为送曾纪泽入京时所作，极力推崇曾国藩"究通四夷之学"的功
绩，表达了自己对西学的看法：为学重器数名物，治国旨在富强，技术世
代相传，政令上下同议，法律推至精微，并善于运用自然之物。吴汝纶以
明白简单的语言将西方文化概括出来，体现了重视时务与实用的学术精
神，在一定程度上促进了古文的白话化。
　　吴汝纶之文在境界上对桐城古文有新的开拓，看到了桐城清真雅洁之
文的致命弱点，与桐城派前期之文相比，显得气势宏大，乃至有意作雄奇
瑰玮之文。《与姚仲实》以为文章必以奇胜，批评方、姚之文才气薄弱，
对桐城之文品评颇有新见：

---

① 吴汝纶：《送张廉卿序》，吴汝纶《吴汝纶全集》（一），黄山书社 2002 年版，第 73 页。
② 同上书，第 25 页。

桐城诸老，气清体洁，海内所宗，独雄奇瑰玮之境尚少。……曾文正公出而矫之，以汉赋之气运之，而文体一变，故卓然为一代大家。近时张廉卿又独得于《史记》之谲怪，盖文气雄俊不及曾，而意思之诙诡，辞句之廉劲，亦能自成一家。是皆由桐城而推广，以自为开宗之一祖，所谓有所变而后大者也。①

信中清醒地认识到桐城古文的出路在于融会与通变，以为曾国藩、张裕钊皆开宗之一祖。其文章皆随俗为变，别有境界，甚至指出了文章不宜说道说经、训诂考证。此种见识为前人所未有。

吴汝纶之古文自成一家，有欧化与适俗的倾向。然而仍将古文作为载道之器，以为"自古求道者必有赖于文"②，与桐城"义法"强调文章义理一致。其古文仍非独立之文，而为明道之器。尽管如此，吴汝纶之文对于桐城古文向近代美文与逻辑文的嬗变仍有其开拓意义，无疑也促进了古文向白话文学的接近。

三　莲池二先生与河北文风

河北之文风，在张裕钊、吴汝纶之前，百年间难以移写。前有乾隆十四年（1749）直隶总督方观承改建莲池书院，倡导古文，后有曾国藩力矫河北学风归于宏大雅正然皆未见成效。尽管诸位山长如黄彭年、何秋涛、李嘉端等皆一时高才硕学之士，然未能改变其浅陋风习。张、吴继承曾国藩之学，以时务与新学濡染莲池弟子，张裕钊以古文导源于前，吴汝纶弘扬学术于后。莲池为新学之渊薮，古文在嬗变中勃然郁兴。

自张、吴二先生先后主持莲池书院，河北人才辈出，为群英荟萃之所，而桐城之文影响远播。新城王树枏谓："河北文派，自两先生开之也。"③ 徐世昌《贺先生文集叙》论桐城派在河朔之影响时称：

---

① 吴汝纶：《与姚仲实》，吴汝纶《吴汝纶全集》（三），黄山书社 2002 年版，第 51—52 页。

② 吴汝纶：《记写本尚书后》，吴汝纶《吴汝纶全集》（一），黄山书社 2002 年版，第 52 页。

③ 王树枏：《故旧文存小传》，王树枏编《故旧文存》，1927 年陶庐丛刻本。

　　桐城姚姬传氏推本其乡先生方氏、刘氏之微言绪论，以古文辞之
学号召天下，湘乡曾文正公廓而大之。曾公之后，武昌张廉卿、桐城
吴挚甫两先生最为天下老师。继二先生而起者，则刑部君也。①

　　徐世昌在序中指出了张、吴二先生移风易俗之功，"最为天下老师"，
并有后继之人，武强贺涛即能继承其余绪。关于桐城古文之北传，钟广生
《陶庐文钞序》所言更为具体翔实：

　　夫桐城流派，即曾氏所言观之，其传殆遍江汉东南。而大河以北
无闻焉。自张、吴两先生主讲保定之莲池书院前后十余载，北方学者
多出于其间。此两先生者，皆尝亲承绪论于曾氏，于是，燕、蓟之
间，始有桐城之学。②

　　关于莲池书院的教育，尽管课程复杂，而以古文为要。曾国藩教导张
裕钊："两湖学人无多，其不为事物所牵而专一于学者尤少，愿吾子之振
之也。"③ 可见曾国藩嘉赏其为学之专精。张裕钊之学，以古文最有成就，
而以书法最有心得。吴汝纶更将古文视为载道之业，李景濂《吴挚甫先生
传》也称："故其为教也，一主乎文。"④ 因而莲池书院之学，尽管中西并
行，然依旧以学古文为主。在时人力诋西学之时，首倡新学；在时人争趋
西学之时，不废古学。贺涛论吴汝纶对中学与新学的态度："吾师逆知其
将然也，故于士狃旧习时，辄以新学启迪后进。既知变矣，则又急起而持
之以防中学之废。"⑤ 故可知世风之变，与文风相始终。而清末河北之文
风，实出于二先生之倡导。

　　① 徐世昌：《贺先生文集叙》，贺涛《贺先生文集》卷首，《续修四库全书》第 1567 册，上
海古籍出版社 2013 年版。
　　② 王树枏：《陶庐文钞》，民国 4 年新城王氏刻本。
　　③ 曾国藩：《致张廉卿》，《曾文正公文集·书札》卷九，吉林人民出版社 1995 年版，第
2080 页。
　　④ 李景濂：《吴挚甫先生传》，吴汝纶《吴汝纶全集》（四），黄山书社 2002 年版，第 1131 页。
　　⑤ 徐世昌：《大清畿辅先哲传》卷二十六，北京古籍出版社 1993 年版，第 874 页。

自光绪九年至于清末，莲池深受张、吴二先生学术之影响。光绪九年（1883），张裕钊应李鸿章之聘来莲池主持书院，至十四年（1888），李鸿章欲以其女婿张佩纶主讲莲池，致函称已推荐张裕钊主讲江汉书院。吴闿生曾语及此事："李相欲将莲池一职界之幼樵。"① 幼樵即李鸿章之婿张佩纶，故张裕钊愤而离职。吴汝纶致函："恐从者南返，北士从此失师，不复能振起。"② 然张裕钊依然离任，而张佩纶未能接任。吴汝纶时在冀州知州任，闻此讯，送别张裕钊，"具禀称病乞休，讲席遂定"③。马其昶《桐城耆旧传》记叙了吴汝纶就任莲池之本末：

> 莲池书院院长、武昌张先生裕钊将返鄂，会先生以公事自冀州至，李公问："谁可继张院长者？"张故以文学与先生为深友，两家子弟相通流——漫应曰："如某何如？"李公曰："安得师如二君者？"退，即具牍，借钤清苑印，称疾乞休。李公览牍大惊。明日持名帖至总督署，称院长拜谒矣。④

于是吴汝纶辞去冀州知府，光绪十五年二月出任莲池书院院长。光绪十五年至二十九年（1889—1903），吴汝纶主讲莲池书院，学贯中西，"无古今，无中外，唯是之求"⑤。而河北之士，彬彬称盛，为天下翘楚。至于清末，八国联军洗劫京城，祸及莲池，莲池书院从此衰败。

民国间，枣强于振宗《重修保定古莲花池记》叙述了莲池书院对于北学之意义，提及莲池之衰败时说：

> 数年以来，兵祸烈于往古，吾民之生命财产销毁于炮火之中，蹂躏于戎马之足者，几非巧历所能计算。莲池之惨被破坏，其事至微，

---

① 郭立志：《桐城吴先生年谱》卷一，《北京图书馆藏珍本年谱丛刊》第 175 册，北京图书馆出版社 1999 年版，第 706 页。

② 同上书，第 705 页。

③ 同上书，第 707 页。

④ 马其昶著，毛伯舟点注：《桐城耆旧传》，黄山书社 1990 年版，第 444 页。

⑤ 赵尔巽等：《清史稿》卷四百八十六，中华书局 1998 年版，第 3442 页。

末不足道。惟近三四十年间，北方文献焜耀于史册者，皆由莲池孕育而成，倘竟任其凋敝颓残，长此终古，弃置既久，或遂废为邱墟，恐多年郁积递嬗之文化因以坠地。①

其中有北方文献焜耀于史册，皆出于莲池之说。虽成往事，然其影响深远，足以启示后学。在北方学术兴起之时，张裕钊振起北学之功不可磨灭，而吴汝纶对于北方之学与桐城古文的意义尤为重大，"他在同时诸古文家中，思想最新，造诣最高。在最近三十年古文界的影响最大"②。至于民国间有吴门弟子贺涛主持文学馆研习古文，又为莲池古文之余绪。

第三节　桐城文章在北方的兴盛

自曾国藩、李鸿章兴文教于北方，张裕钊、吴汝纶等倡导古文于前，贺涛、王树枏等传承桐城之学于后，于是桐城派古文在北方一时兴盛。在晚清民初，治古文者，多为张、吴二先生之弟子后学，经贺涛、吴闿生至于贺培新，兼及此派羽翼范当世。

张、吴二先生弟子众多，张门弟子亦多为吴门弟子。张裕钊曾主讲江宁凤池、河北莲池、武昌江汉及襄阳鹿门书院等处，而在河北莲池书院培育英才众多，声誉卓著。至于吴汝纶，中途辞官主讲莲池，弟子荟萃于此。吴汝纶之子吴闿生曾编订《吴门弟子集》，搜集了吴门弟子七十八人的诗文，大致可见桐城派古文在北方兴盛之风貌。刘声木《桐城文学渊源撰述考》第十卷记述的"私淑张裕钊、吴汝纶诸人"也将二人弟子合为一卷，记述弟子及后学一百七十七人。李刚己《祭吴先生文》中提及的有五十七人：

　　李刚己、常堉璋、邓毓怡、籍忠寅、赵宗忭、韩德铭、梁建章、吴鼎昌、武锡珏、杜之堂、尚秉和、阎志廉、李景澍、叶崇质、崔谨

① 《河北清苑县志》卷五，1934年版，第91页。
② 陈子展：《中国近代文学之变迁·最近三十年文学史》，上海古籍出版社2000年版，第182页。

谷、钟秀、马锡番、马鉴滢、王振垚、王笃恭、刘培极、吴篯孙、弓汝勤、徐德源、刘春堂、高步瀛、刘岳山、刘寿山、杨润芳、刘焕章、刘吟皋、高彭龄、赵荣章、赵缵曾、赵炳麟、王余庆、贺葆经、郭增廓、刘汝荣、步以崚、李广濂、王仪型、马钟杰、冉楷、韩殿琦、齐立震、刘祖培、赵显曾、刘春霖、张以南、李鸿林、廉泉、杨士贤、马镇桐、李骏声、黎炳文、邢襄。①

其中名流众多，有高足李刚己、末代状元刘春霖，然未见贺涛、贾恩绂等之名，与吴闿生《吴门弟子集》中有所不同。至于与二先生游者，如王树枏不称弟子，自不在弟子之列，然文风也受其影响。

一　北方大师贺涛：融通西学新境界

在北方学人中，贺涛深得吴汝纶、张裕钊赏识。贺涛早年即受吴汝纶邀约，主讲信都书院。"北方学人，对之极推崇之盛。谓继吴挚甫先生而后之第一人。主讲冀州书院久。其门弟遍燕南北。蔚为北方大师。"② 对北方古文的传播产生了深远影响。

贺涛（1849—1912），字松坡。直隶武强人。先祖自山西洪洞迁至武强段家庄，后移居北代，世代以文学知名。高祖贺仁声为举人，曾祖贺云举是嘉庆己卯恩科进士，为江苏镇洋县知县；祖贺式周为四川泸州通判。③ 徐世昌《大清畿辅先哲传》记述其生平事迹甚详。贺涛之父锡璜，字苏生，号古渔，学行为乡里所称。中同治三年举人，官故城训导，曾倡导修建历亭书院，刊行《贾氏丛书》及《明儒学案》，后移家故城之郑镇。贺氏家藏典籍七万余卷④，贺涛与弟贺沇遍观群书，中同治九年举人，又于

① 李刚己：《祭吴先生文》，吴闿生《吴门弟子集》卷三，中国书店出版社原版再刊莲池书社本。
② 潜山：《再谈谈以往的莲池》，《河北》月刊 1937 年卷五第三期。
③ 参见贺涛《贺先生文集》之《叔父铁君先生事略》，《续修四库全书》第 1567 册，上海古籍出版社 2013 年版，第 111 页；另据钱基博《近代中国文学史》，商务印书馆 2011 年版，第 184 页，钱著中贺云举原作"贺云"。清代乾嘉进士中也无贺云，嘉庆二十四年己卯恩科有贺云举，故贺云当为贺云举之误。
④ 贺涛：《授经堂记》，贺涛《贺先生文集》，《续修四库全书》第 1567 册，上海古籍出版社 2013 年版，第 144 页。

十二年同成进士。贺涛时为大名县教谕，学使按察至郡，故未及殿试而归。吴汝纶知冀州时，邀涛主讲信都书院，兼冀州学正，十五年殿试归，仍主信都书院，在信都讲席前后凡十八年。因眼病辞云讲席。中丞陈启泰、太保徐世昌延请至家教授子弟。袁世凯在保定设文学馆，恭请贺涛主持，后涛因病离馆，而文学馆遂废，民国元年卒。① 贺涛有三子：贺葆初、贺葆真、贺葆良。葆真子名植新，葆良有二子，名翊新、培新。② 其中贺葆真，字性存，为藏书家，刊刻了《贺先生文集》《尺牍》及《李长吉诗体注》等。③ 贺涛之后，门人张宗瑛、赵衡、李刚己皆能承师学④，贺涛孙贺培新亦以古文名家。

贺涛之文为张、吴二先生所称道。吴汝纶知深州时，赏识其文并躬亲教导；张裕钊主莲池时，又引荐至其门下。徐世昌评述贺涛之文：

> 其文章导源盛汉，泛滥周秦诸子，唐以后不屑也。其规模藩域，一仿姚、曾、张、吴诸家，而矜练生创，意境自成，独树一宗，不蹈袭前人蹊径，而亦不为前辈所掩，盖继吴汝纶后卓然为一大家。非余人所能及也。⑤

徐世昌以为，贺涛之文，源自先秦两汉，而不屑于唐之后之文。而《清史稿》本传则谓："与同年生刘孚京俱治古文，涛言宜先以八家立门户，而上窥秦、汉；孚京言宜先以秦、汉为根柢，而下揽八家，其门径大略相同。"⑥ 所论相近，然《清史稿》以为贺涛以韩柳、宋六家之文为据，与江西刘镐仲之门径相反而归趣相同。作为桐城古文的继承者，贺涛文章自

---

① 参见徐世昌《大清畿辅先哲传》及潜山《再谈谈以往的莲池》，《河北》月刊 1937 年卷五第三期。

② 参见贺葆真著，徐雁平整理《贺葆真日记》，凤凰出版社 2014 年版。

③ 伦明等：《辛亥以来藏书纪事诗》，北京燕山出版社 2008 年版，第 62 页。

④ 参见刘声木《桐城文学渊源撰述考》卷十之"赵衡""李刚己""张宗瑛"，黄山书社 1989 年版，第 290、294、295 页。

⑤ 徐世昌：《大清畿辅先哲传》卷二十六，北京古籍出版社 1993 年版，第 875 页。

⑥ 赵尔巽等：《清史稿》卷四百八十六，中华书局 1998 年版，第 3442 页。

有宋文之遗绪，《清史稿》所论当不误。徐世昌又将贺涛与桐城文学传承者姚、曾、张、吴相提并论，许为吴汝纶之后唯一大家，可谓推崇备至。

后人论贺涛之学，以为"贺先生之为学，以文章为诸学之机械。读古人书，必研求其文字"①。从吴张两家学，博精于古人之文。贺涛《答宗端甫书》对古文的特征有独到的见解：

> 古之论文者以气为主。桐城姚氏创为因声求气之说，曾文正论文以声调为本，吾师张吴两先生亦主其说以教人。而张先生与吴先生论文书乃益发明之。声者文之精神，而气载之以出者也。气载声以出，声亦道气以行。声不中其窾，则无以理吾气；气不理，则吾之意与义不适。而情之移敛，词之张缩，皆违所宜。而不能犁然有当于人之心。质干义法，可力索而具也；声不能强搜而得也。②

贺涛论文，梳理了桐城因声求气之说，并加以演绎发挥，形成了自己的文章理论。显然近于张裕钊阳刚阴柔之说，因声求气以得其神，与北方古文偏于雄健的风格相符。张裕钊读后不禁由衷赏叹："昔曾文正许拙纂《答刘生书》，读谓：'此文乃参透真消息。姚氏可作，故当相视而笑，莫逆于心。'此文亦所谓参透真消息也。"③ 故贺涛已得张裕钊之真传。

张、吴二先生评述其文，除臻于古人之境外，大致有两端，一为深美之情韵、激荡之气势；二为近于西学，兼有西学之特质。吴汝纶评《张揖轩先生七十寿序》："用意深厚。蔼然仁者之言，前幅情韵尤为深美。"④ 张裕钊则有"树义摘旨皆高峻出于流俗"⑤ 之说。至于评《送宋芸子序》，

---

① 潜山：《再谈谈以往的莲池》，《河北》月刊 1937 年卷五第三期。

② 贺涛：《答宗端甫书》，贺涛《贺先生文集》，《续修四库全书》第 1567 册，上海古籍出版社 2013 年版，第 144 页。

③ 张裕钊评：《答宗端甫书》，贺涛《贺先生文集》，《续修四库全书》第 1567 册，上海古籍出版社 2013 年版，第 123 页。

④ 吴汝纶评：《张揖轩先生七十寿序》，贺涛《贺先生文集》，《续修四库全书》第 1567 册，上海古籍出版社 2013 年版，第 147 页。

⑤ 张裕钊评：《书韩退之答刘秀才论史书后》，贺涛《贺先生文集》，《续修四库全书》第 1567 册，上海古籍出版社 2013 年版，第 123 页。

吴汝纶谓:"雅淡。甲午以前,言西学者,于制器考工之外,未知他事。东籍转译,乃始知政法之学。此文在中日战争以前,已注意欧西立国之原,而不肯轻率言之,用意至为闳远。"① 贺涛古文之美,从《贺先生文集》诸作可以得到印证。

文章之美为贺涛文章卓越之处。自梅曾亮讲求文章情韵,以作文为能事,桐城文章稍变,至于曾国藩力求雄奇瑰丽之词、张裕钊力追汉魏之文,至于贺涛之文,又一变而尚至情之文。其为同门通州范当世所作《题大桥遗照》以情纬文,堪称情文之缠绵悱恻者:

> 通州范君肯堂不忍死其妻,图其母家所居曰大桥遗照。大桥者,所居之里有桥而其妻取以为名者也。图成,系以诗,以视武强贺涛曰:"子其为我识之。"涛不知生死之说,古之达者,如庄周之伦,以死为寝休,而无概于心。佛之徒,则谓人死且复生,相与礼于其所谓佛,而致死者于佛所谓极乐土而生之。夫不死其死与死而之生,皆致绝于其死,而推而远之,不足以抑人之情而塞其悲。方士能致鬼与人相见,其说盖诞怪不可信。然古有复魂之礼,宋玉、景差祖其意,衍为《招魂》、《大招》皆恳恳乎以故居为念,而庶几乎魂之归来。范君既图大桥所居,又冶铜为炉,熏以众芳,而勒铭其上,以招大桥之魂。然则斯图之作,其楚骚之遗乎?②

文辞要眇,情在其中。以日常生活中细微之事为线索,记述范当世怀念逝去妻子之深情,记述、议论、述情之句并用,在桐城派所追随的作家中近于明代归有光述情之文,其清新隽永又开现代美文之先河。其他如《北江旧庐记》《小万柳堂记》皆善述情,由远及近,由淡入浓。述情之文的郁兴体现了作者对文学审美性的重视,冲击了载道之文的论道之旨。

---

① 吴汝纶评:《送宋芸子序》,贺涛《贺先生文集》卷二,《续修四库全书》第 1567 册,上海古籍出版社 2013 年版,第 149 页。

② 贺涛:《题大桥遗照》,贺涛《贺先生文集》卷一,《续修四库全书》第 1567 册,上海古籍出版社 2013 年版,第 121 页。

其次，贺涛之文深受西学影响。在不违离桐城义法的同时，将义法视为文章的基本规则，而对文章写作提出了新的要求。其中除了文章之声、气等美的追求外，在创作中力求体现新的境界，而新的境界在其文中往往与新学相关。如《送宋芸子序》：

> 吾尝读海西诸国人所为书，其论列事，执利病而重量决。其是非，辄曰：某国如此，某国如彼。而中国之立言者则推而上之曰：某朝如此，某朝如彼。其非中国所服习，虽国至强大、事可观采，概贱简之，不屑与契长短。国家招怀抚内，求通好互市者日益众。操觚之士，即所闻见，稍稍述矣。间以其说质之吾友宋芸之。芸之曰：未得其要也。夫舟车军械，适用之器，益求利巧者，工匠之事耳！货物委输，无远弗至，商贾之事耳！画井疆，权征税，严禁罚编之约章，有司所奉守耳！既不足恃以自强，而有志当世、究心利害者，又未能得其要领。无惑乎言战言惑言防守，纷纷然屡易其术，而不能决也。①

文章对西学有深刻的认识，同时在论述中将工匠之事、商贾之事、有司之事等多个层次并列，有汉赋铺张的意味。全篇论证逐层深入，句式生动，文辞雄健，立言颇有新意。这样谈论西学的文章在其文集中如缀连珠比比皆是。如《送湖南巡抚陈公序》《吴先生墓表》《法政学堂记》《送吴辟疆序》《国势》等篇皆关心家国，系心西学。

从贺涛之文可见，贺涛古文较张、吴二先生之文更关注情感，对西学的探讨更为深入，相对而言文辞更为平易。这是河北务实文风使然，也是时代变迁的必然结果。其弟子张宗瑛、孙贺培新之文也体现出了河北古文的新特点。

贺培新（1903—1952），字孔才，号天游，笔名贺泳。室号天游室、潭西书屋，贺涛之孙，以桐城派古文名家。据马国权《近代印人传》：

---

① 贺涛：《送宋芸子序》，贺涛《贺先生文集》卷二，《续修四库全书》第 1567 册，上海古籍出版社 2013 年版，第 149 页。

　　培新幼承祖训，攻治古文辞。一九二一年，从其祖入室弟子吴闿生游，为吴氏文学社骁将。同门若于省吾思泊、吴兆璜稚鹤、潘伯鹰凫公、曾克耑履川及齐燕铭诸公，皆一时文坛俊彦。[①]

　　贺培新之时，新文学兴起，而古文为国故，贺培新治古文，为吴闿生弟子，堪称河北古文之余绪。其古文有桐城之遗风。今存《天游室集》，1937 刊行。民国 14 年丰城李鸿翱《序》谓："武强贺君孔才，原本家学，从北江先生游最久，其有所作也，乔黄典丽，卓越超妙，殆将继吾师而起者。"[②] 序李刚己之子李葆光之诗《涵象轩诗集序》勾勒了北方古文之传承：

　　　　有清一代文学，自方、姚、梅、曾以降，张、吴两先生最为海内宗仰。时先大父松坡公以文，通州范公肯堂以诗起传其绪。吾师北江先生既承太夫子之学，又从先大父及范公游，卓然起于学术嬗化之交，而南宫李刚己先生实以太夫子、先大父、范先生三公为之师。[③]

　　可以看出，自张、吴二先生及贺涛之后，桐城古文依然流传于北方，且南北之诗文有交融的趋势。至于贺培新之文，清新可喜，有现代美文气象，而出以典雅文笔，其《鸡血石记》堪称其美文小品之典范：

　　　　戊辰之春，偶于肆间得石章二，高可五寸，方一二寸。色泽黯昧。归乃砻之以沙石，濯之以清泉。则光彩焕发，赫如渥丹，盖世所称鸡血石也。石之类别亦多矣，非嗜之者不能辨，独所谓鸡血石者，九州四海妇孺农工皆知其可宝。然其色泽靡艳，畏奇热，遇热则变，此则知者独少，而吾所以得之也。后持以示人，无不惊叹，

---

　　① 马国权：《近代印人传》，上海书画出版社 1998 年版，第 395 页。
　　② 李鸿翱：《天游室集序》，贺培新《天游室集》，国家图书馆藏 1937 年北平刊本。
　　③ 贺培新：《天游室集》卷一，国家图书馆藏 1937 年北平刊本。

以为世所罕见。吾固私自喜，然因之有感矣。夫天下之宝，方其藏
与深山，埋没于岩谷之间，雨淋而日炙，历冰霜，感震电，藜藋生
焉。鼪鼬践焉。谁为珍重而护惜之？一旦骤发，大贾居奇，而豪门
矜宠，则身价顿增千百。此岂尽由人哉？显晦有时，而造物因施其
与夺于无形耳！故当其未发也，懵然莫之知。及其既发，则宝爱珍
重，群趋而鹜之矣！而宝之所以为宝，固自若也。岂因人不知而遂
失其美乎？岂因人之鹜之遂增其重乎？独彼相值于前而懵然莫之知
者为可哀也。①

文章反复跌宕，先言鸡血石之色泽品相，再因之而发议论。而议论亦
由近而及远，有深邃绵渺之致，文辞美赡可玩，语言典雅平易，为艺林之
美文。而为潘伯鹰所作《玄隐庐诗序》更展现出了作文之才藻。

伯鹰为近世才杰，其说部为当世推重矣。丙子之岁，集所为古近
体诗都三百余首将印之，曰《玄隐庐诗》。走书属余为之序。余维伯
鹰之才，于文学为独近，而尤胜于诗。太白之放恣，东坡之飘逸，杜
陵之沉郁，温飞卿、李商隐之华茂旖旎，长吉之精深，凡古作者之众
美，无不兼能而得其神似，极其才思，磨以世变，将必争衡乎百代，
自成一家，无待卜筮也。②

论《玄隐庐诗》之美，以为潘伯鹰之诗有兼擅众美，而得其神似，具备
李杜之气势、温李之旖旎、李贺之精深，体现了作者尊今不薄古的文艺观。

二 北方文人之首王树枏：博洽涵情归于用
在北方文人中，新城王树枏为文传承家学绪业，濡染北方士风，兼有
骈偶二体，博洽而蕴含深情，尚气而济于时用。
王树枏（1851—1936），字晋卿，号陶庐，又号绵山老牧，别署野史

① 贺培新：《天游室集》卷一，国家图书馆藏 1937 年北平刊本。
② 贺培新：《玄隐庐诗序》，《天游室集》卷二，国家图书馆藏 1937 年北平刊本。

氏，室名文莫室①，直隶新城人，门人称新城先生。始迁祖天禄公于明代永乐间自小兴州迁至保定之雄县东洋村，万历时再迁至新城之邓家庄。②曾祖王懋，字锦堂，家贫好善。祖父王振纲，字重三，号竹溪，学者称隐斋先生。道光十八年（1838）戊戌科会员、进士③，以知县用，不就。究心天下利病。"兵、农、礼、乐、河渠、地理之属，靡不考其源流，察其得失。"④王振纲归家不仕，躬耕养亲。曾国藩致书称许其"教授二十余载，前后执经请业者不下数百人，请即才受义方，均已蜚声艺苑，后进仰为宗匠，乡里奉为大师。此邦人文，若得阁下依归，必能一振颓靡，蒸蒸丕变"⑤。后应聘主莲池书院，门下士千余人。生子五人，三人中举，人称联芳竞秀。王树枏父铨，字子衡，号松舫，咸丰五年举人，东安县教谕，治《诗》有心得，知医术⑥。王树枏母为新城李文明之女、新城名孝廉李文鼎之侄女，生子六人，五人成立。树枏长兄树枌、三弟树梓为邑庠生，五弟树棠以优贡授知县。⑦

王树枏为振纲先生之孙⑧，王铨次子。生而右手有纹在，故名枏。幼年早慧，八岁为诗，勤学不舍。年十一，在东安公主讲的安肃县凤山书院

---

① 陈红彦：《北京图书馆藏敦煌遗书中近现代印鉴印主考》，季羡林等主编《敦煌吐鲁番研究》第三卷，北京大学出版社1998年版，第302页。

② 王树枏：《陶庐老人自订年谱》，北京图书馆编《北京图书馆藏珍本年谱丛刊》（182），北京图书馆出版社1999年版，第505页。

③ 徐世昌《畿辅先哲传》卷十五之《师儒传六》谓王振纲："道光十八年进士第一。"参见北京古籍出版社1993年版，第481页，误。道光戊戌科状元为钮福保，又据尚秉和《故新疆布政使王公行状》为"道光戊戌科第一名贡士"，故王树枏《陶庐老人自订年谱》第512页称"会员公"。

④ 徐世昌：《陶楼学案》，徐世昌《清儒学案》卷一百八十四，中华书局2008年版，第7139页。

⑤ 曾国藩：《致王振纲》（十二月初十），《曾国藩全集·书信》第十册，岳麓书社1994年版，第7005页。

⑥ 参见徐世昌《畿辅先哲传》卷十五及李崇元《清代古文述传》，商务印书馆1940年版，第102页。

⑦ 王树枏：《先母李太夫人述略》，王树枏《陶庐文集》卷十六，乙卯冬月陶庐丛刻本。

⑧ 徐世昌《陶楼学案》谓为"重三先生子"，误。参见徐世昌《清儒学案》卷一百八十四，中华书局2008年版，第7140页。1940年商务印书馆版李崇元《清代古文述传》第102页称"祖振纲"，尚秉和所作行状更为详尽。而《陶庐文集》卷三之《许峰山先生家传》又有："王树枏曰：余先大夫主讲保定之莲池书院。"

随读，十五习骈文。"年十六入邑庠，十七补廪膳生，二十一举优贡。"①
随祖父就读于莲池书院，以卓异蒙曾国藩召见。李鸿章见其文章，以为苏
轼后一人而已。又为《畿辅通志》修纂，光绪二年（1876）举人，从贵
筑黄彭年游学，吴汝纶请其主持书院，为冀州、信都书院山长②。十二年
（1886）中进士，出为四川青神、资阳、富顺知县，修堰溉田、整顿纲纪。
光绪二十一年（1895），入陕甘总督陶模幕府，补中卫知县。河渠之功闻
于陕甘，后复荐卓异，超擢新疆布政使。后与疆督有隙，开缺赴京。即辞
归。民国3年（1914），充清史馆总纂，同时纂修《大清畿辅先哲传》。9
年（1920年），入晚晴簃诗社选录清诗，1925年又为段祺瑞顾问。次年，
为文化会总裁，1928年，《清史稿》成。居北京时，以诗人成澹堪为平生
第一知己。1929年与吴廷燮、吴闿生共同主讲奉天萃升书院，1931年，
九一八事变，日军炮击北大营，辞山长。1936年卒。王树枏外舅为杨琴
舫，妻弟杨震昌、颐昌、履昌皆官至州县。③

　　光绪中，"北方文学巨子首推新城王晋卿、武强贺松坡"④。而"王晋
卿先生文学为北方称首"⑤。吴汝纶主讲莲池书院，讲北方文学，必称王
树枏早年从黄彭年习骈体文，与吴汝纶等游后专心为古文、习西学，"论
者谓贺氏敛其才于学之中，先生则发其学于才之内"⑥。王树枏著述宏富，
达二十余种。参与《畿辅通志》《清史稿》之编纂外，遍注诸经，又有
《山脉志》六卷、《兵事志》二卷，所为史录，卷帙浩繁。并著有《陶庐
文集》二十卷、《文莫室诗集》八卷，《陶庐诗续集》十二卷。⑦《骈文》

　　① 尚秉和：《故新疆布政使王公行状》，卞孝萱、唐文权编《辛亥人物碑传集》卷十四，团
结出版社1991年版，第707页。原注：据铅印原件。
　　② 北京图书馆编《北京图书馆藏珍本年谱丛刊》之王树枏《陶庐老人自订年谱》第547页
载光绪八年为冀州书院山长；吴闿生《吴门弟子集》中卷十刘际唐《听山长弹琴》原注："此诗
信都书院作山长，为王树枏晋卿也。"
　　③ 王树枏：《岷州知州杨君墓表》《署山东诸城知县杨君墓表》，《陶庐文集》卷九，乙卯
冬月陶庐丛刻本。
　　④ 姚永概：《陶庐文集序》，王树枏《陶庐文集》，乙卯冬月陶庐丛刻本。
　　⑤ 马其昶：《陶庐文集序》，王树枏《陶庐文集》，乙卯冬月陶庐丛刻本。
　　⑥ 参见李崇元《清代古文述传》，商务印书馆1940年版，第103页。
　　⑦ 徐世昌：《陶楼学案》，徐世昌《清儒学案》卷一百八十四，中华书局2008年版，第
7140—7141页。

一卷、《陶庐外编》一卷、《陶庐随笔》若干卷等①。王树枏为文转益多师，钱基博谓："其文无所不学，亦无所不似；而提顿转折，意象雄浑，要以昌黎、荆公为归宿云。"② 其诗宗韩愈，近宗宋一派，陈衍曾为之作《文莫室诗》序。门下士以李刚己最有名。赵衡亦谓："衡知事与学问之涂，先生启之。"③

王树枏古文与桐城古文总体特征相一致，曾谓："古文之学，须兼三者之用，然后为至。"④ 然而在北方文人中王树枏的文章具有鲜明的时代特征与个人风格。

（一）时杂骈偶，体现了桐城派散文的演进

关于这一点，当世古文家有许多相关的记述。姚永概谓：

> 盖先生少善骈偶之文。自交，吴先生索观其古文，曰："此非晋卿之文也。"先生始不服，已取《太史公书》以下治之数月，试作数篇以示吴先生，乃曰："此真晋卿文矣！"于是尽摒骈偶以治古文。⑤

其服膺张、吴二先生之学，从不以为然至尽弃先前所学，其古文风格迅速转变。其弟子钟广生记叙更为详尽：

> 自言三十岁以前，尝恣为驰骋浩博之文矣。其后与武昌张廉卿、桐城吴挚甫两先生游，始悔弃少作，益浸淫于两汉而出入于昌黎、半山之间，及其成就，乃一扫桐城末流病虚声下之习。其气骨道上，实有得于阳刚之美者居多。盖先生之文，不专主桐城，而亦不悖其义法，以谓义法者，文之质干也，舍义法无以言文。知义法者，质干立矣。……尝闻张吴两先生并皆引为畏友。而先生平亦雅不标榜门户、

---

① 尚秉和：《故新疆布政使王公行状》，卞孝萱、唐文权编《辛亥人物碑传集》，团结出版社 1991 年版，第 713 页。

② 钱基博：《现代中国文学史》，江苏文艺出版社 2008 年版，第 149 页。

③ 赵衡：《陶庐文集序》，王树枏《陶庐文集》，乙卯冬月陶庐丛刻本。

④ 王树枏：《跋姚惜抱尺牍后》，《陶庐文集》卷八，1915 年乙卯冬月陶庐丛刻本。

⑤ 姚永概：《陶庐文集序》，王树枏《陶庐文集》，乙卯冬月陶庐丛刻本。

谬托师承。顾当北学绝续之交，独能奋然兴起，以与东南争一席之
长。非卓卓自能树立者乌能若是？呜呼！可谓豪杰特立之君子者已。①

可见王树枬之古文，如梅曾亮文章之品格，早年习骈体，后来肆力为
古文。王树枬深知古文、骈体之作法，为文兼有古文与骈体之长。

王树枬早年学文即喜骈偶。《文莫室骈文》自题记述了当时的情形：
"余少攻词章，喜骈俪之文。年越三十，即弃绝不复为此，一致力于桐城
姚氏之所谓古文辞者。"② 中年后翻检旧闻，仍录为一卷，故其文章中多
骈俪句式，骈散相间，自然成文。辛酉《题梦春草堂》云：

> 吾弟艺棠惧先泽之沦亡也，爰即其旧址，重葺而新之。更购乡先
> 哲郭氏快圃，沟而合诸园内。凿池以植莲，叠石以成岛。建以台榭，
> 荫以柽槐，榆枣诸木，森森苍翠，令人有凌青云而出尘埃之思。落成
> 后，偕其兄弟同居此堂，因取谢灵运池塘春草之意，颜之曰：梦春
> 草。呜呼，艺棠处今之世，独洁身嘉遁，远荣利，乐天伦，守先人之
> 坠业，而不为世俗所移，若是，可风已！③

文章似现代之美文，以简洁的话语，叙述梦春草堂之由来，以清丽之
词描述草堂之美。其中不乏对句，虽属散体，不失骈文丽藻与对偶之遗
意。而同年所作《赠虞寒庄序》文句似骈俪而有波澜与变化："吾谓文章
之道，为之难，知之尤难。惟知之故能好之；能好之，故能乐之。如寒庄
之好且乐，非真知之能若是耶？"④ 排比中顶针的意味，兼有问句，若万
斛源泉，自然涌出，不尽同于方苞主张的雅洁之文。

（二）条理清楚，深度西学影响

在北方质实的学风与文风影响下，精于方志、目录、音律等，加上家

---

① 钟广生：《陶庐文集序》，王树枬《陶庐文集》，乙卯冬月陶庐丛刻本。
② 王树枬：《题辞》，《文莫室骈文》，光绪十一年乙酉陶庐丛刻本。
③ 王树枬：《题梦春草堂》，《陶庐文集》卷十一，1915年乙卯冬月陶庐丛刻本。
④ 王树枬：《赠虞寒庄序》，《陶庐文集》卷十一，1915年乙卯冬月陶庐丛刻本。

学中舆地质测之学，故其为学广博而深思，尚秉和所作行状，以为其学问
"浩博无涯"①。柯劭忞谓："苞乎古今中外而为学，然而可以济世变之穷，
而其学为有用，则晋卿其人也。"② 可见其文融通中外，此言对于王树枏
来说，恰如其分。

深受西学之熏陶。如《彼得兴俄记》（丙申），为光绪二十二年（1896）
所作，主张取法西学以强国：

> 吾故窃取孔子之意，近述俄皇彼得变法之效。详记之，以为用人
> 行政者警焉。或曰："子之意则善矣，其如用夷变夏何？"曰："子不
> 知夫灶鳖乎？义渠有烹灶鳖者，臊秽腥臭，中国之人虽饥而至死而不
> 食也。然吴章、庄吉受而和之，病人食之而体轻；万乘饮之而解怒
> 者，何也？吴章、庄吉之调存也。然则为人君者亦视乎其调而已。天
> 子失官，学在四夷。且以九夷之陋，而孔子慨然有欲居之之意。鸣
> 呼！吾又叹圣人之意为深且远也。"③

文章以类比之法，论西学之可取，如何取舍则在人。议论风发，自然
成文，含义深远。《求己录序》一篇则极言变法之必要：

> 莫知其然而然者，天也；知其然而不得不然者，人也。天与人相
> 遘而机著焉，机与机相触而变生焉，变与变相乘而法立焉。
> 天既特示以变以开天下之人，人即不能不特求一法以应天下之
> 变。其始自一二人唱之，其终遂至千万人和之；其始自一二国创之，
> 其终遂极于五洲之大、万国之众莫不因之。由其法则强，不由其法则
> 弱；由其法则富，不由其法则贫。此其中盖有天焉。
> 独我中国孑然孤立于群雄环萃之间。一仍其旧法而不之变。久

---

① 尚秉和：《故新疆布政使王公行状》，卞孝萱、唐文权编《辛亥人物碑传集》，团结出版
社 1991 年版，第 713 页。
② 柯劭忞：《陶庐文集序》，王树枏《陶庐文集》，乙卯冬月陶庐丛刻本。
③ 王树枏：《彼得兴俄记》，《陶庐文集》卷二，1915 年乙卯冬月陶庐丛刻本。

之，而以我之法治兵而兵益弱，以我之法理财而财益绌，以我之法辟土地而土地日益削，以我之法饬纲整纪而纲纪日益乱以梦。

　　我之法若此，而人之法若彼。相形而惧心生焉，相逼而奋心出焉。此则又变者机也。①

　　此文先言何为法，次论天下万国之法，继而论中国旧法之弊，由此申论变法之必要。文不甚深，言不甚俗，然而逻辑缜密，思路清晰，与后来的逻辑文相近。王树枏诸体皆清通畅达，《桐城姚府君墓表》述桐城姚濬昌之生可叙事明晰：

　　府君姓姚氏，讳濬昌，字孟成，号慕庭。晚又自号幸余。世为桐城望族。曾祖斟元、祖骙，绩学不达，至父莹始以进士起家，官至广西按察使。府君幼承庭训，又习闻其乡老师宿说，慨然以古作者自期。弱冠，连遭父母丧。奉其生母萧太恭人避寇山中。间走福建，依其姊夫张汇以居。久之，以（訾）［赀］得江西府经历，大吏檄解军械赴曾文正公大营，曾公见其感事诗，大加叹异，留之幕中。曾公故传桐城之学，得府君，为之刮目。府君亦以亲承謦欬于曾文正公之侧为平生大幸过望，故从之游凡数年。屡以功保升知县。逮金陵克复，而府君已补湖口。曾公不忍其去，将大用，府君则曰："微官薄禄得以奉母足矣！"曾公因叹息曰："吾为江西留一循吏。"乃听其去。②

　　此篇叙述姚濬昌之事，上溯数代，源流明晰，文理畅达，远过前人，叙事之逻辑清楚，叙述之法不拘一格，甚至使用了对话形式。
　　（三）文兼情理，尽弃桐城派韦流空疏议论之风
　　文兼情理、以情纬文是王树枏之文的又一个显著特征。王树枏之文往

---

① 王树枏：《求己录序》，《陶庐文集》卷二，1915 年乙卯冬月陶庐丛刻本。
② 王树枏：《桐城姚府君墓表》，《陶庐文集》卷四，1915 年乙卯冬月陶庐丛刻本。"赀"原文作"訾"。

往洋溢着激越的情感，似与桐城古文主张清真雅洁的风格不合，体现了桐城古文由论事向述情的嬗变。《先母李太夫人述略》《奉贞葬志》等记述人情之文自不用说，就是传记与墓表等需客观叙述、少发议论之文，在王树枏的笔下，也往往成为蕴含着深切情感的议论与抒情之文。如戊辰所作《南海康君墓表》开篇即为议论：

> 吾观于光绪戊戌之变，不禁喟然而叹也！夫用人行政，国之大经也。人非其人，政非其政，其必变法而更张之者，又国之先务也。然变之不以其序，与变之不得其宜，适皆足以误国。①

文章与一般的墓表作法迥然不同，先述国之大事，而其中蕴含深情。开篇似乎与康有为之生平无关，然而下文渐入正题，论其变法之功。而《故清四川总督李忠节公神道碑铭》（丁卯）则又在碑铭中为李秉衡鸣不平，有披露真相大白于天下之意。

王树枏之文有铺张骈偶之风，有西学与逻辑之思，同时又兼具浓郁的情感，在晚清民初的北方文坛，堪称翘楚。对于近代文章向现代白话文的演进有重要的启示意义。然而王树枏之文仍然沿袭了桐城古文之体式，保留了大量的碑志、传赞，与现代逻辑之文及小品、美文不同。

三　李刚己与河北其他古文家

自张裕钊、吴汝纶等倡言曾氏之说，北方文人蔚起，除贺涛、王树枏之外，莲池及信都等书院英才济济，李刚己、刘春霖、贺培新，为一时翘楚，江南文人吴闿生、范当世等久居莲池书院，也深受北方文风濡染。

在河北古文家中，贺涛为李刚己之师，王树枏为张、吴二先生畏友，李刚己后出，从吴汝纶游学，为继贺涛、王树枏后河北古文家之翘楚。

李刚己（1872—1914），名刚己，以名为字②，直隶南宫人。曾祖盛

---

① 王树枏：《南海康君墓表》，《陶庐文集》卷十九，1915 年乙卯冬月陶庐丛刻本。
② 朱则杰：《李刚己表字及其他》，《清诗考证》，人民文学出版社 2012 年版，第 1348 页。

山，祖怀芳。父永敬，邑增生，"性慷慨，急人之难，里人咸敬重之"①。李刚己少负异禀，十三四岁，文学已卓然不群，同学数十人无出其右者。吴汝纶时知冀州，惊为天才。"使从通州范肯堂先生学。范先生南归，乃从武强贺松坡先生于州之信都书院。及吴先生弃官都讲保定莲池书院，复往从之。"② 故师从张裕钊、吴汝纶、贺涛、范当世③诸家，受古文法，与吴汝纶游最久。"诗文雄伟特出，同门推为第一。"④ 为光绪十九年（1893）举人，李鸿章推其才气宏达。光绪二十年（1894）恩科会试中试，光绪二十四年（1898）补殿试，中戊戌科进士，⑤ 以知县分山西。二十六年（1900）夏，因父表回籍，冬月居湖北学政蒋式芬幕⑥，次年再至莲池书院。癸卯服阕赴山西，补授大同县知县，历署代州、直隶州知州，灵邱、繁峙、五台、静乐等县知县。⑦ 去官后家居。民国 3 年（1914）甲寅春，至保定高等师范学校为国文专部教授，同年十一月因病卒。年四十三。

李刚己娶同邑朱鹤龄之女，生子李葆光。李葆光与吴闿生搜集刊刻李刚己遗文《李刚己遗稿》《西教纪略》及诗文评选若干卷。今存民国 6 年7 月都门刻本中有文二十篇，诗文一百二十三首。

清末民初之时，李刚己扬声于河北，吴汝纶比之为西汉三辅奇才，范当世以为李刚己之文"拜韩、李，揖欧、曾而凌籍、湜"⑧。"山西前议会议长杜先生上化语人曰：'今日牧令中乃有李公其人，天雨粟、马生角也。'

---

① 李葆光：《先府君述行》，李刚己《李刚己遗稿》，《近代中国史料丛刊》，（台北）文海出版社 1970 年版，第 354 页。

② 刘登瀛：《李刚己传》，李刚己《李刚己遗稿》，《近代中国史料丛刊》，（台北）文海出版社 1970 年版，第 333 页。

③ 汪辟疆：《汪辟疆说近代诗》，上海古籍出版社 2001 年版，第 61 页。

④ 吴闿生：《吴门弟子文集》卷三，中国书店原版刊印莲池本。

⑤ 参见刘登瀛所撰《李刚己传》，李刚己《李刚己遗稿》，《近代中国史料丛刊》，（台北）文海出版社 1970 年版，第 333 页。朱则杰《李刚己表字及其他》辨之甚详。

⑥ 参见刘登瀛传及钱实甫《清代职官年表》，中华书局 1980 年版，第 2756 页。

⑦ 李葆光：《先府君述行》，李刚己《李刚己遗稿》，《近代中国史料丛刊》，（台北）文海出版社 1970 年版，第 354 页。

⑧ 贾恩绂：《李君纲己墓表》，李刚己《李刚己遗稿》，《近代中国史料丛刊》，（台北）文海出版社 1970 年版，第 350 页。

而谷公如塽则曰：'李君以儒术润色吏治，夫岂可以吏才目之哉？'"①

至于李刚己之诗文，其子李葆光评述其文章时说：

> 至为文章，则陶镕百代，独成异观。吴先生谓先君诗文雄肆淋
> 漓，殆为绝诣。即在古人，亦所罕觏。撰联赠先生曰："奇才兼出汉
> 三辅，闳识下视禹九州。"而范先生亦以曾文正公撰赠张濂亭、濂亭
> 转以见赠之联移赠先君曰："眼底汀畦凌籍湜，袖中诗句压江山。"此
> 联曾文正所以期许濂亭，濂亭与范先生皆谦不敢当，而卒归之先君者
> 也。呜呼，吴、范二先生皆一代大儒，其推重先君者若是，亦足以觇
> 先君学问之广大矣！②

李葆光之评述虽为自家之私言，或有溢美之词。然而李刚己与张、吴
二先生并称，自为天下文宗。吴汝纶论其《濂亭先生七十寿序》，以为
"托意高远，气体至雄深"③。至于《拟昭明太子上文选表》评述则更为深
入："以单行之气为之，使人不知为偶俪之体。其瑰放实能窥见曾文正深
处。非骈文家所有也。"④ 今观李刚己之文，横放恣肆，有雄健之气；间
以骈偶之句，补单行不足，未必尽如吴汝纶之论。其《续皇甫持正谕业》
一文得皇甫湜《谕业》之精髓而论当代文章，气势如虹：

> 博其材，不若精于法；明其义，不若浃于神。理有时而倍，事有
> 时而乖，考之于古，或不合；措之于时，或不宜。而其文则通于微、
> 合于莫冥，探乎万物之情状，而深乎天下之人心，皆所谓天下之至文
> 也。而况于无其弊者哉？入国朝以来，治古文者众矣，然或放于古而
> 不自骋，或洵于俗而不深造。求其断然成一家之言者得五人焉。方侍

---

① 李葆光：《先府君述行》，李刚己《李刚己遗稿》，《近代中国史料丛刊》，（台北）文海
出版社 1970 年版，第 358 页。
② 同上书，第 362—363 页。
③ 李刚己：《李刚己遗稿》，《近代中国史料丛刊》，（台北）文海出版社 1970 年版，第 96 页。
④ 同上书，第 103 页。

郎之文，如忠孝之士，深忧苦论，其义正，其情挚，其忠诚之意足感人于不自已。姚惜抱之文，如骚人之咏叹，其志洁，其行方，邈乎其如思，慨乎其如慕，皭乎其不可以干以尘垢也。梅郎中之文，如酷吏决狱，无遁辞，无隐情，如秦皇汉武之用兵，贪而不已，竭而愈奋。吴南屏之文湛乎其如水，飘乎其如风，如邈姑仙人之吸风饮露，尘浊之气无所容于其间，非天下之至洁者孰能与于此？曾文正之文其崚如山，其决若川，其慨乎以悲也，如侠士之哀歌，如遗臣之独叹；其粲乎以丽也，如山川雨霁而万卉萌芽。凡此五人之文，体貌既殊，浅深不类。要各有孤诣独到，非可为伪也。①

此文对于何为天下之至文有自己独到的看法，"浃于神"与"通于微，合于莫冥，探乎万物之情状，而深乎天下之人心"之论，体现了对文章精神的重视、对于真实的表述及对情感的要求，桐城文章之精髓在于义法，而此文强调以"神"代替"义"，宁背"理"而有"情"，尽管没有否定"法"，论述以桐城之文为清代文章之正宗，然而精神已经渐离桐城文章"义法"。文章所列举的方苞、姚鼐、梅曾亮、吴敏树、曾国藩，与桐城古文家所提及的方、刘、姚三祖说不尽同，尤其将致力于文辞的梅曾亮、文辞清丽淡远的吴敏树列入五家之中，论及曾国藩也并非其明理之文与经济之篇，而是其文章之瑰丽、雄放与蕴含于其中的浓郁悲情，体现了作者独特的文学观与远见卓识。文章同样展现了北方古文的雄健之美，体现了作者为文骈散合一、以赋体之铺张排偶入文的胆识与才具。《祭吴先生文》《汪星次墓表》《故记名总兵鲍公墓碑》等与王树枏以议论入康有为墓表不同，直接表达了作者深厚的情感，是桐城之文在北方的又一变体。如《祭吴先生文》运用了"哭""悼""痛""忧""伤""悲"及"涕泪""永诀"等众多表达情感的词语，赋予了文章催人泪下的艺术魅力。不同于多数桐城派作者注重陈述客观事实的古文章

---

① 李刚己：《李刚己遗稿》，《近代中国史料丛刊》，（台北）文海出版社1970年版，第105—107页。

法，已与方苞所倡导的清真雅正风格有鲜明的差异。在家书中，作者的
情感尤为浓郁：

> 汝伯母与汝三叔凶耗，令人痛伤不已。呜呼，以汝伯父之向来做
> 事全无经纬，不知继娶后能否令小儿女辈不至于失所，而汝三婶命薄
> 如此！不知现在作何情状，又不知将来如何处置，始可令存殁无憾。
> 反复思维，尤令人愁绪如麻，不知所措。奈何奈何！①

信中之语流露了作者之至情。面对亲人逝去，并未如六朝士人之故作
淡定，而是表现了自己对逝去亲人的深切怀念与惋惜，其中有对往昔未能
劝告兄弟的追悔，对现实无可奈何的悲情愁绪。虽信手拈来，三个“不
知”仍有排比铺陈之法。文辞简练畅达如日常口语，已接近白话文体。

李刚己传世文章不多，然体现了浓郁的情感、排比铺陈的笔法、雄健
豪放的气势。尽管篇章有限，然其文章仍堪称桐城古文向现代白话文转变
的一个典范。与王树枏以情纬文的篇章相比，为文之典雅或未能并论，而
其深情绵邈与豪迈雄健则过之。

同时有冀州人赵衡，曾受学于吴汝纶、王树枏，为贺涛门下高足。赵
衡（1865—1926），字湘帆，先祖在明永乐间由山西洪洞县迁徙至束之温
朗口，再迁至冀州赵家庄，至赵衡已十一传。祖父字超人，以商贾为业。
父维薪，为乡曲之师。幼年从金正春先生习颜、李之学。深得吴汝纶器
重，擢补弟子员，使至信都书院从王树枏得顾、王考订之学，又从吴汝纶
学桐城之文。旋中光绪十四年（1888）戊子科乡试，二十一年（1895）
乙未大挑二等，候选教谕，不待选而任书院监院近二十年，后任深州文瑞
书院主讲。② 及徐世昌任总统，赵衡掌书记，倡导四存学会。著有《序异
斋文集》八卷。以文章为学问之要。钱基博论其文以为，其碑传以瑰奇穷
势而时流硬砌，议论文以拗折入深际而理不精透，在贺涛弟子中不如张宗

---

① 李刚己：《家书》（其一），《李刚己遗稿》，《近代中国史料丛刊》，（台北）文海出版社
1970 年版，第 158 页。

② 齐赓荦：《湘帆先生行状》，王树楠纂民国 18 年《冀县志》卷十九，第 28 页。

瑛之鲜明紧健。① 而张舜徽谓其"昧于古文著述义例"②。

此外，贾恩绂也为当时古文家。贾恩绂（1865—1948），字佩卿，盐山举人，官拣选知县，顺直咨议局议员。贾恩绂、蒋燿奎、崔兰西被称为"燕南三杰"。③ 贾恩绂著作皆为稿本，有《思易草庐诗稿》《思易草庐文稿》《思易草庐年谱》《思易草庐日记》等④，师事吴汝纶，受古文法。"其文尽得其师吴汝纶之传，汝纶称其文章有阳刚之美，才气卓荦，不徇流俗；与崔炳炎、何之熔、蒋耀奎等皆文行卓立，有称当时。"⑤ 吴汝纶评其《柳子厚论》："持论有卓识，后幅感慨尤苍茫沉郁。"⑥ 所作《与康有为书》有慷慨之气：

> 自乙未春，足下抗书阙庭，尔时即仰大名。比来时事日亟，朝野上下，燕雀处堂。足下以闲散末秩，不避斧钺，不嫌越俎，屡上封事，慨然以保种保教保国为仁，甚哉！足下之用心，何其近古人也！自四方豪俊，莫不闻风慨慕。矧在恩绂，了于心而不能宣诸口者！⑦

《与康有为书》文章平易，情感激越，气势雄健，真燕赵文人之文。与清末民初之尚情之文风相近。前人称许其才气卓荦，其文章正如是。由于其卒年较晚，于是有桐城派最后的散文家之说。⑧

当时河北有名的文人尚多，如刘春霖、宫岛大八、吴闿生皆是。而刘春霖为北方之士。刘春霖，字润琴，肃宁人，光绪三十年（1904）甲辰科状元，官翰林院修撰。师事吴汝纶，受古文法。刘声木《桐城文学渊源撰

---

① 钱基博：《现代中国文学史》，中国人民大学出版社 2004 年版，第 145 页。
② 张舜徽：《清人文集别录》，华中师范大学出版社 2004 年版，第 584 页。
③ 《盐山县志》卷十八《人物》，南开大学出版社 1990 年版，第 931—932 页。
④ 吴秀华：《燕地贾恩绂手稿中所见桐城学者资料》，柴汝新编《莲池书院研究》，河北大学出版社 2012 年版，第 234 页。
⑤ 刘声木：《桐城文学渊源撰述考》，黄山书社 1989 年版，第 296 页。
⑥ 吴闿生：《吴门弟子集》卷五，中国书店己丑年秋月原版重刊。
⑦ 贾恩绂：《与康有为书》，吴闿生《吴门弟子集》卷五，中国书店己丑年秋月原版重刊。
⑧ 张昆河：《桐城派的最后散文家贾恩绂》，萧乾主编《山左鸿爪》，中华书局 2005 年版，第 23 页。

述考》有传。莲池书院荒废已久，而文章之传犹存。故国民政府 1936 年 10 月又成立了莲池讲学院，以研究国故、沟通新旧学术、造就通才为宗旨。讲师中有尚节之（秉和）、高步瀛（阆仙）、吴北江（闿生）、贾佩卿（恩绂）、刘综尧（培极）诸人①，随着抗战的到来而停办。桐城文章在北方的深远影响于此可见一斑。

自张裕钊、吴汝纶北来传承桐城古文，而后北方以莲池书院为中心，古文勃兴。上承桐城余绪，又濡染北学之风，在新学兴起之际，影响学术与文风，对桐城古文的嬗变、白话文学的兴起皆有着不可磨灭的影响。

---

① 《河北省莲池讲学院成立记》，《河北》月刊 1937 年卷五第三期。

第 五 章

桐城文派之衰微

桐城派发展到张裕钊、吴汝纶，桐城古文的基本特征已经发生了根本性转变，逐渐由儒家之文向涵融中西之文递嬗。张、吴二先生皆不排斥西学，将通俗、逻辑、尚用与情感融入其古文中，然而张裕钊之文直追两汉，研求精深，不悖于桐城古文之义理，刘熙载评其文，谓为"当代文章之冠"①。张裕钊之文古奥难循，继之者难以承其余绪。而吴汝纶之文融贯中西，系于实用，情在其中，甚至有意翻译西文，其逻辑之缜密、语句之新奇与欧美之文相近。就其实质而言，远离了桐城古文尚雅之精神，而归于日常之用，进一步接近俗文。在一定程度上，中西之学的融通促进了桐城古文的演进，同时也动摇了桐城古文赖以存在的根基。吴汝纶之后，有萧穆、马其昶并擅俗文；至于严复、林纾之文，尤其是翻译文章中，化西学为雅言，以雅词润色小说皆归于世俗之用，有意传播西方之文化，已接近通俗之文，与桐城古文标榜的雅洁精神迥异。在古文的白话化历程中，桐城之文起着推波助澜的作用，随着白话引导文学之主潮，桐城古文在新文化运动的冲击下日渐远离了文坛中心。在新文学的惊涛骇浪中，古典之文逐渐黯淡，兴起于清初的桐城古文也随着清王朝的崩颓而迅速走向衰微。

---

① 张后沆、张后浍：《哀启》，张裕钊著，王大敏校点《张裕钊诗文集》，上海古籍出版社2007年版，第551页。

第一节 马其昶古文的世俗化

在桐城古文迅速走向衰落之时，桐城马其昶之文以近俗而不离于桐城家法为文坛所推重。清代桐城除了"桐城三祖"、戴名世之外，涌现出了难以数计的古文家，影响较大者有叶酉、姚范、王灼、朱雅、方正瑗、方东树、姚莹、刘开、戴存庄、方宗诚、吴汝纶、徐宗亮、苏惇元、陈澹然、姚永朴、姚永概等名家七十余人。在清末的桐城古文家中，尤以马其昶声誉最为卓著。作为桐城文派的殿军，为桐城古文派退出文坛前最后一位大师。正如钱基博所论："吴汝纶既逝，世之归仰桐城者，必曰：'是马通伯先生，承方、姚道脉而且见淑于吴先生！'"① 马其昶古文以世俗之事、通俗之语、随俗之法将桐城古文演绎为自成一家之文。当时与其酬答切劘者有其姻亲姚永朴、姚永概及通州范当世等人，可称为后期桐城派。诸人之文著英声于大江南北，推动了桐城古文的通俗化进程，在改良桐城古文的过程中，也使得桐城之文日渐远离了古文之途。

一 马其昶：桐城古文派殿军

马其昶（1855—1930），字通白，亦作通伯，吴汝纶题其书室曰抱润轩，学者称抱润先生。先祖为源出固始之六安赵氏，明永乐间赵骥入赘桐城马氏，遂为桐城人。五传至太仆寺卿马孟祯，与左光斗为道义交。马孟祯十一世孙邦基为马其昶曾祖。马其昶祖父马树章，字幼白，晚号怡性老人，性仁厚，为太常寺典簿。② 曾国藩尝荐之于朝③。马氏家族中，马宗琏为马树华、树章族父，嘉庆辛酉进士，师事舅父姚鼐。宗琏子瑞辰，嘉庆十年（1805）乙丑进士，与父并为马氏闻人。④ 马瑞辰著《毛诗传笺通

---

① 钱基博：《现代中国文学史》，中国人民大学出版社 2004 年版，第 154 页。

② 陈祖壬：《桐城马先生年谱》，北京图书馆编《北京图书馆珍本年谱丛刊》，北京图书馆出版社 1999 年版，第 11—13 页。篇首所载马其昶"字通白"，或为笔误。

③ 马其昶：《大父怡轩府君行状》，《惜抱轩文集》卷八，《续修四库全书》（1575），上海古籍出版社 2013 年版，第 722 页。

④ 参见刘声木《桐城文学渊源撰述考》，黄山书社 1989 年版，第 163、216 页。

释》三十二卷，融通汉宋，考订精深，见识通达；马树华续刊徐璈辑录之
《桐旧集》为世所称。

马其昶之父马起升，字慎庵，诸生，议叙同知。初师事马树华、戴钧
衡学古文①，又师事方东树、苏惇元、文汉光问学，力守方苞、姚鼐论文
之要义，兼工书法。著《趣园诗文稿》八卷②。马其昶母张氏，名清徽，
字文卿，为康熙朝文华殿大学士兼礼部尚书张英六世孙女，即嘉庆壬戌进
士、翰林张元宰之孙女。③ 马其昶早年过继与霍邱县训导、从伯父马起泰，
从祖马树华为河南汝宁府通判，与太平军作战时死难，马其昶袭云骑尉。
马起升去世，其昶乃还家。年二十为诸生，同里吴汝纶、方宗诚引为弟
子；张裕钊主讲凤池书院，马其昶从游。光绪元年，年二十一，娶湖南按
察使姚莹孙女即湖北竹山知县姚濬昌之女姚氏。曾设馆安徽布政使于荫霖
官署，又馆于皖督李仲仙家。光绪二十三年（1897），主讲庐江潜川书院，
曾任桐城县中学校校长、安徽高等学堂校长，入京师主法政校务、成达学
校董事。后任京师大学堂教习。1929 年七十五岁，卒于桐城里第。马其昶
一生科场失意，年二十二起应乡试，终生不第，早年为中书科主事，民国
间曾兼备员参政，又应聘为清史馆总纂，撰儒林、文苑传。他交游颇广，
早年即与当时名人郑东甫、柯劭忞定交，因毛庆蕃得知陈三立、程颂藩，
又交梁鼎芬。"同时姚永朴仲实、姚叔节永概与君并起，以道义相切劘。
盖二姚为慕庭子，君其姊夫也。"④ 作为桐城派古文大师，门人众多。弟
子陈祖壬所作《桐城马先生年谱》中所记门人有：

　　苏廷光，字伯孚。

　　苏红，字子京。

---

① 刘声木：《桐城文学渊源撰述考》，黄山书社 1989 年版第 267 页作"世父马树华"，误。
据陈祖壬《桐城马先生年谱》，马树华当为马树章孪生兄、马其昶伯祖父。张裕钊亦有《汝南通
判马府君墓表》述其家世。
② 马其昶：《先考妣莲花岗墓志》，《抱润轩文集》卷七，《续修四库全书》（1575），上
海古籍出版社 2013 年版，第 714 页。
③ 马其昶：《先母亲家传第十三》，马其昶著，毛伯舟点注《桐城耆旧传》，黄山书社 1990
年版，第 469 页。
④ 王树枏：《包润轩文集序》，《陶庐文集》卷九，1915 年乙卯冬月陶庐丛刻本。

周侯祎，字介臣。

刘绍裘，字石琴。

方时褧，字孝兖。

宗嘉禄，字受于，光绪丁酉举人，宗白华之父。

李国松、李国筠为皖督李仲仙之子，李鸿章之弟李鹤章孙。

史浩然，字礼宾。

孙永珩，字楚白。

唐义诠，字涤凡。

张家屏，字翰臣。

李昌绪，字诚庵，合肥人。

宋振鸿，字炉初。

刘启琳，字石宜，上元人。

姚永中，字厚甫。

许复周，字兰轩。

元伟，字桂岑。

叶玉麟，字浦荪，桐城诸生，能文章。

金吾，字寿芝。

何汝贤，字树人。

张武，字国药。

方家泽，字季思。

吴介眉，字尔寿。

何富文，字子言。

夏祖禹，字永康。

王新基，字涤之，太平人。

尹家镇，字静山，饶阳人。

张继垔，字佛昆。

王怀民，字新吾，六安人。

胡珽，字伯瑄

甘大文，字蛰仙。

陈培纪，字稚楚，安陆人。

马其昶为晚清古文名家，主要著述有十七种三百余卷，除了考订之文、史传之文外，主要著作有《抱润轩文集》《存养诗钞》《佩言录》《包润轩文续集》《包润轩尺牍》等。[①] 有《桐城耆旧传》十二卷辑录桐城名人。

马其昶长子根硕，字伯固，年二十为徐树铮之陆军部上校秘书，二十而逝。根硕之子茂元，字懋园，乳名贺宝[②]，师从方彦忱仲棻[③]，著有《晚照楼论文集》，茂元子家楠亦能文。

马其昶文名藉藉，晚清民初之文人论及马氏皆不胜倾慕。王式通《哭马通伯先生其昶》挽诗谓："桐城耆旧总温然，此是方、姚以后贤。"[④] 王树枏《陶庐老人自订年谱》己巳年条目记述了马其昶之生平：

> 十二月三日，余友桐城马通伯其昶卒。通伯受业于吴挚甫之门，得为文义法。挚甫殁后，以古文独步大江南北者，一人而已。当时金石文字，多出其手。宣统二年入都。吏部考验人才，授学部主事。与余同为清史馆总纂。著有《抱润轩文集》，余为序而行之。年七十五卒。其墓铭亦余所撰也。[⑤]

作为友人与同僚，王树枏之记述比马氏弟子所记更为可信。文中提及马其昶以古文独步大江南北，自记于《年谱》，当发自肺腑。章士钊谓："先生桐城人，沉浸于乡先辈之教，是以方、姚替人之誉，早岁流闻。"[⑥] 章太炎

① 陈三立：《马其昶墓志铭》，陈祖壬《桐城马先生年谱》，北京图书馆编《北京图书馆珍本年谱丛刊》，北京图书馆出版社1999年版，第56—57页。

② 吴祥兴主编：《万卷诗书稽古典，一生心血育英才——中国古典文学专家马茂元传》，《诗道永恒——上海师范大学名师列传》（一），上海人民出版社2009年版，第46—47页。

③ 吴孟复：《马茂元传略》，陈所巨、杨怀志主编《桐城近世名人传》，安庆市政协文史委员会、桐城县政协文史委员会1993年版，第182页。

④ 王式通：《哭马通伯先生其昶》，《学衡》1929年第71期。

⑤ 王树枏：《陶庐老人自订年谱》，北京图书馆编《北京图书馆藏珍本年谱丛刊》（182），北京图书馆出版社1999年版，第714页。

⑥ 章士钊：《藉甚——答马其昶》，章含之、白吉庵主编《章士钊全集》（五），文汇出版社2000年版，第404页。

《马通伯先生像赞》说："文章之寄，是唯枞阳，公殿其行。圣泽斩矣，新学披昌，公能宪章。括囊六艺，大典洋洋，三经作纲。"① 马其昶以三经作纲，与新学对立的做法，比莲池诸人欧化的文章更为保守。然其文章上承吴汝纶，为一时大家，不愧为桐城派之殿军。王逸塘《今传是楼诗话》载马其昶高足周梅泉所作挽诗：

> 同、光以来盛文学，濂亭、挚甫称大师。冀州衣钵付姚、马，《抱润》一集尤清奇。阳刚阴柔各有美，语本惜抱谁敢訾？望溪义法祭正脉，得骨得髓皆禅机。②

诗歌以为马其昶之文得方苞文章正脉，从张裕钊、吴汝纶至于姚永朴兄弟与马其昶，桐城文章之传承路径清晰可见。而刘声木后期对马其昶的评述与诸人又迥然不同：

> 其文得方、姚真传，高洁纯懿、酝酿而出，其深造孤诣不逾乡先辈所传义法，然互名其家亦莫能掩。张、吴既卒，其昶以文学负盛名，遐迩慕向，无敢有异议者，实则文学造诣殊未深粹，远不及赵衡、李刚已、张宗瑛诸人。③

此论出于《补遗》中，显然有意更改前期所论马其昶文深辞婉，虽简意永，幽怀微旨，感喟低回，深造自得等言辞。④ 评价中有"不逾乡先辈所传义法""文学造诣殊未深粹"之说，对马其昶文章造诣提出了质疑。至于"远不及赵衡、李刚已、张宗瑛诸人"之说，甚至将马其昶视为桐城古文之末流作家，有失公允。

---

① 章太炎：《马通伯先生像赞》，章太炎《章太炎全集》（五），上海人民出版社 1985 年版，第 355 页。
② 王逸塘：《今传是楼诗话》，《民国诗话丛编》（三），上海书店出版社 2004 年版，第 515 页。
③ 刘声木：《桐城文学渊源撰述考》，黄山书社 1989 年版，第 292 页。
④ 同上书，第 291 页。

对于马其昶古文之得失，诸家评价不同。然其雄文与义法，得之于桐城；随俗为变，深造自得。文论观则传承了其父马起升关于桐城古文的基本思想：

> 马起升结同人讲学于丽泽精舍，古文守方、姚之绪论，稽讨义例，终身不厌，尤服膺韩、欧、朱、王四家，以文与道可互通而不可离。其文说理甚明，运词甚达，气息从容以和气，不求胜于人，实已造人之所不能造。[1]

此论仍出于刘声木之《桐城文学渊源撰述考》，但对马其昶之父马起升评价甚高。其中对于马起升的评述有三点很有意味：其一，马起升守方、姚之绪论，此与马其昶文论要旨同；其二，长于说理，与马其昶《抱润轩文集》中多说理之文一致；其三，从容以和，与马其昶古文简淡品格相符，也直接造就了马其昶之文以日常之事表达襟怀的风格。以上三方面在马其昶古文创作中均得到了体现。

就宗法桐城而言，吴孟复曾论桐城派古文家之文，以为马其昶能恪守桐城派文章义法："最能体现'桐城'特色的，方、姚之外，亦当数梅、马。"[2] 梅似别有门径，马则一宗桐城"义法"。其《书张廉卿先生手札后》（丙申）一文表明了对桐城先哲文论观的信奉与推崇：

> 其昶学古文于同里方柏堂、吴至父二先生。二先生爱之笃、教之切也。方先生曰："文不衷理道，则其用亵。是宜本经史，体诸躬。旁及大儒名臣所论著。今子文虽工，曷用耶？"吴先生则戒作宋、元人语。曰："是宜多读周秦两汉时古书。"又言："今天下宿于文者，无过张廉卿。子往问焉，吾为之介。"赋诗一篇，谐庄杂出。谓："得

---

[1]　刘声木：《桐城文学渊源撰述考》，黄山书社 1989 年版，第 268 页。
[2]　吴孟复：《桐城派述论》，安徽教育出版社 2001 年版，第 177 页。

之桐城者，宜还之桐城"。①

方宗诚、吴汝纶作为影响其古文观念之师长，提出的古文观一是"宜本经史"，二是研习周秦两汉古书。同时，戏谑中要求张裕钊将得之于桐城者，还之桐城。张氏之学，源出曾国藩，曾国藩尝自谓古文之学由桐城姚先生启之，而吴汝纶《马通伯求见张廉卿以诗介之》谓当还与桐城马其昶，言谈中已将马氏视为桐城古文薪火传承者。诗中称："若令扫公门，籍、湜尚可续。"② 可见马其昶与桐城文化渊源之深。其古文一本经史，出以简澹之词，可谓桐城嫡派。然方宗诚"体诸躬"之说、吴汝纶勿作宋元人语之戒，马其昶之文或未臻于此境。身体力行，求是求真，用意深远；勿作宋元人语，也并非止于语言与文字，而当超迈宋元人之气度。故马其昶才堪传承桐城之学，而未能尽变桐城之文以延其余绪。

从其深造自得处而言，马其昶之文不乏独特之处。其文风简淡、叙事平易，与张裕钊、吴汝纶不同。陈三立题《抱润轩文集》或不谬：

> 曾、张而后，吴先生之文至矣！然过求壮观，稍涉矜气。作者之不逮吴先生而淡简天素或反掩吴先生者以此也。环堵私言，敢质诸天下后世。丙午六月，义宁陈三立。③

题词指出了马其昶文章高处在于淡简天素，平淡之语句、平常之琐事。然此正其文章之高处。赵元礼《藏斋诗话》中记述了章太炎论清人文章之言：

> 章太炎先生论文取汪中、姚姬传、张惠言三人，又谓："恽敬太

---

① 马其昶：《书张廉卿先生手札后》，《抱润轩文集》卷三，《续修四库全书》（1575），上海古籍出版社 2013 年版，第 691 页。

② 吴汝纶：《马通伯求见张廉卿以诗介之》，《吴汝纶全集》（一），黄山书社 2002 年版，第398 页。

③ 陈三立：《题抱润轩文集》，马其昶《抱润轩文集》卷三，《续修四库全书》（1575），上海古籍出版社 2013 年版，第 678 页。

恣，龚自珍太僮。"又谓"王闿运文学湛深，至说经则华词破道。康
有为才肆神王。马其昶孤桐绝弦，声在尘境之外。严复、林纾之徒，
辞气虽饬，气体比于制举，所谓曳行作姿，纾则弥下，精采杂污，更
浸润唐人小说之风"云云。①

　　寥寥数语，是章太炎心中清代散文之要略。汪中倡导骈文，姚鼐标举
古文，张惠言在二者之间，为一代之至文；至于恽敬承阳湖之绪而过于恣
纵，龚自珍以奇诡之文擅声，为清代前期散文之羽翼。至于晚清，则有王
闿运之雅、康有为之新、马其昶之俗，各擅胜场。至于严复、林纾之文，
体近八股、神采杂污，虽兼有辞气，然不可与并论。其中马其昶在晚清之
文中被称为"孤桐绝弦，声在尘境之外"，可谓推崇备至。淡简之语、绝
尘之思，这便是晚清民初文论家对马其昶古文的评述。

　　然马其昶之文过人之处不止于此，桐城后继者吴孟复谓："在'唐
宋八大家'中，惟柳宗元能写景；桐城派中，则以梅曾亮与马其昶所作
为最工。"②

　　前人以马其昶为桐城派的殿军，认为不刊之论。桐城望族之身世、吴
汝纶的着意培育、门生遍及南北，都足以使马其昶成为后期桐城文学之
帜。为文谨守义法，难以逾越桐城文学之藩篱，使其成为桐城古文的最后
典范，也使得桐城之文日渐衰微。

二　马其昶谨守义法的时俗之文

　　马其昶之古文最大特色在于将古雅的古文与生活中的细微事件结合起
来。以古文写时事，以平易之词描摹人情，营构出马其昶文章的高妙之
境，章太炎称之为"俗"。

　　马其昶之文有意恪守桐城义法，在桐城古文深受新学影响之际，马其

---

　　①　赵元礼：《藏斋诗话》卷下，第175—176页（可用《民国诗话丛编本》）。又，章太炎
《与马通伯书》（见章太炎主编《制言》民国25年第十五期）谓："反观尊作，真如孤桐绝弦，
其声在尘境之表矣。"
　　②　吴孟复：《桐城派述论》，安徽教育出版社2001年版，第177页。

昶精研先秦两汉之文辞，力图从中找出汉文学的根底并加以弘扬。故其文辞平淡简略而含意深远。章炳麟《与人论文书》谓："并世所见，王闿运能尽雅，其次吴汝纶以下，有桐城马其昶为能尽俗。萧穆犹未能尽俗。下流所仰，乃在严复、林纾之徒。"① 指出了马其昶在写作中有鲜明的通俗化倾向。复古与通俗之思同时体现在马其昶的古文中，成为其古文迥异于当世古文的显著特征。

马其昶之文有自觉的传道意识，吴汝纶的器重、桐城文人的推崇无疑是重要的原因，尤为重要的是，桐城古文逐渐走上了衰微的末路更促使马其昶对传统文化与桐城古文进行深入反思。在他的著作中，《周易费氏学定本》《诗毛氏学》《尚书谊诂》《三经谊诂》都有考订古典文献以正本清源之意，《礼记节本》可以视为对桐城古文之"义"的张扬。为了应对新学的突变，甚至试图从道家、佛教典籍中探寻传统文化的精华，《老子故》《庄子故定本》意在探索老庄之学，作《金刚经次诂》表明其学也不排斥佛家之说。《屈赋微》关注辞人之赋，表明了马其昶之文论不废辞章。而《左忠毅公年谱定本》《桐城耆旧传》《桐城古文集略》则是关于桐城文化之著述。此外，《清史稿》之《儒林传》《文苑传》详赡专精，从人物传中可以了解有清一代儒学与文学史，对于旧文化给予充分肯定，很少有阐扬新学之士，尤其对桐城派文人及倡导宋学之儒大加褒扬，体现了固守旧文化、反对新学说的文化保守倾向。传承桐城之学的使命感导致马其昶之文较同时代的作家更为关注桐城"义法"。在其古文中，义法不只是作文之法，更是桐城文化精神的精髓。其《桐城耆旧传自序》流露出了传承桐城文化的使命感：

> 余既广征载籍，会稡旧闻，述邑先正遗事，自前明以迄近世，为专篇及附见者凡九百余人，略次时先后，成《桐城耆旧传》十一卷，附《列女》一卷，谨叙其端曰：
>
> 乌乎！一代人才之兴，其大者乃与世运为隆替，观于乡邑，可知

---

① 章太炎：《太炎文录初编》卷二，1917 年浙江图书馆刊《章氏图书本》。

天下，岂不信然哉！盖当燕藩夺统，吾县方断事法，以遗方小臣，不肯署表，自沉江流。厥后余按察珊、齐按察之鸾及先太仆，皆以孤忠大节，与世龃龉。陵夷至天启，左忠毅公乃死于珰祸，而明随以亡。当是时，钩党方急，方密之、钱田间诸先生，间关亡命，救死不遑，犹沉潜经籍，纂述鸿编，风会大启。圣清受命，吾县人才彬彬，称极盛矣。方、姚之徒出，乃益以古文为天下宗。自前明崇节义，我朝多研经摘文之士。

吾尝暇日陟岿岹、投子之巅，望西北层峦巨岭隐然出云表，而湖水迤逦荡潏于其前，因念姚先生所称，黄、舒之间，山川奇杰之气蕴蓄且千年，宜其遏极而大昌；又窃怪今者风流歇竭，何前后旷不承邪？岂不以师友之渊源渐被沦而日薄，士或问其先德，嗫不能言，闻见孤陋，不足感发兴起之欤？

《诗》曰："维桑与梓，必恭敬止。"盖言迩也。仰前哲之芳躅，悼末俗之陵替，文献放失，余甚惧焉。曩者，先伯祖通判公尝有《龙眠识略》之辑，遭乱亡佚，郡县书又率伤冗繁。余维传记之作，必归诸驯雅。窃取迁、固之遗法，始足赓扬盛美，诱迪方来，因不自揆，著为此编。乌乎！吾之述此，第及一县之地，远不出数百里外，而上自名卿、硕辅，以逮文儒忠义之彦，操行不一，要皆特立于一时，而可不泯没于后世者。吾党之士，苟一关览，非其先祖，即其邦之老成宿望。世近己，则欣慕之情切；耳目之所能逮，则疑沮不生。而两朝之学术风趋，盛衰得失之林，亦略具于此，又欲令异世承学、治国闻者有考焉。

光绪十二年春马其昶撰。①

文章提及其先伯祖通判公马树华尝有《龙眠识略》之辑，哀文献之散佚，"仰前哲之芳躅，悼末俗之陵替"而作《桐城耆旧传》，上起明代齐

---

① 马其昶：《桐城耆旧传自序》，《抱润轩文集》卷三，《续修四库全书》（1575），上海古籍出版社 2013 年版，第 688 页。

之鸾、马孟祯与左光斗，中述方以智、钱澄之，下至于方、姚之徒，意在梳理两朝学风之嬗变、评判学术之得失，可谓寄托深远。至于《桐城古文集略序》则称："夫论文而至限之一邑，固视天下以不广，然而一邑之文，有非一邑所能私者。后之君子，或欲考论文章体势之正变、学派之流别，庶几其有取焉。"① 则又以一邑之文为天下古文之规范。故马其昶之文传承桐城古文"义法"尤其是桐城之"义"，是其传承桐城文化精神乃至整理国故观念的体现。

然而，古文不乏关注现实与日常事务的传统。《春秋》之作，有褒贬是非之义；《史记》之文，太史公比之《春秋》；至于韩柳乃至与宋六家之文，皆借古文以尊王道；而归有光之文情深而挚，皆有感于当世之事。方苞之文古雅清真、深于义理，或使学者难循；然梅曾亮好以骈俪之词写景述怀，曾国藩经国之文多因于微末之事阐发议论，至于吴敏树澹远清新之文多感慨身世，情在其中，张裕钊、吴汝纶之古文或述其文之奇杰魁伟，或论欧美技术之新奇，皆不为空言。故马其昶以古文写时事，与桐城古文雅洁之风并不相悖。况其行文兼有义法，简淡之风近于雅洁。

马其昶之文，不悖桐城义法，亦有生涩奥衍之处，然已迥异桐城耆旧之文。如前人所论，其异于桐城诸老者在俗。通观其文，俗处有三，所记之事如数家珍，历历在目；所述之情真实可感，沁人心脾；所用之词，平易淡简，雅俗两宜。

其一，叙事之俗。马其昶论桐城古文之要旨，不务渊深，而从古及今，娓娓而谈。论及桐城之风物，皆亲切可感；谈说昔日之人与事，如在目前。如《奉吴至父先生书》谈到多年没有给吴先生写信时，所说的理由真切自然：

> 自其昶学文时受知爱，莫夙于先生。开辟径途，不迷其源、不阻其修，其得力惟先生多。乃一旦南北分异，遂至疏绝旷远，积十余年

---

① 马其昶：《桐城古文集略序》，《抱润轩文集》卷三，《续修四库全书》（1575），上海古籍出版社 2013 年版，第 689 页。

之久。无一言一字得彻于左右。虽至顽薄不肖，不宜至此。盖尝念自古魁儒大师奋出，一时干名采誉之士争自括磨就亲媚，以惊动时人耳目，所在皆能也。扳依以为重，岂有幸焉？周旋托于平生，名氏厕诸简末，即百世又知其为谁何乎？吾诚能取之于古，蹈之于躬，则行迹虽疏，君子不疏也；吾诚不能取之于古，蹈之于躬，则行迹虽亲，君子不亲也。故其昶自先生暨武昌先生及凡当世耆宿皆未尝有所请谒。独私冀其道初成，庶几有可承教之一日。①

　　文章所述不过日常之事，所举之缘由不过不求追逐浮名而已。文中记事，由受知于吴汝纶而及十余年不相见，由未相见而解释不见的原因。文章层次分明，不为大言，观点简单明了。至于《答方伦叔书》则在申言故人情谊后指出其所论"子孙固有阐扬其先世之责"一说之过失，商榷之词，真实自然。而《答萧敬甫丈书》先述思念之情，而后对萧穆之期望深表感激："辱书教以所处，谓当坚忍，居家读书，不当外出。而重以乡邦五六百年文献之传不宜到今而绝敦勉倍恒。"② 文辞恳切，如对床夜语。
　　其二，述情之俗。桐城诸老之文多以雅洁胜，清真雅正，醇而不肆。而述情之文当以情动人。马其昶之文往往如此。其中《答刘仲鲁书》于字里行间可见其情真意切：

　　　　往吾与足下游，至乐也。无旬日不见，见未尝不善相旌过相敕也。不见未尝不思也。别久矣，吾之情犹是也。前足下过此，甚喜，以为可谋永朝永夕之欢，竟不能然。譬之饿者馋焉求哺，终不得食，斯已矣！③

　　① 马其昶：《奉吴至父先生书》，《抱润轩文集》卷四，《续修四库全书》（1575），上海古籍出版社2013年版，第698页。
　　② 马其昶：《答萧敬甫丈书》，《抱润轩文集》卷四，《续修四库全书》（1575），上海古籍出版社2013年版，第697页。
　　③ 马其昶：《答刘仲鲁书》，《抱润轩文集》卷四，《续修四库全书》（1575），上海古籍出版社2013年版，第698页。

作为致友人书信，情自在其中。与前期桐城派古文家的书信相比，论道之言已渐少，述情之文洋溢其间。其中"至乐""未尝不思""别久矣""甚喜"，"永朝永夕之欢"，表达情感的文辞甚多。文章流露出对友人由衷的思念之情。马其昶古文浓郁的情感不只是体现在书信中，其叙述家世之文多篇都饱含深情，甚至传记文中也洋溢着作者深沉的情感。尤其是《江西南昌知县江君家传》，在末尾用大段文字议论江召棠之义烈：

> 马其昶曰：南昌之狱，议者龂龂致辩，唯自刺与谋杀殊耳。夫杯酒谈宴，自靡顶踵，事理所必无者也。就令有之，慷慨引决，不枉吾民，不愈彰其美哉？向使稍存濡忍之念，谩辞应之，固未尝不得生。以君智略，不出此者，虑清议之拟其后，亦不知祸烈果至是也。君在当时，最号为趋时识变，而交涉事又素习，卒以此丧其生，遂廪廪称义烈矣。①

桐城古文家之传很少有长篇的议论。文章中"马其昶曰"出自"太史公曰"而更长于论述，文章称颂南昌知县江君的智慧与勇气，情感诚挚而激越。故其记述之文、议论之文，乃至往来之书信中都自然流露出诚挚深切的情感，体现出与清真之词迥然不同的文章风格。

其三，文辞之俗。马其昶之文往往在淡简的话语中蕴含隽永的情韵，而使用的文辞至为简略平易。浓极而淡，文章往往别有深意。如《送阮仲勉序》：

> 孝于亲者，若于长。机智杜于内，冲夷乐，岂溢乎色？能考无所称，学不逐曹好，为学官弟子数岁，不随人应举，匹夫之庸行；俯焉以自励，嗜之而不捐，怪笑之而不阻，阮君其亦贤矣哉！阮君曰："吾尝泛涉乎学，茫焉无涯，吾惧焉。吾故退而守吾拙。"时举以告其

① 马其昶：《江西南昌知县江君家传》，《抱润轩文集》卷八，《续修四库全书》（1575），上海古籍出版社 2013 年版，第 726 页。

昶。其昶者，固所云泛涉焉而莫得泮岸。又有深愧于阮君者也。尝谓天地之大、鬼神之幽，推至一室米盐之琐，纷然难纪。按之皆原于性分、备于一躬。将悉万殊之等，冥心以自探，胶焉而内固，执焉而罕通，终无以权度乎自然之则，铢两而当其分。故质之美者不践迹，学不至者无由成。于是阮君窈若思、惝若失，辞去不来者一年，其昶自得交阮君，始大悔所学。而阮君亦深有意乎余言。一日，移其家挂车山，来索言为别。挂车山，余幼时尝避乱于兹。外舅安福君近弃官隐其中，读书养亲，有终焉之志。今阮君舍其故居而又往也。试诵余于安福君以质之。①

　　该文为送友人阮仲勉归隐辞，笔法近于《李愿归盘谷序》。文笔简练，言简理深。文中叙述阮仲勉为学，不以众人之非笑而改其初志，深思高举，隐居于挂车山，读书以求真。全文文辞简淡，阮君之高洁品性见于言外。故吴汝纶以为："起突兀有奇气，著语亦精炼，不肯一字犹人。"② 陈三立以为其辞理简淡。今品读其文，虽偶有典奥之辞，然通篇以寻常话语说人生之志趣，理深而辞浅，言近而旨远。

　　马其昶古文文辞之通俗清新，在记体之文中得到了更为自由的展现。《游冶父山记》写景之句更为洒脱平易：

　　　　迟明，登望江楼。晨光纳牖，目际无垠。前至伏虎岩箕踞石上时，则白湖、焦湖、黄陂诸湖云气坌起，漥隆环壅，皓若积雪，阳景腾薄，摩荡成采，然后徐入山腹，尽势极态。钱君跃起，以谓观雪乃无此奇也。③

① 马其昶：《送阮仲勉序》，《抱润轩文集》卷五，《续修四库全书》（1575），上海古籍出版社 2013 年版，第 703 页。1969 年（台北）文海出版社《当代八家文钞》（四）《马通伯文钞》卷一第 2059 页"若于长"亦作"若"，疑有舛误，当作"弟"。
② 马其昶：《送阮仲勉序》，《抱润轩文集》卷五，《续修四库全书》（1575），上海古籍出版社 2013 年版，第 703 页。
③ 马其昶：《游冶父山记》，《抱润轩文集》卷九，《续修四库全书》（1575），上海古籍出版社 2013 年版，第 730 页。

文中写景之句惟妙惟肖，而简明通俗。如登山之时之"且憩且登"，"暮色自远而至"，如向导之解说，又如朋友之谈话，真切可感。写到山中景象，惜墨如金，文辞简淡，也明白如话，"登望江楼"，"目际无垠"，"前至伏虎岩"等话语，已经接近口语。至于"晨光纳牖""窪隆环壅""云气坌起""皓若积雪""阳景腾薄""摩荡成采"等词句，皆如当代之成语，脱口而出，不觉古奥难循。下山之途也写得别有情趣："倾崎既穷，足舒山展，人意转饥。竹树翳荟，涧谷沉沉有声。"文辞简约平易，然而又是另一种风景与境界。从叙述的视角来看，文章已经注意时空的转换、心理之变化，又极尽描摹之能事，从剑池写起，其中有神奇的传说、怪异的景象，充满着神秘难测的气氛，使人听之而感觉惊奇。这种叙述如说书人娓娓道来，和易可亲，文辞曲折回环。游记在作者笔下近乎传奇故事，然而又如亲历目见，文章近于《三言》《两拍》之体。通篇文辞与叙述手法皆近于白话文体，虽似雅洁，实已为俗文。而《游大蓬山记》则以其真实可感的情怀、开阔豁达的胸襟胜："登阁远瞩，天宇开豁。念予一身，寄此渺然。"① 文辞虽不离于雅，然意境已近于今。《西山精舍图记》中的句子则更加通俗流畅，诉说往事，历历在目："屋小如斗，倚山临溪，田歌满野。每大雨溪涨，则行人待溪外，皆在室中望见。"② 如现代散文中的山村小景。可见在叙述之文中，马其昶简淡平易的风格得到了充分展现。

马其昶之文，长于以寻常之事、心中之情及如话之语表现深邃之思。明代归有光在写细琐之事、人间至情上为后来人指示了途径。马其昶之古文则或出于时俗之变，与归氏之文笔神思常近。然而马其昶文章中不时有佶屈聱牙之词，可见其俗文仍力求信守雅洁之风。

桐城派古文家中，在吴汝纶之前，有萧穆等崇奉西学之士。萧穆是同光时期谨守义法的桐城古文家之代表，方宗诚谓："年少而文高，学博而识远，

---

① 马其昶：《游大蓬山记》，《抱润轩文集》卷九，《续修四库全书》（1575），上海古籍出版社 2013 年版，第 732 页。

② 马其昶：《西山精舍图记》，《抱润轩文集》卷九，《续修四库全书》（1575），上海古籍出版社 2013 年版，第 730 页。

桐城后起之英，无不推敬孚者。"① 曾国藩也对其学问大为赞赏："桐城萧穆，今之读书种子也。"② 由于曾国藩之推荐，萧穆长期在上海制造局任编纂之职。从《皖志列传》所述，可知其文章通俗之缘由：

> 　　同治初年，金陵克复。曾国藩督两江，注意文事，延揽学人，穆以县诸生上书幕府。时上海方创立机器制造局，附设翻译馆。译欧美天算、舆地、声光、化电诸书，用文笔雅驯者讨论修饰，穆首与焉。③

萧穆是马其昶之师长，为新学之开创人之一。马其昶自谓："萧先生为先子旧交，又素蒙器赏。"④ 文集《敬孚类稿》多校勘之心得，而不录西学之论。《娱园记》《就光明室记》《游滕王阁记》《桃花坞记》等皆别具体格，然终有考据家之风，与莫友芝之古文近，而文辞平易；至于《先考溪源府君序略》《先妣事略》诸文，与归氏相近，而清通晓畅。由于翻译之文须明白晓畅，故其文多出以通俗之语。章太炎谓其"未能尽俗"，评述至为恰当。作为桐城后学，马其昶得其"俗"，然而未能随俗为变，故少见新学之思，反不如吴汝纶之贴近时势、萧穆之融贯中西，正是这一点导致了桐城古文的衰微。

三　后期桐城派古文之衰微

马其昶作为桐城文学的传承者，才高学富，足以另辟蹊径。然而由一生命途坎坷，作为世袭云旗尉，桐城文章绪业传人，仅以一诸生终，故其文章终难有疏宕激昂之气。尽管其为文尚俗，在桐城文章走向没落之际，以斯文之传承自任，故无法摆脱桐城"义法"之藩篱。对于"义法"的信守，对于"雅洁"的推崇，使马其昶之文更具有醇雅的桐城派

---

① 施补华：《序》，萧穆著，项纯文校点《敬孚类稿》，黄山书社1992年版，第1页。
② 吴孟复：《文献学家萧穆年谱》，萧穆著，项纯文校点《敬孚类稿》附录四，黄山书社1992年版，第570页。
③ 金天翮：《皖志列传稿》卷五，1936年铅印本。
④ 马其昶著，毛伯舟点注：《桐城耆旧传》，黄山书社1990年版，第446页。

古文特征。

马其昶之文高处在承桐城之余绪，不足在于未能因变以生新。其文在简读自然中别有风韵，精于锤炼而不露痕迹。当世俗文之作者不可胜数，唯马其昶之文名高一代，这无疑得益于对桐城文章精髓的领悟。然而马其昶之文仍杂以古奥之句，未能变化以顺应俗化之大势，以白话之文、通达之观写时事，故淹没于以白话代替古文的文化新潮中。孙衣言《题马生其昶文卷》别有意味，指出了其文的致命弱点："少年为文字须有春夏气，而生之文秋气为多，将有郁而不舒之患。"① 桐城之学与桐城古文继承者的特殊处境，赋予了马其昶作为文章家的悲剧色彩，无论其人其文如何绚丽奇伟，终难避免落后于时代、与新文学背道而驰的命运。

桐城派古文家以雄视百代、包举宇内的气势品评前人之文，睥睨当世文章，其浩然之气足称雄于一代；同时，其固守桐城文章的态度，藐视当世文章的气度带来了古文的危机。随着白话文渐兴，桐城之文走向衰微成为必然。就桐城古文而言，在晚清古文中的地位不可动摇。而在桐城名家中，马其昶为翘楚。吴汝纶谓："天下高文归一县，先生晚出自千秋。"② 对马其昶之文推许备至。因得志而纵情傲物的气势在桐城文章家的言行中不时流露出来。在与北方文人的较量中，新城王树枏号称北方文人之首，然而其文章一旦不符合桐城古文之"义法"，即被吴汝纶所看轻。王树枏出示的古文中有骈偶之句，吴汝纶以为非文章正宗，王氏"于是尽摒骈偶以治古文"③。从文章正变而言，恰恰是兼取骈散之体为文章之正道，纯粹的古文之"义法"不能不受儒者之道与古文之法的限制。在与北方古文作者的较量中，桐城古文无疑以绝对的优势大获全胜。在吴汝纶之后，林纾作为古文的重要作家，出自闽中，擅声于京师，马其昶以桐城古文家之气度，评述其文时言辞微妙。所作《韩柳文研究法序》云：

① 孙衣言：《题马生其昶文卷》，《逊学斋文钞》卷十，《清代诗文集汇编》（662），上海古籍出版社 2010 年版，第 515 页。
② 吴汝纶：《马通伯出示所藏姚惜抱手迹属题一诗》，施培义、徐寿凯校点《吴汝纶全集》（一），黄山书社 2001 年版，第 473 页。
③ 姚永概：《陶庐文集序》，王树枏《陶庐文集》乙卯冬月陶庐丛刻本。

今之治古文者稀矣！畏庐先生最推为老宿，其传译稗官杂说偏天
下，顾其所自为者，则矜慎敛遏，一根诸性情，劬学不倦。其于
《史》、《汉》及唐宋大家文，诵之数十年，说其义，玩其辞，醰醰乎
其有味也。往与余同客京师，一见相倾倒，别三年再晤，陵谷迁变
矣，而先生之著书谈文如故。一日，出所谓《韩柳文研究法》见示，
且属识数言，世之小夫有一得，辄秘以自矜，而先生独举其平生辛苦
以获有者，倾囷竭廪，唯恐其言之不尽，后生得此，其知所津逮矣。
虽然，此先生之所自得也，人不能以先生之得为己之得，则仍诵读如
先生焉，久之而悠然有会，乃取先生之言证之，或反疑其不必言。然
而不言，则必不能久诵读如先生决矣，故先生言之也，人之得不得，
于先生何与？乃必倾囷竭廪，唯恐其言之不尽。呜乎！同类之相感相
成，其殆根于性情，亦有弗能自已者乎！桐城马其昶序。①

　　序中首先称许其文章之高妙，谓后生得此"知所津逮矣"，然而又称
后生"仍诵读如先生"必定自有所得。马其昶最后的结论是"反疑其不
必言"。尽管林著中或有深微之处，然而序文似乎作出了这样的暗示，《韩
柳文研究法》虽言之周详，也不过是林纾不能自已之言而已。马其昶在为
徐树铮编《古文辞类纂标注》作序说："若夫古人之精神意趣寓于文字中
者，固未可猝遇。读之久，而吾之心，与古人之心冥契焉，则往往有神解
独到，非世所云云者。"② 同样以为徐氏并不见得能理解古人之精神意趣，
"非世所云云者"，似将本来并不神秘的古文神秘化了，故为徐氏作序与为
林氏作序之意相近。故桐城后学舒芜《谈桐城派》所论颇能洞彻其中幽
微："决定了桐城派在文学史上的大失败的，正是他们那种背向历史道路、
隔离现实环境、轻言悄语、目不斜视的态度，正是他们那种不敢接触现
实、不敢大声说话的态度。"③ 从为他人文章作序时的态度可以推测出，
桐城古文家更多的不是"不敢大声说话"，而是没有倾听他人的言说。桐

①　马其昶：《韩柳文研究法序》，林纾《韩柳文研究法》，商务印书馆1914年版。
②　参见吴孟复《桐城派述论》，安徽教育出版社2001年版，第175页。
③　方重禹：《谈桐城派》，《读书与出版》1948年第3卷第九期。

城后学不乏其人,如叶玉麟辈也未能挽回桐城古文之颓势。

对桐城古文之宗派与义法的局限,晚清以来,批判者有桐城古文的继承者,更多的是否定桐城派古文之文士。在桐城派古文家中,王树枏虽作桐城之文,然而对桐城派文章有自己的看法。民国 10 年(1922)辛酉,吴汝纶已逝,新文学已渐成主流,王树枏《抱润轩文集序》对桐城宗派说提出了自己的反对意见:

> 古文无所谓宗派也。自桐城姚姬传氏《古文辞类纂》出,于是始有桐城派之目。久之,而传播于人口者,无识与不识,习以为常。言不之怪,而毁誉是非益滋多。交嘲互挤,各张其说。要之,于姚氏书均无当也。吾观姚氏所甄录,自周秦两汉下逮明清之文,大抵皆目熟口咀而心炙之者,岂桐城所得私哉?桐城文〔人〕,惟方望溪、刘海峰二人而已。之二人者,其浅深工拙、离合之故,较之周秦两汉所谓文者奚若?派之异同又奚若?识者自能辨之。然亦未尝自标其目曰:吾桐城之文,而别区一派于古文之外也。……若夫规随于义法之中而神明于义法之外,钩深极变,古人要各有独至之诣,而非义法之所能穷。得鱼而忘筌、得兔而忘蹄,善为古文者何莫不然?
> ……
> 乾嘉之时,姬传先生继方、刘后,以古文义法倡天下,其在同邑,有从孙莹石甫、方东树植之与上元管异之、梅伯言并称高第弟子。石甫子濬昌慕庭濡染家学,尤以诗名;植之传戴钧衡存庄,存庄不幸早(世)逝;而吴汝纶挚甫(蹶)〔崛〕起同光之际,与武昌张裕钊廉卿皆笃守姚氏学说,为清末巨子。吾友马君通白其尊甫慎庵先生始事存庄,继事植之。而君则问业张、吴二先生之门,同时姚永朴仲实、永概叔节兄弟与君并起,以道相切劘,盖二姚为慕庭子,君其姊夫也。壬子国变后余始识君京师,朝夕过从,得尽取其文读之。君则自谓:为文而不求之经,是无本之学也。时方治《毛诗》,既卒业,复治《易》、治《尚书》及秦汉诸子,乃于文若有所不暇为者。今君年六十余矣,虽不役志于文,而世之谋不朽其先及假君一言以自重

者，争辐辏其门，以得请、不得请为至荣大辱，皆曰：姚氏之文，非君莫与归也。然吾窃论之，姚氏际国家隆盛之会，上下啴谐、万物条达，故其文体洁而气舒、志和而音雅，君乃不幸身丁丧乱，蒿目瘵心，常岌焉，若不克终日，故其思深、其辞婉，其言虽简而意有余。往往幽怀微旨感喟低徊，令人读之有不知涕泗之何自者。当其得诸心而输诸手，踌躇四顾、俨然謦咳于周秦两汉诸作者之旁，而邈然无与俦焉，桐城云乎哉？①

《抱润轩文集序》对桐城派之说提出了异议，认为天下之文不得称为桐城派之文，古文家中桐城之作者甚少；"义法"为文章所遵循之准则，也不当为桐城所私有；天下之至文自当出于"义法"之外。然而序马其昶之文，明其师承，溯其渊源，指出其文章已超出桐城古文之范畴。纵观王树枏之论，虽反对"桐城派"之名，然而认定其中自有传承，实质上肯定了桐城派古文之说。同时对拘守"义法"之说进行批判，指出了桐城派古文作家狭隘的一面。

桐城派外之作家中，与桐城派文章颇有关联的陈澹然则否定了"义法"之说。陈澹然为方宗诚弟子，早年向慕吴汝纶，为经世之文，然不愿被桐城派古文所束缚，"求经世书外，辄览古文辞。未尝一读，惧其缚我也"②。宣统二年所作《晦堂文钥》中指出："窃谓欲求制造，不能不求外国语文；欲保人心，仍求中国。"③ 虽认定"论文之说，以归、方、刘、姚为独精"④，然而提出："凡有一事，必有一理。即事求理，理积则文自生。乃不至空言无用。岂若宋儒，日言性理，令人无可寻求。此求文之始也。"⑤ 陈澹然已经意识到，求文之始是有性情之真文失落的开始。对桐

① 王树枏：《抱润轩文集序》，《陶庐文集》卷十一，1915 年乙卯冬月陶庐丛刻本。

② 陈澹然著，张晚霞校点：《晦堂书录》，《安徽文献研究集刊》（二），黄山书社 2006 年版，第 192 页。

③ 陈澹然：《晦堂文钥》，王水照编《历代文话》（七），复旦大学出版社 2007 年版，第 6782 页。

④ 同上书，第 6796 页。

⑤ 同上书，第 6785 页。

城派过于讲求义法给予了有力批判。

在王树枏、陈澹然之后，以刘师培、李详为代表的骈文家对桐城单行之文进行了批判。"北王南李"① 之一的骈文大家李详在光绪三十四年（1908）第四十九期《国粹学报》上发表的《论桐城派》堪称第一篇批判桐城文学之专论：

> 诚知文章一道，大则笼罩百家，小亦钻仰先达，树义卓然，所宗何师，即为一派，譬之同源异流，归海而会。乃于古人"衰流别"之训相合。若举天下定于一尊，犹之四渎并而为一。云此为正派，余则非是，固无此理。然其说新奇，倡其说者，又为当时之望。因之有不考情实，雷同附和，既挟空见破，披猖愈甚者。姬传、鱼门之时，岂料及此？②

李详在文中指出了桐城派并非一无是处，然天下黄茅白苇定于一尊之风，即使当时的姚鼐、程晋芳等也不能认同。同时刘师培则大声疾呼："桐城文章有宗派，杰作无过姚、刘、方。我今论文主容甫，采藻秀出追齐梁。"③ 在桐城派所主张的道德摇摇欲坠之时，对骈偶之文的热衷表明了对翰藻的关注。在一定意义上，是文学性的回归，与新文化运动中的美文诉求有相通之处。章太炎谓："仆重汪中，未尝薄姚鼐、张惠言。姚、张所法，上不过唐宋，然视吴、蜀六士为谨。"④ 论文与刘师培、李详相近。在新文化运动中，最了解桐城派的依然是深受桐城文化濡染的文人，陈独秀、胡适身处新文化运动之浪尖，对桐城派进行了深入批判，然而胡适之论也并未彻底否定桐城派。作为马其昶学术的再传，宗白华《唐人诗歌中所表现出的民族精神》可谓切中了桐城文学的要害：

---

① 据郑逸梅之《逸梅杂札》载：晚清民初有"方今骈文，北王南李"之说，参见《逸梅杂札》，齐鲁书社 1985 年版，第 153 页。钱基博《现代中国文学史》中论李详时亦有记述。
② 李详：《论桐城派》，《国粹学报》光绪三十四年第四十九期。
③ 刘师培：《甲辰年自述诗》，刘师培《中国中古文学史讲义》，凤凰出版社 2011 年版，第 268 页。
④ 章太炎：《与人论文书》，《章太炎全集》（四），上海人民出版社 1985 年版，第 168 页。

　　自清代中期以后，桐城派文学家姚姬传提倡文章的作法——"阳刚阴柔"之说，曾国藩等附和之，那一个时期中国文坛上，都充满着阴柔的气味，甚至林琴南、马其昶等还"守此不堕"。[①]

　　宗白华的论述表明，泥古不化是桐城文派最终退出文坛根本的原因。以古雅之文，表现阴柔之气，无法面对现实。在白话文学兴起之时，桐城古文的旧道德、旧主题与旧风格已经难以适用社会之新变。以道德判断为主的桐城之文被直面人生的逻辑报章之文与白话美文所代替。尽管新文学阵营中仍然不乏深受桐城古文影响的作家，如方令孺、朱湘、方玮德乃至张爱玲与章诒和，然而在文学白话化与现代化的大潮中，桐城古文作为一种体式，已经彻底退出了中国文坛。

第二节　后期桐城派二姚及范氏文章

　　在后期桐城派古文家中，除马其昶外，姚永朴、姚永概与范当世无疑是当时文坛影响卓著的古文家。三人皆为马其昶之姻亲，后期桐城派之中坚，与马其昶及桐城派古文家吴闿生、虞辉祖、高念慈、叶玉麟、李国松等相互唱和酬答，文风亦相近。在白话文兴盛之际，主张以桐城古文为文学之正宗。坚守桐城文章，成为新文化运动中毅然坚守旧文化立场的特立不群的古文家。文体相辉炳耀一时，其中姚氏家族之诗性文章、范当世究心中外之作、吴闿生涵融新学之论影响最为深远。

一　姚氏家族之诗性文章

　　晚清民初间，马其昶倡导桐城之文，而姚永朴与弟永概并称。姚永朴之文质直古雅，然仍不乏诗意；永概则有其父之浩荡与诗情，故二姚兼有姚濬昌文章之遗风。

　　姚永朴（1861—1939），字仲实，晚号蜕私老人。祖父姚莹，字石甫，

---

① 宗白华著，林同华编：《宗白华全集》（二），安徽教育出版社 2008 年版，第 122 页。

为"姚门四弟子"之一，官至广西按察使。前人评述颇多，故不赘述。

父姚濬昌，字孟成，号慕庭，监生，湖北竹山知县。曾以名家子居曾国潘幕，国潘亲课其文。"古文词雅气渊，谨守家法，并以义法教授其子，尤工诗，冲澹要眇，风韵邈远，善言景物，以寄托兴趣。"① 著有《幸余求定稿》十二卷，《五瑞斋遗文》一卷。《诗续钞》九卷，《附》一卷。莫友芝《郘亭日记》（咸丰十一年）记姚濬昌在曾国藩幕时莫氏与姚濬昌研习诗文书法之事甚多。据徐世昌《晚晴簃诗话》："慕庭为硕甫之子，姚坞之五世孙。诗文义法注重薪传。初谒曾文正江西军次，文正见其感事诗，激赏之，遂留幕府。"② 从姚范至于姚莹、姚濬昌，桐城之文薪火传承，姚氏家族可谓桐城古文之嫡传。观其文章，情韵不匮，生气绵渺，与方、姚之文不同。如其《性余翁诗钞自序》：

> 丙申九月，铨官竹山。丁酉三月，自武昌之任。十一月，檄权南漳县事。中间道路往来，公家事了，偶有余闲，与人唱和，积数月，遂得诗百三十三首。春光已暮，柳絮乱飞，念吾女倚云远隔二三千里，其夫婿范肯堂，江湖牢落，奉养无方，时厪予怀，乃取所为诗，命奴子钞之，遥寄倚云，并示肯堂，昪知吾近况，兼以遗吾抱也。江山绵邈，世事可忧，安得一二年间鼓舵东游。一抒心曲，且以晤语尊翁，登南山，望大海，同解积闷耶？③

序文中感慨"江山绵邈，世事可忧"，绵邈之词已濡染《选》学绮丽之风，忧叹世事，又异于方、姚高谈义理之文。而其《叩瓴琐语》所记之文论"情生于文"：

> 昔王济谓孙楚《除妇服诗》，不知文生于情，情生于文？予谓楚

---

① 刘声木：《桐城文学渊源撰述考》，黄山书社 1989 年版，第 166—167 页。
② 徐世昌著，傅卜棠编校：《晚晴簃诗话》卷一百十四，华东师范大学出版社 2009 年版，第 1155 页。
③ 《南通范氏诗文世家》（16），河北教育出版社 2004 年版，第 1 页。

诗但情生于文耳。自古惟文生于情者可贵，如《报燕惠王书》《出师表》《祭郑夫人文》《泷冈阡表》之类，固不易攀，其次如《陈情表》《祭十二郎文》，亦能千古，拙作或其流亚欤？若貌为秦汉，言中无物，后世谁传此者？恐当于酱瓿间求之耳！①

此论以为，千古文章皆发自至情，对于桐城文论多讲义法、少及文情的诗学理论有所发明。文中所论乐毅《报燕惠王书》、李密《陈情表》、诸葛亮《出师表》皆非桐城派所倡导的唐宋古文。而李密《陈情表》、诸葛亮《出师表》皆以骈俪之体胜。申述情韵之词，不避六朝之绮文，表现出桐城文章的新风貌。

姚濬昌生子五人，原配光氏生三子：长为永楷，次永朴，季为永概。"永楷，诸生，候选县丞；永朴，光绪甲午（1894）举人，候选训导；永概，光绪戊子举人，大挑二等。二女，一适同里马其昶，一适通州范当世，皆以诗古文辞鸣一世者。"② 张氏生永棠、永橒。③

姚永朴幼秉庭训，刻苦自励。年十六为诸生，后客游授经谋生。光绪甲午（1894）举人，官候补训导。师事张裕钊、吴汝纶，又问学于同乡方宗诚、萧穆等名师。古文风格古淡，自成一格。曾为清史馆纂修，曾任教于起凤书院、山东大学、北京大学、东南大学、安徽大学等处。著述甚丰，有《蜕私轩集》五卷、《续集》若干卷、《素园丛稿》六卷、《文学研究法》四卷、《旧闻随笔》四卷、《史学研究法》一卷，另有《惜抱轩诗集训纂》等。④ 据刘声木《桐城文学渊源撰述考》记载，弟子有弓汝恒、张诚、何范之、弓尧等人。传道于南北，又湛深于经学，与廖平并称大师⑤。吴孟复、张玮也自谓姚门弟子。⑥

---

① 姚濬昌：《叩瓴琐语》卷二，1912 年铅印本。
② 王树枏：《桐城姚府君墓表》，《陶庐文集》卷四，1915 年乙卯冬月陶庐丛刻本。
③ 姚永朴：《叔弟行略》，卞孝萱、唐文权编《民国人物碑传集》，凤凰出版社 2011 年版，第 641 页。
④ 刘声木：《桐城文学渊源撰述考》，黄山书社 1989 年版，第 292 页。
⑤ 姚孟复：《桐城文派述论》，安徽教育出版社 1992 年版，第 177 页。
⑥ 张玮：《序》与吴孟复《书姚仲实先生〈文学研究法〉后》，见姚永朴著，许振轩校点《文学研究法》，黄山书社 1989 年版，《序》，第 191 页。

姚永朴之文，信守桐城义法，"与迁安郑杲、姊夫马其昶以学问文章相切劘。故其诗文，悉驯雅有法度"①。江南王遽常称许其"死守善道"②。如其《叔弟行略》即显得简而有法：

> 家居贫甚，吾兄弟衣食于奔走。弟所主如长沙王公先谦、婺源江公人镜，皆当世名人。而依同里吴挚甫先生最久，得力亦最深。吴先生尝称其诗文："才气俊逸，足使辞皆腾踔纸上。虽百钧万斛而运之，甚轻也。"③

文章将弟弟姚永概生平行事之紧要处，不着意道来，显得挚而有法。《孙佩南大令》《萧先生传》也属此类遵循法度之文。

然姚永朴之文亦时有所变，为文情在其中，非清雅之体。其传记之文、写景之作与所记逸闻旧事皆随意点染即成文章。如作于民国间而流露出前清遗民意识的《湖南嘉禾知县钟麟传》：

> 姚永朴曰：囊怪宋、明末造，士之殉国者指不胜偻。我朝辛亥之变，乃阒焉无闻。岂人心薄于古与？宋、明之亡，其君或转徙江海之交，或守宗祧以死，故薄海哀恸，思与同命。若清孝定景皇后知势不可全，率帝逊位。其时居朝列者，或不忘旧恩，惟引去尔。而退方守土之吏，当变生仓猝，与城存亡者，往往有之。而湖南嘉禾知县钟麟事尤烈。④

此文开篇即点明作传之意，与寻常作传之法不同。如"太史公曰"也

---

① 张舜徽：《清人文集别录》，中华书局1963年版，第635页。

② 王遽常：《桐城姚仲实教授传》，姚永朴著，许振轩校点《文学研究法》，黄山书社1989年版，第1页。

③ 姚永朴：《叔弟行略》，任访秋主编《中国近代文学大系·第3集·第13卷·散文集四》，上海书店出版社1993年版，第74页。

④ 姚永朴：《湖南嘉禾知县钟麟传》，卞孝萱、唐文权编《辛亥人物碑传集》，凤凰出版社2011年版，第540页。

仅见于篇末。作者之好恶，由此可见，也表明其作文不拘一格，虽讲究"义法"而能有所变。其畅达之处较马其昶之俗文更为自然，《旧闻随笔》颇有小品意趣：

> 吴挚甫先生自冀州罢官后主保定莲池书院，教士以国学为本。而兼考泰西之学，人才蔚兴。晚岁至日本察学制，仆仆道路，不避风雨。尝因仆伤鼻，流血沾衣，犹不息。日本人与先生游马关，李文忠公议和处也。或请题诗，先生大书"伤心之地"四字与之。①

"伤心之地"可谓此篇之文眼。文章简明畅达，近于白话。由此也可以看出，桐城古文在遵循其固有的准则时，已经开始了白话化的历程。被广为传颂的"六尺巷"逸闻，也据《旧闻随笔》保存下来。此外，记叙之篇《西山精舍记》写景亦有风神，风格与随笔相近。

至于其论文之著作《文学研究法》二十四篇，分四卷：卷一论古文之本源与纲领，卷二论古文之派别与体式，卷三阐述古文之内在精髓，卷四则阐释其风格与特征。其《结论》中阐明了立论之意义：

> 是故始必有人指示途辙，然后知所以用力；终必自己依所指示者而实行之，然后有得力处。不然，非眼高手生，即转为深细之律所束缚而格格不吐。②

从此论说中可以看出，作者力图总结出古文创作之法，以为后学者之准则。而卷一堪称开宗明义，是对桐城义法的总结。与方东树《昭昧詹言》开篇之义相近；卷二之运会、派别、著述为文章流别之论，告语、记载、诗歌则在曾国藩《京师百家杂钞》中已有其名；卷三之性情、状态、神理、气味、格律、声色，前二者可谓综述，而后四端在"桐城三祖"之

---

① 姚永朴：《旧闻随笔》，黄山书社 1989 年版，第 200 页。
② 姚永朴著，许振轩校点：《文学研究法》，黄山书社 1989 年版，第 190 页。

论中早已提及，姚鼐《古文辞类纂序》已有专门论述；卷四之刚柔、奇正、雅俗、繁简、瑕疵又是姚鼐《复鲁絜非书》论阴阳刚柔说的进一步阐发。在一定意义上，《文学研究法》是对数千年来古文作法的总结。桐城之义法又限定了其多样性与多变性。然而《文学研究法》上承姚鼐之文论与方东树之《昭昧詹言》，下开林纾《春觉斋论文》及方孝岳之《中国文学批评史》中对散文的论述，对于文章写作仍有独到见解。

在姚永朴论文之文中，与友人论学之篇也有其特点，如《答张效彬玮》："自昔论《史记》、《汉书》者，大抵右马而左班，方望溪言之尤详。余意二子要皆深于文事。"① 身处鼎革易代之际，有遗民之情怀，故特重班固尊王之论，持论与桐城方苞不同。《答疏通甫达》："窃谓吾辈读百家书，当舍短取长。畔吾道以从之，固不可；必峻诋之，微论彼所自得之处，实即不悖吾圣人之处，故能常存天壤。"② 可以看出，姚永朴后期持论已较为通达，能融合《史》《汉》、百家之说而为一家之文。

故姚永朴之文虽有守"义法"之规矩，而能融合众说，为文虽主清雅，而实近于通俗之文。由于其后期之文已为民国时所作，故自当深受白话影响。然记事写景，情在其中；传记之文，别具体格；小品之作，亦不乏风骨。其文清通渊雅，自为马其昶后一大古文家。

姚永概（1866—1924），字叔节，号幸孙。永朴之弟。兄弟皆为吴汝纶弟子，永概又为方宗诚门人。③ 年十八为诸生，二十三岁中光绪十四年（1888）戊子科解元④，主考为李文天、王任堪。后屡试春闱不第。以大挑二等选太平县教谕，又举博学鸿儒，皆不就。光绪末年充任安徽高等学校教务长，后应北京大学之聘，又为徐树铮所办正志学校教务长。曾为清史馆协修，分任诸名臣传，文笔为同人所叹服。甲子（1924）夏月卒。⑤ 姚永概曾授徒于桐城派古文大家王先谦之家。其外舅徐宗亮（1828—

---

① 姚仲实：《蜕私轩与友人论学书》，《安徽大学月刊》1933年第一卷第1期。
② 同上。
③ 吴孟复：《桐城文派述论》，安徽教育出版社1992年版，第26页。
④ 王树柟：《陶庐老人自订年谱》，北京图书馆编《北京图书馆藏珍本年谱丛刊》（182），北京图书馆出版社1999年版，第691页。
⑤ 同上。

1904），字晦甫，晚号椒岑。早年师事姚莹，光绪中当事者尝延修《长卢盐法志》，与张裕钊、吴汝纶交最善。① 著有《归庐往谈录》、《善司斋诗文钞》22 卷。

姚永概为晚清古文名家。治学以宋儒为归，为文则浩博无涯、议论雄辩横肆。② 与兄姚永朴皆为一时之杰，永朴学问朴实，通经术，永概则肆力诗古文辞。刘声木《桐城文学渊源撰述考》谓："其为文，气专而寂，澹宕有致；不矜奇立异，而言皆衷于名理；虽崛强，有俊逸之致。""务使词尽意不尽，以至词意俱不尽。"③ 著有《慎宜轩文集》八卷。然词意俱不尽已非桐城笔法。其《西山精舍记》与姚永朴所作古文同名，而写景之笔，由近及远，花、木、泉、石，点染如画，颇有韵味：

> 堤下田数顷，田下有大溪。自东而西，复折而南。每夏秋之际，盛雨大涨，淙然如发万轮。屋后柿一株，而荼䕷尤盛。花时高出垣表，隔溪行人望见之。其他樱桃、芙蓉、白茶，及四时杂化皆具。由吾屋而东行半里，则方植之先生之墓在焉；由吾屋而西行半里，山径绝，乱石矗立。中有泉，漫流出。停泊常满，味甘冽。宜煮茗。余以其出自石孔也。名之曰"洞泉"。凡西山精舍之美具此。④

在这样的文辞中，姚永概之作已经流露出诗情画意。樱桃、芙蓉、白茶，乱石、流泉、小溪，各具情态，西山精舍之境由此可见。其他记叙之篇如《斗影图记》《方氏读书小楼记》《竹山城西小潭记》《堵河记》，皆在记叙中有写景之笔，与柳宗元散文清幽之境迥异，而近时俗之文。

故二姚之文各有千秋，皆接近白话之体。永朴长于持论，永概之文诗意盎然。如果说姚永朴之文颇具桐城家法，姚永概此文已突破桐城义法之

---

① 赵元礼：《藏斋诗话》卷上，张寅彭《民国诗话丛编》，上海书店出版社 2002 年版。

② 姚永朴：《叔弟行略》，任访秋主编《中国近代文学大系·第 3 集·第 13 卷·散文集四》，上海书店出版社 1993 年版，第 74 页。

③ 刘声木：《桐城文学渊源撰述考》，黄山书社 1989 年版，第 293 页。

④ 姚永概：《慎宜轩文》卷十一，《清代诗文集汇编》（791），上海古籍出版社 2010 年版，第 381 页。

圃，近绮丽之文，有骨有韵。

二 范当世究心中外之作

范当世为姚门之婿，而通州世风与桐城稍异，其文虽雅赡，然多涉实务。论家国之事，条理井然；述琐屑之语，亦善叙情怀；其究心中外之作，则境域广阔。

范当世（1854—1904），原名铸，字铜士；又字无错，号肯堂，别署伯子。世代为江苏通州儒族，世代为文人，至当世已历九世。祖、父皆不仕。父松如①。范当世少时颖慧，出语不凡，长而益奇伟。年十七为诸生，此后屡试科场，终生不第。先学《艺概》于刘熙载②，张裕钊主江宁凤池书院，范当世与朱铭盘、张謇同谒张氏，时号"通州三生"。吴汝纶知冀州，又往河北受学于吴汝纶，《清史稿》文苑传谓："汝纶尝叹其奇横不可敌。"③ 出为信都书院山长。以文章卓荦，为李鸿章幕客，并教授其子李季高读书。甲午战后，时有"东床西席狼狈为奸"之诮，指责范当世与张佩纶，故范氏离李鸿章南归，为紫琅、东渐等书院山长④。光绪三十年（1904）卒，五十一岁。著有《范伯子文集》《范伯子诗集》。浙西徐氏校刻本《文集》卷首有《范伯子先生行实编年》。

范当世弟范锺、范铠皆能文，世称"三范"⑤，而当世为"大范"。弟锺，字仲林，进士，仕于河南为令，曾与陈三立、易顺鼎游庐山，后有《庐山诗录合刻》；弟铠，字秋门，拔贡，为令于山东。善作古文，工书法。⑥

---

① 《南通县志本传》，范当世《范伯子文集》卷首，《丛书集成三编》第六十册，（台湾）新文丰出版公司1997年版，第347页。壬申十月浙西徐氏校刻本。
② 范当世：《通州范氏诗钞序》，《范伯子文集》卷六，壬申十月浙西徐氏校刻本。
③ 赵尔巽等：《清史稿》卷四百八十六，中华书局1998年版，第3441页。
④ 沈云龙：《通州三生——朱铭盘张謇范当世》，沈云龙《现代政治人物述评》，（台北）文海出版社1996年版，第62页，《近代中国史料丛刊》。
⑤ 《南通县志本传》，范当世《范伯子文集》卷首，《丛书集成三编》第六十册，（台湾）新文丰出版公司1997年版，第347页。壬申十月浙西徐氏校刻本。
⑥ 姚永概：《范肯堂墓志铭》，范当世《范伯子文集》，《丛书集成三编》第六十册，（台湾）新文丰出版公司1997年版，第343页。壬申十月浙西徐氏校刻本。

当世先娶吴氏，名大桥，生二子，长名罕，字彦殊，诗歌隽妙，陈衍评其诗，以为怪而可喜。张謇评其家诗文："九代诗人八代穷，郎君十代衍家风。懒牛尚逊蜗牛贵，三范凭开一范雄。"① 有《蜗牛舍诗别集》。次名彦矧，能诗古文。女孝嫦，为陈衡恪之妇。当世再娶姚濬昌之女姚倚云，姚夫人有《蕴素轩诗稿》。当世弟子中，徐益修为高足，主讲南通省立中学时，沈云龙受学；后又在之江大学讲授桐城古文。

范当世之文与二姚稍异。好言经世之说，究心中外之务，慕泰西学说。② 在桐城古文家中，"其能绍桐城义法，以之流衍于通州而张一军者，唯肯堂一人而已"③。关于范当世之文，金钺《范肯堂先生事略》开篇即论其与桐城古文之关系：

> 国朝以古文推正宗者，佥曰桐城三家。惜抱既逝去，石甫姚按察、挚甫吴京卿继起。而通州范肯堂先生亦以古文鸣于时。先生冶游武昌，受业于廉卿张学博，学博固得桐城之传者。又交于挚甫，继娶于姚，即按察之孙，永朴仲实、永概叔节之女兄也。师友渊源，学术亦懋。先生自谓谨守桐城家法，然其为文独得雄直气，纵横出没，随笔所如，无不深合理道，固不局局然于桐城绳度也。④

仔细推究金钺《范肯堂先生事略》，可见其中表达了范当世之文出自桐城然而不囿于桐城的观点，自谓谨守桐城家法并不表明其文章的真实面貌。纵横出没、随笔所如的风格与特征显然已逾越桐城义法，这正是其文章高于桐城诸家之处。

作为桐城望族之姻娅，又与桐城文人酬答唱和，范当世之文受桐城矩

① 沈云龙：《通州三生——朱铭盘张謇范当世》，沈云龙《现代政治人物述评》，（台北）文海出版社1966年版，第62页，《近代中国史料丛刊》。
② 参见大陆杂志社编《中外近代学人像传》，（台北）文海出版社1966年版，第110页，《近代中国史料丛刊》。
③ 沈云龙：《通州三生——朱铭盘张謇范当世》，《现代政治人物述评》，（台北）文海出版社1966年版，第63页，《近代中国史料丛刊》。
④ 缪荃孙编：《续碑传集》卷八十，（台北）文海出版社1973年版，《近代中国史料丛刊》。

度之影响毋庸置疑。其《家奠文》《外舅竹山君传》《祭吴孺人文》《通州范氏诗钞序》等文，显然具有桐城派善从琐屑细微处入手叙事、多叙至亲之情的特征。如《家奠文》回忆父亲之教导，所述之事历历在目：

> 府君之逝也三月余，而不孝之寝兴已渐复也，不孝之心万死而何辞，岂意一病而不能哭也。……府君既虑钟、铠之毙于路间，又当疾甚之时，挽不孝欹枕而共歇，岂不以父子诚为一身，而不自料其终各自活也。呜呼痛哉！府君期待不孝也厚，而不孝之自待也恒薄，逮府君之存而过恶已山积矣！去年，府君怒而不孝啼，府君曰："有七十老父寻汝疵，汝应笑乐。"当时不觉此言之太悲，孰谓过此而终不获耶！呜呼痛哉！①

据《范伯子先生行实编年》，范当世之父卒于光绪二十四年（1898年）十二月，故《家奠文》作于次年。文中记叙父亲担忧小儿在路途中劳累死去，儿孙成行之后仍严于教子及父子欹枕而共歇，都流露出骨肉深情，得桐城散文之精髓。然其祭文告于父亲灵前，雅而不奥，文辞明白如口语，体现了晚清文章逐渐趋向白话化的文风。

与二姚相比，范当世之文体现了鲜明的新学倾向。《通州小学堂宗旨》《书日本高松保郎上使臣书后》《游历日本考察商务记序》（代）、《列国岁时政要序》等篇显然受到了新学的濡染。其中《列国岁时政要序》：

> 余观其书，盖强弱多寡之所著验而是非得失之所从出，其理昭然于事物之际，而苦于东西人之不相喻，非译不传，振民为之是也。其译例若曰："书为吾国译也，独置吾国不述焉不可，而悉从其序，则吾且自侪于列国，益所不安，故谨译《大清》一篇，立于上篇之旨，而次乃及于亚细亚洲。"余深韪其说。②

---

① 范当世：《范伯子诗文集》文集卷八，上海古籍出版社 2003 年版，第 511—512 页。
② 范当世：《范伯子诗文集》文集卷十一，上海古籍出版社 2003 年版，第 549 页。

作者关注列国之事，固然与交往有关，然更多的是因为对变革图强的思索，故其文章中不时有关于国家新变、强弱形势之论，对于坚守桐城途辙的古文家而言，新变意味着一定程度上对传统文化的扬弃，其中甚至包括桐城之文雅洁的特征。故其《题西法照相赠李新吾》试图弥合二者的矛盾，在追新的同时，不忘坚守信义：

　　新吾从都门来，得余与令弟经迈合照相，喜为之题识。谓当携至化石桥厲庐朝夕对焉。余笑曰："君好此耶，尚有四人合者。则吾从弟秋门及迈弟经进咸在，当题以赠子行。"明日而经进死，余既痛惜之，新吾亦悲不可胜。又三日当行，仍题以赠。而视五日前欢情殊矣，人事之不可度如此哉！嗟乎！士大夫游宦不归，则亲兄弟或至不相识；而道义之不讲，则师生至如路人。吾与新吾之拳拳于兹物，其俱免矣夫！①

文章以照片为契机，谈论赠李新吾之合照，由此钦佩李新吾之为人，由李氏之重情义，而论及当世文人道义之沦丧。由谈论合照而及世风。从文笔看，是桐城文写细节的传统之因小以见大，寄寓深远，与桐城古文主流风格不尽同。从题材看，照相为西方文化之产物，作者借题照发论则意在恪守中国文人的传统节操。这样的文笔体现了传统到近代文风的转变。

故范当世之文，一方面继承了桐城古文的传统，另一方面又受到了新学的濡染。其作品刻下了桐城之文向新文学过渡的痕迹，在后期桐城派之文中具有深刻的典范性。

三　吴闿生涵融新学之论

在后期桐城古文家中，吴闿生之文涵融新学，独树一帜，在一定程度上已逸出桐城文章之范畴，较通州范氏更近经世之文。

---

① 范当世：《范伯子诗文集》文集卷五，上海古籍出版社 2003 年版，第 474 页。

吴闿生（1879—1949），原名启孙，字辟疆，又名北江。桐城吴汝纶之子。吴闿生自幼随父学文，曾师事通州范当世、武进贺松坡、桐城姚永概及项城袁世凯。清季成诸生，授候补知县。二十四岁留学早稻田大学，以父丧归。曾先后入北洋大臣李鸿章、杨士骧幕，并主持莲池书院。民国初年，曾充袁世凯、黎元洪、徐世昌、段祺瑞等总统府秘书。吴闿生曾讲学京师十余年，后主奉天萃升书院讲席，抗战胜利后曾任北京古学院文学研究员。著有《北江先生诗集》《北江先生文集》《诗义会通》《尚书大义》等，并与人合著有记述袁世凯生平之《容庵弟子记》；辑录《晚清四十家诗钞》，并与李刚己合辑《桐城吴氏文法》。有一子五女，多能诗古文，孙女吴鸥曾参加《全宋诗》编纂。① 刘声木谓其文："思力过绝于人，能冥契古人之精微，抉白秘隐，以发明其滞奥，厘定其高下，开导后学。其为文，雄古简奥，序次有节奏神采。"②

吴闿生之文稍后出，然其文思精微，论理新颖，深于古文而不拘于俗学。其《原天》一篇，尤为惊世之论：

> 天之上，果有乎？曰：无有也。天之苍苍，果何见乎？曰：无见也。天之上，吾不知也。亦见之事物交错者而已。何也？天之上，与事物交错者固息息相通而不异也。今谓天之上有宫室车马而仙人往来乎其间，夫人而知其妄矣！谓风云雷雨之施，各有其神，愚者信之，智者疑焉。谓上帝之所凭依以监临下人，降作祸福，则夫人而皆知其然者也，而吾窃以为皆非也。③

文章提出了一个大胆的观点，天上没有神灵，上帝是不存在的。看似简单，然而动摇了数千年来君权神授的观念。天无灵性，也没有天宫，就否定了具有人格的天的存在，皇帝作为天之子就失去了依据。此文为吴闿

---

① 参见余永刚《北江先生小传》，吴闿生、房秩伍《北江先生诗集·浮渡山房诗存》，黄山书社 2009 年版，第 17 页。
② 刘声木：《桐城文学渊源撰述考》，黄山书社 1989 年版，第 295 页。
③ 吴闿生：《北江先生文集》卷一，民国 13 年（1924）文学社刻本。

生文集第一篇，当作于光绪二十二年（1896）丙申，体现了吴氏全新的观念。其《变法论》中体现了更新的观念，提出即使圣人之说也须合乎时务，以适应时代之变迁：

> 明天子在上，经营四海恢八极，裁制学问，进退人才，闳万世之规。其讦谟远猷、深虑硕画，夫岂不达时务之迂儒所得议其得失哉？且求圣人之道，必于其文，此为辞章者一家之言耳！先王御世宰物之具载在诗书，尽人可得而识，今又去其泥滓，掇英挹华，删订纂述，颁行于天下。业小而力专，文小而用远。若夫淫靡荒怪之说、驰骋之辞、雕镂小技，承平无事之日供耳目之娱则可耳！新法既行，先王之道有不必今存者。又况候虫时卉、风会转移，固且消沉于腐朽之中而莫之顾矣！①

《变法论》论及先王之道，以为"有不必今存者"，又称"辞章者一家之言"，对迷信诗书辞章，以为此即为治天下之道的文士无疑是当头棒喝。己亥所作《邪苏教堂厅壁记》述中国无教之现状与思想之混乱又引人深思。光绪二十九年（1903）所作《译理财学序》论理财之要，《译西史通释序》翻译早稻田大学之西方历史作为借鉴，《刘雨南所译书序》《近世外交史译序》皆关注中外之关系。可见其文集中颇多介绍与评述新学之文。在评述西方之学的同时，对中国社会现状流露出不满与担忧，1920 年所作《来学诸子题名记》称颂来学之弟子的同时也批评了社会的浮躁与昏乱。而其晚年多作墓志与寿序，则近于桐城古文好为传记之词，如《任丘籍君墓碑》《金愍女碑》《高目张太夫人八十寿序》等皆有道义砥砺之思，然与关注时务之文相比，显得格格不入。至于《追记丁巳国难将士文》则又另当别论。

纵观吴闿生之文，在桐城古文日渐没落之时，依然以继承古文为使命，是桐城古文在近现代的余波微澜。然其文不乏新思，成为桐城古文最

① 吴闿生：《北江先生文集》卷一，民国 13 年（1924）文学社刻本。

后的回眸。

从后期桐城派的发展看，姚氏家族之文有着重要地位，姚永朴、姚永概是继马其昶之后影响最大的桐城古文家，然而由于二人拘守桐城之法度，在一定程度上限定了为文之创造性与更真切地表现鲜活的社会真实。范当世与之关系密切，又出于桐城之外，故兼其长而去其短。吴闿生继二姚、范氏而起，文上承吴汝纶，将新学与古文相结合，独辟蹊径，文章更为生色，成为桐城古文在近现代之余波。

第三节　武夷派与严复、林纾古文之新变

福建古文之盛，由来已久。明清之际，林古度、李世熊诗文有声于东南。康熙间，林佶师事汪琬受古文法，"几为天下第一人"①。康乾之时，桐城文派郁起，雷铉、朱仕琇并有文名，而雷铉"声望与姚鼐近"②。此后，桐城之文在福建自成一派，可称之为武夷派③。至于晚清，严复、林纾深受其濡染④。

一　桐城古文武夷派之源流

在武夷派古文家中，雷铉、官献瑶为方苞弟子。朱仕琇为文得雷铉赏识，而阴承方与雷铉、朱仕琇为友，切磋艺文。诸人学继程朱，文宗桐城，为福建桐城古文之先驱。

雷铉（1697—1760），字贯一，号翠庭，福建宁化人，为诸生时即究心性理，李光地门人蔡世远主讲鳌峰书院，铉从之问学。雍正元年（1723）举人。世远为侍郎时荐授国子监学正。十一年中进士，改庶吉士。高宗即

---

① 刘声木：《桐城文学渊源撰述考》，黄山书社1989年版，第90页。
② 同上书，第108页。
③ 《桐城文化志》："不在弟子不列，而服膺于桐城派有侯官严复、陈石遗、吴宗祺等，时称侯官派。"（方尔文主修，汪福来主编：《桐城文化志》，安徽人民出版社1992年版，第220页）
④ 谭家健谓："侯官派的主将是严复和林纾。"（谭家健：《中国散文史纲要》，山西教育出版社2011年版，第234页）然闽中散文自李贽起即代相递嬗，而自雷铉、朱仕琇以来，桐城古文盛于闽中，严复、林纾仅为其末流，故称之为武夷派以示区分。

位，入值上书房，迁通政使、浙江学政，擢都察院左副都御史。丁母忧还家，病卒。雷铉论学宗程朱，为学政以《小学》及《陆陇其年谱》教导文士，与方苞为友，为文简约冲夷。① 易宗夔《新世说》之"雷铉为后起之秀"载其受学于方苞之事：

> 雷公举乡试入都，不投公卿一刺。以陆平湖不见魏蔚州为法。蔡既与方谈及公，乃出见望溪于蔡所。蔡命受学于望溪，望溪固辞。而答以侪辈之称者凡三四年，其后察公品峻而意诚，始受之不辞。②

因蔡世远为之介，故铉得与方苞有师弟子之谊，"苞与光地谊在师友间，名时、兰生、廷珍、世远皆出光地门。煦亦佐光地修书，得受裁成于圣祖。叔琳，苞友，铉又出世远门，渊源有自"③。桐城古文自此由雷铉传于闽中。《清史稿》儒林传谓："闽之学者，以安溪李光地、宁化雷铉为最。"④ 曾师事方苞学古文。其文平近切实，以文载道，说理醇正，而铺写详赡，宽而不衰，峻而不迫，有方苞古文宽博之风。著有《经笥堂集》三十五卷，又有《读书偶记》《自耻录》《校士偶存》《闻见偶录》等⑤。徐世昌《清儒学案》专立《翠庭学案》一篇。《四库全书总目提要》论雷铉《读书偶记》谓："其持论特平。较诸讲学之家，颇为笃实无客气。书中论《易》者几及其半，大致多本李光地，其论礼则多本方苞。一则其乡前辈，一则其受业师也。"⑥

《桐城文学渊源撰述考》载雷铉弟子有伊朝栋、罗有高、姜炳璋、朱仕琇妹夫廖鸿章及铉子雷定淳、雷定澍等。而伊朝栋又传张孟词、阴东林、吴贤湘；罗有高弟子知名者有张璇、屠之蕴等。

朱仕琇（1715—1780），字梅崖，福建建宁人。年十五为诸生，前文

① 台湾《清史》编纂委员会：《清史》卷二百九十一，国防研究院印行1961年版，第4051页。
② 易宗夔著，张国宁校点：《新世说》，山西古籍出版社1997年版，第172页。
③ 赵尔巽：《清史稿》卷二百九十，中华书局1998年版，第2646页。
④ 赵尔巽：《清史稿》卷四百八十，中华书局1998年版，第3368页。
⑤ 徐世昌：《翠庭学案》，《清儒学案》卷六十六，中华书局2008年版，第2551页。
⑥ 永瑢等：《四库全书总目提要》卷九十四，中华书局1965年版，第799页。

论江西古文时已言及朱仕琇从南丰汪世麟学古文。仕琇为乾隆十三年进士，改庶吉士。选山东夏津县令，因足疾改福宁府教授。后主鳌峰书院讲席十年。卒于乾隆四十五年，年六十五。"仕琇治古文，自晚周以迄元、明百余家，悉究其利病，而一以荀况、司马迁、韩愈为大宗。"① 《清史稿》谓："福建古文之学自仕琇。"② 然雷铉已为方苞弟子，传古文于闽中，显然此说值得商榷。朱仕琇学桐城之文而有非议方苞之言。据朱仕琇之《朱梅崖文谱》："我朝学者寝少，侯、魏、汪、姜诸家皆杰出者。然视元明皆不及，邵青门、储书溪、方望溪，益求真素，而颇病肤浅。今世讲古文者益少，坠绪茫茫，旁绍为艰。"③ 李慈铭《越缦堂读书记》评《梅崖居士集》《外集》，曾详论其高下。同治三年（1864）甲子二月初七日云：

　　朱梅崖外集，文气醇朴，而法散语枝，殊有南宋迂冗之习。然立意不苟，固粹然有道言也。大凡得盛名者，其所作必有独到处，不可轻议。……梅崖高弟为新城鲁山木，山木传陈硕士，而越岘由硕士及宣城梅伯言以私淑桐城者。④

而同年四月初二日的评述评价显然已有所不同：

　　阅《梅崖集》，其文卑冗，全不识古文义法。而高自标置，甚为可厌。究其所得，特村学究之稍习古文者耳！余在家时，粗阅一过，意便轻之。迨入都，则士大夫多有称之者。嗣见其外集，文虽冗曼，而颇得醇实之气。又疑向时阅之不尽。两日来悉心披诵，则笔弱语陋，疵累百出。恽子居曾谓梅崖于望溪有不足之辞。而梅崖

---

　　① 王锺翰校点：《清史列传》，中华书局2005年版，第5895页。
　　② 赵尔巽等：《清史稿》卷四百八十五，中华书局1998年版，第3428页。
　　③ 朱仕琇：《朱梅崖文谱》，王水照编《中国历代文话》，复旦大学出版社2007年版，第5145页。
　　④ 同上。

所得视望溪益庳隘。然庳隘二字，未尽梅崖之病。其去望溪，盖不可道里计也。①

　　尽管李慈铭对朱仕琇之文颇多讥评，甚至称之为"村野驱鸟人"，然而指出了桐城派其中一脉之传承：从朱仕琇到鲁九皋，由再传陈用光至宗稷辰。

　　宗稷辰，字涤甫，一字越岘，浙江会稽人，私淑陈用光、梅曾亮，陈用光受学于鲁九皋；鲁九皋初名仕骥，字絜非，号山木，江西新城人，为朱仕琇高足。故朱仕琇之文兼为闽中与江西古文之渊源，江西古文之盛，其功不可没。就其古文创作而言，刘声木亦谓："壮岁刻意学韩，纵义法不谬，未臻淳清冲淡自然之境。尚属一间未达。晚年文从字顺，渐近自然，神到之篇亦自入妙。"② 由此可见，闽中古文义法未必斤斤于法度，与桐城古文精深气象稍异。

　　朱仕琇之弟子与私淑，据刘声木《桐城文学渊源撰述考》载有：

　　林明伦、官崇、鲁鸿、龚景瀚、陈石涯、何穆岩、高腾、金荣镐、许道秉、李祥赓、张绅、黄凤举、何曰诰、陈绩、李天炎、余春林、宁人望、朱雍、余仕翱、李大儒、徐惇典、徐家璠、徐家恒、徐显璋、郑洛英、陈天文、魏瑛、郑超、高澍然、何则贤、谢代坝、廖定抡、吴煊、吴照、徐经、林树梅、刘存仁、李孔地、高幼瞻、鲁肇熊、高炳坤、曾莲炬、曾士玉、上官载升、高象升、伊桐、熊际遇、杨步瀛、高博、上官曦、高又渠、何长栻、王执斋、吴绍先、伊光华、鄢轶、何西泰、徐湘潭、张际亮、高熙晋、龚有光、高孝扬、李云诰、何高雍、何长聚、何高慰、高沨然、上官懋本、徐开祖、周倬奎、李华、林中美、赖子莹。此外，朱仕琇之兄朱仕玠、从弟朱仕□字昆采、族弟朱仕灿及仕琇子朱文佑、侄朱文仁、朱文倩、朱文珍亦随仕琇学古文。

　　弟子高腾，字鹤年，又号九皋，光泽人。从朱仕琇学古文，学宗宋

---

①　李慈铭：《越缦堂读书记》，上海书店出版社 2000 年版，第 1024 页。
②　刘声木：《桐城文学渊源撰述考》，黄山书社 1989 年版，第 350 页。

儒。弟子有高象升、上官载升、上官曦、何长栻，弟高博、子高澍然与高
沆然、侄孙高炳坤亦能文。史载高澍然以古文擅名。《清史列传》谓：

> 福建古文之学自仕琇。其后再传有高澍然，字雨农，光泽人。嘉
> 庆七年举人，授内阁中书。未几，移病归。研说经传，尤笃嗜《昌黎
> 集》。其文陈义正，言不过物，高视尘埃之表。名不如仕琇，要其自
> 得之趣，有不求人知能自树立者。著《春秋释经》、《论语私记》、
> 《韩文故》及《抑快轩文集》。①

据刘声木所录，张绅设馆于高澍然家八年，故其旨趣必相近。高澍然之
文也以程朱为宗，尤重宋学，而为文宗法韩愈，与朱仕琇近。可见福建古文
重宋学而好韩文。高澍然之弟子，据《桐城文学渊源撰述考》有何则贤、
林树梅、刘存仁、曾士玉、上官懋本、徐开祖、周倬奎、李华、林中美、赖
子莹。此外，高澍然之子高幼瞻与高孝扬、侄高炳坤，从孙高熙晋亦有文。

官献瑶（1703—?），字瑜卿，一字石溪，安溪人。曾祖父朝京，康熙
十一年举人，曾为莆田教谕、武强知县。官献瑶年幼丧父，年十六为诸
生，后举顺天乡试，乾隆四年进士。选庶吉士，充三礼馆纂修。后奉命主
持浙江乡试、提督粤西及陕甘学政，迁为洗马。旋乞归奉养老母。官献瑶
为蔡世远、方苞高足弟子。乾隆初，杨名时从滇南回，疏推荐七子，献瑶
在其中。② 高宗乾隆帝尊儒重教，吴鼎、梁锡玙、庄亨阳、潘永季、蔡德
峻、秦蕙田、吴萧，官献瑶、王文震，监生夏宗澜，讲学风靡一时，都下
号为"四贤五君子"③。《桐城文学渊源撰述考》载其弟子有陈光章。

阴承方（1714—1786），字静夫，号克斋，宁化人，"敦行绩学，言动
必谨。有问学者，先教以《小学》、《静思录》"④。少时研究心性之学，刻

---

① 王锺翰校点：《清史列传》文苑二，卷二百七十二，中华书局 2005 年版，第 13389 页。
② 钱林辑，王藻编：《文献微存录》卷三，（台北）文海出版社 1986 年版，影印咸丰八年
有嘉树轩刻本，第 473—474 页。又见《清史稿》卷四十二。
③ 赵尔巽等：《清史稿》卷一百六，中华书局 1998 年版，第 838 页。《清史稿》原文似有
舛误，"四贤五君子" 当为九人，所载共十人。"吴鼎" 或为 "吴萧" 之误。
④ 唐鉴：《守道学案》，《国朝学案小识》卷九，《唐鉴集》，岳麓书社 2010 年版，第 540 页。

意厉行，终身勤谨。同里伊秉绶问学，阴承方举朱子答林伯和、陈师德书示之以为学之门径。① 年七十三卒，有《阴静夫遗文》二卷。刘声木谓其"能古文章，不谈制举文。其文皆有关于身心性命之要，世教风俗之轨，阐明至理。且能发前人所未发，匡古不逮，挽今之失，大中至正，至深造逢源之至境"②。录其弟子有：吴贤湘、谢霖雨、伊秉绶，吴贤湘又师事雷铉，伊秉绶有弟子陈昙。

福建古文家中，张绅为高澍然之师，又有族弟张际亮为其弟子。张际亮，字亨甫，一字亨辅，才气磅礴。与魏源、龚自珍、汤鹏并称，"是四人者，皆慷慨激励，其志业才气欲凌轹一时矣"③。而张际亮之名，为同时诗文大家所推崇，以为"嘉庆、道光以来之作者，未能或之先也"④。当世名公徐宝善、黄爵滋、汤鹏、潘德舆、朱琦、王拯、何绍基皆其故友⑤，与桐城姚莹为至交，尽管自言："余年十三，得桐城方望溪先生文，读而好之。其后读刘海峰、姚惜抱所为诗文，则益好之。"⑥ 然才气横溢，已非纯粹桐城之文。而江西新城鲁鸿师从朱仕琇，有弟子吴照，又有侄鲁九皋，鲁九皋弟子甚众，故鲁鸿亦自当为名家。

纵观福建桐城派古文，多宗法韩愈，尤宗朱子之学。为文与桐城古文之途辙稍异。故至于严复、林纾之文，虽倾心桐城，而文法与义理亦异。

二 严复翻译文与西学东渐

严复的翻译之文在古典之文中有全新的意义，是继吴汝纶以后涵融西学之文中最为精致的古雅之文。严复之文崇尚西学，不以桐城之学为根

---

① 《清史列传·儒林》卷六十七，《清代传记丛刊》，（台北）明文书局 1985 年版，第309 页。

② 刘声木：《桐城文学渊源撰述考》，黄山书社 1989 年版，第 118 页。

③ 姚莹：《汤海秋传》，《东溟文后集》卷十一，《续修四库全书》（1513），上海古籍出版社 2013 年版，第 588 页。

④ 黄钺：《题辞》，《张亨甫全集》，张际亮《思伯子堂诗文集》，上海古籍出版社 2007 年版，第 1456 页。

⑤ 《张亨甫传》，张际亮《思伯子堂诗集》，《清代诗文集汇编》（601），上海古籍出版社 2010 年版，第 1 页。

⑥ 张际亮：《马小眉诗序》，《张亨甫文集》卷二，《思伯子堂诗文集》，上海古籍出版社 2007 年版，第 1294 页。

基，然而在与吴汝纶相往还中，吸取了桐城之文重视文法的特点，其文章深受桐城古文影响。严复非桐城派古文家，郭延礼《中国前现代文学的转型》辨之甚详。然其文章融入了桐城义法，在桐城古文与白话文之间别构一体，故缕述如下。

严复（1853—1921），字又陵，一字几道，福建侯官人。先世为河南固始人，唐时严仲杰以朝请大夫至于闽，遂居于侯官之阳崎。曾祖焕然，为嘉庆庚午举人。祖秉符、嗣祖秉忠，父振先，皆以行医为业。严复生于咸丰三年（1853），七岁就读，曾师从五叔严煊昌学古文。严煊昌，字厚甫，为光绪己卯举人。十一二岁从闽中宿儒黄昌彝学文，1866 年岁次丙寅，时年十四，以第一考入马江学堂习海军。五年后卒业大考最优等，随扬武舰为海员。光绪元年赴英国留学，次年入格林尼茨海军大学，被郭嵩焘赏识。二十七岁回国，为船政学堂教员。1880 年，北洋海军组建，任水师学堂总教习。光绪十六年（1890）三十八岁，被李鸿章委派总办水师学堂。二十年（1894）甲午战败后，开始致力于翻译西方著述，译《天演论》，作《原强》《救亡决论》《辟韩》等文发表于天津《直报》，次年又刊载于《时务报》。又翻译《原富》《群学肄言》《穆勒名学》等，并与夏曾佑等创办《国闻报》。年五十为编译局总纂，两年后移居上海。后因开平矿务局事至欧洲。宣统元年（1909），为海军协都统，次年赐文科进士出身。民国元年（1911）出任北京大学校长。1921 年卒。①

严复之文，深受西学之濡染。居编译局时，与吴汝纶交往甚密。故为文受其影响。严复为文，主信、达、雅兼备，尤其在译文中引为矩矱。然而文章义法与桐城不尽同。从其《论译才之难》即可看出端倪：

> 自中土士大夫欲通西学，而以习其言语文字为畏涂，于是争求速化之术，群起而谈译书。京内外各学堂所习书，皆必待译而后具。叩其所以然之故，则曰：中国自有学，且其文字典贵疏达，远出五洲之

① 参见严璩《先府君年谱》，《北京图书馆藏珍本年谱丛刊》（183），北京图书馆出版社1999 年版，第 177—198 页。

上，奈何舍此而芸人乎？且大学堂所陶铸，皆既成名之士，举令习洋语，将贻天下观笑，故不为也。顾今日旧译之西书已若干种，他日每岁所出新译者将几何编？且西书万万不能遍译，通其文字，则后此可读之书无穷，仅读译书，则读之事与译相尽，有志之士，宜何从乎？若以通他国语言为鄙事，则东西洋诸国当轴贵人，例通数国语言，而我则舍仓颉下行之字不能读，非本国之言语不能操，甚且直用乡谈，援楚囚之说以自解，孰鄙孰不鄙，必有能辩之者矣。①

文章指出了士大夫不习洋文难以通晓西学，以为观译书不如读原作。读译书有待译文，读原作则可读之书无穷，故习西学当自学西文始。西人如此，中土自应如此。其中有两点与桐城古文不同，其一是对西学的崇奉，有将西学与进步文化等同之嫌。与吴汝纶后期立足本土与国故之观念也不同，自然与程朱之学相距甚远。立论首句也未直接表明作者之意，而是就当时士大夫"以习其言语文字为畏（涂）途"这一现象引发议论，与桐城古文谨严之风有异。其二是明显的口语化与白话化。译文须以简明之语使读者明了作者之意，"中土""万万不能""洋语""乡谈""语言"已近俗语。作者力图在雅言与俗语之间找到通用的言辞，尽管仍有数语不甚明了，然而已有了鲜明的白话化倾向。

严复之文不仅与桐城之文在义法上有显著的差异，其观念的差异更为显著，文中不时流露出西化的倾向。如《鸦乘羊者》：

羊徐行邱陇间。鸦踏其背而俯啄，状若甚适者。羊狼顾曰："吾知尔不敢以是施诸彼犬也。"鸦噪曰："然！微子言，吾亦自知之。吾方戴雄而乘雌。所遇者雄，则吾为雌；所遇者雌，则吾为雄。雌雄何常，视所与接者而已矣。今子雌也，奚怪吾之雄乎？"羊焰然无以应。垂颔啮草，而与鸦相忘。伊术曰："痛矣，鸦之为言也。先志有之：

① 严复著，王栻主编：《严复集》，中华书局 1986 年版，第 90 页。

不自强者无朋，以所遭皆仇譬也。"①

此文在严复之作中最近古文之体，借寓言表达自己对西学的理解。以寓言说理在韩柳之文中已有，然此则寓言之意，似在阐释西学中"物竞天择、适者生存"之理，近严复之《原强》《原富》，与赫胥黎《天演论》精神如出一辙。

正因为严复之文深受古文之法影响，又包含着西学精神，吴汝纶曾给予了极高的评价："前读尊拟万言书，以为王荆公上仁宗书后，仅见斯文而已。虽苏子瞻尚当放出一头地，况余子耶？况今时粗士耶？"② 所表彰的不只是上万言书之行为与其中的思想，还有其卓尔不凡之文辞。对于其文辞，吴汝纶更以为："自来译手无似此高文雄笔也。"③ 然而其为学宗西学而非议国故，其文与桐城古文清真典雅之词不同。所译《社会通诠》之按语已有轻蔑国学与本土种族之嫌：

> 严复曰：蛮獠相聚，如群羊耳。此以云部落，尚未叶也。盖部落虽不必为种人，亦不必不为种人。而常有其部勒者，则又非初民地位也。然苦辞穷，无可改译，则姑以部勒当之，而著其未安于此。读者审焉。中国内地之苗獞有峒，台湾之生蕃有社，谓为峒社，未知于义何如？博雅君子，庶几教之。④

按语中对译文中所谓蛮獠相聚如群羊，又称中国之峒社数语，皆言之失当。以西方为中心反观东方，有将中国称为蛮獠之嫌。故章炳麟在《〈社会通诠〉商兑》里给予了猛烈抨击：

> 抑天下固未知严氏之为人也，少游学于西方，震叠其种，而视黄

---

① 严复著，王栻主编：《严复集》，中华书局1986年版，第78页。
② 吴汝纶：《答严几道》，《吴汝纶全集》（三），黄山书社2002年版，第174页。
③ 同上书，第144页。
④ 严复著，王栻主编：《严复集》，中华书局1986年版，第923页。

人为猥贱，若汉、若满，则一丘之貉也！故革命、立宪，皆非其所措意者。天下有至乐，曰：营蒐裘以娱老耳。闻者不憭，以其邃通欧语，而中国文学湛深如此，益之以危言足以耸听，则相与尸祝社稷之也亦宜。就实论之，严氏固略知小学，而于周、秦、两汉、唐、宋儒先之文史，能得其句读矣。然相其文质，于声音节奏之间，犹未离于帖括。申夭之态，回复之辞，载飞载鸣，情状可见，盖俯仰于桐城之道左，而未趋于其庭庑者也。①

章太炎所论大抵不误，然言之激切。严复译书以谋国之富强，章氏所论革命立宪，皆非其所措意自为愤激之词；就其与桐城古文之关系而言，虽福建桐城古文流播已久，然自朱仕琇、高澍然以来，尤重朱子之学，仿效韩愈之文。严复之师严煌昌、黄昌彝，已不标榜桐城义法，严复游学于西方，浸淫于西文，虽与吴汝纶往还，然多论西学，故于桐城之义法未予深究。

然细究严复之文，可见其文章对于现代白话之意义。《天演论》中的译例言论及："译事三难：信、达、雅。"② 其文章以信、达、雅为准则，为文章写作与翻译确立了新的规范，这与清真雅正的桐城古文已完全不同。晚清应用文与报章体文章的写作为白话取代古文奠定了基础，严复之文兼有应用与报章之体，对于文学之革新有重要的意义。就应用文而言，有广告、公启、合约等，报章体文章则有驳议、说帖、刍议、平议、按语等体，桐城古文中没有这样的篇章。如《开平矿务有限公司广告》：

开平矿务总局今成开平矿务有限公司，事资合办，义取平权。自伦敦注册以来，所与欧洲新股诸东往返熟议，所期两得其平，不相侵

① 章太炎：《〈社会通诠〉商兑》，《章太炎全集》（四），上海人民出版社1985年版，第323页。
② 严复译：《天演论·译例言》，严复著，王栻主编《严复集》，中华书局1986年版，第1321页。

抑，唇焦笔秃，至今年三月，始能粗具规模，勒为办法。①

此则广告乃为公告，将开平矿务有限公司成立事宜及相关情况通报股东并告知社会，也有现代广告之意味。又如《奉高开平矿务有限公司中国股东启》则近于通知。《复旦公学募捐公启》则为募捐海报。其中还有收款人地址："法马路洋行街德发洋行曾少卿。"② 其文辞通俗易懂，迥异前期诸作典雅之笔。尤其是书信，皆明白如口语，省净无病累。严复之文多作于新文学未发生之时，其文往往用以晓谕众人，又多见诸报端，故其文章通俗晓畅，自为一时之典范。

严复之文章，当非桐城古文之正宗，尤其是后期之作，近于白话，并非古文之体。其文深受桐城之文影响，继往开来，厥功甚伟。

三 林纾与中国文学之新变

在好为古文而文体近于桐城的作家中，林纾声誉卓著又曾固守文言形式。在新文化运动中，与陈独秀、胡适、钱玄同诸人就白话与文言辩说，成为新旧文学交替时期的守旧派。然其人其文皆有不可磨灭之处。

林纾（1852—1924），字琴南，号畏庐，别署冷红生，学者称闽侯先生，门人谥曰贞文。先世对墅公自金陵迁至闽县，世代为农夫。③ 高祖天求，曾祖廷枢，祖邦灏。父国铨，字云溪。"浑厚忠信，世为乡里善人。"④ 国铨随人在建宁办盐务，积千金，始在闽县玉尺山赁屋而居。后家贫，寄食外祖母家，祖母郑太孺人教导："孺子不患无美食，而患无大志。"⑤ 同治元年（1862）十一岁，随薛则柯先生学欧文、杜诗⑥，十三岁

---

① 严复：《开平矿务有限公司广告》，孙应祥、皮后锋编《严复集补编》，福建人民出版社2004年版，第8页。

② 严复：《复旦公学募捐公启》，孙应祥、皮后锋编《严复集补编》，福建人民出版社2004年版，第20页。

③ 林纾：《叔父静庵公坟前石表辞》，《畏庐文集》，商务印书馆1923年版，第49页。

④ 朱羲胄：《林畏庐先生年谱》，上海世界书局1949年版，第2页。

⑤ 林琮：《外曾祖母郑太孺人事略》，朱羲胄《林畏庐先生年谱》，上海世界书局1949年版，第3页。

⑥ 胡尔瑛：《畏庐先生年谱》，《国学专刊》1926年第3期。

从朱韦如先生学制举文。十六岁赴台湾看望父亲，十八岁回乡，娶同里儒者刘有棻之长女。光绪五年（1879），二十八岁，入县学。七年，与陈衍订交。光绪八年中举人，并与李宗言、李宗祎兄弟唱和。[①] 光绪十一年（1885），师从谢章铤习经学。三十七至四十，读书于龙潭精舍，与陈衍等十九人结福州支社，并刊行《福州支社诗拾》。光绪二十一年（1895），与同人上书抗议日本占领辽阳、台、澎等地。秋，赴兴化知府张僖邸，作《梅花诗境记》。二十七年（1901），五十岁，赴京师为五城学堂总教习，又晤吴汝纶。后与马其昶、姚永概等同为京师大学堂教员，1913 年，与姚永概等同辞教职，1919 年发表了《荆生》《妖梦》两篇小说，影射新文学。1924 年在北京去世。[②] 据弟子朱羲胄《春觉斋著述记》，其著作宏富，达 206 种，诗文集有《畏庐文集》《畏庐续集》《畏庐三集》及《畏庐诗存》等，又著有《畏庐短篇小说》一卷。文论有《春觉斋论文》一卷、《文微》一卷、《韩柳文研究法》等，另有《古文辞类纂选本》十卷、《浅深递进国文读本》一卷等传译欧西小说至百数十种，其中所译《茶花女轶事》《伊索寓言》《黑奴吁天录》《迦因小传》皆为传颂一时之名篇。子琮亦能文。

林纾一生弟子众多。"尝课蒙于王灼三家，授毛诗于苍霞讲舍，讲学于杭州东城精舍。北游京师以后，又主讲金台书院，主讲五城学堂、京师大学堂、高等实业学堂。"[③] 弟子难以数计，朱羲胄述编之《林氏弟子表》记述名姓者三百九十六人。其中李宣龚、黄濬、梁鸿志、金梁、李景坌、朱羲胄、徐树铮、姚鹓雏等于晚清民国间颇著声望。

林纾之文与桐城古文颇有渊源。《清史稿》谓林纾为文宗韩、柳，姚永朴则有诗称其文章："闽山遥接皖山苍，儒泽千秋溯紫阳。此学已成广

---

① 参见林纾《畬曾李先生诔》："结为支社，月恒数集。"（《畏庐三集》，商务印书馆 1927 年版，第 74 页）又，林纾《李佛客员外墓志铭》："庚辰以后，李氏业乃大落，君备历忧患，亦弃。奇与人为同，然时复炷香开簾，置笔砚竹中，邀取同志赋诗，月犹四五集。"（《畏庐文集》，商务印书馆 1923 年版，第 40 页）

② 本书还参考了张俊才《林纾年谱简编》，《林纾研究资料》，福建人民出版社 1982 年版，第 11—64 页。

③ 朱羲胄述编：《林氏弟子表》，上海世界书局 1949 年版，第 1 页。

陵散，于公得见《鲁灵光》。"① 以为其文章上接桐城，追溯姚鼐，下笔琳琅，有东汉王延寿《鲁灵光殿赋》之光焰。而吴闿生撰联："气盖三军，文高千古；名齐八俊，泽被九州。"② 马其昶对林纾古文或有微词，然林纾之作得益于桐城文章无疑。《古文辞类纂选本》深究桐城义法，而《春觉斋论文》论文主意境，又已超越桐城文论之旨。故桐城义法为其文论立足点。林纾论文推尊前人之法，作文条分缕析，时见因陈之习，自是桐城古文之新变。

然林纾之文自有性情，以情纬文，而非清真雅正之文。桐城之文以雅洁为宗，而林纾各体兼作，有小说多篇，而翻译之作以百计，故其文不为桐城义法所束缚。《清史稿》评其文："纾所作务抑遏掩蔽，能伏其光气，而其真终不可自閟。尤善叙悲，音吐凄梗，令人不忍卒读。论者谓以血性为文章，不关学问也。"③ 张僖序其文集，谓其文"出之血性"，"强半爱国思亲作也"④。钱基博《现代中国文学史》谓："纾之文工为叙事抒情，杂以恢诡，婉媚动人，实前古所未有！"⑤ 以为其叙事抒情远出于古人之上，非桐城诸子所能及。至于翻译之作，或使原文更为生色，"译笔或哀感顽艳，沁人心脾；或质朴古健，逼似史汉"⑥。

然而从另一个角度看，由于林纾早年极力反对白话，受到新文学运动中主张白话文的激进派文人抨击。林纾《答大学堂校长蔡鹤卿太史书》曾极力反对以白话为文："若尽废古书，行用土语为文字，则都下引车卖浆之徒，所操之语，按之皆有文法，不类闽广人为无文法之啁啾，据此则凡京津之稗贩，均可用为教授矣！"⑦ 其过激言论导致了诸人的声讨，蔡元培回信言之平和，而钱玄同则以为，"无论如何不能饶恕的"⑧。新文化运

---

① 朱羲胄述编：《贞文先生学行记》卷一，上海世界书局 1949 年版，第 24 页。
② 同上书，第 33 页。
③ 赵尔巽等：《清史稿》卷四百八十六，中华书局 1998 年版，第 3443 页。
④ 朱羲胄述编：《贞文先生学行记》卷一，上海世界书局 1949 年版，第 11 页。
⑤ 钱基博：《现代中国文学史》，岳麓书社 2010 年版，第 133 页。
⑥ 苏雪林：《林琴南先生》，《苏雪林文集》（二），安徽文艺出版社 1996 年版，第 312 页。
⑦ 林纾：《答大学堂校长蔡鹤卿太史书》，林纾《畏庐三集》，商务印书馆 1927 年版，第 27 页。
⑧ 刘半农：《寄周启明》，《老实说了·刘半农随笔》，北京大学出版社 2010 年版，第 60 页。

动过后，周作人谈及桐城派与林纾时，已较为公允，以为：

> 到吴汝纶、严复、林纾诸人起来，一方面介绍西洋文学，一方面
> 介绍科学思想，于是经曾国藩放大范围后的桐城派，慢慢便与新要兴
> 起的文学接近起来了。后来参加新文学运动的，如胡适之、陈独秀、
> 梁任公诸人，都受过他们的影响很大。所以我们可以说，今次文学运
> 动的开端，实际还是被桐城派中的人物引起来的。①

随着时间的推移，林纾对新文化的影响从逐渐被现代化社会所认同。
而周作人将林纾归为桐城派，则值得商榷。林纾本人论文即否认"桐城
派"的存在，所论"夫桐城岂真有派"、姚鼐"非有意立派"②，都不承认
桐城派的存在。其古文虽推崇桐城义法，然而与桐城之文不尽相同，文体
并非雅洁，故其文自不属于桐城之列。③

林纾之古文受桐城濡染颇深，然与桐城古文已分道扬镳。如《冷红生
传》即非太史公纪传之体，与《左传》及唐宋诸家之文也不尽同，而近
于陶渊明之《五柳先生传》：

> 冷红生居闽之琼水，自言系出金陵某氏，顾不详其族望。家贫而
> 貌寝，且木强多怒。少时，见妇人辄踧踖隅匿。尝力拒奔女，严关自
> 捍。嗣相见，奔者恒恨之。迨长，以文章名于时，读书苍霞洲上。洲
> 左右皆妓寮，有庄氏者，色技绝一时，夤缘求见，生卒不许。邻妓谢
> 氏笑之，侦生他出，潜投珍饵，馆僮聚食之尽，生漠然不闻知。一
> 日，群饮江楼，座客皆谢旧昵。谢亦自以为生既受饵矣，或当有情。
> 逼而见之，生逡巡遁去，客咸骇笑，以为诡僻不可近。生闻而叹曰：
> "吾非反情为仇也，顾吾褊狭善妒，一有所狎，至死不易志。人又未

---

① 周作人：《周作人演讲集》，河北人民出版社 2004 年版，第 152 页。
② 林纾：《春觉斋论文》，《论文偶记·初月楼古文绪论·春觉斋论文》，人民文学出版社
1959 年版，第 46 页。
③ 参见郭延礼《中国前现代文学的转型》，山东大学出版社 2005 年版，第 296 页。

必能谅之，故宁早自脱也。"所居多枫树，因取"枫落吴江冷"诗意，自号曰"冷红生"，亦用志其癖也。生好著书，所译《巴黎茶花女遗事》尤凄婉有情致。尝自读而笑曰："吾能状物态至此，宁谓木强之人？果与情为仇也耶？"①

行文亦庄亦谐，叙事或真或隐，类小说之体式。读后即知为林纾自传，然以讪笑为辞章，固戏谑而多姿，以诗意入古文，情在其中，非清真雅正之篇。至于琐屑之处，点画精妙，描摹男女隐事，不避鄙陋，颇近唐人传奇之笔。其《登泰山记》，与姚鼐同题古文作法不同，其中写松石与观日之状尤为细致精微：

> 磴道曲折，莫纪其数。忽老翠横空而扑人，四望纯绿，则对松山也。壁高于松顶，风沮籁息，突怒偃蹇，幻为蛟螭，疏密自成行列。
>
> 自朝阳洞入十八盘，殆马第伯所谓"环道"者，近南天门矣。石状愈奇，松阵骈列岩顶，皆数百年物。壁势自下而斜上，纹作大斧劈，可千仞。磴道去壁寻丈，裂为深涧，不可下视。天门尤斗绝，石壁夹立，其顶巉然，为雕、为晡睨、为立人、为朽兀。余思痴翁不已。果余能为痴翁者，山之态状，或可穷也。
>
> 既朝元君庙，东行向玉皇顶，大风斗起。同游者陈任先、林宰平健步登日观；余与陈徽宇坐乾坤亭外，望汶水如带，汉外则清冥不之见。夜尽，风益肆。众拥裘起观日出。徂徕之东有赤光荡漾，久之，乃云阵奔凑，结为浓黑，而上界平明矣。众太息，恨不见日。既以舆下山，坠身如云片，俄而至地。过傲来峰下，觉夜来突兀吾舆外者是也。②

文中写到苍松之情态，风沮籁息，突怒偃蹇，幻为蛟螭，与岩石融为一体，石壁巉然为雕、为晡睨、为立人、为朽兀，日出之处赤光荡漾、云

---

① 林纾：《冷红生传》，《畏庐文集》，商务印书馆 1923 年版，第 25 页。
② 林纾：《登泰山记》，《畏庐续集》，商务印书馆 1927 年版，第 57 页。

阵奔凑。写景如在眼前、沁人心脾。姚鼐之文则长于总览，以记事见长，少有精细之描摹与刻画。故林纾之作写景高妙，更近述情之文。姚鼐记事之篇见作者气度之不凡，林纾描写之文见泰山景致之奇美，二人《登泰山记》之差异体现了古文由道德之文向审美之文的嬗变。林纾写景之文多能写景以述情，如《记超山梅花》《记花坞》《游西溪》《湖心泛月记》《记潭柘》《游颐和园》《记翠微山》《游玉泉山记》《净业湖秋泛记》《记雁宕三绝》等篇皆长于描摹以达情，上接晚明之小品，下开现代之美文，别有意境。

然而林纾之文不足处仍在于以古文写新事。与白话之新文学相比，未能淋漓尽致地状难写之景、达曲折之情，甚至时有古奥难循之处。然而其影响依然深远。苏雪林即言："光复后风行一时的林译小说，竟成为我最好的导师。它叫我明白了之乎者也的用法。"[1] 可见林纾之古文，亦自不可磨灭。

第四节　余论：桐城文派与现代散文

尽管桐城文章在新文化运动以后逐渐淡出了文坛，然而其影响依然不绝如缕。新文化运动中扛起反对旧文学旗帜的文人中，有许多与桐城文学有着千丝万缕的联系。因而被打倒的桐城文学精神仍然以新的方式在新文学中不断延续。

在近现代散文演进过程中，无论是尊奉道德法则的桐城古文还是恪守逻辑准则的逻辑文，都没有将散文的艺术性置于首位。随着现代白话文取代古文的地位，白话散文以其清新优美的意境营构方式，将中国散文引入了全新的境域。而桐城古文诗性的笔调成为现代白话散文灵性的故园。

讨论桐城文学在现代的余绪，不能不提及现代文学中与桐城派相关的

---

① 苏雪林：《我写作的动机和经过》，《苏雪林散文选集》，百花文艺出版社 1988 年版，第178 页。

散文家群。现代散文史上，桐城派后学中名家众多，尤多女性作家。除叶丁易①、舒芜外，方令孺、张漱涵②、章诒和③，乃至以小说知名的张爱玲④，皆为女性。其家学渊源中都有桐城文学的传统，再次体现了桐城文学偏好阴柔之美、以诗入文的风尚，是新文学中一道秀美亮丽的风景。

方令孺是现当代著名散文家，人称"九姑"，系桐城方宗诚之后⑤，在"新月社"与林徽因齐名。录入《方令孺散文选集》的篇章不多，却影响至深。她的散文细腻幽远，意味深长，蕴蓄着诗性的情韵，一如桐城古文温柔敦厚的文风。山水游记如《琅琊山游记》勾画出溪涧、小桥、山崖之景，赋予了自然景物以诗情画意，令人如临其境，透露出诗人的慧根灵性与寄情幽雅山水的襟怀，《山阴道上》则展现了色彩斑斓、风景秀丽的山阴美景："在静静的黄昏里，发光的小河上，滑着一只乌篷船。……河岸上，有时是稻田，有时是开着红花的草地。"⑥ 蕴含着深厚的历史文化情韵。《志摩是人人的朋友》《悼玮德》则将琐事娓娓道来，自然亲切的话语中流露出感伤的情调，有归有光《项脊轩志》、吴汝纶《祭弟文》的凄怆情怀。《忆江南》写在故乡遭受日寇蹂躏时回忆父亲与故园凌寒亭，流露出对桐城山水的怀恋之情。

此外，台湾作家张漱涵为桐城张氏之后，有散文集《永远的橄榄枝》《漱涵小品》等，散文清淡如水，《心灵的灯塔》"如流水在汩汩低唱"⑦。《若问天涯原是梦》具有优美的格调与隽永的韵味。

当代桐城散文家首推章诒和。其散文清新、秀美，诚挚而有生活情

---

① 参见陈育德《学者·作家·战士——丁易传略》，白鸿选编《丁易选集》，中国社会科学出版社 2007 年版，第 298 页。

② 石楠《怀念台湾作家张漱涵》："张英是他的九世祖，张廷玉是他的十世祖，桐城派名宿马通伯是他的外祖父。"（石楠：《石楠文集》散文卷，中国戏剧出版社 2006 年版，第 195 页）

③ 章诒和：《越是崎岖越坦平——回忆我的父亲章伯钧》，《同舟共进》2003 年第 9 期。

④ 文君：《风流才子张佩纶》，《张爱玲传》，中国长安出版社 2011 年版，第 4 页。

⑤ 舒芜《舒芜口述自传》："我的曾祖父方宗诚，他字存之，号柏堂。"（第 3 页）"祖父名叫方守敦，字季常，号槃君。"（第 18 页）"我的外祖父马其昶，字通伯。"（第 5 页）"我的姑母方令孺和我的堂兄方玮德。"（第 21 页）（舒芜口述，许福芦撰写：《舒芜口述自传》，中国社会科学出版社 2002 年版）

⑥ 方令孺：《方令孺散文选集》，上海文艺出版社 1982 年版，第 119 页。

⑦ 张爱玲等著，常君实编：《永远的橄榄枝》，中国社会科学出版社 1994 年版，第 105 页。

趣，在悠然疏淡的笔调中蕴蓄着对人生与中国文化的真知灼见。尽管并未生活在桐城这个古典散文的故乡，但是在她的笔端仍然流露出典雅纯净的桐城散文气象。《往事并不如烟》是对往事的片段回忆，堪称章诒和散文的代表，恰似娓娓的谈话，诉说着如烟往事。然而往事背后深邃悠远的文化记忆，却并不如烟。在她的精神世界里，数千年来的中国文化，特别是桐城文化，是作者赖以生存的精神家园。章诒和的散文浸透着女性的细腻与秀美的情致，在绵长的历史中寻绎着生命的意义；用闲笔抒写出人物独特的侧影；在对往昔的反思中透露出作者内心深蕴的情感；深长的韵味中展现了散文诗一般的魅力。其中无疑蕴蓄着"有物""有序"的桐城散文精神，"有情""有境"的桐城文化情韵。在一定程度上，也是桐城散文在当代文坛的余韵流响。

纵观中国近现代散文之嬗变，在近百年间，散文经历了从桐城古文、逻辑文到现代美文的演进；在嬗变中伴随着语言形式由古文、俗语到白话的渐变，文章主旨由表达群体意志、叙述客观现象向抒写个人情思转变；表明散文精神经历了由道德法则、逻辑祈向到审美维度的演进，近现代散文之间并没有不可逾越的鸿沟；近代散文在向营构意境的美文嬗变过程中，注入了现代人文精神，为现代散文的发展开辟了崭新的空间。

结　语

在中国文学史上，"文"是最为常见的语言表达方式。单行之文与骈俪之文相辅相成，书面语言是口头语言的凝练与升华。然而，在中国古典散文走向成熟与衰变之时，通俗的白话文长期被排斥在社会交流的文学与语言之外。书面语数千年来一直是约定俗成并被上流社会专门掌握的典雅之文，在典雅的书面语言中，韵文与不押韵的古文不同，骈语与单行的文章有异。桐城古文居文辞之要，是典雅文辞中备受推崇的单行不押韵的书面之文。

作为典雅文章的骈偶之文与单行之文，皆日渐乖离了植根于现实生活的口头语言，成为一门典奥、精深的学问，除了表达作者特定的旨趣之外，兼具学术工具与语言载体的特征。文士所作典雅文章自然应具备言之有文的品质。在一定意义上已兼具学者之文的义理与文士之文的辞章。从实质看，近代及之前的文士所作多为古雅之文，而单行古文又为文章之正轨。在社会交往中，骈体注重藻丽，适于抒发个人情怀，古文则更为简洁实用。在一定意义上，单行古文作为载道之器是维持现存社会的工具，因而仍为近世文章之主流。

在清代初期，标举程朱之学与人伦之理，以单行古文著述的载道之文，或许体现了正统的汉族文化对满族统治的抗拒。然而，随着国家的统一，这一准则开始转化为对新王朝的维护。清代中后期，古文学派与文选派的对立，甚至是朝野离立与对峙局势的反映。文章形式的差异，体现了作者迥然不同的人生旨趣。晚清古文在江南与京师的兴盛，自有着极为复杂的原因，然而必定是南北望族与统治集团所好尚的雅文化的一部分。与此相对，文学中选学的兴起与今文经学对经典的重新阐释相互呼应，往往成为倡导个性与怀疑的因素。学海堂倡导求是之学，湖湘诗派推崇汉魏精神，廖平、康有为之学的涌现，在一定程度上，催生了新民体之文，成为撼动清王朝根基的理论基石，而白话语体文则无疑为更广泛的大众口头语言。在晚清社会，随着王朝的倾颓，文人在吟唱个性的同时，下层平民喜闻乐见的口语取代典雅的古文成为文化发展的必然趋势，小说、戏曲的勃兴加快了文学语言口语化的进程。

诚如巴陵吴敏树所言，单行的古文本无所谓派。在古文家中纵然有不以唐宋单行古文为旨归的一派，也应属于古文，然而王闿运倡导《后汉书》之文，已与六朝士人之通脱个性不无关联；元代诗文被清人讥评为浅俗，也并非全缘于其文章品格。同样，唐宋之文，从"文起八代之衰"的韩愈之论看，倡导古文并非由于文辞，而是以复"古道"为鹄的。无疑，从桐城派上溯至以归有光为代表的明代唐宋派，以至于唐宋八家，由唐宋古文追溯至西汉司马迁之《史记》乃至先秦之《春秋》及《左传》，推演出了以宗"道"为主旨的古文发展进程。

推究近代桐城文章发展之源流，可见近代桐城派古文的嬗变历程又是儒道衰微与单行古文没落的过程，也是桐城派古文兼综众善于一体，最终否定桐城古文的过程。尽管自阮元至于王闿运，倡导《文选》之文人不只作韵文，然纯粹的桐城派古文家却只以单行之文为正宗，以韩、欧之文为典范，排斥韵文，甚至排斥唐宋八家之外的古文，这是康雍时期方苞理论中桐城派古文的原初形态。桐城派推崇"义""法"，以事理论辩之文为正宗，古文尚"理"，欲以论辩阐明儒家之"事理"，此为言有物；作为文章，须言之有文，于是倡导言有序，是为文"法"。然而方苞之古文不乏"辞"的成分；刘大櫆之作，妙善辞章；至于乾嘉时期，姚鼐已不囿于事理，不但标举文辞，所为《古文辞类纂》已录入辞赋，又在辞章之外别立"考据"之说。姚鼐之论在理论上避免了桐城古文言之无文与空疏无据之弊。然而嘉道以来，桐城后学虽遵循学继程朱、文法韩欧之桐城文章之义法，然而所为文章已经远超方苞"义法"之藩篱与姚鼐推崇的义理、考据、文章之说，臻于新的境域：姚氏嫡传弟子吴德旋论文首倡"自然超妙"之趣与小说之美，梅曾亮以"天机"说文章，李兆洛别为《骈体文钞》以补师说，而方东树《昭昧詹言》以为诗文之法无二。道咸以后，桐城派古文之再传与私淑者，所诣之境，与方氏之说愈远：曾国藩以汉魏六朝之瑰玮壮大之境融入桐城文章之气象，以切近实事之经世文章代替了商榷儒道的空疏辩理之作；至于吴汝纶，则以西学文辞与逻辑入文；萧穆与马其昶之文，话语平实，系心平常之事，则渐将桐城文章通俗化；吴闿生之作则兼有西学与新思。桐城古文在嬗变之中，兼融众制，桐城之"义"兼综汉宋、融通中外，文"法"则涵融辞赋、诗歌、小说乃至俗语。随着社会变革的到来，桐城派用以维系现存秩序的学术根底程朱之学被"民主"与"科学"取代，桐城学术所支撑的伦理失去了合理性。同时，随着新文化运动的到来，书面语言的白话化，桐城派典奥有法的古文被白话散文所取代。然而，桐城"义法"仍有其借鉴意义，"五四"以来的白话文仍然不离"义法"，新文化批判旧文化、推崇民主与科学的文辞，较旧文学之文更具载"道"之义；而白话之文尽管形式有所不同，仍须词翰与章法。"桐城""选学"成为新文学发展繁荣必须继承的文化遗产。

从桐城古文的嬗变历程可以得出结论，近代桐城派之义在新变中已渐由古雅之文通往现代白话之途。从形式上看，随着桐城古文的近代化，古文已在日渐向白话与语体文接近；论其影响，在康乾之际的桐城派古文主要以桐城、金陵、徽州、扬州为中心，由桐城一隅向江淮大地传播；道咸以后则由江南传播到京师，并向大江南北辐射。姚鼐在江南都会传播桐城古文，梅曾亮在文化中枢京师倡导古文，曾国藩则将桐城古文与士大夫的践履结合。桐城古文的最后发展阶段仍然不专注于文，体现了学行合一的儒学传统；在推崇义理的同时关注文辞，并体现出诗文合一的诗性之思；重视事理的明辨，也时有景物的书写，甚至体现出人与自然合一的审美观念。从文化上看，桐城派古文是数千年来文化精髓的集成，绅绎八家文章之精髓，凝练诗画意境之精华，辩理论事，济于世用。古文涵融意蕴、章法、声色，说幽遐之理、摹毕肖之态、状难写之情，足为后世文章之典范。道咸以来，作家多能因时而变，为文有物、有序，自写心曲，近代桐城派古文因而不乏化雅从俗之风。尽管桐城末流之作或文辞晦涩，拘守程、朱，索漠乏气，言之无文，然而清新晓畅的现代白话散文深受桐城古文濡染已是不争的事实。从这个意义上说，桐城古文精神自当在中国文学发展的长河中永不衰朽，历久弥新。

参考书目

一 诗文集

姚鼐、王先谦纂录:《正续古文辞类纂》,浙江古籍出版社影印、上海会文
　　堂书局本 1998 年版。

熊宪光、蓝锡麟主注:《经史百家杂钞》,西南师范大学出版社 1995 年版。

罗汝怀编纂:《湖南文征》,岳麓书社 2008 年版。

邓显鹤编纂:《资江耆旧集》,岳麓书社 2010 年版。

周绍良编:《全唐文新编》,吉林文史出版社 2000 年版。

徐璈辑录:《桐旧集》,桐城图书馆藏清刻本。

潘江辑:《龙眠风雅》,康熙十七年潘氏石经斋刻本。

潘江辑:《龙眠风雅续集》,康熙二十九年自刻本。

刁抱石编:《桐城近代名家诗选》,(台湾)商务印书馆 1986 年版。

张凯嵩辑:《樾湖十子诗钞》,《广西历代文献集成》,广西师范大学出版
　　社 2012 年版。

王树枏编:《故旧文存》,1927 年陶庐丛刻本。

《清代文评注读本》,上海世界书局 1925 年版。

吴闿生辑录:《吴门弟子集》,中国书店重印民国 19 年莲池书社刻本。

胡朴安选录:《南社丛选》,解放军文艺出版社 2000 年版。

郑补华辑,郑振铎编:《晚晴文选》,上海书店出版社 1987 年版。

王文濡编:《明清八大家文钞》,上海世纪出版集团 2008 年版。

黎庶昌纂录:《续古文辞类纂》,上海世界书局 1936 年版。

任访秋编：《中国近代文学大系（散文集）》，上海书店出版社 1991 年版。

恽敬：《大云山房文稿》，商务印书馆 1936 年版。

张惠言著，黄立新校点：《茗柯文编》，上海古籍出版社 1984 年版。

施闰章撰，何庆善、杨应芹校点：《施愚山集》，黄山书社 1992 年版。

毛奇龄：《西河集》，《文渊阁四库全书》，北京出版社 2012 年版。

戴名世：《戴名世集》，中华书局 1980 年版。

朱书：《杜溪文稿》，乾隆元年梨云阁刻本。

方苞著，刘季高校点：《方苞集》，上海古籍出版社 2008 年版。

刘大櫆著，吴孟复标点：《刘大櫆集》，上海古籍出版社 1990 年版。

姚鼐著，刘季高标校：《惜抱轩诗文集》，上海古籍出版社 1992 年版。

戴震：《戴震集》，上海古籍出版社 2009 年版。

沈廷芳：《隐拙斋文集》，《四库全书存目丛书补编》，齐鲁书社 1997 年版。

程晋芳著，魏世民校点：《勉行堂诗文集》，黄山书社 2012 年版。

方世举：《春及堂集》，《清代诗文集汇编》，上海古籍出版社 2010 年版。

周茂源：《鹤静堂集》，《文渊阁四库全书》，上海古籍出版社 2010 年版。

吴德旋：《初月楼文集》，道光三年刻本。

刘开：《刘孟涂集》，道光六年姚氏檗山草堂刊本。

陶澍：《陶澍集》，岳麓书社 1998 年版。

程恩泽：《陈侍郎遗集》，丛书集成初编本。

许宗衡：《玉井山馆文略》，《清代诗文集汇编》，上海古籍出版社 2010 年版。

吕璜：《月沧诗文集》，桂林典雅印行 1935 年版。

王拯：《龙壁山房文集》，桂林典雅印行 1935 年版。

朱琦：《怡志堂文集》，桂林典雅印行 1935 年版。

彭昱尧：《致翼堂文集》，桂林典雅印行 1935 年版。

龙启瑞：《经德堂文集》，桂林典雅印行 1935 年版。

龙启瑞：《浣月山房诗集》，桂林典雅印行 1935 年版。

唐鉴：《唐鉴集》，岳麓书社 2010 年版。

梅曾亮：《柏枧山房全集》，《续修四库全书》，上海古籍出版社 2013 年版。

梅曾亮著，彭国忠、胡晓明校点：《柏枧山房诗文集》，上海古籍出版社

2005 年版。

周寿昌：《周寿昌集》，岳麓书社 2011 年版。

何绍基：《何绍基诗文集》，岳麓书社 2008 年版。

曾国藩：《曾文正公全集》，吉林人民出版社 1995 年版。

曾国藩著，王澧华校点：《曾国藩诗文集》，上海古籍出版社 2005 年版。

刘蓉：《养晦堂文集》，光绪四年思贤讲舍刻本。

吴敏树：《枏湖文集》《续修四库全书》，上海古籍出版社 2013 年版。

黎庶昌：《拙尊园丛稿》，《中国近代史料丛刊》。

黄本骥：《黄本骥集》，岳麓书社 2009 年版。

郭嵩焘：《郭嵩焘诗文集》，岳麓书社 1984 年版。

薛福成：《庸庵文编》，《续修四库全书》本。

薛福成：《庸庵文外编》，光绪十九年刊本。

薛福成：《庸盦文别录》，上海古籍出版社 1985 年版。

黎庶昌：《拙尊园丛稿》，《近代中国史料丛刊》，（台北）文海出版社 1970
    年版。

方宗诚：《柏堂集》，光绪六年刻本。

戴钧衡：《味经山馆文钞》，桐城市图书馆藏清刊本。

王闿运：《缃绮楼诗文集》，岳麓书社 2008 年版。

范当世著，马亚中、陈国安校点：《范伯子诗文集》，上海古籍出版社 2003
    年版。

范当世：《范伯子文集》，《丛书集成三编》，（台北）新文丰出版公司 1996
    年版。

文廷式著，汪叔子编：《文廷式集》，中华书局 1993 年版。

程际开：《小亨初集》，桐城图书馆藏清刻本。

姚濬昌：《幸余求定稿》，清光绪十七年刻本。

姚永概：《慎宜轩诗集》，1919 年铅印本。

方铸：《华胥赤子遗集》，桐城图书馆藏清刻本。

方旭：《鹤斋诗存》，桐城图书馆藏清刻本。

张謇：《张季子文录》，中华书局 1931 年版。

钱仲联校辑：《沈曾植集校注》，中华书局 2001 年版。

方观承：《宜田汇稿》，《清代诗文集汇编》，上海古籍出版社 2010 年版。

刘人熙著，周寅宾编：《刘人熙集》，湖南人民出版社 2009 年版。

王柏心著，张俊纶校点：《百柱堂全集》，崇文书局 2008 年版。

包世臣：《艺舟双楫》，商务印书馆 1935 年版。

吴嘉宾：《求自得之室文钞》，国家图书馆藏同治广州刊本。

陈宝箴著，汪叔子、张求会编：《陈宝箴集》，中华书局 2005 年版。

刘镐仲：《刘镐仲文》，国家图书馆藏抄本。

王先谦：《王先谦诗文集》，岳麓书社 2008 年版。

王先谦：《虚受堂文集》，宣统二年上海国学扶轮社石印本。

马其昶：《抱润轩文集》，《续修四库全书》，上海古籍出版社 2013 年版。

萧穆著，项纯文校点：《敬孚类稿》，黄山书社 1992 年版。

谢德继选注：《吴南屏文选》，北新书局 1937 年版。

贺涛：《贺先生文集》，《续修四库全书》，上海古籍出版社 2013 年版。

王树枏：《陶庐文集》，乙卯冬月陶庐丛刻本。

贺培新：《天游室集》，国家图书馆藏 1937 年北平刊本。

李刚己：《李刚己遗稿》，《近代中国史料丛刊》，（台北）文海出版社 1970
    年版。

张维屏：《张南山全集》，广东高等教育出版社 1993 年版。

张裕钊著，王达敏校点：《张裕钊诗文集》，上海古籍出版社 2007 年版。

吴汝纶著，施培毅、徐寿凯校点：《吴汝纶全集》，黄山书社 2002 年版。

孙维城、刘敬林、谢模楷校点：《马其昶著作三种》，安徽大学出版社 2009
    年版。

严复著，王栻主编：《严复集》，中华书局 1986 年版。

孙应祥、皮后锋编：《严复集补编》，福建人民出版社 2004 年版。

江庆柏、曹培根整理：《黄人集》，上海文化出版社 2001 年版。

林纾：《畏庐文集》，商务印书馆 1923 年版。

陈衍：《陈石遗集》，福建人民出版社 2001 年版。

章含之、白吉庵主编：《章士钊全集》，文汇出版社 2000 年版。

吴闿生、房秩伍：《北江先生集·浮渡上房诗存》，黄山书社 2011 年版。

吴闿生：《北江先生文集》，文学社刻本 1924 年版。

金天羽著，周录祥校点：《天放楼诗文集》，上海古籍出版社 2007 年版。

陈衡恪著，刘经富辑注：《陈衡恪诗文集》，江西人民出版社 2009 年版。

吕碧城：《吕碧城诗文笺注》，李保民笺注，上海古籍出版社 2007 年版。

莫友芝著，张剑、陶文鹏、梁光华编辑校点：《莫友芝诗文集》，人民文学
    出版社 2009 年版。

陈三立：《散原精舍诗文集》，上海古籍出版社 2003 年版。

陈三立著，钱文忠校点：《散原精舍文集》，辽宁教育出版社 1988 年版。

陈三立著，潘益民、李开军辑注：《散原精舍诗文集补编》，江西人民出版
    社 2007 年版。

曾纪泽著，喻岳衡校点：《曾纪泽集》，岳麓书社 2005 年版。

陈独秀：《独秀诗存》，安徽教育出版社 2006 年版。

二　诗话文论

朱彝尊：《静志居诗话》，人民文学出版社 1998 年版。

袁枚：《随园诗话》，清乾隆十四年刻本。

方东树：《昭昧詹言》，人民文学出版社 2006 年版。

方东树：《书林扬觯》，华东师范大学出版社 2015 年版。

方宗诚：《论文章本原》，王水照编《中国历代文话》，复旦大学出版社
    2007 年版。

方宗诚：《读文杂记》，王水照编《中国历代文话》，复旦大学出版社 2007
    年版。

陈衍：《石遗室诗话》，张寅彭《民国诗话丛编》本。

钱仲联：《梦苕盦诗话》，《民国诗话丛编》，上海书店出版社 2002 年版。

姚永朴：《蜕私轩诗说》，国家图书馆藏 1923 年油印本。

郭子章：《豫章诗话》，《豫章丛书》，江西教育出版社 2007 年版。

郑方坤：《全闽诗话》，福建人民出版社 2006 年版。

《皖人诗话八种》，黄山书社 1995 年版。

舒位、汪国垣、钱仲联、郑方坤、张维屏原著：《三百年来诗坛人物评点小传汇录》，中州古籍出版社 1986 年版。

徐世昌：《晚晴簃诗话》，华东师范大学出版社 2009 年版。

林东海、宋红编：《万首论诗绝句》，人民文学出版社 1991 年版。

况周颐著，王幼安校订：《蕙风词话》；王国维著，徐调孚、周振甫注，王幼安校订《人间词话》，人民文学出版社 2005 年版。

朱仕琇：《朱梅崖文谱》，王水照编《中国历代文话》，复旦大学出版社 2007 年版。

姚范：《援鹑堂笔记》，道光乙未冬刊本。

刘大櫆、吴德旋、林纾：《论文偶记·初月楼古文绪论·春觉斋论文》，人民文学出版社 1959 年版。

陈澹然：《晦堂文钥》，王水照编《中国历代文话》，复旦大学出版社 2007 年版。

李慈铭：《越缦堂读书记》，辽宁教育出版社 2001 年版。

姚永朴：《文学研究法》，京华印刷局 1914 年版。

刘师培：《论文杂记》，王水照编《中国历代文话》，复旦大学出版社 2007 年版。

林纾：《韩柳文研究法》，商务印书馆 1914 年版。

刘声木：《桐城文学渊源撰述考》，黄山书社 1989 年版。

梁章钜著，陈居渊校点：《制艺丛话·试律丛话》，上海书店出版社 2001 年版。

孙梅著，李金松校点：《四六丛话》，人民文学出版社 2010 年版。

三　史料、笔记

刘昫等：《旧唐书》，中华书局 1977 年版。

王锺翰校点：《清史列传》，中华书局 2005 年版。

赵尔巽等：《清史稿》，中华书局 1998 年版。

《清史》编纂委员会编纂：《清史》，（台湾）国防研究院 1961 年版。

赵弘恩等监修，黄之隽等编纂：《江南通志》，影印《文渊阁四库全书》本。

何绍基、杨沂蒙孙等纂:《重修安徽通志》,《续修四库全书》,上海古籍
　　出版社 2013 年版。

金天翮:《皖志列传稿》,1936 年铅印本。

《康熙桐城县志》,《中国地方志集成》,江苏古籍出版社 1998 年版。

金良骥修,姚寿昌等纂:《清苑县志》,1934 年版。

《盐山县志》,南开大学出版社 1990 年版。

卞孝萱、唐文权编:《辛亥人物碑传集》,团结出版社 1991 年版。

闵尔昌纂录:《碑传集补》,燕京大学国学研究所 1923 年编。

缪荃孙编:《续碑传集》,《近代中国史料丛刊》,(台北)文海出版社 1973
　　年版。

蔡冠洛:《清代七百名人传》,中国书店 1984 年版。

徐世昌:《大清畿辅先哲传》,北京古籍出版社 1993 年版。

费行简:《近代名人传》,《近代中国史料丛刊》,(台北)文海出版社
　　1970 年版。

顾廷龙编纂:《清代硃卷集成》,(台湾)成文出版社 1992 年版。

唐益年、叶秀云副主编:《清代官员履历档案全编》(15),华东师范大学
　　出版社 1997 年版。

尚小明编著:《清代文人游幕表》,中华书局 2005 年版。

易宗夔:《新世说》,山西古籍出版社 1997 年版。

徐珂辑录:《清稗类钞》,中华书局 2003 年版。

朱克敬:《儒林琐记》,(台北)明文书局 1985 年版。

胡思敬:《国闻备乘》,中华书局 2007 年版。

马其昶著,毛伯舟点注:《桐城耆旧传》,黄山书社 1990 年版。

姚永朴著,张仁寿校注:《旧闻随笔》,黄山书社 1989 年版。

许承尧:《歙事闲谭》,黄山书社 2001 年版。

陈作霖:《金陵通传》,《清代地方人物传记丛刊》,广陵书社 2007 年版。

张翰仪辑录:《湘雅摭残》,岳麓书社 1988 年版。

柳亚子著,柳无忌编:《南社纪略》,上海人民出版社 1983 年版。

王树枏:《陶庐老人随年录》、《南屋述闻》,龙顾山人编,中华书局 2007

年版。

郭立志编著：《桐城吴先生年谱》，《北京图书馆藏珍本年谱丛刊》本。

陈祖壬编著：《桐城马先生年谱》，《北京图书馆珍本年谱丛刊》，北京图
书馆出版社 1999 年版。

张謇：《啬翁自订年谱》，《张謇全集》，江苏古籍出版社 1994 年版。

郑肇经著录：《曼君先生纪年录》，《北京图书馆藏珍本年谱丛刊》，北京
图书馆出版社 1999 年版。

王树枏：《陶庐老人自订年谱》，《北京图书馆藏珍本年谱丛刊》，北京图
书馆出版社 1999 年版。

王代功编著：《湘绮楼年谱》，岳麓书社 1997 年版。

朱羲胄编著：《林畏庐先生年谱》，上海世界书局 1949 年版。

朱羲胄述编：《林氏弟子表》，上海世界书局 1949 年版。

沈云龙：《现代政治人物述评》，《近代中国史料丛刊》，（台北）文海出版
社 1970 年版。

祁寯藻、文廷式、吴大澂等：《青鹤笔记九种》，中华书局 2007 年版。

《鱼千里斋随笔》，《近代中国史料丛刊续辑》，（台北）文海出版社 1970
年版。

徐一士著，孙安邦校点：《一士类稿》，山西古籍出版社 1996 年版。

钱林辑，王藻编：《文献徵存录》，（台北）文海出版社 1986 年版。

佚名编：《清代名人书札》，《近代中国史料丛刊续辑》，（台北）文海出版
社 1970 年版。

郑伟章、姜亚沙：《湖湘近现代文献家通考》，岳麓出版社 2007 年版。

姜泣群选辑，杨南村评订：《重订虞初广志》，东方书局 1915 年版。

欧阳兆熊、金安著，谢兴尧校点：《水窗春呓》，中华书局 1984 年版。

吴振棫：《养吉斋丛录》，北京古籍出版社 1983 年版。

法式善：《陶庐杂录》，中华书局 1959 年版。

许宗衡：《玉井山馆笔记》，中华书局 1985 年版。

余怀、珠泉居士、金嗣芬：《板桥杂记·续板桥杂记·板桥杂记补》，南京
出版社 2006 年版。

李肖耽：《星庐笔记》，岳麓书社 1983 年版。

姚鼐：《姚惜抱尺牍》，上海新文化书社 1935 年版。

《曾文正公书札》，光绪二年传忠书局编刻本。

《南社湘集》第一集，长沙湘鄂印刷公司 1924 年版。

李瀚章编：《曾文正公书札》，光绪二年传忠书局编刻本。

黄侃：《黄侃日记》，江苏教育出版社 2001 年版。

郭麐：《爨余丛话》，郭麐《灵芬馆全集》清刻本。

郎瑛：《七修类稿》，上海书店出版社 2009 年版。

戴望：《颜氏学记》，商务印书馆 1930 年版。

江藩：《宋学渊源记》，上海世界书局 1936 年版。

四　近人论著

姜书阁：《桐城文派述评》，上海商务印书馆 1933 年版。

魏际昌：《桐城古文学派小史》，河北教育出版社 1988 年版。

尤信雄：《桐城文派学述》，（台湾）文津出版社 1989 年版。

何天杰：《桐城文派：文章法的总结与超越》，广州文化出版社 1989 年版。

王献永：《桐城文派》，中华书局 1992 年版。

周中明：《桐城派研究》，辽宁大学出版社 1999 年版。

吴孟复：《桐城文派述论》，安徽教育出版社 2001 年版。

《桐城派研究论文集》，安徽人民出版社 1963 年版。

胡睿主编：《桐城派研究论文集》，中国文联出版社 2006 年版。

安徽大学桐城派研究所编：《桐城派与明清学术文化》，安徽大学出版社
　　2007 年版。

徐成志、江小角主编：《桐城派研究》，新华出版社 2010 年版。

王达敏：《姚鼐与乾嘉学派》，学苑出版社 2007 年版。

刘师培：《中国中古文学史讲义》，凤凰出版社 2011 年版。

钱基博著，傅道彬校点：《现代中国文学史》，中国人民大学出版社 2004
　　年版。

胡适：《白话文学史》，百花文艺出版社 2001 年版。

周作人：《中国新文学的源流》，华东师范大学出版社 1995 年版。

陈柱：《中国散文史》，东方出版社 1996 年版。

郭预衡：《中国散文史》，上海古籍出版社 2000 年版。

霍松林：《中国诗论史》，黄山书社 2007 年版。

龚鹏程：《中国诗歌史论》，北京大学出版社 2008 年版。

陈子展：《中国近代文学之变迁·最近三十年文学史》，上海古籍出版社
　　2000 年版。

汪辟疆：《汪辟疆说近代诗》，上海古籍出版社 2001 年版。

朱则杰：《清诗史》，江苏古籍出版社 2000 年版。

严迪昌：《清诗史》，江苏古籍出版社 2002 年版。

张仲谋：《近古诗歌研究》，中国社会科学出版社 2002 年版。

刘世南：《清诗流派史》，人民文学出版社 2004 年版。

蒋寅：《清诗话考》，中华书局 2005 年版。

朱则杰：《清诗考证》，人民文学出版社 2012 年版。

胡怀琛编辑，吴曼青校点：《古文笔法百篇》，湖南人民出版社 1984 年版。

钱钟书：《谈艺录》，中华书局 1984 年版。

罗时进：《地域、家族、文学：清代江南诗文研究》，上海古籍出版社 2010
　　年版。

朱万曙：《论徽学》，安徽大学出版社 2004 年版。

徐世昌等：《清儒学案》，中华书局 2008 年版。

梁启超：《梁启超论清学史二种》，复旦大学出版社 1985 年版。

郭延礼：《中国前现代文学之转型》，山东大学出版社 2005 年版。

蓝棣之：《现代文学经典：症候式分析》，人民文学出版社 2006 年版。

王德威：《如何现代，怎样文学？十九、二十世纪中文小说新论》，（台
　　北）麦田盛邦文化出版 2007 年版。

马国权：《近代印人传》，上海书画出版社 1998 年版。

刘再华：《近代经学与文学》，东方出版社 2004 年版。

徐雁平编著：《清代文学世家姻亲谱系》，凤凰出版社 2011 年版。

柴汝新编：《莲池书院研究》，河北大学出版社 2012 年版。

张舜徽：《清人文集别录》，中华书局 1963 年版。

章太炎：《章太炎全集》，上海人民出版社 1985 年版。

胡适著，欧阳哲生主编：《胡适文集》，北京大学出版社 1998 年版。

周作人：《周作人演讲集》，河北人民出版社 2004 年版。

钱仲联：《梦苕庵论集》，中华书局 1993 年版。

朱光潜：《朱光潜全集》，安徽教育出版社 1987 年版。

宗白华：《宗白华全集》，安徽教育出版社 2008 年版。

舒芜：《舒芜集》，河北人民出版社 2001 年版。

后 记

迄今为止，我的学术研究多与"选学"及"桐城"有关。在"五四"新文化大潮中，它们作为中国旧文化的象征被口诛笔伐。百年来大浪淘沙，烟云消散，尘埃落定，人们发现其中潜藏的竟然是中国文化的精髓。

少时父亲从邻居家里借来两册古文教我，其中就有桐城之文，那时我总感觉这些文章过于琐屑，现在想起来，正是这些看似琐碎的文字里流露出了作者心灵深处至真的情感。后来几次去桐城，听人吟诵姚鼐的《媚笔泉记》，情动于中；徜徉于山水之间，听徐成志先生说泉边樵牧逸事，才领悟到，那些八股式样说教的古文，并非桐城文章的精义；安庆徽州的奇山异水、妇孺可歌的黄梅小调、宋明文人的高情雅趣孕育了桐城文章的精神，黄山白岳芊绵之态、桐戏高腔的别样情韵，虽新安之画、桐城之文难摹其情态。

流连于桐城山水之间，触摸孔城斑驳的画墙与旧日货栈的遗迹，可以想见当日之繁盛；涉足桐乡书院，寻访六尺巷与嘉树轩，惊叹这狭小的丘陇间涌现出一代代传承华夏文化的文星时，尽管深知今日海内外仍不乏桐城名流，走过车水马龙的新城，伫立在静寂的太子湖边，徘徊于古旧的文庙中，心中仍会生发一丝悲凉。在欣欣向荣的新城，感受到了几分没落。是谁卷走了桐城人心里的诗情画意？这是我们民族文化倾颓的象征吗？这是一片神奇的土地，这是一群异样的文人，这里甚至一度被视为天下文章的渊薮。今天，这些似乎已经成了久远的传说。桐城文章的衰落也是中国古典精神的失落，缘此途或许可以解开数百年来文化衰微的困惑。桐城旧梦难续，然而在中国文化复兴之路，当有更辉煌的篇章涌现。于是我对桐城古文有了更多关注。

"五四"以来，研究桐城文化的学人并不多，尚无人对近代桐城派作系统的论述，这也是我想深入探究近代桐城文章的缘由。数年来，在卷帙浩繁的篇章中，追踪蹑迹，冀有所得。抛砖引玉，或能有所裨益。研究中使用的文献看起来并不新奇，然而当初搜集时付出了太多的心思。由于文献的匮乏，全书一度无法连缀成章。

本书能顺利完成，首先要感谢我的博士导师罗时进先生。先生的期许、鼓励给了我前行的勇气与信心，给我提供的海量文献资料使本项目研究得以粗具规模，先生在百忙中惠赐大序，尤其令我感激。本书是国家社会科学基金项目"现代性视域中的近代桐城派研究"成果的一部分，该项目在结项中被评为良好，在此，我衷心感谢匿名评审专家的垂青。近年来，我多次赴安徽参加桐城派学术会议，得到了朱万曙、徐成志、周中明、王达敏、陶新民、江小角、吴怀东、蒋越林、吕美生、邓康民、张秀玉等诸位专家的指导或帮助；在收集资料过程中，得到了扬州大学何仟年、广西大学梅军博士的支持；先后到国家图书馆、桐城市图书馆查阅了相关文献资料。

中南民族大学首席专家彭修银先生、资深教授罗漫先生对本书写作提出了宝贵建议，中南民族大学文传学院刘为钦院长及学术委员会各位专家和学报编辑部王平教授给予了大力支持。衡阳师范学院刘沛林、张登玉、杨汉云等领导为项目研究提供了良好条件，刘兴先生为我提供了马茂元亲授的《晚照楼论文集》与《〈古诗十九首〉探索》。由于桐城古文雅洁典奥，著作引证文献颇多，在校对出版中，郭晓鸿先生付出了辛勤的劳动，在此一并致谢。最后，特别鸣谢中南民族大学邵则遂先生，他无私的关怀与帮助如春日第一缕阳光，让我感受到了人间的真情。

六载寒暑，劳碌偃蹇，而所成有限。艰难困苦自是人生寻常事，老母妻儿备尝迁徙之苦，我深感愧疚。对于你们的付出，我的感谢是这样苍白无力，原谅我吧。